KB081898

BLACK WIDOW

블랙 위도우

포에버 레드

BLACK
WIDOW

블랙 위도우
포에버 레드

마거릿 스톨

마블 MCU 소설 시리즈 09

블랙 위도우 **포에버 레드**

1판 1쇄 발행 2021년 7월 7일

지은이	마거릿 스톨
옮긴이	신용림
감수	김종윤
펴낸이	하진석
펴낸곳	ART NOUVEAU
주소	서울시 마포구 독막로 3길 51
전화	02-518-3919
이메일	book@charmdol.com
신고번호	제2016-000164호
신고일자	2016년 6월 7일
ISBN	979-11-87824-76-3 03840

이 책을 로마노프의 정신 세계를 구축한
케이트 헤일리 피터슨에게 바칩니다.

1막

"사랑은 어린이들을 위한 것이다."

나타샤 로마노프

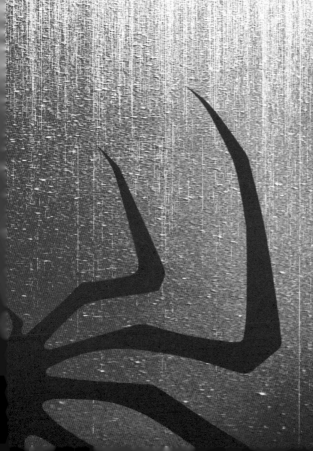

8년 전

우크라이나
어딘가에서

CHAPTER 1
나타샤

우크라이나, 흑해 부근, 오데사 외곽

나타샤 로마노프는 피에로기(중국의 만두가 러시아를 거쳐 폴란드로 전해진 것, 폴란드 만두-옮긴이)를 싫어했다. 하지만 거짓말은 그보다 더 싫어했다.

거짓말은 그녀가 잘하는 것이었다. 나타샤에게 거짓말은 필연적인 것이었으며, 스파이 활동에 꼭 필요한 기술이었다. 하지만 그녀가 그런 식으로 자랐대도, 거짓말에 속는 것은 싫었다.

이반이 말한 모든 것은 거짓이었어.

이반 소모도로프, 이반 더 스트레인지. 나타샤는 오랫동안 그의 생각조차 하지 않았다. 적어도 오늘 밤까지는.

몇 해가 흘렀다.

그리고 지금, 달조차도 이반의 거짓말처럼 보이는 바로 지금, 나타샤는 물에 잠긴 공업용 선착장 가장자리에 있는 창고 벽면에 매달려 있다.

집에 돌아온 걸 환영해, 나타샤.

지금 모든 것을 되살려주는 것은 다름 아닌 만두 모양의 달이었다. 그녀는 그 말을 기억하면서 더 높이 올라갔다. 그러나 마더 러시아의 딸이었고 쉴드의 새 요원인 나타샤 로마노프에게도 이반 소모도로프는 피할 수 없는 존재였다. 아무리 그녀라도 인접한 모든 옥상이나 울타리 철조망 위에 배치된 저격수를 피할 수는 없었다.

"저 달이 보이니?" 그녀가 어렸을 때 이반이 말했다. "하늘에 아주 낮고 무겁게 매달려 있는 저 희미한 피에로기를 보렴. *어린 시절 난로 위에서 끓고 있던 소금물 냄비에 다시 빠지고 싶어 하는 것 같지 않니?*" 나타샤는 전쟁고아였기 때문에 어린 시절이나 그 시절 부모님에 대해서조차도 거의 기억나는 것이 없었지만, 고개를 끄덕였다. "저런 달이 뜨면, 네가 목표물을 잘 볼 수 있는 만큼 그들도 널 쉽게 볼 수 있지. 사냥이나 완벽한 살인을 하기에는 어울리지 않는 밤이야. 사라지기에 좋은 밤은 아니지."

그녀가 기억하는 것은 이반이었다.

이반은 러시아제 저격용 소총을 쏘는 법을 가르쳤고, 상대방이 독일인에 대해 어떻게 생각하건 자신이 선호하는 HK나 글록 같은 독일제 권총 외에는 절대 사용하지 않도록 가르쳤다. 몇 초 만에 공격 무기의 총신이나 동작을 바꾸고, 방아쇠를 변경해서 유리처럼 부서지게 하는 법. 자신의 흔적을 감추고, 이젠 KGB가 아니라 합법적 조직이 된 SVR, FSB나 FSO로부터 숨는 법을 가르쳤다. 이 조직들은 나타샤의 보스의 보스로, 그녀도 그들을 위해 일하기는 했지만 결코 함께한 적은 없었다. 그들이 따르겠다고 맹세했지만, 오히려 그들을 부인하는 집단. 나타샤와는 달리 신문 헤드라인에 언급될 수 있는 집단이었다.

레드룸과는 달랐다. 이반의 팀과는 달랐다. 특히, 이반의 추종자들인 데부시카 이바나 즉, 이반의 소녀들과는 달랐다.

나타샤는 숨을 한 번 들이쉬고, 달밤을 뚫고 이쪽에서 저쪽으로 날아올라 썩어가는 창고의 골판 벽 위로 더 높이 올라갔다. 거친 금속이 그녀의 손바닥을 찔렀다. 그녀가 아직도 매달려 있는 것은 기적이었다.

기적과 수년간의 훈련.

나타샤는 눈을 감고 손을 꽉 쥐었다. 솔직히 그녀에게 접착용 슈트는 필요 없었다.

놓아버리고 싶지만, 그런 훈련은 받은 적이 없어.

"너에게 살인하는 법 그 이상을 가르쳐주마." 이반이 말했다. "너를 무기 그 자체로 만들 거야. 칼라시니코프처럼 자동적이고 무감각하지만 두 배로 더 위험한 존재로 말이야. 그러고 나면 네게 살인하는 법, 살인할 때와 장소를 가르쳐주마."

"그런데, 왜요?" 나타샤가 물었다.

당시 그녀는 어렸다. 그렇게 어리지 않았다면 이반의 말을 더 잘 이해했을 것이다. 아이였던 나타샤에게는 온 세상이 초점, 어둠 그리고 앵글일 뿐이었다. 혼자였고 무방비 상태였던지라 스스로가 한겨울 덫에 걸려 몸부림치는 토끼처럼 느껴질 때가 많았다.

그는 노골적으로 웃었다. "이유는 없어, 나타쉬카. 이유는 절대 없어. 이유란 것은 기타리스트나 미국인들에게나 필요한 거야." 그러면서 그는 미소 지었다. "우리 모두 죽게 되어 있지. 그들이 내 머리에 총알을 박으라고 널 보낸다면 내게도 그때가 온 거야. 하지만 피에로기 달이 떴을 때는 하지 말도록." 나타샤는 고개를 끄덕였지만, 그가 진심인지는 알 수 없었다. "내가 원하는 것은 그뿐이야. 깔끔한 살인. 군인의 죽음. 부끄럽지 않은 죽음."

그것은 그가 가장 좋아하는 말이었다. 아마 천 번은 말했을 것이다.

그리고 지금, 물만두처럼 생긴 달을 올려다보면서, 나타샤는 바로 오늘 밤 그에게 되묻기로 했다. 이반의 예측대로 마침내 그녀가 그를 죽일 것인지를.

그는 순교자가 아니야. 나타샤는 스스로에게 상기시켰다. 우리는 성자가 아니야. 우리가 죽으면 아무도 슬퍼하지 않아. 이게 우리 모두가 이것을 끝내는 유일한 방식이지.

오늘 밤 하늘에 뚱뚱한 달이 백 개가 뜬다 해도 나타샤는 이반 소모도로프에 대해 어떤 슬픔이나 애석함도 느끼지 않으려 했다. 그녀는 아무것도 느끼고 싶지 않았다. 누구를 위해서도 아닌 적어도 그를 위해서는.

그도 너에게 아무것도 느끼지 못할 테니까.

나타샤는 창고 옆면에 있는 통풍관에서 균형을 잡으며 다리를 위

12

로 찼다. 이제 건물 전경을 다 볼 수 있었기 때문에, 고개만 움직이면 되었다. 그녀는 버려져 있던 FSB의 작은 선실을 더 나은 조건에서 볼 수 있었다.

아니, 별채로군.

나타샤는 마치 핸들이라도 되는 것처럼 또 다른 조명기구를 움켜쥐곤 더 높은 곳으로 이동했다. 하지만 몸을 위로 힘껏 당기는 바람에 조명기구가 손에 떨어졌고, 그 바람에 아래쪽에 있던 썩어가는 부두에서는 덜커덕 소리가 났다.

그녀가 멈췄다.

데르모. ('이런 제길'이라는 의미의 러시아어-옮긴이)

"브 스예시데토?" 나타샤의 아래쪽에 있던 한 뚱뚱한 부두 경비원이 소리가 나는 쪽으로 이동했다. 그의 무기는 아직 등에 걸쳐져 있었다. 두 명의 경비원이 뒤따랐다.

훈련 받지 않았군. 이반의 부하가 아니야. 정말 엉터리가 아니라면 말이지.

나타샤는 매달려 있던 몸을 양철 지붕 어둑어둑한 처마 밑 녹슨 담벼락 옆에 딱 붙인 채 혼잣말을 했다. 손전등 불빛이 고작 몇 센티미터 아래의 창고를 휩쓸고 지나갔다. 그녀는 숨을 참았다.

넌 아무 소리도 못 들었어, 멍청아. 그냥 오래된 집이라 쓰러져가는 것뿐이야.

경비원들이 이동했다.

나타샤는 숨을 내쉬고 처마 위로 몸을 휙 젖혀서 어둑한 하늘빛을 향해 몸을 굴렸다. 그런 움직임은 숨쉬기, 눈 깜박이기 혹은 심장 박동처럼 자동적이고 본능적인 것이었다. 천천히 그녀는 갈라진 유리 위에 얼굴을 대고, 자신이 노출될 위험도 감수하며 몇 초간 바라보았다. 아래쪽은 어두컴컴했는데, 선적 컨테이너 사이로 오직 두 개의 그림자만이 움직이고 있었다.

두 형체. 하나는 크고, 하나는 작았다.

그녀는 아이를 볼 수 있었다. 빨간 머리에 어두운 눈의 소녀. 여덟 살에서 열 살 정도 되어 보였다. 나타샤에게는 그들 모두가 똑같아 보였다. 프로그램에 참여한 동료들을 제외하면 나타샤가 알고 있던 유일한 아이는 그녀 자신이었다. 심지어 그녀는 자신조차도 별로 좋아하지 않았다.

소녀는 창문과 자신 사이에 서 있는 이반에게서 얼굴을 돌렸다. 울고 있는 소녀의 모습이 보였다. 소녀는 발레리나 인형을 쥐고 있었다. 도자기로 된 머리를 가진 인형이었지. 나타샤는 생각했다. 볼쇼이 극장 밖 거리에서 파는 인형이었는데. 정말 오래전에는 나타샤에게도 그녀만의 인형이 있었다.

내가 당신을 저렇게 바라보곤 했었나, 이반?

그 순간 그가 소녀와 인형을 옆으로 밀치고 달빛 속으로 걸어가자, 그녀의 옛 지휘관이자 새로운 목표물이 드러났다.

이반 소모도로프.

내게 아버지 같았던 사람.

나타샤는 더 잘 보기 위해 천창 위로 더 높이 매달렸다. 그는 뭘 하고 있지? 이반은 소녀의 머리에 무언가를 씌우고 있었다. 아마도 전극이겠지? 당연하다. 소녀의 관자놀이 그리고 소녀의 팔, 손, 심지어 통통한 작은 다리에도 더 많은 전선을 연결하고 있었다. 콘크리트 바닥에 볼트로 접합된 데다 표면이 덧대어지고 납땜이 된 금속 상자가 전선의 한쪽 끝에 있었다. 겉보기에는 수많은 작은 기계들이 엉망진창으로 뒤엉킨 땅딸막한 전화 부스 크기의 상자였다. 거기에는 커다란 전선 덩어리가 묶여 있었는데, 사방으로 휘어진 전선에서 불꽃이 튀고 있었다. 배선장치에는 더 많은 상자가 연결되어 있었고, 마치 거대한 유기체를 해부해놓은 것처럼 끝이 보이지 않는 배선도 많았다.

실험이었다. 그 보고서는 사실이었다.

그녀는 이반의 작은 프로젝트 중 하나일 거야. 또 다른 데부시카 이바나.

나타샤는 물끄러미 바라보았다. 그녀는 움찔거리지도 않았고, 눈길을 돌리지도 않았다. 비록 나타샤는 의자가 아닌 라디에이터에 묶여 있었고, 그 당시 이반은 전극을 그다지 좋아하지 않았지만, 그 장면은 나타샤에게 너무나 익숙했다. 하지만 그것은 중요하지 않았다. 이제 그만!

나타샤는 앞에 보이는 장면으로 뛰어들어서 구르고는 손목을 입까지 올렸다.

"목표물 확인. MI6에 추적 신호 전달 보고. 정보 양호."

"여왕에게 과일 바구니를 보내겠소. 세상에, 지금 이반 더 스트레인지를 겨냥하는 겁니까? 영국 정부는 그를 프랑켄슈타인이라고 불

15

러요." 콜슨의 목소리가 통신기를 통해 귓전을 때렸다. "인간 실험 대
상자라니, 정말 그자가 그런 짓을 하고 있다는 겁니까?"

그녀는 천창을 흘끗 보았다. "그렇게 보여요."

"살아 있군요." 콜슨은 미친 과학자라 생각하며 말했다.

나타샤는 만두 모양의 달을 올려다보았다. 경치는 뒤쪽 창고 꼭대
기에서보다 여기가 훨씬 좋았다.

"오래 걸리지 않을 거예요. 들어갑니다."

우크라이나, 흑해 부근, 오데사 조선소 창고

　　나타샤 로마노프는 카라비너(암벽 등반할 때 사용하는 타원 또는 D자형의 강철 고리-옮긴이)를 열린 천창의 철골에 고정한 순간, 흥분이 차오르기 시작했다. 전투 모드에 들어간 것이다. 아드레날린이 솟구치면서 어떤 망설임이나 후회도 없이, 빠르고 강하게, 그녀가 모든 것을 처리하는 방식대로 서둘러 끝냈다. 창고의 천창 유리 패널 빗장을 열고, 패널을 제자리에 고정하고 있는 금속 틀에서 조용히 제거할 때도 나타샤는 아무것도 느끼지 못했다. 안으로 들어가고서야 비로소 느낄 수 있었다.

　　빌레이 클립(허리에 매단 등산 고리-옮긴이)을 풀고 조용히 창고 아래로 내려갈 때, 나타샤의 생각은 이반이 분명히 할 움직임에서, 그 다음에는 논리적인 움직임으로, 그러고는 덜 논리적인 움직임으로 빠르게 나아갔다. 그녀는 그 모든 것들을 알고 있었다. 일방적인 속도전이었는데, 끝나고 보면 거의 항상 나타샤가 이겼다.

칼라시니코프처럼. 그녀는 생각했다. 로마노프처럼.

이게 나야. 이게 내가 하는 일이고.

방을 바라보면서 나타샤는 창고 안을 빠르게 훑어보았다. 이반, 나를 기다리고 있던 것 같군. 몸을 숨기고 있는 녀석들을 주변에 다섯 놈이나 두고 있다니. 이런 멍청이들을 대체 어디서 찾은 거죠?

나타샤는 목표물을 더 잘 보기 위해 3피트 떨어진 곳으로 내려갔다.

내가 지붕에서 몇 피트를 굴러 천창에 떨어지는 소리를 들었겠지. 당신이 내게 그렇게 움직이라고 가르쳤잖아. 당신 대체 뭘 하려는 거지?

나타샤는 작은 소녀의 얼굴을 볼 수 있을 때까지 180도 회전했다. 아이는? 진짜 겁에 질려 보인다. 아이. 취약함. 확인.

나타샤는 돌아서서 머릿수를 세고는 더 멀리 회전했다. 짙은 오존 냄새와 벽을 뚫고 들어오는 끔찍한 양의 두꺼운 전기 케이블. 확인. 이곳을 날려버리지 않도록 해야겠군.

진짜 전투 수학을 할 시간이 되었다.

한 놈이 1시 방향에서 이반 쪽으로 바짝 다가오고 있군. 그렇지만 방해되진 않을 거야. 휴대 무기를 가지고 있는 졸병처럼 보이니까.

나타샤는 눈썹을 치켜 올렸다.

총을 멕시코 스타일로 찼어?(배꼽 부분 바지 안으로 그냥 권총을 찔러 넣는 방식-감수). 저들은 거기를 날려버릴 수 있다는 걱정을 한 적이

18

없나? 그건 날 잡으라고 했지, 날 쏘라고 한 건 아니라는 말이지. 그녀는 어둠 속에서 눈을 굴렸다.

행운을 빌어.

첫 번째 놈은 책임자는 아니군. 내가 2번과 3번을 제거하는 동안 그는 필요하다면 뒤에서 그저 그런 한 방을 날리려 할 거야. 내가 마룻바닥에 닿자마자 7시 방향과 9시 방향에서 오겠지.

4번은 가장 빨라 보이네.

그녀의 눈은 어둠 속에 있는 병사 중 마지막 인물을 향했다.

5번은 게을러 보여. 무기를 가졌겠지. 아마도 칼일 거야. 아니 분명 칼이야.

한 놈은 다른 네 명이 쓰러지는 것을 보면, 끝났다는 것을 깨닫고 두려워서 총을 찾겠지. 그를 봐, 이미 땀을 흘리고 있어. 꼭 그래야 하는 게 아니라면 굳이 총을 쏠 필요도 없겠어.

그녀는 위쪽 천장을 힐끗 돌아보았다. 저격수들은 그냥 보험일 뿐이야. 그들은 이미 나와 맞서고 있지. 이반은 분명 이야기하고 싶어 할 거야.

나타샤는 케이블을 쥐고 있던 손의 힘을 풀면서 목표물을 향해 계속 하강했다. 그녀는 점점 가까워지고 있었다. 그녀는 이반의 반짝이는 정수리를 볼 수 있었다. 그는 매일 면도를 해서 머리를 반짝거리게 하곤 했다. 그녀는 그가 아직도 그렇게 한다는 것을 알 수 있었다. 나타샤는 그가 왜 땀을 흘리는지 궁금했다.

내가 곧 자신에게 총을 겨눌 걸 알고 있어서일까?

그렇게 나타샤 로마노프는 두 손을 자유롭게 한 상태로, 거미처럼 조용히 창고 바닥으로 미끄러져 내려갔다. 그러나 이반 소모도로프가 눈치채지 못할 정도는 아니었다.

"꼬마 나타쉬카." 이반은 소녀에게서 고개를 돌리지 않고 말했다. "만두 달이야. 분명히 그렇다는 생각이 든다면, 다음번에는 그냥 초인종을 누르도록." 그의 목 주변에는 철조망 문신이 빙 둘러서 새겨져 있었다. 러시아 감옥에서 얻은 표식이었다. 이반은 나타샤를 보려고 몸을 돌렸다. "너는 나를 수치스럽게 하는구나."

나타샤는 그를 볼 수 있도록 안으로 들어갔다. 싸구려 가죽 재킷과 쇠사슬, 그리고 지저분한 브이넥 셔츠를 입은 그는 그냥 러시아 조직폭력배처럼 보였다.

나타샤는 한숨을 쉬었다. "똑, 똑, 이반. 거기 누구 있습니까? 쉴드입니다."

이반은 그녀를 멍하니 바라보았다. "이해할 수 없군."

나타샤는 있는 힘껏 그의 얼굴을 주먹으로 쳤다. 이반은 뒤로 날아갔고, 그녀는 주먹을 문질렀다. "미안하군. 말이 아니라 주먹을 날려서."

어린 소녀가 비명을 지르기 시작했지만, 나타샤는 자신의 가슴이 쿵쾅거리는 소리 말고는 어떤 것도 들을 수 없었다. 그녀는 생각하지 않았다. 지금은 생각할 때가 아니었다. 이것은 순수한 움직임이었고 반사 작용이었다. 작용과 반작용. 아드레날린. 근육 기억. 그리고 나타샤 로마노프의 근육은 거의 완벽하게 기억하고 있었다.

5번 녀석이 칼이 아니라 쌍절곤을 꺼내선 닌자라도 된 듯 과장되게 흔들어댄 것을 제외한다면, 그녀가 예상한 대로 정확히 5번 녀석과 2번 녀석이 쓰러졌다.

"지금 장난해?" 나타샤는 깊은 인상을 받았다. "하지만 창의력만은 높이 평가하지." 그녀는 말을 하면서 잽싸게 움직였다. 닌자 스타일이 아니긴 하지만 위도우 수갑을 채워 전기 볼트로 그를 날려버린 것이다.

1번 녀석이 총을 쐈지만 그보다 먼저 나타샤가 왼발 부츠로 그의 팔을 부러뜨렸다. 총알은 빗나가고 녀석은 쓰러졌다.

전투 수학에서 나타샤 로마노프보다 훌륭한 사람은 없었다.

이반 소모도로프는 소녀 옆에 있는 빈 의자에 몸을 던져, 자신의 머리에 전극을 붙였다. 기계는 그들 사이에서 불꽃을 일으켰다. 그는 손을 기계 레버 위에 얹고 자신의 옛 제자를 보며 히죽 웃었다. "충분히 오래 기다렸지. 몇 주째 기다리고 있었단다, 나의 나타쉬카."

나타샤는 그가 거짓말을 하고 있는지, 거짓말이 아니라면 무슨 말을 하려는 건지 알아내려 애쓰며 그를 응시했다. 조무래기들이 정말 산만하군. 진짜 게임은 이제 시작이야.

이반이 코웃음을 쳤다. "피에로기 달이 떠서 내게 온 건가? 성가셔서 보안 카메라를 먼저 제거하지 않은 거야? 내가 아무것도 가르쳐주지 않았던가?"

"제발." 나타샤가 제멋대로 자란 빨간 곱슬머리를 넘기며 그의 앞에 나섰다.

"레드룸에서 내가 너를 교육할 때부터 그렇게 자랐잖아." 그의 눈빛은 어떤 소녀도 떨게 할 수 있었지만, 나타샤는 미동도 없었다. "그때 넌 둥지 밖으로 떨어진 길 잃은 어린 프테네(어린 새, 병아리-옮긴이) 같았지."

나타샤는 그를 무시했다. 그녀는 이반과 소녀 사이에 있는 기계에서 눈을 뗄 수가 없었다. 기계에는 'O.P.U.S'라는 러시아군 태그가 붙어 있었다. 그것도 그녀가 여기 온 이유였다. 쉴드에서 상세히 설명하지는 않았지만, 바로 그 기술이었다. 미국 기관에서 오래 일하지 않았기 때문에, 그들은 나타샤에게 많은 것을 말해주지는 않았다. 나타샤가 아는 것이라고는 자신이 옛 스승에게 총알 세 발을 쏘고 상자를 챙기기 위해 여기 왔다는 것뿐이었다.

"이게 뭐지? 박물관 소장품처럼 생겼군. 소문에는 이반 더 스트레인지의 새로운 일이 전보다 더 특이하다던데."

그는 O.P.U.S.에 한 손을 내저었다. "오래된 레드룸의 기술이지. 사람들이 무너뜨린 우리의 영광스러운 단체의 기술. 너도 알겠지만, 이 프로그램은 엄청난 일을 하게 될 거야. 그렇다고 우리가 그 일부로 돈벌이를 하겠다는 말은 아니지만.

"좋아. 지난번에 내가 확인했을 때, 이반, 당신은 겨우 유고(유고슬라비아의 한 업체가 80년대 후반에 만든 자동차-옮긴이)에 시동 거는 게 고작이었지."

"누가 유고를 원하겠어? 난 지금 프리우스를 몰거든." 그는 어깨를 으쓱했다. "여기저기서 불량 물리학자를 뽑았지. 레드룸의 잔재들 말이야." 그는 히죽 웃었다. "마치 공룡처럼 멸종과 맞서 싸우고 있지."

나타샤는 꼼짝도 않은 채, 눈을 크게 뜨고 있는 소녀 쪽으로 고개만 갸우뚱했다. "이 아이는? 애는 왜 여기 있는 거지?"

이반은 어깨를 으쓱했다. "그게 중요한가? 또 한 명의 불쌍하고 어린, 환영 받지 못한 프테네." 이제 그의 미소는 어두웠다. "친숙하게 들리지 않아?"

나타샤 로마노프는 손으로 총을 꽉 쥐었다. "내가 그랬나? 환영 받지 못했다고?"

"아니. 너는 내 자드니스(엉덩이-옮긴이)의 고통이었지."

"틀렸어." 나타샤는 다시 한 번 위도우 바이트 수갑의 독침을 쏘면서 그의 양 손목을 쳤다. 이반은 전기 충격으로 온몸을 비틀며, 전하 충격에 몸부림치고, 갑자기 머리를 뒤로 젖혀 의자에 부딪혔다.

이반은 고개를 들었다. 그의 눈은 미친 사람처럼 보였다. "포에버 레드. 너 같은 아이를 그렇게 부르지. 넌 큰물에서 논다고 말할지 모르겠지만, 너도 나처럼 미국인이 아니니까."

"이반, 난 당신과는 전혀 달라." 나타샤는 그에게 총을 겨누었다. 그녀의 손이 흔들렸다.

그냥 해. 그는 그래도 돼.

진작 넌 이렇게 해야 했어.

이반의 입이 곡선을 그리며 일그러진 웃음을 지었다. "넌 시한폭탄이야." 그의 얼굴은 충격으로 여전히 창백했다. "터지는 건 시간문제일 뿐이지. 이 끈을 자를 수는 없을 거야, 프테네. 나와 연결된 끈도, 마더 러시아와 연결된 끈도." 그는 입에서 피를 뱉어냈다. "나는 그저 네가 폭파할 때 내가 그 자리에 있기를 바랄 뿐이야."

그러나 나타샤는 말을 듣지 않았다. 모두 잘못되었다. 뭔가 이상했다.

그는 뭘 기다리는 거지? 무슨 게임을 하려는 거지?

나타샤는 출구를 막고 있는 병사들을 흘끗 보았다. 그때, 이반은 손을 뻗어 아이와 자신 사이에 있는 기계 레버를 잡았다.

이건 신호야, 시작된 거야. 뭔가 일어나고 있는 거야.

나타샤는 그가 레버를 당기는 순간 1차 사격을 개시하는 소리를 들었다. 그녀는 앞으로 돌진했다. 탄도가 움직였고, 나타샤는 이반 더 스트레인지와 그의 강철 금속 상자로 몸을 던졌다. 나타샤, 아이, 그리고 이반. 그들은 모두 불길에 휩싸였다.

이반이 소리쳤지만, 이미 때는 늦었다. 빗발치는 총알로 기계는 벌집이 되어버렸다. 갑자기 불이 확 폭발했고, 검은 연기가 생겼다. 그는 충격으로 뒤로 날아갔다.

나타샤는 무차별 난사에서 몸을 피하며, 소녀 쪽으로 몸을 날렸다. "여기서 꺼내줄게!" 그녀는 의자에서 아이를 빼내려고 손을 뻗으며 소리쳤다. 총알이 발사될 때마다 아이는 비명을 질렀고, 본능적으로 발버둥쳤다. 어두운색 눈동자는 공포로 휘둥그레졌다.

나타샤가 풀어주자 소녀는 잠깐 그녀에게 매달렸다.

아주 잠깐.

나타샤가 소녀를 내려주기 전, 기계에서 엄청난 전기 자극이 올라와 전선을 통해 흘러가는 바람에 소녀의 몸이 거의 공중으로 떠올랐다. 그녀가 여전히 소녀를 안고 있었기 때문에, 그 전기 자극은 소녀와 함께 나타샤까지 들어 올렸다.

아주 짧은 순간, 나타샤 로마노프와 이름 없는 붉은 머리 아이는 같은 창백한 푸른빛에 꼼짝 못하게 되었다.

이것이 그가 원했던 거였군. 내가 그 안으로 들어간 거야.

나는 전투 수학에서 낙제한 셈이군. 엔드게임: 제로.

너무 아파서 고통 외에는 어떤 것도 생각할 수 없을 정도였다.

못. 나타샤는 생각했다. *독이 묻은 못 느낌이야.*

몸과 마음이 갈기갈기 찢기는 것 같아.

이런 식으로 노출된 적은 없었다. 수많은 영상이 나타샤의 정신 속에 밀려들어서 처리할 수 없을 정도였다. 뇌가 뜨겁게 달아올랐고, 고통은 압도적이었다. 그녀는 고통으로 몸부림쳤다. 하지만 다른 모든 것도 그 주변으로 휩싸여 올라갔으면 좋았을 텐데, 그때 푸른빛이 사라져버렸다. 창고 전체에 불이 붙고 있었다.

두 번째 폭발이 일어났다. 처음 폭발보다 훨씬 더 컸다. 그리고 또 한 차례 폭발.

나타샤는 이제 O.P.U.S. 기계가 단 하나의 기술이 아니라는 것을 깨달았다. 오히려 발전기를 모아놓은 것에 가까웠다. 발화 패턴으로 보아, 창고 안에 있는 거의 모든 선적 컨테이너가 서로서로 모두 연결되어 있었다. 그 말인즉슨 폭발 여파가 생각보다 더 클 것이라는 뜻이었다.

훨씬, 훨씬 더 클 것이다.

살상 범위도 마찬가지고.

이반은 고개를 들고 바닥에 털썩 주저앉으며 소리쳤다. 그의 이마에 붙은 전극에서 검은 연기가 나왔다.

죽은 건가?

어린 소녀가 비명을 질렀다. 나타샤는 망설이지 않았다.

그녀는 아이를 붙잡고 무기 보관함 밑으로 굴러 들어갔고, 전극의 마지막이 끊어졌다. 나타샤는 손으로 아이의 귀를 막았다. 무기 보관함과 창고, 그리고 온 세상이 굴러다녔다.

CHAPTER 3
나타샤

우크라이나, 흑해 부근, 조선소 창고의 잔해

　　폭발이 끝나자 나타샤는 무기 보관함을 걷어찼다. 그녀는 소녀를 안은 채 옆으로 굴렀다. 그녀의 귀가 울렸다. 시야가 밝아지자, 나타샤는 현장의 잔해를 살펴봤다. 불길이 컨테이너에서 컨테이너로 퍼졌다. 군인들은 제거되었다. 파편은 그녀가 제거하지 못했던 군인들도 제거했다.

　　어느 쪽이든 이제는 상관없었다.

　　나타샤는 콘크리트 바닥 위에서 꼼짝 않고 누워 있는 소녀를 바라보았다. 그녀가 돌무더기에서 아이를 들어 올렸을 때 사방팔방에서 사이렌이 울렸다.

　　소녀의 눈이 휘둥그레졌다.

　　"괜찮아." 나타샤가 소녀를 들어 올려 창고 문을 향해 비틀비틀 걸어가며 말했다. 나타샤는 지금 그들을 둘러싸고 있는 불꽃은 신경 쓰지 않는 듯, 아이를 어깨 위로 옮겼다. 불꽃, 재, 그리고 시체.

"보지 마." 나타샤는 다시 한 번 아이들이 있는 임무에 자신을 투입한 콜슨을 저주했다.

아이의 눈에는 오직 상실과 두려움뿐이었다. 아이는 목덜미가 검게 그을린 발레리나 인형을 움켜잡았다. "세스트라." 여동생. 아이는 블랙 위도우의 머리를 만지려고 손을 뻗었다. 자신의 머리카락처럼, 빨간 머리를.

"꼭 그렇지는 않아." 나타샤는 하마터면 아이를 떨어뜨릴 뻔했다. 왜냐하면, 어색하고 일종의 불편한 온기가 가슴 속에 퍼지는 것처럼 느껴졌기 때문이다. 동정심. 친숙함. 일종의 연결고리. 그런 것들은 나타샤에게 낯선 것들이었다. 어떻게 느끼는지도 알지 못하고, 심지어 이해할 수도 없는 것. 나타샤 로마노프는 그녀가 이해하지 못한다는 것조차 느끼지 못하는 것 같았다. 그녀는 감정을 좋아하지 않았다. 그게 전부다.

하지만 그녀도 그런 눈을 가진 아이에게 그것이 어떤 의미인지 알고 있었다.

나타샤는 러시아어로 아이의 귀에 대고 목소리를 낮추어 말했다. "넌 이제 안전해. 네 가족이 누구인지는 모르지만, 약속할게. 네가 돌아갈 좋은 사람들을 내가 찾아줄게." 나타샤는 어린 소녀의 머리를 망설이듯 매만지며 그녀를 옮겼다.

"마모치카." 소녀는 슬프게 말했다.

28

"엄마? 이반이 그녀에게서 너를 빼앗았니?" 나타샤는 암울했다. 그녀는 아이에게 가족이 있는지, 아니면 아이가 돌아갔을 때 집에 남아 있는 게 있는지 알지 못했다. 그녀가 아는 이반 소모도로프를 생각했을 때 둘 중 어느 쪽도 가능성은 희박했다.

그러나 어린 소녀는 블랙 위도우의 어깨에 기대 눈을 감으며 고개를 끄덕였다. 아이는 기진맥진해서 쓰러지다가 인형을 바닥에 떨어뜨렸다. 나타샤는 아이의 다른 작은 손이 자신의 머리카락 주변을 아직도 감싸고 있는 것을 느낄 수 있었다.

나타샤가 불타는 창고에서 소녀를 데리고 나왔을 때, 쉴드가 지원한 순찰차가 현장에 몰려들었다. 나타샤는 과정을 알고 있었다. 몇 분이면 이반과 그가 남긴 것은 쉴드의 소유가 될 것이다. O.P.U.S. 건 다른 것이건. 그의 기술 역시 마찬가지다. 나머지는 그냥 청소할 것들이니 그녀가 상관할 바 아니다. 심지어 요원 중에도 이런 형편없는 일을 담당하는 사람이 있다.

신이여, 감사합니다. 그녀는 이반 소모도로프가 지긋지긋했다. 그녀는 다시는 그의 얼굴을 보고 싶지 않았다. 나타샤 로마노프는 일생을 이반 소모도로프와 그녀 사이에 두고 살아왔었다. 그녀는 기다리는 의료요원의 팔에 아이를 내려놓았고, 그는 담요로 아이를 감쌌다. 나타샤의 일은 끝났다.

소녀는 붉은 머리 구조자에게 다시 팔을 뻗으며 울기 시작했다. 나타샤는 아이를 바라보았다. 소녀는 멈추지 않았다. 나타샤는 외면했다. 소녀는 계속 울었다. 나타샤는 좌절하며 뒤로 돌아섰다. 그녀는 아이 앞에 쪼그리고 앉아 러시아어로 말했다.

"카크 티브야 자부트, 드예브츠카?" 이름이 뭐지, 꼬마야?

"아바." 소녀가 코를 훌쩍이며 말했다. 말할 때, 아이의 숨소리는 거칠었다.

나타샤는 고개를 끄덕였다. "슬루세이, 아바. 페레스탄 플래카트, 카크 프라데네트. 타이 우제 볼샤야 드예브츠카." 대충 번역하면, 들어봐, 아바. 울지 마. 이제 너도 다 큰 아가씨야. 대략 그런 뜻이다.

그녀는 말하면서 기분이 상하지 않게 하려고 애썼다. 그들은 나타샤에게도 똑같이 말했었다. 오래전 그날 스탈린그라드에서. 그녀의 부모님은 죽고, 그녀는 KGB에 의해 끌려가서 레드룸으로 갔다.

그리고 이반에게로 갔지.

소녀는 조용히 눈물을 흘리며 나타샤를 응시했다.

나타샤는 숨을 들이쉬고 다시 시도했다. "아메리칸시 오트베즈 티브야 도모이. 오니 나두트 티보유마무. 야 오베쉬차유." 그녀는 자신이 하는 말이 사실인지 전혀 알지 못했지만 그렇게 말했다. 그들이 널 집에 데려다줄 거야. 그들이 엄마를 찾아줄 거야. 약속할게. 이것이 어린 소녀가 들어야 할 얘기라고 나타샤는 생각했다.

"오베샤슈?" 약속해요?

"아바, 내 말을 믿어도 좋아. 나도 너와 똑같아. 그렇지?" 나타샤는 자신의 빨간 곱슬머리 잡아당겼다. "이야 카크 이 티." 그녀가 반복했다. 난 너와 똑같아.

소녀는 한숨 돌리려 했지만 그럴 수가 없었다. 눈물이 계속 쏟아졌다.

나타샤는 지나가는 군인이 눈치채지 못하게 그에게서 지갑을 꺼내려고 일어나며 숨을 내쉬었다. 그녀는 5유로짜리 지폐를 꺼내고는 나머지는 땅에 떨어뜨렸다. 그리고 지나가는 상급 요원에게서 펜을 홱 채갔다. 장교는 나타샤를 바라보곤 혼란스러워했다.

콜슨 요원은 한숨을 쉬었다. "도와줄까요, 로마노프?"

그녀는 유로를 반으로 찢어 그 위에 무언가 적고 있을 뿐, 고개는 들지 않았다. "괜찮아요, 콜슨, 내가 도와줄 수 있어요. 보안 카메라를 작동되도록 해놓았죠." 그녀는 그를 올려다보았다. "어쨌든 테이프가 좋아야죠."

콜슨이 손을 내밀었다. "좋아요. 하지만 내 펜을 다시 받고 싶군요. 1935년에 생산된 몽블랑 호랑이 눈 한정판이거든요."

나타샤는 눈을 굴리며 펜을 그의 손에 탁탁 쳤다. "샤피펜이라고 하는데, 살펴보고 싶겠군요."

"당신 방식대로 해요. 나는 내 방식대로 하죠." 그는 펜을 가져갔다. "참 잘했어요. 당신 파일을 보니 당신도 레드룸이었나 보군요. 분명 개인적이고 감정적으로 복잡한 일이었을 텐데."

"그렇지 않아요." 그를 밀치고 지나가려고 하면서 나타샤가 말했다.

콜슨은 미소를 지었다. "글쎄, 이게 아마 최선이었을 겁니다. 당신 친구 이반에게 건물 대부분이 떨어진 것처럼 말이죠."

"그는 내 친구가 아니에요." 나타샤가 반사적으로 말했다. "나는 친구가 없어요."

"충격적인 말이군요." 콜슨이 돌아서며 말했다. "그런데, 공식적으로 친구가 없다는 말인가요? 복잡한 생각이 드네요."

나타샤는 그를 노려보았다. "분명히 말하는데, 내 파일에 신경 쓰지 말아요."

콜슨은 대답하지 않았다.

그녀는 쉴드의 두 의료 장교를 지나쳐 계속 이동해서, 다시 한 번 어린 소녀 앞에 무릎을 꿇었다. 그녀는 소녀의 손에 찢어진 유로를 쥐여주며 다시 러시아어로 얘기했다.

"이것 보이니? 내가 필요하면, 대사관으로 가. 그리고 그들에게 이것을 줘. 나머지 반은 너를 기억할 수 있도록 내가 간직할게."

아바는 고개를 끄덕였다. 나타샤는 여전히 러시아어로 그녀의 귀에 속삭였다. "네가 부르면, 내가 갈게, *세스트렌카*. 약속해, 꼬마야." 그녀는 떠났다. "하지만 아바, 내가 할 수 있다면, 너도 할 수 있어." 그녀는 다시 빨간 머리를 가리켰다. "맞지? 우리들은 똑같아." 토트제 사모예. 똑같아.

그것으로 그녀는 가버렸다.

아바는 손에 든 종이를 내려다보았다. 그 위에는 두 단어와 원 안에 대강 그린 모래시계 그림이 있었다.

* * *

블랙 위도우.

그녀의 사인.

"기억할게요, 모야 스타샤야 세스트라." 어린 소녀는 천천히 말했다. 언니.

그리고 나서 소녀는 눈을 감았다. 불길, 혼돈, 죽음 그리고 소음은 사라졌다.

빨간 머리 여자처럼.

오데사 사건
8년 후

미국
어딘가에서

쉴드 - 케이스 121A415

참조: 순직 [LODD] 조사

발신: 필립 콜슨 요원

수신: 쉴드 국장 닉 퓨리

제목: 특별 조사

회신: 나타샤 로마노프 요원, 일명 블랙 위도우, 일명 나타샤 로마노바

사령부 요원 [AIC]: 필립 콜슨

쉴드 케이스 코드 네임: 레드 레저, 오퍼스, 슈뢰딩거, 오데사, 레드 위도우, 윈터스톰

승인: 조사는 대통령 명령 OVAL14AEE32 POTUS Eyes를 따른다. / 의회 접근 거부 / 주의사항: 다음 요약은 파일, 로그, 통신, 녹취록, 청문회 그리고 NSA 특별 조사 S231X3P 결과 발췌문을 포함한다.

사망자의 유해를 부검한 결과는 [쉴드 의료 검사관]에 따라 봉인되었다. 대통령 자유 훈장 수여 [기밀 인용] 보류.

CHAPTER 4
알렉스

뉴저지, 몽클레어,
단테 크루즈의 집

"산타클로스! 산타클로스!"

한 무리의 중학생들이 마치 소년 밴드인 것처럼 유쾌한 성인 닉의 이름을 소리 높여 외쳤다. 유쾌한 산타할아버지. 알렉스 마노르는 생각했다. '나는 크리스마스를 믿어.' '북극으로 가는 길.' 드러그스토어에서 산 알렉스의 산타 모자가 한쪽 눈 위로 미끄러져 내려왔다.

"이 쓰레기는 뭐야? 내 루돌프를 구할 수 있을까? 루돌프? 코가 이렇게 밝았나? 누구지?" 알렉스의 가장 친한 친구 단테 크루즈는 쓰고 있던 가짜 순록 뿔 밑에서 씩씩거리며 말했다. "제길, 독한 사람들."

땀에 젖고 얼굴이 붉어진 열일곱 살짜리 알렉스는 곧 기절할 것처럼 보였다. 똑같이 땀을 흘리고 있는 열일곱 살인 단테는 즐기고 있는 것처럼 보였다. 두 친구는 금세기의 팔씨름 시합, 아니 적어도 이

번 주, 아니면 단테의 여동생을 위한 휴일 파티에서의 팔씨름 시합처럼 보이는 흔들거리는 탁구대 너머로 서로를 마주 봤다. 시합은, 그들 사이의 모든 것이 항상 그랬듯 처음에는 장난으로 시작했다. 그러다가 도전이 되고, 내기가 되더니, 고대 핑퐁 테이블의 죽음처럼 죽음의 싸움으로 빠르게 번져나갔다.

알렉스 마노르는 아드레날린이 펌프질하기 시작하면 멈출 방법이 없었다. 단테 크루즈는 통제력이 더 있기는 했지만, 똑같이 경쟁심이 강했다. 그들은 모두 친구나 형제가 되겠다고 결심한 불 켜진 성냥과 다이너마이트 막대기 같았다.

"충분해?" 알렉스는 주먹 너머로 단테를 바라보았다.

"왜, 내 힘을 못 견디겠어? 산타?" 단테는 미소를 지었다. 단테의 갈색 피부가 발그레하게 빛났다. 그의 웃음에는 전염성이 있었다. 매우 단란한 푸에르토리코 가정에서 자란 단테는 2년 전 펜싱 클럽에 알렉스가 처음 나타났을 때 그와 친해졌다. 아버지가 경찰이었기 때문에 단테는 상대가 좋은 파트너인지 아닌지 알아볼 수 있었다. 또한 아버지가 경찰서장이었기 때문에, 부모님께서 집을 비우지 않는 한 단테의 집에서는 어떤 파티도 할 수 없었다. 심지어 중학교 파티 때조차도.

"힘? 무슨 힘?" 알렉스가 이를 악물며 말했다. 알렉스의 길고 검은 머리칼이 훨씬 더 어두운 그의 눈동자 위로 반쯤 매달려 있긴 했지만, 그도 단테처럼 잘생긴 소년이었다. 그는 친구보다 키가 컸다. 마르고 키 큰 알렉스는 성가대원처럼 보이지는 않았지만 그렇다고 깡

패처럼 보이지도 않았다. 만약 그에게 뭔가 불안해 보이는 것이 있다면, 그것은 알렉스의 눈 밑에 드리운 그림자처럼, 그리고 우리에 갇힌 새끼 늑대의 놀라운 반사 신경처럼 내면의 난폭성과 부족한 침착성 때문일 것이다. 알렉스 자신은 결코 왜 그랬는지 혹은 어떻게 막아야 할지 몰랐다. 알렉스 마노르는 적어도 지금은 안절부절 신경이 곤두선 상태였다.

인생에서도 그랬고, 팔씨름 대결에서도.

색이 바랜 티셔츠 아래로 알렉스의 팔이 불룩하게 부풀어 올라 있었다. 단테의 팔에 대고 세게 밀면 밀수록 문신은 옷 밖으로 더 미끄러져 나왔다. 빨간색과 검은색, 그리고 동그라미. 안에 있는 무늬는 모래시계처럼 생겼다. 학교에서 그 문신이 어떤 의미인지 모르는 사람은 없었다. 그것은 블랙 위도우의 표시였다. 블랙 위도우는 아이언 맨, 헐크, 캡틴 아메리카와 함께 전 세계 십대들의 영웅이었다. 멋진 문신이었다. 알렉스의 엄마는 그렇게 생각하지 않았지만, 다른 모든 사람과 알렉스는 그렇게 생각했다. 어쨌든 그는 그렇게 해냈다. 다만 알렉스가 아무에게도 말하지 않은 것이 있었다. 그가 어디서 이 문신을 했는지 모른다는 것이었다. 문신이 생기고 잠에서 깨어났을 때 그는 너무 기겁해서 공황발작을 일으켰고, 일주일 동안 잠을 잘 수 없었다. *학교에서 취하지 말고 깨어 있어야 하는 또 다른 이유가 생겼군. 그는 생각했다. 하지만 너는 내가 그런 걸 기억할 거라고 생각하겠지.*

알렉스는 얼굴을 찡그리며 더 세게 밀었다.

"야, 나 취했어." 단테가 말했다.

"에너지 드링크에? 그것도 학교에서 훔친 걸로?" 알렉스는 단테의 팔을 누르며 이를 갈았다. "이게 너의 전투 전략이야? 카페인 더 필요해?" 그가 몸을 기울였다.

"프링글스보다 더 좋은 걸로." 단테는 얼굴이 더 빨개져서 말했다. 정크 푸드에 대한 알렉스의 욕구는 끝이 없었다. 때문에 단테의 주문에 웃지 않을 수 없었다. 분명 단테도 기회를 기다렸던 것으로 보였다. 그는 앞으로 밀어붙여 알렉스의 팔이 테이블 아래로 거의 떨어지게 하려고 했다.

그가 그러자, 알렉스는 버텼다. 그는 단테에게 힘을 더 많이 실으면서 머릿속에 있던 옵션들을 실행에 옮겼다. *단테는 따분한 아이야. 똑같은 말을 몇 번씩 되풀이하지. 이제 그는 균형을 잃었어. 시간이 다 되었다는 뜻이지. 잠시만 기다려…. 아직 아니야…. 그가 조금 더 하게 내버려둬. 그래. 거의 다 됐어. 셋, 둘, 하나.*

알렉스는 단테의 팔을 탁자 아래로 힘껏 쳤고, 그의 팔은 결국 아래로 무너졌다. 단테는 얽혀 있는 네트와 페인트칠이 된 합판에 드러누웠다. 알렉스는 머리 위로 두 팔을 올린 채 달려왔다. "산타가 이겼다! 크리스마스가 다시 돌아왔다. 사람들이 날뛴다!" 그의 신호에 카페인이 든 에너지 음료를 마셔서 설탕을 과잉 섭취한 8학년, 9학년 학생들은 더 미쳐 날뛰었다.

단테는 혐오스러워 코웃음을 쳤다.

알렉스는 그를 무시했다. "고마워, 몽클레어 중학교, 정말 고마워." 알렉스는 그의 열렬한 팬들에게 손을 흔들었다. 팬 중 일부는 진짜지만 일부는 만들어진 토니 스타크처럼 상상이었다. "너희 모두 내 개구쟁이 명단에서 빠졌어." 그들은 환호했다. "음료수 살게."

"그거 사실 내가 산 거야." 음식 테이블 옆 빨간색 플라스틱 컵이 흩어져 있는 마루에서 단테가 말했다. "어쩌면 내가 웅덩이에 누워 있어서 그렇게 생각한 걸 수도 있어."

"기술적으로 말하면, 그들이 너에게 쏜 거야." 알렉스는 남은 조각을 찾으려고, 거의 텅 비어 있다시피 한 피자 상자를 뒤지며 미소를 지었다. 그는 페퍼로니를 찾아서 핫윙 소스에 담갔다. 늘 그렇듯, 그는 더 나쁜 것을 더 많이 좋아했다. 피자를 그렇게 만들자 바로 맛이 났다.

단테가 신음했다. "진심이야? 역겨워."

알렉스는 어깨를 으쓱했다. "그러던지."

멀리서 소리가 들렸을 때, 그의 입은 여전히 가득 차 있었다. 알렉스는 지붕에 색색의 전등이 걸려 있는 저 너머, 심지어 순록 무리가 잔디밭을 가로지르며 썰매를 끄는 것처럼 보이는 저 너머 뒤뜰의 어둠 속을 내다보았다. 딱딱 소리 내는 나뭇가지나 동물 소리 같았다.

"소리 들었어?" 순간, 저 먼 산울타리 어둠 속에서 뭔가가 펄럭이는 거 같았다. 알렉스는 실눈을 떴다. 뒤에 뭔가 있어.

"너 지금 개 키워?"

"웅, 내 동생." 단테가 눈짓했다. 그는 여전히 마루에 누워 있었다. "왜?"

알렉스는 얼굴을 찡그렸다. "아무것도 아니야. 아마 들개 소리 같은 걸 들었나 봐."

"걘 우리 거야." 단테가 웃으며 말했다.

단테의 여동생 소피가 하이웨지 샌들로 오빠의 옆구리를 찌르며 그에게 다가왔다. 그녀는 예쁘고 어린 소녀로, 행성 토르가 그려진 빈티지 티셔츠를 입고 있었다. "방금 나더러 강아지라고 한 거야? 정말? 우리 중 누가 돈이라면 개사료도 마다치 않고 먹더라? 단테 크루즈?"

"너, 그랬냐?" 알렉스는 이미 웃고 있었다.

단테는 몸을 굴렸다. "여덟 살이었어."

소피는 부서진 탁구대를 바라보았다. "아빠 화났어. 오빠가 그 바보 같은 게임 때문에 아빠의 갈퀴를 전부 박살내서 여전히 화가 나 있다고." 소피는 고개를 저었다.

"갈퀴? 양날검 말이야?" 단테는 모욕을 당했다는 듯 기분 나빠했다. "성가셔, 그건 역할수행게임이라고 하는 거야. 이건 스포츠라고." 그가 아래에서 그녀의 발목을 붙잡았다. "중학생 꼬맹이, 방해하지 말고 돌아가."

"닥쳐, 루돌프." 소피는 흔들리는 카드 테이블 탁자에서 음료수 한 병을 집어 들고는 새로 따랐다. "어째서 아직도 내 오빠하고 노는 거야, 알렉스?"

알렉스는 청바지에 기름투성이 손을 닦았다. "자비심. 동정심. 난 착하니까."

단테는 비웃었다. "부서진 탁자한테 그렇게 말해보시지."

"그리고 약간의… 경쟁심." 알렉스는 난처한 표정이었다. 그는 무언가 해보려고 했지만, 본능이 지배할 때는 자신을 멈출 수 없었다.

"약간이라고? 내가 개라면 넌 투견이야, 인마." 단테는 팔꿈치로 몸을 일으켰다.

소피는 컵을 흔들었다. "적어도 둘 다 서로 함께지. 나는 왜 다른 사람이 오빠랑 어울리는지 모르겠어. 아니, 아무도 어울리지 않는지 말이야." 그녀는 오빠의 얼굴에 음료수를 쏟아부었다.

단테는 소피가 성큼 걸어오자 동생의 발목으로 돌진했다.

알렉스는 마치 무언가가 막 비껴간 것처럼 잠깐 옆집 현관 등이 밝아지는 것을 보았다.

그리고 알렉스는 떨쳐버렸다. 넌 편집증 환자처럼 굴고 있어. 그냥 산타랑 하늘을 나는 순록이야.

그러나 알렉스는 어두운 산울타리 뒤편으로 자신의 시선이 머무르는 것을 알았다. 만약 진짜 밖에 뭔가가 있다면?

마당 저 멀리 끝에, 그림자 저 너머로 검은 장갑을 낀 손이 다시 울타리를 제자리에 밀어 넣었다. 잔잔한 휴일 음악 위로 멀리 웃음소리가 흘러나왔다. 다른 사람들의 파티에서 들려오는 소리였다.

모르는 사람들이 즐겁게 지내는 소리. 적어도 평균적으로, 일반 사람들이 그들이 해야 하는 대로 진행하는 휴일의 소리였다.

하지만 모두를 위한 것은 아니다.

누군가의 얼굴이 산울타리와 마당 그리고 빨간 컵을 뒤로 남긴 채 다시 어둠으로 들어갔다. 알렉스 마노르가 옳았다. 무언가가 밖에 있었다. 설사 그것이 날아다니는 순록보다 더 운명적인 것일지는 모르겠지만 말이다.

쉴드 열람 가능
허가 등급 X

순직 [LODD] 조사
참조: 쉴드 케이스 121A415
사령부 요원 [AIC]: 필립 콜슨
회신: 나타샤 로마노프 요원, 일명 블랙 위도우, 일명 나타샤 로마노바
기록: 국방성, LODD 조사 청문회

국방성: 소년. 소년 이야기부터 시작하죠.
로마노프: 네, 알겠습니다.

국방성: 쉴드에서 사려 깊게 준비해준 여기 산더미같이 쌓인 서류 작업을 살펴보면, 그는 이 일과 아무런 관련이 없어 보이는군요.
로마노프: 그런 것 같습니다.

국방성: 그 케이스는요?
로마노프: (주저하다.) 그건 기밀 정보일 겁니다.

국방성: 요원, 지금은 기밀 국방부/순직 공청회입니다. 아닌가요?
로마노프: (마이크 뒤에 앉는다.)

국방성: 로마노프 요원? 본인이 선서하셨다는 걸 상기시켜드리고 싶군요.
로마노프: 쓸데없는 소리는 그만하죠. 내가 뭘 했는지, 그리고 왜 그것이 제 책임인지 알고 있습니다. 만약 물건이 정말 어디로 갔는지 알고 싶다면 아바와 나부터 시작했어야죠. 그걸 듣고 싶은 겁니까?

국방성: 내가 듣고 싶은 건 그 이유입니다.
로마노프: 정말… 미국식이네요.

국방성: 기다리겠소

CHAPTER 5
아바

뉴욕, 브루클린,
포트 그린의 YWCA 지하

아침에 아바 올로바가 눈을 떴을 때, 그녀가 들을 수 있는 것은 백조의 호수뿐이었다. 아바의 아빠는 아기 때 잠을 깨우면서 차이콥스키를 흥얼거렸었다. 그러다 나중에 그녀가 어린 소녀가 되었을 때는 이불을 덮어주면서 흥얼거렸다.

지금 아바에게 남은 것은 그게 다였다. 그녀는 엄마에게 그리고 아빠에게도 무슨 일이 일어났는지 알지 못했다. 그녀는 그저 그들이 사라졌고, 몇 년 전 오데사를 떠날 때쯤엔 그곳에 더 머물 이유가 없다는 것을 알았다.

아바는 얇고 울퉁불퉁한, 분명 백조 같지 않은 매트리스 아래로 딱딱한 바닥을 느낄 수 있었다. 냉기가 뿜어져 나오자, 그녀는 오번 노숙자 보호소에서 훔쳐온 침낭을 어깨까지 끌어올리곤 몸을 부르르 떨었다. 한 마리 깡마른 뱃가죽을 한 앙상한 고양이 사샤를 제외하면, 아바는 평범한 방에 혼자 있었다.

아니 어쩌면 그런 세상에 있는 것일 수도.

그 방을 침실이라고 할 수 있다면, 전구 하나만이 그녀의 침실 천장에 매달려 있었다. 높고 작은 창문들은 아바가 임시로 머무는 방이 사실은 지하실이라는 것을 말해주는 첫 번째 단서였다. 두 번째 단서는 콘크리트 바닥의 축축한 웅덩이와 벽 주변에 쌓여 있는 재활용 신문, 그리고 오래된 캔과 병이 들어 있는 가방이었다.

감옥처럼 보였지만 아바는 죄수가 아니었다. 엄밀히 말해, 감옥 같은 곳에 있는 것은 아니었다. 쉴드가 처음 그녀를 이 나라에 데리고 왔을 때, 그들은 그녀를 세 곳에 데려갔다. (미국을 경험할 수 있는) 야구 경기장, (상표가 없는 옷을 사기 위한) 박스형 대형 매장, 그리고 (한때는 미군 벙커였고, 여전히 감옥처럼 느껴지는) 7B에 데려갔다. 비밀 은신처에는 이름이 없었다, 그래서 아바는 그곳을 철근 콘크리트 건물에서 그녀가 지냈던 침실 번호 7B로 생각했다. 5년 동안 그녀의 유일한 동료는 교대 근무하는 지도교사와 보안 요원, C-SPAN(미국의 케이블 텔레비전 네트워크로 24시간 정부 활동과 공공 이슈를 전문적으로 다룬다-옮긴이)만 나오는 낡은 텔레비전, 그리고 끝없이 제공된 전자레인지용 맥앤드치즈였다.

절대 다시는 싫어.

아바는 3년 전부터 혼자였고, 절대 뒤돌아보지 않았다. 감시자의 눈을 피해 그녀가 훔칠 수 있는 것들을 낡고 작은 가방에 쑤셔 넣고

7B를 떠났던 열네 번째 생일 이후로는 그런 적이 없었다. 생존이 달린 문제였기에 아바는 그것이 절도라 생각하지 않았다. 그것 말고도 그녀는 몇 년간 보안 요원의 재킷에서 돈을 조금씩 빼돌려왔고, 결국 자신이 뉴욕으로 편도 여행을 갈 표를 살 만큼 충분히 돈을 갖게 되었다는 것을 알았다. 뉴욕에서 아바는 자신이 원하는 대로 드나들 수 있는 곳을 찾을 때까지 은신처를 여기저기 옮겨 다녔다. YWCA의 외풍이 있는 지하실에서 살면서 얻은 이점은 그녀가 떠나도 아무도 알아채지 못했고, 집에 돌아와도 신경 쓰지 않는다는 것이었다. 자유와 독립은 가출 청소년이 되면서 얻은 특권이었다.

이제 열일곱 살이 된 아바는 그녀가 지하실에 살면서 보았던 고양이 사샤처럼 앙상했다. 아바의 머리카락은 오데사에서 어린 시절을 보냈을 때처럼 계피색이었는데 2층의 공동 라커룸에서 나오는 얼어붙을 정도로 차가운 수돗물로 머리를 감다 보니 컨디셔너까지 할 여유는 없었다. 빗질할 여유도 없기는 매한가지였다. 요즘 그녀의 빨간 곱슬머리는 야생 매듭처럼 헝클어져서 꼬여 있었다. 쉴드를 떠난 후 뜨거운 물로 목욕을 하는 게 쉽지 않았다. 그래서 절실했다. 전에도 그랬다. 우크라이나에서도 포트 그린의 YWCA만큼이나 뜨거운 물 사정은 좋지 못했다.

사샤가 울었고, 아바는 몸을 굴렸다. 그녀는 매트리스 아래에서 낡은 수첩과 수첩에 꽂힌 연필을 슬며시 빼서는 종이에서 눈도 떼지 않고 빠르게 스케치하기 시작했다. 아바는 일어나자마자 습관처럼 꿈꾼 것을 그렸다. 그녀에게는 침대, 종이 그리고 약간의 목탄이나 연필이 있었다. 항상 그랬던 건 아니었지만.

사샤가 종이 가장자리를 물자 아바는 올려다보지도 않고 고양이를 밀어냈다. 그녀는 이미 눈을 감았을 때 보았던 소년의 모습을 대충 그리고 있었다. 언제나 같은 소년이었다. 어두운 눈과 팔에 문신을 한 소년. 타투 보이. 아바는 그를 그렇게 불렀다. 그에 대해 말할 때면, 적어도 고양이 사샤, 때로는 옥사나 앞에서도 그를 그렇게 불렀다. 아바는 옥사나가 이 나라에서 자신이 사귄 유일한 친구라고 생각했지만, 결코 스케치를 보여준 적은 없었다. 아바는 자신이 알았던 사람인 듯한 그에 대해 너무 자주 꿈꾸는 것을 어떻게 설명해야 할지 몰랐다. 어쨌든 아바가 떠났을 때 옥사나는 오번 대피소에 머물렀고, 아바가 아침에 스케치를 하는 것을 자주 보지는 못했다.

아바의 손이 페이지를 지나 곡선을 그렸고, 흑연으로 형태를 만들었다. 코의 곡선. 그의 넓은 선. 튀어나온 턱선과 광대뼈를 넓게 그렸다. 검고 넓은 눈. 머리카락은 제멋대로 곱슬곱슬하게 뻗쳐서 얼굴을 거의 가리고 있었다.

아바는 북적이는 마당 뒤쪽에 서서 자신을 똑바로 바라보고 있는 그를 그렸다.

나의 알렉세이.

알렉세이 마노로프스키.

그것은 아바의 꿈의 언어인 러시아어로 남아 있는 그의 이름이었다. 그녀는 누군가가 그를 알렉스라고 부르는 것을 들었다. 무언가 잃어버린 것처럼 이상하고 짧게 느껴졌다. 오늘 밤 꿈에서 그는 어떤 종류의 게임에서 승리를 거두고 팔을 들어 올리고 있었다. 마치 친구와 함께 있는 것만으로도 즐거운 것 같았는데, 그런 그를 보는 것은 아바를 더 외롭게 만들었다.

아바, 넌 친구가 필요 없어. 너에게 필요한 건 네 머리야. 너는 황소처럼 강하고 면도칼처럼 날카로워야 해. 그렇게 되겠다고 내게 약속하렴.

아바가 수첩을 응시하고 있을 때, 어머니가 그녀의 마음속에 마지막으로 속삭였다. 동유럽에서 가장 중요한 양자물리학자인 올로바 박사는 자신이 성취한 모든 것을 위해 싸울 험난한 방법을 알고 있었다.

아바는 무시하려 했지만, 또 다른 목소리가 말을 걸었다. 항상 그랬듯이.

아바, 내가 할 수 있다면, 너도 할 수 있어…. 우린 똑같아.

토트 제 사모예. 똑같아.

그것은 검은 옷을 입은 여자가 사라지기 전에 그녀에게 한 말이었다. 그러나 아바는 누구와도 같지 않다. 특히 그녀와는 더욱. 아바는 이제 그것을 알고 있다. 아바는 혼자였고, 항상 그럴 것이다. 그녀는 강하고 날카로울 것이다.

엄마가 옳았으니까.

그녀는 한숨을 쉬며 마지막 디테일을 더했다. 소년의 산타할아버지 모자. "행복한 크리스마스 보내, 사샤." 사샤는 울음으로 대꾸하며, 한쪽 발로 종이를 홱 잡아당겼다.

아바는 한 손으로 고양이 사샤의 턱 밑을 긁어주었고, 다른 손으로는 스케치북을 휙 넘겼다. 이 책은 몇 년 동안 그래왔듯이 그녀의 미친 꿈에 대한 유일한 기록이었다. 만약 직접 그리지 않았다면, 스스로도 믿지 않았을 것이다. 거의 모든 페이지에 알렉세이가 있었다. 펜싱, 킥복싱, 친구 오토바이 뒤에 타기, 교실 창문 내다보기, 갈색 눈을 한 강아지와 놀아주기. 아바는 손가락으로 숯을 문질러서 부드러운 선을 흐리게 만들었다.

알렉세이 마노로프스키, 넌 누구니?

왜 난 꿈속에서 너만 보는 거야?

나하고 무슨 상관이 있는 거지?

그녀는 질문에 대답하지 않고 페이지를 넘겼다. 그곳은 집이었다. 오데사와 그전의 모스크바. 그녀는 그것을 기억할 수 있었다.

연구실 외투 깃 위로 보이던 엄마의 얼굴.

구운 사과.

아바가 아끼는, 머리가 도자기로 만들어진 낡은 발레리나 인형. 카롤리나. 그 인형은 부모님에게 받은 선물이었다. 아주 오래전에.

이것들은 아바가 어린 시절을 떠올리게 하는 얼마 안 되는 몇 가지 순간들이었다. 그래서 끊어진 목걸이에서 흩어진 구슬들처럼 엉망이었다.

아바는 더 많은 것을 알고 싶었다.

그녀는 새로운 그림으로, 어두운 기억으로 옮겨갔다.

수년 전에 그녀가 모든 것을 잃었던 오데사의 창고.

목 둘레에 철조망 무늬를 새긴 대머리 남자. 그 괴물은 아바의 온 세상을 앗아갔다. 그녀는 그를 늘 멍한 검은 눈을 가진 악마처럼 그렸다.

그게 그가 한 짓이야.

별로 기억나는 것은 없었지만, 그 검은 눈이 아바를 조롱했던 기억은 떠올랐다. *아무도 널 찾아오지 않을 거야, 어린 프테네. 아무도 널 원하지 않아. 아무도 신경 쓰지 않아.*

너의 소중한 마모치카조차도 말이야.

아바는 페이지를 계속 넘기며 일부러 생각을 다른 쪽으로 옮겼다.

유령의 말처럼.

스케치 너머, 여백이 있는 곳은 어디에나 이상한 단어들이 휘갈겨 쓰여 있었다. 몇 단어는 잃어버린 퍼즐의 남은 조각들처럼 계속해서 나타났다. 그녀는 이것이 자신의 꿈, 기억, 과거를 불러들이는 것이라는 사실 말고는 무슨 뜻인지 알 수 없었다. 친숙한 글자 배열을 보자 머리가 아팠지만, 그녀는 자주 그것을 응시했다.

KRASNAYA KOMNATA.

OPUS.

LUXPORT.

언제나 똑같았다. 그녀는 그 단어들이 쉴드가 그녀를 오데사의 부두에서 발견했던 밤과 모호한 연관이 있다는 것 말고는 더는 아무것도 기억하지 못했다. 그들에 대해 다른 건 거의 기억도 안 났고, 말이 되는 것도 없었다. 그 네 단어를 제외하면, 한 가지밖에 없었다.

의미 없는 종이 한 장.

고양이 사샤는 페이지 가장자리를 꽉 잡았다.

맨 마지막 페이지에는 그녀가 주머니에 넣고 다니기를 그만두고 꺼내두었던 것이 있었다. 빛바랜 사진 한두 장을 제외하면, 우크라이나에서의 그녀의 삶에서 유일하게 남은 것. 옛날 유로, 반으로 찢어진 채 휘갈겨 쓴 두 단어와 모래시계 모양으로 그려진 이미지.

블랙 위도우.

나타샤 로마노프를 의미하는 표시였다. 타투 보이가 꿈에 나타나기 전에 아바의 꿈에 나타났던 검은 옷을 입은 여자.

엄마를 살해한 미친놈에게서 아바를 구해준 사람. 결국, 그녀를 가두고, 잊어버리고, 먼 바다에서 온 또 한 명의 난민처럼 만들어버렸지만.

블랙 위도우는 그녀에게 이런 식의 삶을 주었다. 이런 특권. 집도 없고, 엄마도 없는, 외톨이의 삶. 낯선 땅에서 늘 이방인으로 살아야 하는 삶.

아바는 나타샤 로마노프가 히어로라는 것을 알고 있었다. 그녀와 그녀의 강력한 친구들은 인류를 보살펴야 했다. 나타샤 로마노프는 그녀도 돌봐야 했다.

네가 부르면, 내가 갈게, 세스트렌카. 약속해, 꼬마야.

아바는 불렀다. 아바는 모래시계 표시가 있는 빛바랜 유로를 움켜쥔 채 찾았다. 하지만 나타샤 로마노프 한 번도 그녀를 찾아오지 않았다.

나타샤 로마노프는 어벤져스였다. 그들은 세상의 다른 사람들보다 훌륭했다. 어쨌든 세상 사람들은 그렇게 생각했다. 아바만이 그것이 사실이 아니라는 것을 알았다.

블랙 위도우는 절대 아바 올로바에게 히어로가 될 수 없을 것이다.

그녀는 결국 실망만 할 것이다.

또 하나.

고양이 사샤가 스케치북에서 뛰어 올라와 아바의 어깨 위에 습관적으로 정착했다.

사람들은 널 실망하게 했어, 히어로까지도. 그것은 아바가 결코 잊지 못할 교훈이었다. 황소처럼 강하고 면도칼처럼 날카로워져라. 그녀는 이제 그렇게 되었다.

엄마가 자랑스러워할 것이다.

순직 [LODD] 조사
참조: 쉴드 케이스 121A415
사령부 요원 [AIC]: 필립 콜슨
참고: 나타샤 로마노프 요원, 일명 블랙 위도우, 일명 나타샤 로마노바
기록: 국방성, LODD 조사 청문회

국방성: 그럼 접촉하기 전부터 문제가 있다는 걸 알고 있었군요?
로마노프: 아뇨, 아닙니다.

국방성: 하지만 그녀는 꿈을 꾸고 있었습니다. 기억을 다시 만들고 있었죠. 분명 징
후가 있었습니다.
로마노프: 전 치료사가 아닙니다.

국방성: [웃으며] 그래요?
로마노프: 일단 그녀가 쉴드 지사에서 사라지면서, 그녀에게 어떤 징후가 나타나고
있는지 알 길이 없었으니까요. 그녀가 어디 있는지도 몰랐습니다.

국방성: 그러니까 당신 말은 스파이들이 운영하는 시설에서 이 아이를 잡아둘 수
없었다는 겁니까?
로마노프: 그렇습니다.

국방성: 그럼 소년은요?
로마노프: 제가 말했듯이….

국방성: 알아요, 알아. 기밀이라는 거죠. 좀 맞춰주세요.
로마노프: 이 상황에서는 그럴 수가 없네요.

국방성: 요원, 제가 들을 만한 이야기를 해줄 수 없다면 그건 청문회라 할 수 없습니다.

로마노프: 별로 좋아하지 않을 텐데요.

국방성: 그렇지 않을 겁니다.

CHAPTER 6
알렉스

뉴저지, 몽클레어,
알렉스 마노르의 집

다음 날 아침, 알람이 울리기 전에 문 두드리기가 시작되었다. 오래된 시계 라디오에서는 더 트레이츠가 부른 〈아무도 헐크를 사랑하지 않아요〉라는 노래가 흘러나왔다. 알렉스가 잠든 침대 옆 책상에서 쾅쾅 울려 나왔지만, 그는 그 소리에도 꿈적하지 않았다.

사실, 거기에 맞춰 코를 골고 있었다.

알렉스는 여행을 위해 늦게까지 짐을 싸느라 밤을 지새웠다. 그래서 그의 방은 지금 토네이도가 휩쓸고 간 것처럼 보였다. 여기저기에 (분리해야 할 깨끗한 것과 지저분한) 세탁물, 선반 위에 (오리지널 패키지 상품이 아닌) 만화책과 수집품 더미(알렉스는 그런 남자가 되고 싶지 않았다), 그리고 한쪽 구석에 걸려 있는 상태가 별로인 아이언맨 포스터가 있었다. (테일러 스위프트의 머리가 토니 스타크의 몸에 붙어 있다는 사실은 알렉스에게는 중요해 보이지 않았다.) 테일러 스타크는 단테가 가장 오래 한 농담이었다.

방 저 끝에는 펜싱 경기에서 받은 메달들이 커튼 봉에 달랑달랑 매달려 있었는데, 문 두드리는 소리가 라디오 소리보다 커지자 막 흔들리기 시작했다.

"알렉스! 그것 좀 꺼. 버스 시간에 늦었어." 엄마 목소리는 천 개의 알람보다도 별로였다. 꿈을 깨우는 소리였다.

알렉스는 신음했다. "생각해보면, 내일 버스를 타기에는 일찍 일어났거든요." 그 때문에 머리만 더 지끈거릴 뿐이었다. 알렉스는 한쪽 눈을 뜨고 시트를 더듬었다.

거기야.

알렉스는 반쯤 먹은 사과를 꺼내 책상 위에 있는 라디오로 던졌다. 라디오는 터져서 플라스틱 부품 조각이 돼버렸다. 하지만 적어도 음악은 멈췄다. 그의 목표는 판단력보다 나았다.

알렉스는 일어나 앉았다. "소리 좀 그만 질러요. 정말 알고 싶은지 모르겠지만, 전 이미 옷도 다 입었다고요."

침대에서 빠져나와 차가운 바닥에 발이 닿자 알렉스는 몸을 떨었다. 그 느낌은 악몽을 되살아나게 했다. 그는 겨울 숲에서 길을 잃었고, 한 걸음 한 걸음 갈 때마다 눈 속으로 더 깊이 가라앉고 있었다. 주변에는 벌거벗은 나무와 하얀 하늘만 있었고, 그는 허리까지 얼어붙을 정도로 차가운 눈에 덮여 있었다.

그러고 나서 눈이 머리를 덮었고, 숨을 전혀 쉴 수 없었다.

꿈처럼 느껴지지가 않았다. 너무 현실적이어서 꿈이라기보다는 기억 같았다. 그의 발은 동상으로 사실상 마비되었다.

"움직이는 소리가 안 들리는데." 문 뒤에서 들려오는 목소리가 그의 상념을 방해했다.

알렉스는 움직였다.

알렉스의 엄마는 현관 앞에 아들을 세우고는 귀에서 이어폰을 확 잡아당겼다. 그는 고개를 끄덕이며 훌라춤을 추는 고양이가 그려진 엄마의 운동복 상의와 청바지를 가져왔다.

"새 운동복이니?" 새것은 아니었기 때문에 그는 그냥 그렇다고 말하며 히죽댔다.

마노르 부인은 눈을 흘겼다. 그녀는 여행사 직원이었는데, 모든 지역의 이국적인 운동복을 갖고 있었다. 이 운동복에는 야-옹 케아 해변, 하와이라고 쓰여 있었다.

물론 그랬다.

알렉스의 엄마가 모든 사람에게 한 가지 꼭 필요하다고 생각하는 것이 있었는데, 바로 고양이와 휴가였다. 완벽하게 말하면 휴가 중인 고양이가 그녀에게 꼭 필요한 것이었다. 엄마의 고양이 스탠리는 어디든 그녀와 함께했다.

"잊어버린 거 없어?" 마노르 부인은 우쭐한 표정으로 버스표를 들었다.

"절대로요." 알렉스는 잊고 있었기 때문에 인쇄된 표를 주머니에 넣고, 옷장 옆에 놓여 있던 펜싱 가방을 들었다. "고마워요, 엄마."

"수업이 끝나면 바로 버스가 떠나니까 너는 곧장 펜역으로 가야 해. 팀원들과 함께 있어. 코치와 떨어져서 배회하지 말고. 곤란해지면, 나는 할머니 할아버지 댁에 있을 테니까." 마노르 부인은 걱정이 되는 모양이었다. 알렉스의 추측대로라면, 아마도 애틀랜틱시티에서 슬롯을 하려다 팀원 전원이 적발되었던 마지막 토너먼트 때문일 것이다.

알렉스가 히죽 웃었다. "곤란한 상황이요? 북미컵이에요, 엄마. 전쟁터에 가는 게 아니라고요."

그녀는 고개를 가로저었다. "넌 정말 *말썽꾸러기야*, 알렉산더 마노르. 네 핏속에는 말썽이 있거든. 네가 가는 곳마다 문제야."

"아니—" 알렉스는 표를 확인했다. "필라델피아." 그곳은 분명 그가 가려 했던 곳이었다. 그는 마음속으로 메모했다. 치즈 스테이크.

알렉스는 엄마를 힘껏 껴안은 뒤, 배낭을 메고 펜싱 가방을 끌었다. "약속해요. 말썽도 없고, 문제도 없을 거예요. 말싸움도요."

"싸워도 안 되고, 물어뜯지도 마. 이번에는 블랙카드도 금지야. 레드카드도 안 돼."

"약속할게요."

"그런 말 하지 마. 우리 둘 다 약속을 하면 실망하게 된다는 사실을 알고 있는 거 같으니까." 그녀는 한숨을 쉬었다. "기준을 낮게 잡는 게 더 좋을 거야."

"제포닝하지 않는 건 어때요? 이건 아마 약속할 수 있을 거예요." 알렉스는 엄마의 뺨에 입을 맞추었다. "일요일에 돌아올게요. 저 없는 동안 제 방은 청소하지 *마세요.* 하나라도 버리면 전 다 알아요."

그녀는 당황하지 않고 어깨를 으쓱했다. "말했잖니. 호더(수집광-옮긴이)에게 전화할 거야. 만약 그들이 우리 집에 온다고 하면, 난 막지 않을 거야."

"말했잖아요. 수집품이라니까. 하나도 안 돼요. 테일러 스타크도 안 돼요. 자바 더 헛도 안 되고, 어벤져스도 안 된다고요." 알렉스는 씩 웃었고, 그의 어머니는 여전히 미소를 띤 채 어깨를 으쓱했다. "맹세하마."

그녀는 습관적으로 아침 도넛을 아들의 입속으로 밀어 넣으면서 대답했다.

알렉스가 인도를 따라 내려갈 때, 엄마의 미소가 흐려졌다. 잠시, 마릴린 마노르 부인은 마치 강철로 만들어진 것처럼 보였다. 알렉스가 모퉁이를 돌자, 마노르 부인은 휴대전화를 꺼내 숫자 버튼 몇 개를 눌렀다. 그러고선 뭔가를 찾는 것처럼 거리를 살피며 현관에서 멀리 걸어 나갔다. 그녀의 두 눈은 자동차에서 자동차로, 울타리에서 울타리로, 그리고 옥상에서 옥상을 흘깃 바라보고 있었다. 거기에 뭔가 있었다면, 그녀는 아무것도 못 본 것 같았다.

마노르 부인은 운동복을 입었음에도 몸을 떨었고, 전화기를 주머니에 넣었다.

이웃집 굴뚝 뒤로, 검은 장갑 낀 손이 쌍안경을 떨어뜨렸다. 의심의 여지가 없었다. 마릴린 마노르의 걱정은 옳은 것이었다. 그녀가 엉뚱한 곳을 보긴 했지만.

마노르 가족을 바라보는 시선이 있었다. 이제 문제는 그것이었다. 알렉스의 엄마가 생각한 것처럼 알렉스 마노르의 피에 문제가 있건 없건 그것은 아무 문제도 아니다. 이번에는 십대 소년을 애틀랜틱시티에 풀어놓은 것보다 더 걱정해야 할 일이 생긴 것이었다.

순직 [LODD] 조사
참조: 쉴드 케이스 121A415
사령부 요원 [AIC]: 필립 콜슨
회신: 나타샤 로마노프 요원, 일명 블랙 위도우, 일명 나타샤 로마노바
기록: 국방성, LODD 조사 청문회

국방성: 그럼 우리가 그 소년을 주시하고 있었다는 겁니까?
콜슨: 아니요, 제가 알기로는 아닙니다.

국방성: 콜슨 요원, 쉴드가 주시하고 있지 않았다고요?
콜슨: 알렉스 마노르에게 무슨 일이 있었건, 당신이 그를 뭐라고 부르고 싶건 전 이 렇게 말할 겁니다. 그건 제 권한이 아닙니다.

국방성: 그럼 누구의 권한이라는 겁니까?
콜슨: 제 권한 밖이라는 게 제가 아는 전부입니다.

국방성: 그 소녀는? 아바 올로바? 언제 그녀를 처음 만났습니까?
콜슨: 이반 소모도로프가 오데사에서 그녀에게 초극단파를 사용하려 할 때였습니 다. 나머지는 다 아시겠지만요. 그냥 어린아이였을 때 인질로 잡힌 것 같습니 다. 필라델피아에서도요.

국방성: 아, 그래서 필라델피아로 오게 되었죠.
콜슨: 어느 것도 그녀의 잘못은 아니었습니다.

국방성: 평범한 십대 소녀였기 때문이라는 건가요? 믿기 어렵군요.
콜슨: 아바 올로바는 평범한 십대 소녀가 아니었습니다. 그녀가 그랬다면 우린 이 런 대화를 나눌 필요가 없었을 겁니다.

국방성: 말해보시오, 요원.

뉴욕, 브루클린,
포트 그린의 YWCA

"프로시페이시야, 아바!" 일어나!

펜싱 칼날이 가슴에 닿자 아바는 다시 현실로 돌아왔다. 그녀가 눈을 떴을 때, 최근의 백일몽도 희미해졌다.

엄마한테 작별 인사를 하는 타투 보이, 그는 이상하게도 매서운 눈초리를 하고 있었어. 하지만 다른 것도 있었어. 누군가. 길 건너편에서 지켜보고 있는 누군가가 있었다.

총을 가진 사람.

칼날이 다시 그녀를 찌르자, 아바는 반사적으로 자신을 공격하는 사람이 쭉 뻗은 다리 아래로 그녀의 발을 차고 있다는 것을 알았다. 아바는 공격자를 바닥으로 세게 밀어버렸다. 심장은 쿵쾅쿵쾅 뛰고 있었다.

이건 새로운 거야.

아바는 이제 그녀의 친구 옥사나를 어색하게 내려다보았다. 옥사나는 목제 스트립에 기댄 채 속수무책인 상태였다. "미안해. 내가 왜 그랬는지 모르겠어."

"왜 그런지는 신경 쓰지 마. 그렇게 하는 건 어떻게 배운 거야?"

옥사나 데이비스는 웃고 있었다. 아바는 마스크 격자 틈새로 그녀의 반짝이는 갈색 눈과 똑같은 갈색 피부를 볼 수 있었다. 하지만 놀란 게 분명했다.

"어디서도 안 배웠어. 그냥 그렇게 된 것 같아." 아바는 자신의 마스크를 벗어버렸다. 아바 역시 설명이 충분하지 않다는 것을 알지만, 그게 사실이었다. 최근에 모든 것들이 아바에게 그냥 일어나고 있었는데, 어느 것 하나 설명할 수 없었다.

"네 수업료가 제값을 하기 시작했나 보네." 옥사나는 일어나 앉았다.

Y에선 2년 전부터 펜싱 기초 수업을 시작했는데, 아바와 옥사나는 도움이 될 수 있다면 수업을 절대 놓치지 않았다. 그들이 원하면 수업에서 언제나 장비를 사용할 수 있게 되어 있었고, 그래서 유아 수업과 은퇴자 수업으로 교실이 차지 않는 목요일에는 대부분 Y에서 많은 시간을 보내고 있었다.

두 소녀 모두 스포츠를 즐겼다. 두 소녀 모두 세상 어느 특별한 곳에도 맞지 않았고, 서로 옆에 있으면서도 맞추지 않는 것에 점차 익숙해져 갔다. 그들이 포트 그린의 오번 대피소에서 만났을 때 아바는 거의 말을 하지 않았지만, 옥사나는 러시아어로 말했다. 세상을 떠난 옥사나의 엄마는 발레리나였고, 아빠는 택시를 몰았다. 아바와 옥사나가 나눈 모든 대화들은 둘의 고향에 대한 것들이었다. 옥사나는 직접 가본 적이 없었지만, 러시아어는 그녀의 모국어였다.

아바가 처음 펜싱을 배운 건 우크라이나에서 초등학교에 다닐 때였다. 옥사나는 Y에서 하는 첫 번째 에페 수업에 아바를 데려갔다. 하지만 그때부터 옥사나는 유난히 긴 팔다리 덕에 유리한 점을 갖고 있었다. 아바는 빠르고 힘이 세며 전혀 겁이 없었지만, 호리호리한 친구보다 2인치 정도 작았다.

그런데 오늘 이 시합에서는 왜 내가 이겼지? 아바는 궁금했다. 그녀는 그 공격을 연습한 것이 기억나지도 않았다. 그리고 그녀는 백일몽에서 본 것 때문에 아직도 갈피를 잡지 못해서 자신을 방어할 준비가 전혀 되어 있지 않았다.

"한 번의 행운의 동작." 옥사나는 히죽 웃었다. "게다가, 너 또 네 꿈속 남자친구에 대해 생각하고 있었지. 타투 보이가 너에게 영감을 주는 것 같아." 옥사나는 마스크를 벗었다. 늘 그렇듯, 갈색 곱슬머리 절반이 머리에 쓰고 있던 보호 스카프를 빠져나왔다.

"아니야." 아바는 얼굴이 빨개지는 것을 느낄 수 있었다. "내 말은, 그가 아니라고." 그녀는 벽에 기대 앉아 다른 사람의 이름이 희미하게 찍힌 빌린 펜싱 재킷의 지퍼를 내렸다.

"네 거짓말이 형편없다는 거 알잖아. 네 최고의 장점이기도 하지만." 옥사나는 아바의 옆에 앉았다. "그러니까 말해봐. 오늘 타투 보이는 뭘 하고 있었어?"

아바는 고개를 숙였다. 마치 타투 보이가 그들이 공유하는 상상의 친구인 것처럼 꿈은 거의 그들 사이의 농담이 되어버렸다. "뭔가 잘 못됐어. 꿈이 변하고 있어." 아바는 친구를 바라보았다. "꿈이 악몽으로 변해가고 있어."

"계속해봐."

아바는 눈길을 돌렸다. "몰라. 상관없어. 진짜가 아니니까."

옥사나는 웃었다. "여기는 미국이야, 아바. 어떤 사람은 아이언 슈트를 입고 하늘을 날아다니고. 어떤 사람은 거미처럼 건물을 기어오르지. 다른 사람들은 거대한 초록 주먹이나 외계에서 가져온 망치로 도시를 깁스 상태로 만들고 있어. 무엇이 진짜인지 더 어떻게 알 수 있겠니, 미쉬카?"

아바는 슈퍼히어로가 구해주는 것이 공상이 아니라는 것을 알고 있다. 특히 삶에 출구가 보이지 않을 때. 그녀는 그냥 어깨를 으쓱했다. "그 사람들이 히어로니, 사나?"

"물론. 그렇게 생각하지 않아?"

아바는 대답하지 않았다. 그녀는 자신의 꿈에 대한 모든 것을 옥사나에게 이야기하고 스케치도 보여주고 싶었던 것처럼, 블랙 위도우에 대해서도 말하고 싶었다. 하지만 하나뿐인 친구와도 공유할 수 없는 부분이 있었다. 왜냐하면 말도 안 되는 소리였으니까.

사람들이 아이언 슈트를 입고 세상을 날아다니는 세상에서조차도.

알렉세이는 진짜일까?

아마도.

그럴 거야.

아바가 그를 만들어냈을 가능성도 있었다. 하지만 아바는 블랙 위도우를 만들어내지 않았다. 검은 옷을 입고 아바가 생각하는 대로 꿈에도 나타났지만, 블랙 위도우의 존재를 아바가 만들어내지 않았다는 것을 알고 있었다. 물론, 그들은 실제로 한 번 만났었고, 아마도 그것은 일종의 심리적 우상이었을지도 모른다. 외상 후 기억들이 꿈이라는 안전한 곳에서 펼쳐진 것이다.

하지만 알렉세이는 아니야.

그날 밤 그는 오데사에 없었어.

마침 때맞춰, 유령 같은 단어들이 아바의 머릿속으로 다시 떠올랐다. 지금까지 거의 8년 동안 그녀와 함께 지냈던 것들.

OPUS.

LUXPORT.

KRASNAYA KOMNATA.

열 살 무렵, 선생님 몰래 노트북으로 OPUS를 찾아보았지만, 그녀가 찾을 수 있는 범위에서는 클래식 음악 작곡의 형태이거나 만화 캐릭터에 대해서만 나왔다. LUXPORT는 우크라이나 수출 대기업 이름이었는데, 범죄자의 이름이기보다는 따분한 이름으로 보였다. KRASNAYA KOMNATA는 전혀 이해할 수 없는 것이었다.

크라스나야 콤나타.

레드룸.

글자 그대로의 번역. 그런데 왜? 어떤 레드룸이 아바나 그녀의 엄마에게 중요했던 걸까? 러시아 국기처럼 빨간색? 러시아인의 피처럼 빨간색?

아니면 창고가 폭발한 뒤에 생긴 불길처럼 그런 빨간색일지도 모른다. 아바의 정신은 단지 그날 밤을 기억만 하고 있었고, 이해하려고 노력했다. 그 방은 그녀의 기억일 뿐일지도 모른다.

빨간색이 뭐?

이제 옥사나는 칼날로 아바를 쿡쿡 찌르고 있었다. "여행 말이야. 우리 내일 정말 일찍 떠나야 해. 아침 6시쯤."

아바는 친구의 말을 잘랐다. "6시? 그게 첫 버스야? 필라델피아까지 버스 요금은 어떻게 내고?"

옥사나는 빙긋 웃었다. "내가 아무 말도 안 했었나?" 그녀는 칼날이 바닥에 덜컹거리며 떨어지도록 뽑았다. "택시를 부를 거야."

아바는 놀란 표정이었다. "네 아빠가 우릴 필라델피아까지 태워주는 거야?"

옥사나는 어깨를 으쓱했다. "나나가 시합을 시작할 때 말한 적이 있거든. 아빠는 알았다고 했고, 아빠는 우리의 꿈을 짓밟을 사람이 아니야." 그녀는 씩 웃었다. "음, 내 꿈. 네 꿈에 대해선 우린 이미 알고 있으니까."

아바가 그녀를 밀었다. "적어도 내 꿈에 대해선 나나가 얘기할 게 없겠지." 나나는 목요일마다 무료 강습을 해주는 미국인 자원봉사 코치였다. 반 애들이 모두 러시아어로 욕을 할 수 있다는 것은 이 세 사람만 아는 이야기였다. "토너먼트에 등록해야 하는 거 알잖아." 그것은 아바가 생각해낼 수 있는 최고의 방법이었다. 펜싱 토너먼트는 지금 아바에게 가장 관심 밖의 일이었다. 그녀는 종일 불안했고, 이제는 속도 메스꺼웠다.

꿈속의 총일 뿐이야. 그런데 그 생각을 멈출 수가 없어.

"같은 날 등록이 아직 열려 있다고 하면 어떡하지? 그리고 나나가 내게 등록을 할 거냐고 물으면 어떡해?" 옥사나는 빙그레 웃었다.

"내가 우리에게는 장비가 없다고 말할 것 같은데." 아바가 대답했다. 그녀는 여전히 정신이 없었다.

어쩌면 징조일지도 몰라, 그녀는 생각했다. *나쁜 일이 일어나려고 하는 것인지도.*

옥사나는 주위를 둘러보았다. "그러면 우리가 이걸 사용하면 된다고 말하면 되지."

"그렇다면 내가 훌륭하게 말한 셈이네. 이 장갑에선 누가 이걸 끼다가 죽을 정도로 냄새가 나지는 않으니까." 아바는 그녀의 것을 벗고, 바닥에 떨어뜨려버렸다.

옥사나는 미소를 지었다. "맙소사, 아바. 너 겁쟁이야? 타이 트루시? 그게 말이 돼?"

"난 겁쟁이가 아니야." 아바는 자신보다 치수가 3 정도 더 큰 재킷에서 빠져나왔다.

"네가? 아바 올로바, 네가 아무것도 두려워하지 않는다고?" 옥사나는 놀랐다.

아바는 어깨를 으쓱했다. "네가 시합을 청한다 해도 끝에 고무가 달린 작은 금속 날은 무섭지 않아. 나는 러시아인이니까."

나는 오데사에서 미친 사람에게서 살아남았고 폭발과 블랙 위도 우에게서도 살아남았으니까.

그녀는 그날 밤에 관해 이야기한 적이 없다. 옥사나에게도. 창고 나 오데사에 관해서도 이야기하지 않았다. 그렇다고 해서 그녀가 그 것을 생각하지 않았다는 것은 아니다.

모든 것이 산산이 조각났던 시간.

"토너먼트 칼날에는 고무 끝이 없어. 알고 있지?" 옥사나가 드디어 말했다.

"별로 다를 건 없으니까."

"좋아." 옥사나는 포기했다. "안 가도 돼."

그들은 말없이 나란히 앉았다. 더 말할 것이 없었다. 아바는 옥사 나가 토너먼트에 얼마나 가고 싶어 했는지 알고 있었다. 옥사나는 아 빠가 엄마의 죽음이나 그녀가 지금 혼자라는 사실에 대해 먼저 말을 꺼낼 때처럼, 꼭 필요할 때가 아니고는 아빠에게 거의 말을 하지 않 았다.

하지만 그녀는 혼자가 아니야. 우린 서로가 있잖아.

아바는 옥사나의 시선을 느낄 수 있었다.

"좋아." 아바가 천천히 말했다. 그녀는 그 감정을 대수롭지 않게 여겼다. 징조는 없었다. 나쁜 일은 이미 일어났고, 꿈속의 소년들은 죽지 않았다. 아바가 아는 한, 그들은 살아 있지도 않다. "좋아, 그래. 네가 이겼어. 가자."

옥사나가 웃으며 주먹을 들었고, 둘은 서로 주먹을 부딪쳤다. 그런 뒤 옥사나는 아바의 땀에 젖은 어깨에 머리를 기대고, 사용 후 늘 어놓은 펜싱 기구를 분류하기 시작했다.

이가 나간 칼날과 냄새나는 마스크, 큰 치수의 재킷과 지퍼가 망가진 바지 사이에서 아바는 총, 실재하지 않는 망령과도 같은 유령어, 그리고 검은 옷을 입은 여자, 이 모든 것을 잊어버렸다.

그녀는 부모님이 왜, 어떻게 사라졌는지, 그리고 그것이 누구 책임인지 궁금해하던 것을 멈췄다. 진짜가 아닌 소년들과 영웅적이지 않은 영웅들에 대해 생각하는 것도 멈췄다.

소녀들이 얼음장처럼 차가운 물로 샤워를 하면서, 길 잃은 고양이와 함께 길 잃은 고양이처럼 Y의 지하실에 사는 것이 정상으로 여겨질 수 있다면 모든 것이 정상으로 돌아간 것이다. 아바가 알고 있던 다른 어떤 것들과 마찬가지로 정상이었다.

얼음처럼 차가운 물은 거의 말 그대로 너무나 지루했다.

적어도 분명했다.

그것이 아바가 추위에 전혀 개의치 않는 이유였다. 그녀는 추위에 의존했다.

추위는 그녀의 기억을 밀어내고 머리를 덜 아프게 했다. 아바가 가질 여유가 없는 유일한 것은 느낌이었기 때문에 중요했다.

그녀는 이미 너무 많은 것을 느꼈다.

그녀는 이미 스스로의 영웅이 되어야만 한다는 것을 알고 있었다.

순직 [LODD] 조사
참조: 쉴드 케이스 121A415
사령부 요원 [AIC]: 필립 콜슨
회신: 나타샤 로마노프 요원, 일명 블랙 위도우, 일명 나타샤 로마노바
기록: 국방성, LODD 조사 청문회

국방성: 그럼 당신은 싸우기 전에는 아무런 접촉도 하지 않았다는 말입니까?
로마노프: 아닙니다. 좀 더 생각해보고는 관계를 끊는 게 가장 좋겠다고 생각하고 그렇게 하기로 했었습니다.

국방성: 왜죠?
로마노프: 네?

국방성: 왜 관계를 끊은 겁니까? 내가 읽은 바로는, 당신은 타고 남은 잔해에서 그녀를 꺼냈습니다. 그녀의 언어를 말했고, 전쟁고아인 그녀와 당신을 동일시했습니다. 거의 자매처럼 말이죠.
로마노프: 제가 무슨 말을 할 수 있을지 모르겠네요.

국방성: 당신이 무슨 말을 할지 궁금하군요. 진실을 억누르고 있어요. 로마노프 요원, 당신은 그녀의 목숨을 구하고 이 나라로 데려온 후에, 다시는 그 아이에게 말을 걸지 않았어요.
로마노프: 제가 딱 큰언니 유형은 아니니까요.

국방성: 현장 작전에서는 그녀를 포함해 아무런 문제가 없었나요? 이 작은 소녀의 생명이 위험에 빠지고 있다는 걸 알고 있었습니까?
로마노프: 네, 알았습니다.

국방성: 그래서? 걱정되지는 않았나요?

로마노프: 말했듯이, 전 꼭 큰언니 유형은 아니라서요.

국방성: 나도 그 점은 알아채기 시작했어요.

필라델피아 시내,
필라델피아 컨벤션 센터

　　　　　　　　"미쳤어." 단테는 머리를 흔들었다.
"우리 늦었다고."

　하지만 알렉스는 컨벤션 센터 앞 인도에서 꼼짝도 하지 않았다.
"진짜야. 누가 따라오고 있다고. 여자야. 그게 나를 무섭게 해. 그 여
자를 펜역에서 봤었는데, 방금 또 본 것 같아." 알렉스는 번화가 한쪽
끝에서 다른 쪽 끝을 바라보면서, 늘 그렇듯 주머니에서 치즈 스테이
크 반을 꺼내 기름진 포장지를 풀었다. 알렉스는 스트레스를 받을 때
면 늘 먹었다. 마약 중독자보다는 나으니까. 그는 울퉁불퉁한 치즈
쇠고기를 한 입 먹었다. "아마 CIA일 거야."

　"어젯밤과 똑같은 치즈스틱이야? 대답하지 마. 넌 문제가 있어."
단테는 약간 역겨워하는 것 같았다. "어쨌든 섹시한 CIA 요원이 있

74

어도 체크인을 놓치지는 않을 거야."

"난 그 여자가 섹시하다는 말은 안 했는데." 알렉스는 거리를 샅샅이 살폈다. 여자는 밖에 있는 게 확실했다.

단테는 알겠다는 표정을 지었다. "그럼 왜 신경 쓰는 건데?"

알렉스는 친구를 바라보았다. "넌 멍청이야. 너도 알지?"

단테는 눈을 굴렸다. "그래, 그럼 여기 있으면서 혼자 눈에 띄면 되겠네. 치즈 스테이크." 그는 가방을 잡고 움직이기 시작했다. "내가 멍청이라며." 알렉스는 친구를 따라 안으로 들어갔다.

소년들의 재킷에는 몽클레어 NJ 펜싱 연맹이라고 쓰여 있었지만, 여긴 더 이상 뉴저지가 아니었다. 컨벤션 센터는 그들처럼 백 개 이상의 클럽에서 온 땀에 젖은 운동선수들로 가득했다. 금속으로 만든 보도처럼 보이는 펜싱 줄이, 너무 많아서 컨벤션 홀 전체를 가득 채울 정도였다. 벽에는 우승기, 포스터, 깃발 그리고 전단 같은 것들이 붙어 있었고, 거대한 방의 가장자리엔 노점상들이 늘어서 있었다. 번쩍이는 디지털 점수판에 쓰여 있듯 이곳에선 북아메리카컵연맹전(NAC)이 열리고 있었다. NAC 토너먼트는 대수롭지 않은 일이 아니었다.

CIA에 미행당해서 안절부절못하는 거야, 알렉스는 생각했다.

소년들은 군중을 헤치고 한 무리의 남자아이들과 훨씬 더 큰 펜싱 가방들이 엉망진창 원형으로 쓰러져 있는 곳으로 갔다. 덕트 테이프로 도배된 벽에 약간 삐뚤어진 몽클레어 연맹 간판이 걸려 있었다.

알렉스는 팀원을 보고 얼굴을 찡그렸다. "주렉은 여기서 뭘 하는 거야? 같이 훈련 받지도 않았잖아."

"단 2점 차로 훈련을 놓쳤다고 하던데." 늘 농담이었다. 몽클레어 연맹의 캡틴인 제프 주렉은 절대 자신의 결과를 말하지 않았다. 그는 우리 결과를 알고 있었고, 자신이 훨씬 더 잘한다고 말하길 좋아했다. 그의 말대로라면 그는 단 2점으로 인생에서 누려야 할 모든 것을 놓쳤다.

"야, 이봐. 그 자식이 우리에게 또 캡틴이라고 부르게 하면 가만 안 두겠어." 알렉스는 노려보았다. 주렉은 캡틴 아메리카를 우상화했는데, 그것은 별로 특이한 일은 아니었다. 대부분의 고등학생은 한두 명의 슈퍼히어로를 경배했고, 적어도 자신과 동일시했다.

그러나 이 경우는 펜싱 캡틴과 슈퍼히어로 캡틴 사이엔 공통점이 전혀 없다는 점에서 그 누구도 이해할 수 없었다. "슈퍼 빌런은 어디에 있는데?"

"그냥 그 인간에게서 떨어져. 진짜야. 미스터 블랙카드." 단테는 고개를 저었다. "그럴 가치도 없어."

"알아." 알렉스가 말했다. "그냥—"

"나도 알아." 단테는 한숨을 쉬었다.

그들은 더는 아무 말도 하지 않고, 여러 무대에서 펜싱 준비를 하는 다른 사람들에게 합류했다. 모두 탄도 나일론 장비를 갖췄으면 좋을 텐데 그렇지 않았기 때문에 토너먼트를 준비하는 데는 시간이 걸렸다. USFA 규정에 따라 모든 보호 장비를 착용하지 않고는 NAC 경기장에 들어갈 수 없었다. 머리에 칼날이 들어가 죽은 러시아인이 되고 싶지 않다면 말이다. 성조기가 스텐실로 새겨진 흰색 케블라 겨드랑이 보호구, 두꺼운 희색 케블라 재킷, 그리고 USA라고 쓰인 흰색 케블라 바지가 있었다. 첫 시합에서 펜싱을 하기도 전에 땀을 비 오듯 흘릴 지경이었다.

"확인해봐." 단테가 방 저편을 가리키며 말했다. 그는 늘 먼저 옷을 입었는데, 형제자매가 많은 가정에서 자라서 그렇게 되었다고 말했다. 깨끗한 양말은 많았다. 서둘러 움직여야 했다. "마노르와 크루즈. 명성과 영광. 우리가 좋아하는 바로 그 모습."

알렉스는 고개를 들었다. 디지털 점수판에서 알렉스 마노르는 주니어 시드 순위 중 1위에 올라 있었다. 단테 크루즈가 2위였다. 언제나 그런 식이었다. 둘은 앞서거니 뒤서거니 했다. 그들의 주요 경쟁 상대는 서로였지만, 그렇다고 시합이 덜 격렬한 것은 아니었다.

"행운을 빌어." 알렉스가 주먹을 내밀며 말했다.

"크루즈를 먼저 말하고 마노르라고 말해야 한다는 것만 빼면." 주먹을 부딪치며 단테가 말했다.

"꼭 그럴 거야." 알렉스가 말했다.

"오늘이 지나면 그렇게 되겠지."

"네 꿈속에서나."

알렉스는 마스크를 집어 들고, 빈손으로는 칼날을 한 움큼 움켜쥐었다. 그의 재킷 뒤에는 마노르라고 쓰여 있었다. 그는 키도 크고 흐느적거렸지만, 체육관에서만은 실수가 없었다.

"그래? 난 지금 꿈을 꾸고 있는 게 아니야. 루저, 앙 가르드(펜싱 시작 전 준비 자세-옮긴이)." 난네는 자신의 칼날을 들었다. "이렇게 하자."

"좋아, 크루즈. 하지만 이번에는 울지 말라고." 알렉스는 가장 가까운 펜싱 스트립(펜싱 시합은 성의 복도와도 같은 좁고 사방이 막힌 곳에서의 결투를 재현하기 위해 14미터x24미터 크기의 스트립에서 이루어진다-옮긴이)으로 눈을 돌렸다. 스트립에서는 팀원들 중 절반 정도가 이미 몸 풀기 시합을 하고 있었다.

그러나 몸을 돌리는 순간 칼날이 등을 세게 치는 것을 느꼈다. 알렉스는 본능적으로 뒤로 벌렁 나자빠졌다. 근육이 긴장하고 심장이 두근거렸다. 알렉스는 이빨이 서로 부딪히는 것을 느낄 수 있었다.

제프 주렉은 무기를 흔들며 웃었다.

"그러지 마." 알렉스가 반사적으로 말했다. 그는 농담으로라도 칼에 찔리는 것이 가장 싫었다. 알렉스에겐 모든 공격이 치명적인 것이라 인식하고 거기에 반응하게 하는 뭔가가 있었다. 머리로는 치명적인 것과 덜 치명적인 것을 구별하려 했지만 몸이 도와주질 않았다.

다시 해봐, 이 자식. 어디 한번 해봐.

"미스 매너스, 달려보라고. 워밍업 겸해서 말이야."

주렉은 칼날로 스트립을 가리켰다. 다림질이 필요 없는 흰색 튜브 삭스부터 두꺼운 금색 사슬까지. 그는 모든 진부한 이야기를 한 사람에게 넣어버린 것 같았다. 주렉의 까다로운 성격 또한 그가 독재로 캡틴이 될 수 있게 도왔다. 아무도 그와 공동 캡틴이 되고 싶어 하지 않았다. 지금도 나머지 사람들은 그를 못 본 척했다.

알렉스는 그 별명에 곤두서서 칼날을 밀어젖혔다.

"나는 좋아." 그가 말했다. "나중에 뛰겠어. 단테와 나는 먼저 시합 좀 할 거야."

"나는 좋다…?" 주렉은 의아한 듯 목소리를 높였다. 그는 농담처럼 말했으나 알렉스는 그가 농담하는 것이 아니라는 것을 알았다.

"난 괜찮아, 캡틴." 알렉스가 눈을 굴렸다.

주렉은 알렉스의 다리에 칼날을 가볍게 날렸다. "계속해, 준비운동을 해야지." 알렉스는 움찔했다. "그러지 말라고 했잖아." 스트라이크 투.

"그는 그럴 거야. 우리도 그렇고. 그냥 쉬어, 주렉." 단테가 다음에 무슨 일이 일어날지 알고 있는 듯 알렉스를 밀어내려 했다. 그가 어떤 짓을 할지.

주렉은 미소를 지었다. "모두 뛰어. 미스 매너스, 너도."

"슈퍼 오리지널 별명이네. 네가 직접 생각해낸 거야? 아마 늘 쓰는 게 좋을 거야." 알렉스는 그러지 않으려고 했지만, 인내심을 잃어가는 자신을 느꼈다. 이미 마음 한구석에서 엄마가 꾸짖는 소리를 들을 수 있었다.

짧은 퓨즈가 네 얼굴에서 터지고 있어, 알렉스.

"그리고 아마 제시간에 이곳에 도착해야 할 거야." 주렉은 알렉스의 팔을 세게 쳤다. 알렉스는 주먹으로 칼날을 잡았다. 바로 그것이었다. 그는 끝났다.

스트라이크 쓰리.

"아마 넌 나를 이겨야 할 거야." 알렉스는 그 단어가 입 밖으로 나오는 걸 어떻게 할 수 없었다. 설상가상으로 그는 할 수 있는 한 세계 칼날을 휙 잡아당기는 자신을 멈출 수가 없었다. 결국, 주렉과 그의 무기 둘 다 비틀거렸다.

단테는 고개를 흔들고 있었지만, 이미 때는 늦었다.

주렉은 알렉스를 향해 되받아쳤다.

지금이다.

알렉스의 마음은 끓어올랐다. 아드레날린이 그를 그렇게 만들었다. 매 경기가 그랬다. 심지어 그가 단테와 펜싱 중이라 할지라도. 알렉스는 사실 자신이 이런 상태에 빠지는 것을 어떻게 설명해야 할지 몰랐다. 마치 비디오게임을 하는 것 같았다. 컨트롤러를 움직이는 사람도 화면 속 주인공도 어쨌든 알렉스였다. 한꺼번에 닥쳤다.

주먹으로 시작하겠지만 몸을 쓰겠지. 내 머리를 노릴 거야. 박치기 같은 거지. 그게 그가 아는 유일한 방법이야. 알렉스가 주렉의 주먹을 손으로 잡고, 번개처럼 빠르게 움직였다.

내가 생각했던 대로야. 알렉스는 웃었다.

그는 이미 주렉이 서 있는 방법(낮은 무게 중심)과 그의 키(6인치 작음), 그의 몸무게(30파운드 둔함)에 기초해서 그를 넘어뜨릴 방법을 알고 있었다. 또, 그의 불안감(크기, 열등감)과 그의 행동 패턴(우측 선호)뿐만 아니라 그가 생각하는 방법(분노, 본능, 일반적인 전략 부족)과 그가 우상화하는 사람(전략적 강점에 대한 폭력성)도.

모든 전투는 새로운 문제였고, 모든 상대에게는 새로운 공식이 필요했다. 알렉스는 누군가에게 타박상을 입히고 피투성이가 되게 하는 그런 것일지라도, 잘 훈련 받아서 꼼꼼하게 이루어져야 한다는 것을 알고 있었다.

그들은 그랬다.

알렉스가 움직이기 시작하는 순간, 그는 체계적이고 능률적으로 움직였다. 훈련 받은 군인처럼, 몸을 피하고, 주렉의 다리를 발로 쳐서 옆으로 쓰러트렸다.

거의 식은 죽 먹기네. 알렉스는 생각했다.

거의.

알렉스와 주렉이 바닥에 쓰러져서 싸움을 벌이자, 호루라기가 울렸고 두 소년을 서로 떼어놓았다. 알렉스는 숨을 돌리려고 했지만, 숨이 찼다. 박치기를 너무 많이 했다.

예측한 대로였다.

주렉의 입술은 부어 있었고, 눈은 보라색이 되었다. 그제야 알렉스는 자신이 얼마나 큰 곤경에 처해 있는지 깨달았다.

헛소리.

말썽.

또.

알렉스는 자신을 저지하려는 건장한 두 보안 요원의 손에서 빠져나가려 했다. 대머리 코치와 시니어 펜싱 선수는 양팔로 주렉을 잡았다.

온다.

그가 한 일 중 절반은 알렉스 스스로도 왜 그랬는지 이해할 수 없는 것들이었다. 때때로 그는 삶의 대부분을 자동 조종 장치에서 보내는 것처럼 느꼈다. 마치 끝도 없는 싸움을 찾는 것처럼. 그게 무엇이든 알렉스는 그 순간이 되기 전까지는 멈출 수도, 심지어 후회할 수도 없다는 것을 알고 있을 뿐이었다. 항상 그랬다. 알렉스 마노르에게 없어도 되는 또 하나의 블랙카드. 외출 금지와 출전 금지 사유가 하나 더 생겼다.

엄마가 날 죽이려 할 거야.

알렉스는 익숙한 말들을 늘어놓으며 관리들을 바라보았다. "이해를 못 하시네요. 난 아무것도 하지 않았어요. 전부 이 녀석이 시작한 거라고요." 그는 기억하는 한 오래 같은 말을 하고 있었다.

그는 이유를 알고 싶을 뿐이었다.

쉴드 열람 가능
허가 등급 X

순직 [LODD] 조사
참조: 쉴드 케이스 121A415
사령부 요원 [AIC]: 필립 콜슨
회신: 나타샤 로마노프 요원, 일명 블랙 위도우, 일명 나타샤 로마노바
기록: 국방성, LODD 조사 청문회

국방성: 그래서 그 소년에게 처음부터 분노 문제가 있다는 사실을 확인했다는 얘기군요.

로마노프: 전 그렇게 말하지는 않았습니다. 그는 천사도 아니었지만, 범죄자도 아니었습니다.

국방성: 당신이랑은 다르다는 얘깁니까?

로마노프: 누구한테 질문하느냐에 따라 다르겠죠.

국방성: 당신은 그 미성년자들을 함께 데려올 생각이었군요. 임무를 위해.

로마노프: 아닙니다.

국방성: 만남을 꾸민 게 아닙니까?

로마노프: 그것은 그냥 펜싱 대회였습니다. 전 USFA가 아니에요.

국방성: 로마노프 요원, 당신은 여러 가지로 불렸소. 전혀 놀랍지도 않고.

로마노프: 그건 제가 한 게 아니었습니다.

국방성: 그때가 알렉스 마노르의 전투 능력을 처음 목격했을 때입니까?

로마노프: 네, 그는 놀랍더군요. 그래서 쉴드에 그가 우리 일원 중 한 명인지 알아보려고 연락까지 했습니다.

국방성: 그리고?

로마노프: 그가 아니었다는 것은 이미 알고 있잖아요.

국방성: 다시 한 번 말하지만 난 내가 들은 것만 알고 있소, 요원.

로마노프: 정말이지, 그냥 평범한 남자애였습니다.

CHAPTER 9
아바

필라델피아 시내,
필라델피아 컨벤션 센터

"별일 아니야. 여기 3천 명 정도 있으려나? 4천 명?" 옥사나는 어깨를 으쓱했다.

"러시아워에는 차라리 그랜드 센트럴에 있는 게 낫겠어." 아바가 마른침을 삼켰다. "아마 타임스스퀘어도 그럴 거야."

두 소녀는 똑같은 흰색 옷을 입은 운동선수 무리 속에서 움직이지 않은 채 컨벤션 센터 문 앞에 나란히 서 있었다. 그들도 다른 사람들처럼 규정에 맞춰 머리부터 발끝까지 흰색 옷을 입고 있었다. 사이즈가 딱 맞지 않고 빌린 것이긴 했지만. 그건 이미 펜싱복을 입고 등장한 옥사나의 생각이었고, 덕분에 그들은 무리에 더 쉽게 섞일 수 있었다.

Y 지하실보다는 적고 운동선수는 많네.

그러나 아비도 옥사나도 스스로 체육관 안으로 들어간 것이 아니었기 때문에 이제 그것은 문제가 되지 않았다.

"좋지 않은 생각이었어." 아비는 말했다. 어젯밤 그녀는 아무 꿈도 꾸지 않았는데, 자주 있는 일은 아니었다. 그게 무슨 의미인지는 알 수 없었지만, 아비를 불안하게 만들었다.

"아니, 좋은 생각일 거야." 옥사나가 말했다. "어느 쪽이든 우리가 들어가지 않으면 절대 알 수 없어. 어서 가자."

그들은 움직이지 않았다.

옥사나는 심호흡했다. "좋아. 칼을 들고 달려가 공격하고 싶은 사람이 항상 있다는 거는 너도 알잖아?"

"하나만 말해?" 아비는 속이 쓰렸지만 미소 지었다.

"오늘 마주하는 모든 사람을 그 사람이라고 생각해." 옥사나는 아비의 손을 잡고 쥐어짜면 그것으로 끝이었다. 이제 그만. 더 질질 끌지 않았다. "이제 우리가 원하는 것을 위해 싸워야 할 때야."

"아니면 적어도 건물 안으로 걸어 들어갈 시간이지." 아비는 고개를 끄덕였다.

그러나 옥사나의 말이 옳았다. 바로 그때였다.

그들은 무리 덕분에 문으로 이동해서 첫 번째 토너먼트가 열리는 곳으로 들어갔다. 아비는 이런 것을 본 적이 없었다. 그녀는 제복, 깃발, 얼굴, 글자들에 압도되었다. 그녀는 7B호에 있을 때 C-SPAN에서 끝없이 흘러 나왔던 장소들이 적힌 클럽의 재킷을 보았다. 그때 그녀는 어디든 자유롭게 다닐 수 없을 거라 생각했었다. 몇몇은 여전히 낯설었다. 윈디 시티, 알라모, 체비 체이스, 볼링 그린. 하지만 그녀가 알고 있는 유명한 미국 학교들은 한 번에 하나의 색상으로 표시되었다. 컬럼비아, 하버드, 프린스턴, 스탠퍼드. 아바는 5달러짜리 아이스크림 한 숟가락이나 작은 병에 담긴 집에서 만든 피클을 사려고 브루클린의 인기 지역으로 가는 길에 Q 열차를 탄 운동복 입은 미국인 사립학교 졸업생들의 이름을 알게 되었다.

아바는 그녀가 그 어떤 학교에도 결코 가지 못할 것을 알고 있었다. 아마도 결코 다시는 학교에 가지 않을 것이다. 그녀는 신경 쓰지 않으려고 했다. 학교는 모두를 위한 곳이 아니었다. 그녀는 자신이 양자물리학자의 딸이니 얼마나 잘하는지 보여주려고 했다.

하지만 아바는 완벽하게 머리를 땋은 두 소녀가 걸어가는 것을 보았을 때, 그냥 학교가 아니라는 걸 알았다. 그곳에는 침실, 욕조, 수영장 그리고 세탁실까지 있었다. 목줄을 한 개들과 깎은 잔디. 그녀는 이들 중 누구와도 연관이 없었다. 그들은 아바와는 다른 공기를 들이마시고 있었다.

"등록 완료. 그리고 무기도 체크." 옥사나의 목소리가 멀리서 들려오는 것 같았다. "나나가 다음에 할 일이라고 말했던 거야. 하지만 마지막 순간까지 장갑은 벗고 있자. 오줌 냄새가 나는 것 같아."

아바는 듣고 있지 않았다. 쳐다볼 여유도 없었다.

외계인. 다른 행성에서 온 것 같아.

그러자 머리를 땋은 소녀 하나가 그녀를 돌아보며 비웃었다. 그녀는 아바를 살펴보곤 몸을 숙여서는 뒤돌아 있는 친구에게 귓속말했다. 그들은 둘 다 거대한 고래 로고가 그려진 셔츠를 입고 있었다.

왜 고래지? 부자들은 고래잡이에 대해 알고 있는 건가?

외지 소녀들이 그녀를 오래 처다볼수록 아바는 그들이 뭘 보고 있는지 더 잘 알게 되었다. 낡고 커다란 재킷 뒤쪽에는 덕트 테이프로 그녀의 이름이 적혀 있었다. 한쪽이 축 처진 멜빵과 허리에 안전핀을 꽂아야 했던 처진 바지. 가위를 빌려서 이바가 직접 자른 코르크 나사 같은 곱슬머리, 펜싱화라기보다는 간신히 운동화라고 할 수 있을 만한 구멍 난 운동화.

아바는 얼굴이 빨갛게 달아오르는 것을 느끼면서 지저분한 컬을 만졌다.

데르모.

그리고—

엿 먹어.

자신이 아웃사이더처럼 느껴지는 거야 어쩔 수 없었지만, 그렇다고 루저처럼 느낄 필요는 없었다. 그녀는 그렇게 느끼도록 자신을 내버려둘 필요가 없었다. 과거에는 지금보다 더 힘들었으니까.

강하고 날카로워져야 해, 아바. 기억하렴.

그녀는 이질적인 느낌의 이 소녀들이 체육관 주변, 소년들이 스트립에서 몸을 풀고 있는 곳으로 이동하는 것을 눈으로 따라가며 보았다.

특히 한 명이 그녀의 눈길을 끌었다.

다른 소년들보다 키가 컸는데, 그가 웃자 갈색 머리가 얼굴로 제멋대로 떨어지며 곱슬거렸다.

"장갑 가까이 가지 마. 다시 말하지만 장갑은 안 돼." 옥사나는 웃었지만 아바는 그녀가 무슨 말을 하는지 거의 들을 수가 없었다. 귀는 울렸고, 피가 머리로 솟구쳤다.

뭔가 낯이 익어.

아바는 그대로 얼어버렸다.

옥사나가 그녀의 팔을 쳤다. "프리벳? 이봐? 티 실시시? 듣고 있어? 정신 차려 아바?"

아바는 대답을 못했다. 그녀는 사람들로 붐비는 홀 건너편, 저 멀리 떨어진 스트립에 서 있는 소년을 쳐다보느라 너무 바빴다.

이제 아바는 그의 얼굴을 볼 수 있었고, 알게 되었다. 아바는 그를 알아보았다.

그건 불가능한 일이지만, 소년과 관련된 모든 것들은 늘 그래왔었다.

그였으니까. 그.

알렉세이 마노로프스키.

타투 보이.

꿈에서 온 소년.

아바는 확신했다. 그가 틀림없었다. 그는 아바 앞에, 바로 거기에 있었다. 체육관을 가로질러 친구랑 얘기하면서.

"옥사나." 아바는 겨우 그 말을 꺼낼 수 있었다. "저기."

그녀는 눈길을 돌릴 수가 없었다.

그가 여기 있어. 지금. 난 깨어 있는데.

이건 진짜야. 이런 일이 일어나다니.

"뭐라고?" 옥사나는 혼란스러운 표정이었다. "너 괜찮아?"

"그야. 알렉세이." 아바가 숨을 몰아쉬었다. 방이 요동치고 그녀를 에워싸며 수축하고 있었다. 잠시 기절할 것 같다는 생각이 들었다.

옥사나는 긴장을 풀었다. "타투 보이라고?" 놀란 척하며 옥사나는 고개를 저었다. 그녀는 아바의 팔을 흔들었다. "그가 보여? 너만 볼 수 있어? 그가 마음을 담아 너에게 손을 내밀고 있니? 뱀파이어 영화처럼 그의 피 냄새를 맡을 수 있게 된 거야?"

"옥사나. 농담이 아니야. 직접 봐." 아바는 펜싱 옷과 물병 사이에서 자신의 낡은 공책을 꺼내려고 배낭을 더듬었다. 은신처에서 만난 대부분의 사람처럼, 그녀는 자신이 소유한 거의 모든 것을 가지고 있었다. 많지는 않았지만.

그녀는 페이지를 넘겨서 꽤 닮은 알렉스의 스케치를 찾았다. 많은 것 중 하나였다.

"여기." 아바는 친구 앞에 얼룩덜룩한 숯으로 그린 초상화를 들고 있었다. "봐. 똑같잖아."

"뭐라고?" 옥사나는 페이지를 바라보았다. "이봐. 넌 정말 대단한 예술가야. 왜 나에게 네 물건을 보여주지 않은 거지?" 그녀는 고개를 들었다. "이거 먹어도 돼? 아니면… 토르를 위한 거야?"

아바가 눈을 굴렸다. "그림 이야기를 하는 게 아니야. 저 사람 좀 봐, 저 사람. 머리가 헝클어진 사람." 그녀가 가리키자, 옥사나는 체육관을 가로질러 가장 먼 스트립을 바라보았다. 옥사나는 얼굴을 찡 그리고는 스케치를 다시 힐끗 보았다. 아바는 그림과 비교하면서 쳐다보았다. "난 미치지 않았어, 그렇지? 사나?"

옥사나는 대답하지 않았다.

그러나 그것은 그였고, 아바는 의심의 여지가 없다는 것을 알고 있었다. 그녀는 태어나서 처음으로 자신이 진짜 알렉세이 마노로프스키를, 아니 알렉스 마노르를, 자신이 그를 어떻게 부르고 싶어 하던, 바로 그를 보고 있다고 믿었다.

그녀 앞에 있는 강인해 보이는 소년, 요란한 긴 머리와 로커의 모습을 한 소년, 지금까지는 틀림없었다. 그는 늘 그랬듯 짓궂은 웃음과 어두운 눈을 갖고 있었다. 아바는 예술가의 눈으로 친숙한 디테일을 연구했다. 눈. 그는 키가 크고 날씬했으며, 수영 선수나 다이버의 몸을 갖고 있었다. 야위고 긴 팔은 지금 손에 들고 있는 칼날보다도 훨씬 더 긴 것 같았다. 그의 몸, 그의 긴 아치형 등, 그리고 그가 얼마나 강한지 가리는 듯 드러내는 듯한 헐렁한 핏의 하얀 재킷 등 모든 것을 동시에 보니 전사처럼 보였다.

그러자 타투 보이가 움직이기 시작했다.

그는 손을 뻗어 화가 나서 얼굴이 빨개진 소년의 팔에서 칼을 빼앗고 그를 날려버렸다.

소년은 그에게 욕설을 퍼붓고 휘둘러댔다.

"오. 세상에." 말수가 적지 않은 옥사나조차도 말문이 막혀버렸다.

유연한 몸동작으로 알렉세이는 몸을 스트립 쪽으로 내던졌는데, 용수철처럼 풀려서 그는 방 건너편으로 던져졌다. 그는 자신의 칼을 떨어뜨렸고, 그냥 건드리는 것이 아니라 죽이려 드는 것만 같았다.

만약 그런 것이 가능하다면 포식자처럼 아름다운 모습이었다. 마치 그런 일이 어쩐지 일어나기로 되어 있던 것처럼, 그 자신도 그럴 운명인 것 같았다. 특히 그가 이런 종류의 전투에 참여했을 때.

그는 *싸움꾼이야*…

아바는 옥사나의 손을 잡았다. "나는 내가 미치지 않았다는 것을 알아."

그녀가 지켜보았을 때, 그것은 이제는 질문이 아니었다. 이제 알렉세이는 두 명의 건장한 남성에 의해 싸움을 제지당했다. 둘 다 모두 그를 경기장 밖으로 던지고 싶어 하는 것처럼 보였다.

옥사나는 앞에 있는 소년 그림에서 눈을 떼며 눈살을 찌푸렸다. "믿을 수가 없어. 정말 그렇게 생각해?"

아바는 고개를 끄덕였다. 그녀는 말을 할 수 없었다. 그들은 둘 다 물끄러미 그를 보았다.

"상상이 아니었어." 아바는 믿을 수가 없었다.

"와." 옥사나의 입이 벌어졌다. "절대 상상이 아니었어."

"그렇지?" 아바는 친구를 바라보았다. "너도 그를 볼 수 있다고 확신하는 거지. 그렇지? 그는 백 퍼센트 진짜였던 거야?"

"정말 살아 있어. 진짜, 진짜. 정말, 정말―."

바로 그때, 바로 그 순간 알렉스가 그들 쪽으로 몸을 돌렸다. 그는 화가 났고 당황스러워하며 속상해했다. 그러나 두 소녀 모두 처음으로 그를 완벽하게 볼 수 있었다. 그리고 당혹스럽게도, 아바는 그도 그들을 볼 수 있다고 거의 확신했다.

그리고 그는 아름다웠다.

옥사나는 아바의 팔을 잡으면서 가슴에 십자를 그었다. "정말이야."

"우연일 수 없어." 아바는 눈도 움직이지 않고 말했다.

"아니면 뭐겠어?"

아바는 어떻게 대답해야 할지 몰라 대답하려 들지도 않았다. 마침내. 그녀는 눈길을 돌렸다. "난 저쪽으로 갈 거야." 그녀는 심호흡을 했다. "꼭 그래야 할 거 같아. 그렇지?" 그녀의 가슴은 밖으로 튀어나올 듯이 쿵쾅거리고 있었다.

"이제 보지 마. 너 눈에 띈 것 같아." 옥사나는 아바의 팔을 꼭 쥐었다.

아바는 그의 쪽으로 다시 눈을 깜박였다. 그는 틀림없이 그녀가 자신을 응시하고 있는 것을 보았다. 이제 그는 컨벤션 센터 가운데 서서 짙은 눈과 머리카락을 하고 아바를 돌아보았다. 그를 제지했던 사람들은 어디에도 보이지 않았다.

아바의 볼이 분홍색에서 빨갛게 변했다. 그녀는 자신이 간신히 숨을 쉬고 있다는 것을 깨달았다. 아바는 그를 바라보았다. 정말로 그를 보았다.

알렉세이는 약간 어색한 듯 그녀를 보고 웃었다.

이렇게 하자. 우리가 이렇게 있다니. 난 여기 있어, 이렇게.

아바는 억지로 숨을 몰아쉬었다.

그녀는 그를 느낄 수 있었다. 그의 눈이 자신을 탐구하는 것을 느낄 수 있었고, 그들을 당기는 힘을 느낄 수 있었다. 그녀는 그가 무엇을 하는지 알고 있었다. 아바가 수업 시간에 한 경기를 마치기 위해

두 명의 펜싱 선수를 기다린 것처럼 그녀를 평가하면서, 그녀가 우승 자와 펜싱을 하게 될 거라는 것을 알았다. 장단점, 움직임과 리듬의 패턴을 분석했다. 나나가 즐겨 말하듯, 그 자체가 상호작용에 대한 추론으로 일종의 관찰이 있었다. 바로 이것을 아바는 느낄 수 있었 다. 그것이 무엇을 의미하는지 또 왜 그가 그것을 하는지는 전혀 다 른 이야기였다.

그녀는 전혀 몰랐다.

그도 꾸었던 걸까? 꿈을? 그도 나를 알까?

아바는 너무 이상했다. 화학적으로, 생리적으로 이상한 기분이 들 었다. 마치 어떤 이상한 자석이 그들을 함께 끌어당기는 것 같았다. 물론 꿈에서 항상 그렇게 느껴왔고. 적어도 아바에게는 그랬다. 그 렇지 않았다면 왜 그녀가 상상했던 그가 바로 여기, 그녀 앞에 존재 하게 된 걸까?

아바는 무슨 일이 일어나고 있는지 정확히 알 수 없었지만, 이 소 년과 함께 같은 방에 오래 있을수록 신경을 덜 쓰게 되었다.

아바는 옥사나가 팔을 붙잡기 전까지 자신의 발이 실제로 움직이 기 시작했다는 것을 깨닫지 못했다.

"아니, 안 돼. 안 돼."

"왜 안 돼?" 주문이 풀렸고, 아바는 친구에게 돌아왔다.

"바보처럼 보일 거야. 너 뭐 할 건데? 그림이라도 주려고? '안녕, 멋 진 소년, 난 사실 연쇄 살인범이나 스토커 뭐 그런 건 아니야라고 할 래? 그건 그를 겁 줘서 쫓아내는 거야." 일리 있는 말이었다.

아바는 얼굴을 찡그렸다. "나는 관심을 끌려는 게 아니야. 그냥 얘기를 하고 싶어. 이 모든 것을 알아내고 싶을 뿐이야."

"내가— 눈을— 감을— 때마다— 너를— 봤어. 이렇게? 좀 으스스하잖아." 옥사나는 고개를 저었다. "봐, 난 여기서 무슨 일이 일어날지 모르지만 네가 쿨하게 굴어야 한다는 건 알아. 여기에도 일반적인 규칙이 적용되는 거야."

맞는 말이었다. "그럼, 내가 어떻게 해야 하는데?"

"계획이 필요해." 옥사나는 친구를 바라보았다. "어쩌면 머리빗도."

아바는 망설였다.

어쩌면 이것이 계획일지 몰라.

내가 여기 오는 데 17년이 걸렸을지도 모르지만. 지금 나는 여기 있고, 내가 여기 온 이유가 있을 거야.

어떤 운명처럼.

경적이 울렸다.

옥사나는 낡은 가방에서 한 방 얻어맞고 구부러진 에페를 움켜쥐었다. "어느 쪽이든, 기다려야 해. 나는 펜싱을 하지 않으려고 내내 아빠 차에서 시간을 보낸 것이 아니야. 아빠는 지금 관람석에 계셔. 10분이면 등록이 완료되고 우리는 무기를 체크해야 해."

그건 사실이었다. 비록 토너먼트가 대중에게 개방된 것이지만, 참가하는 모든 펜싱 선수는 그들이 예일 출신이든 Y 출신이든 등록을 해야 했다.

아바는 의심스럽다는 듯 방을 건너다보았다. 알렉세이로 보이는 소년은 지금 역시나 낯이 익은 그의 친구와 깊은 대화를 나누고 있는 것 같았다. 그녀는 바라보면서 다리가 후들거리는 것을 멈추게 하려고 손으로 눌러줘야 했다.

이건 진짜야, 그는 진짜라고.

모든 것이 너무나 혼란스러웠다. 그녀는 무슨 일이 일어나고 있는지 몰랐다. 하지만 너무 오랫동안 일어난 일이기 때문에 그걸 막는 데는 혼자 힘으로는 부족하다는 걸 깨달았다.

황소처럼 강하게. 황소처럼 강해야 해.

생각해야 해. 어떻게 해야 할지 생각해야 해.

그러나 그렇게 쉽지는 않았다. 눈길이 닿는 곳마다 사람들로 북적여서 너무 시끄러웠다. 심장이 쿵쾅거렸고, 아바는 당황하기 시작했다. 얼음물 샤워 같은 명료함이 필요할 때인데 대체 어디 가버린 거지?

샤워까지는 아닐 수도 있지만, 적어도.

아바는 옥사나를 돌아보았다. "난 라커룸 찾으러 갈래. 잠깐이면 돼. 그리고 나서 무기 체크하는 데서 만나자."

옥사나는 고개를 끄덕이고, 아바의 양어깨를 잡았다.

"숨 쉬어, 미쉬카."

"숨 쉬고 있어. 그리고 난 쥐가 아니야." 아바가 미소 지었다

미쉬카는 대피소 뒤쪽 설치류가 우글거리는 덤스터 골목에서 발견한 이후 옥사나가 기르는 애완동물의 이름이었다.

온 세상이 앞에 열려 있는데도 오직 한 마리의 쥐는 라커룸에 숨곤 했다.

그리고 나는 쥐가 아니다.

"이따 봐." 옥사나가 군중 속으로 사라지면서 말했다.

아바는 천천히 칼날을 들었다.

나는 아니야.

그녀는 소년 쪽으로 몸을 돌려 억지로 걷기 시작했다.

순직 [LODD] 조사

참조: 쉴드 케이스 121A415

사령부 요원 [AIC]: 필립 콜슨

회신: 나타샤 로마노프 요원, 일명 블랙 위도우, 일명 나타샤 로마노바

기록: 국방성, LODD 조사 청문회

국방성: 그럼 친구는요?

로마노프: 옥사나 데이비스입니다.

국방성: 러시아 국적인가요?

로마노프: 미국 시민입니다.

국방성: 그녀의 러시아 이름과 미국 이름이 당신을 주저하게 했습니까? 당신의 이
력을 고려하느라?

로마노프: 어떤 이름이든 전 잠시 생각을 합니다. 제 이력을 고려해서요.

국방성: 이 친구를 조사했습니까?

로마노프: 아니요.

국방성: 아버지 쪽은요? 사망한 모친 쪽은? 의붓자매나 생활환경은 조사했나요?

로마노프: 이번에 LODD조사 청문회가 제 계획에는 없었습니다. 그래서 그녀를 중
요하게 생각하지 않았죠.

국방성: 로마노프 요원, 모든 사람이 중요합니다.

로마노프: 감동이네요.

국방성: 특히 총알이 발사되기 시작하면 말입니다

로마노프: 책망하시는 건가요?

국방성: 그 이상이죠.

로마노프: 총알이 멈추면 그때는요?

국방성: 여기 있습니다.

CHAPTER 10
알렉스

필라델피아 시내,
필라델피아 컨벤션 센터

"저 여자애, 우리가 아는 애인가?"

알렉스는 체육관 건너편에서 그를 바라보고 있는 계피색 머리를 한 소녀를 알아채지 않을 수 없었다. 수천 명의 사람으로 가득 찬 컨벤션 홀에서 그녀는 눈에 띄었다.

"누구? 우리 학교 출신이 아닌 여자아이 말이야? 소피네 학교인가? 아니면 클럽?" 단테는 하이톱 나이키 운동화의 끈을 묶으며 한숨을 쉬었다. "아마도 아닐 거야."

하지만 그것은 알렉스의 상상이 아니었다. 한 소녀가 있고, 그녀는 그를 빤히 쳐다보고 있었다. 왜지? 알렉스는 고개를 숙였다. 그는 오늘은 펜싱을 하지 않는다는 의미로 블랙카드를 들고 있었다. 사실, 알렉스는 짐을 챙겨서 체육관을 나가야 했다. 몇 분밖에 남지 않았다. 보통은 그것이 그가 생각할 수 있는 전부였을 것이다. 그러나 저 멀리 떨어진 스트립에 눈에 띄는 소녀만큼 그를 산만하게 하는 것은 없었다.

알렉스는 시선을 떼지 못했다. 그는 자신이 웃고 있다는 것을 깨닫지 못했지만 얼굴엔 미소를 띠고 있었다.

단테가 그를 밀었다. "야. 그만 쳐다봐, 침착해. 이번만은."

알렉스가 코웃음을 쳤다. "내가 보고 있는 게 아니야. 쟤가 쳐다보고 있었어. 나를 빤히."

"누가 뭐래? 저 아이… 와, 8학년도 아니잖아." 단테는 고개를 들었다가는 다시 고개를 숙였다. "침착하라고 했어."

경적 소리가 났다. 마지막 경고였다.

"가봐야겠어." 단테가 알렉스의 팔을 주먹으로 살짝 쳤다. "블랙카드는 유감이야. 다음번에는 내가 캡틴 언더팬츠를 무시하라고 하면 내 말을 들어."

알렉스는 듣고 있지 않았다. 그녀는 분명히 그를 쳐다보고 있었다.

그리고 그가 아주 짧은 순간 그녀의 눈과 마주쳤을 때, 알아봤다는 신호를 보냈다. 마치 그들 사이에는 전류가 흐르는 것 같았다. 알렉스는 얼굴이 빨개지는 것을 느꼈다. "누굴까?"

"펜싱 선수야. 아마 우리 경기가 시작할 때 시작했으니까 주니어 여자부에서 시합하고 있겠지." 단테는 씩 웃었다. "내 말은 내가 경기할 때라고."

"엄마한테 내가 블랙카드를 받은 거 말하지 마." 알렉스가 반사적으로 말했다.

"우리 아빠에게도 말하지 마. 고귀한 경찰서장 기에르모 크루즈는 이미 네가 날 끌어내렸다고 생각하겠지만, 네가 얼마나 멀리 나가떨어졌는지 알려줘서 만족하게 할 순 없어."

"내가? 나가떨어졌다고?"

단테는 웃었다. "시합하러 가야겠어." 그는 마스크를 머리에서 반쯤 잡아당겨 내리고는 물병, 예비 전기 코드 그리고 세 개의 칼날을 주워들었다. "행운을 빌어줘."

알렉스는 체육관 건너편 소녀를 돌아보면서 결심했다. "그래, 뭐. 너도 행운을 빌어줘."

단테는 그가 바라보고 있는 곳을 보며 휘파람을 불었다. "너희들은 행운보다 더 많은 것이 필요할 거야, 친구. 정말 예쁜 소녀가 너를 보고 있는 거지?" 그는 주먹을 쥐고 놀렸지만, 알렉스는 주먹치기를 하지 않았다.

그녀 앞에서는 안 돼.

그가 홀을 가로질러 갔을 때, 계피색 머리 소녀는 한 줌의 칼날을 들고 이동 중이었다.

사실은 그냥 이동하는 게 아니었다. 그녀는 그에게 바로 오고 있었다.

알렉스는 마음을 가라앉히려고 애썼다.

침착해.

그냥 여자애일 뿐이야.

알렉스는 그녀를 만나기 위해 걸어 나오기 시작했다. 그 순간 그들 사이에 흐르는 자기 전류는 머리털이 곤두설 정도였다. 전에는 결코 느껴보지 못했던 무언가가 안에서 불꽃을 튀기며 지글거리기 시작했다.

그녀가 누구든, 그냥 여자애는 아니야.

"이봐." 알렉스는 히죽 웃었다. 그는 게토레이가 후원하는 음료수 냉각기로 곧장 들어가는 것을 피하려다 냉각기가 있던 테이블 위에 부딪혔다.

굉장히 멋지군.

"저기요." 소녀는 주저하듯 그의 앞에 멈춰 서며 미소를 지었다. 곱슬머리는 그녀의 얼굴에 불꽃처럼 휘날렸고, 갈색 눈은 어둡고 거칠었다.

그녀에게는 뭔가가 있어. 뭐지?

그녀는 아름다웠지만, 그 이상의 뭔가가 느껴졌다.

그래야 했다.

그녀의 얼굴에는 무언가 서글프고 슬픈 듯한 어떤 그림자가 드리워져 있었는데, 그 때문에 알렉스는 그녀에게 어쩔 도리 없이 사랑을 느꼈다. 그녀의 미소는 깨지기 쉬워 보였지만, 눈에는 힘이 있었다. 그들 사이에 불꽃이 튀는 것을 간신히 억제하고 있지만, 그는 언제라도 폭발할 수 있는 뭔가가 있다는 느낌이 들었다. 그리고 이내 이해했다. 이건 그에게 거울로 보는 것만큼이나 낯익은 것이었다.

그녀나 다른 사람들이 그녀가 얼마나 강한지 알건 모르건 그녀에겐 엄청난 힘이 있었다.

그녀는 아마도 훌륭한 펜싱 선수일 것이다.

알렉스는 자신이 이 모든 것을 어떻게 알았는지 궁금하지 않았다. 어떻게 자신이 그녀를 알고 있는지 생각하느라, 가능한 한 빨리 생각해내느라 정신이 없었다.

왜 날 쳐다본 거지? 내가 운이 좋은 건가?

"저기요." 그는 정말 하고 싶은 말을 할 수 없어서 무슨 말을 더해야 할지 몰라 그저 되풀이하기만 했다.

넌 누구야? 나한테 뭘 원하는 거야? 눈은 또 왜 그렇게 슬퍼 보이는 거지?

함께 떠나고 싶은 거야?

"이봐요." 그녀가 다시 되풀이했다. 이제 그들은 체육관 한가운데서 얼굴을 맞대고 있었다. 그들 주위에서는 펜싱 선수들이 금속 스트립을 위아래로 두드려서 온통 칼날이 쨍그랑거리고 있었다. 마지막 몇 분간 몸풀기를 하는 중이었다.

어색한 침묵이 흘렀다. 알렉스는 또래 여자아이들과 함께 있을 때 진행되던 방식과 다른 무언가가 있다고 생각했고 스스로에게 화가 났다. 분명 그렇다고 확신했지만 한편으로 부끄럽기도 했다. 사실 그는 대부분의 소녀와 이야기할 때 완전히 다른 나라, 아예 다른 행성의 사람을 이해하려고 노력하는 듯한 기분이었으니까.

그들은 한동안 그곳에 말없이 서 있었다.

마침내 소녀가 말을 꺼냈다. "아마 이상하게 들리겠지만, 너도 내가 낯이 익니?"

그는 이전에 그녀를 본 적이 없었다. 확실하다. 분명히 설명할 수는 없었지만, 어쨌든 그녀가 낯설지 않았다.

"물론." 알렉스는 거짓말을 했다. "완전히."

"그렇지?" 그녀는 그의 눈을 응시하며 고개를 갸웃거렸다. "내가 무슨 말 하는지 알아?"

전혀 몰라.

알렉스는 내내 그의 나이키 신발 쪽으로 향하는 그녀의 눈짓의 무게감을 느낄 수 있었다. 그는 자신이 얼마나 땀을 많이 흘리고 있는지 생각하지 않으려고 노력했다. 하필 펜싱 재킷도 허리에 묶어놓고 있었다.

마침내 그녀가 그를 보았을 때, 방 안의 나머지 모든 사람은 어안 렌즈 카메라 필터 효과처럼 흐릿해졌다.

미치겠군.

거기 오래 서 있을수록 그녀는 그가 무슨 말을 하길 더욱 기다리는 것만 같았다. 그래서 이렇게 이야기했다. "전국대회 때 만나지 않았니? 애틀랜틱시티에 왔었지?"

"아니." 소녀는 고개를 저었다. "그게 아냐." 그는 확신할 수 없었지만, 그녀가 거의 실망한 것 같다고 생각했다.

"뉴저지 출신이야?" 그는 다시 시도했다.

"브루클린. 그전에는 우크라이나. 모스크바." 그녀는 이상한 표정을 지었다. 알렉스는 지금 훨씬 더 혼란스러웠다.

"클럽은 어니야?" 알렉스는 자신의 엉킨 머리카락 사이로 손을 비벼댔다. 그가 상상했던 것만큼 잘 안 됐다.

희망적이야.

"클럽은 없는데." 그녀가 한숨을 쉬며 말했다.

"아, 그럼 개인적으로 참여했구나. 멋지다."

"정말 멋지지." 그녀가 웃으며 말했다.

알렉스는 안도하며 미소를 지었다. "그래, 알 수 있었어. 있지, 넌 브루클린 힙스터 유형이야." 알렉스는 그녀의 한쪽 귀에 점점이 있는 세 개의 피어싱을 보며 고개를 끄덕였다.

"그게 나야." 그녀는 다시 웃었다. "그리고 넌 마운틴 클리어 출신. 맞지?"

"몽클레어. 그래. 아주 근접했어." 알렉스가 말했다. 잠깐― "그런데 그걸 어떻게 알았어?"

그녀는 놀란 얼굴을 하고는 알렉스의 운동복 로고를 가리켰다. "읽을 줄 아니까."

알렉스는 억지로 미소를 지었다. "흠." 마노르, 넌 바보야.

버저가 울렸다.

그녀는 한 움큼의 칼날을 들고 어깨를 으쓱했다. "가야겠어. 그러지 않으면 내가 빠진 채로 등록이 마감될 테니까."

"그러는 게 좋겠네."

그녀는 가려고 몸을 돌리다가 잠시 멈추었다. "내가 누군지 정말 모르는구나?"

나도 알았으면 좋겠어.

내가 원하는 바니까.

알렉스는 생각하는 척했다. "물론, 그래. 내 생각엔 운전 연습 중이었을 거야. 바로 그거야. 우리는 아마 함께 운전 연습을 했을 거야. 마티 선생님과 함께였나? 덩치가 큰 남자?"

"난 운전하지 않아. 하지만 계속 노력 중이야." 그녀가 칼날을 가슴 쪽으로 잡아당기며 말했다. "난 가야겠어."

"나도. 계속 노력해. 행운을 빌어." 알렉스가 말했다.

"너도." 그녀가 고개를 끄덕였다.

"그래, 그러기엔 좀 늦었지만." 알렉스는 빛이 바랜 티셔츠와 허리에 두른 재킷으로 손짓을 했다. 그는 옷을 제대로 갖춰 입고 있지 않았다. 펜싱 선수에게 그것은 딱 두 가지 중 하나를 의미했다. 탈락했거나 시합을 전혀 하지 않는다는 것이다.

"펜싱 안 해?" 그녀의 얼굴에 그림자가 어른거렸다. "다친 거야? 아니면 무슨 다른 이유라도?"

"자존심만 다쳤지. 블랙카드. 난 미스터 블랙카드야. 나하고 좀 관계가 있지."

그녀의 눈이 휘둥그레졌다. "아, 그 일 본 것 같아. 나는 한 번도 그런 적이 없어서."

"한 번도 그런 적이 없어."

"정말?"

"응."

그녀는 웃었다.

"그래, 나중에 또 봐." 그가 말했다.

"나중에 봐, 알렉스." 그녀는 걸어가면서 미소를 지었다.

가지 말고 돌아와.

헛소리.

넌 못하잖아, 마노르.

단테는 절대 네게 만회할 기회를 주지 않을 거야.

알렉스는 잠시 제자리에 얼어붙은 채 거기 서 있었다. 그는 뒤를 돌아보며 붐비는 컨벤션 홀에 들어가는 그녀에게 외쳤다. "잠깐. 이름이 뭐야?"

"아바." 그녀가 뒤로 걸어가면서 말했다. "아바 올로바. 뭐라도 기억나기 시작한다면 내게 알려줘."

소녀가 사라지자 알렉스는 그녀가 방에 있던 공기마저 가져간 것 같은 기분이 들었다.

아바 올로바.

그녀는 알렉스가 그녀를 알고 있다고 생각했지만, 그는 그녀를 본 적이 없었다. 그랬으면 좋았을 텐데.

알렉스는 펜싱 재킷을 허리에서 풀어서 쳐다봤다. 자켓은 뒤집혀 있어서, 그녀가 그 위의 글자는 하나도 읽을 수 없는 상태였다.

그런데도 그녀는 여전히 그의 이름을 알고 있었다.

순직 [LODD] 조사
참조: 쉴드 케이스 121A415
사령부 요원 [AIC]: 필립 콜슨
회신: 나타샤 로마노프 요원, 일명 블랙 위도우, 일명 나타샤 로마노바
기록: 국방성, LODD 조사 청문회

국방성: 단테 크루즈는 뉴저지주 경관의 자식입니다. 맞습니까?
로마노프: 그렇습니다.

국방성: 그리고 그 소년의 친구죠. 가장 친한 친구.
로마노프: (고개만 끄덕인다.)

국방성: 그는 우리 중 한 명입니까?
로마노프: 네?

국방성: 보고서에 따르면 알렉스 마노르라는 소년을 감시하기 위한 현장에서 단테 크루즈와 기예르모 크루즈 경찰서장이 감시 대상 후보자에서 제외되었더군요.
로마노프: 아니요. 저는 그렇게 생각하지 않습니다.

국방성: 단테 크루즈가 쉴드인가요?
로마노프: 단테 크루즈는 제가 관심을 가져야 할 어떤 대상이었을 뿐입니다.

국방성: 왜 아니겠습니까.
로마노프: 그랬다면 내가 알아차렸을 겁니다. 그들은 아이였습니다. 그들은 역할극과 펜싱, 슈퍼히어로 그리고 만화책에 빠져 있었습니다. 슈퍼히어로로 말이죠.

국방성: 아이러니하네요.

CHAPTER 11
아바

필라델피아,
필라델피아 컨벤션 센터 로비

아바는 마음을 가라앉히며 등록 창구에 줄을 서 있었다. 배가 출렁거리고 머리는 쿵쾅거렸다. 오래 기다릴수록 상태는 더 나빠졌다. 그녀는 토하지 않기를 바랐다.

이건 너답지 않아, 아바 올로바.

저리 좀 가봐, 미쉬카.

아바는 몇 피트 이동해서 줄을 섰다.

그는 네가 누군지 몰라. 같은 꿈을 꿀 능력이 없어.

그래서 어쩌라고?

그녀는 아주 오랫동안 앞에 있는 소녀의 머리를 뚫어지게 바라보았다. 좀 더 완벽한 땋은 머리를 한 또 다른 이방인. 이 고래 셔츠는 다 어디서 났지? 앞의 소녀는 전화로 스퀴벨리라는 곳에 대해 이야기하고 있었다. 아바는 스퀴가 무엇이며 왜 그곳에 밸리가 있는지 궁금했다.

하지만 그 무엇도 오랫동안 뛰고 있는 그녀의 맥박을 진정시킬 수 없었다.

이제 그가 진짜인 거 알잖아. 그가 여기 있는 거 알잖아.

너희 둘 다.

뭔가 의미가 있는 게 아니라고?

그게 중요한 거 아닌가?

그 이상으로 중요한 것이 있었다. 왜 꿈속에서 아바는 아직도 혼자일까? 아바는 그의 밤도 자신처럼 마법에 걸린 듯 그녀로 가득하길 바랐던 걸까?

누가 신경이나 썼을까?

어쩌면 그 꿈들은 우리를 만나게 하기 위한 것이었을지도 모른다.

숙명처럼, 혹은 운명이거나.

더 꿈꿀 필요는 없을지도 몰라.

어쩌면 항상 그래왔는지도 모르지.

아바는 지금 등록 창구에 거의 다 와 있었지만, 마음은 아직 천 마일이나 떨어져 있는 것만 같았다. 그리고 머릿속에서 쿵쾅거리는 소리는 두개골을 둘로 쪼개놓을 것 같았다.

꿈을 꾸지 않는 것은 어떨까?

옥사나 말곤 누구에게도 그런 연결을 느끼지 못한다면 어떨까?

지금보다 더 외로워질까?

111

아바는 엄마의 얼굴을 떠올려보려 했지만, 그림자만 겨우 기억해낼 수 있었다. 엄마의 깊고, 어두운 두 눈. 그리고 다른 것도 떠올랐다. 아바가 껴안을 때 느껴지던 실험실 코트 아래로 만져지는 엄마의 단단한 갈비뼈.

황소처럼 강하고 면도칼처럼 날카로워지자.

"좋아, 알렉세이 마노로프스키." 아바는 혼잣말하듯 말했다. "이렇게 하자."

"뭘 할 건데?" 차분한 목소리가 물었다.

아바는 깜짝 놀랐다. 그녀는 자신이 줄 맨 앞에 있다는 것을 깨닫지 못하고 있었다. 거기에는 비행사 선글라스와 USFA 모자를 쓴 운동선수처럼 생긴 동양인이 책상 앞에서 아바를 올려다보고 있었다.

그녀의 이름은 재스민 유. 배지에 그렇게 적혀 있었다.

아바는 숨을 쉬었다.

재스민이 다시 말했다. "나한테 얘기한 거 아니니?"

"아니에요." 아바가 그녀에게 등록신청서를 건네며 말했다. "죄송해요."

"당일 등록? 자, 그럼, 이제 컴퓨터에 입력할게. 제시간에 도착했네." 재스민이 컴퓨터에 몇 자를 타이핑하고는 얼굴을 찡그렸다. "재미있네. 문제가 약간 생겼어."

물론, 문제가 있죠. 아바는 생각했다. "이해할 수 없네요."

"여기엔 네 출생증명 서류가 없다고 되어 있어."

물론, 없어요. 그녀는 옥사나는 갖고 있을까 생각했고, 아마도 그럴 거라는 걸 깨달았다. 아바는 태연해 보이려고 애썼다. "착오가 있었나 봐요." 아바는 십대가 지을 수 있는 가장 좋은 표정으로 말했다. "엄마가 실수한 게 틀림없어요. 또요. 항상 그랬거든요."

재스민은 동정하듯 고개를 끄덕였다. "하지만 난 그게 없으면 널 등록할 수 없게 돼 있어." 그녀는 아바에게 등록신청서를 다시 건네주었다. "여기에 부모님이 계시니? 아니면 전화통화가 가능할까?"

물론, 없죠.

아바는 생각하는 척했다. "회사에 계세요. 하지만 코치님과는 통화할 수 있어요."

"좋아. 서류는 사무실에 다 있어. 괜찮지?" 재스민이 그녀에게 손짓했다. "책상을 돌아서 오렴."

그녀는 플라스틱 표지판을 세웠다. 등록 마감.

"지금 바로 가자. 이쪽이야. 1분 정도 걸릴 거야." 재스민은 문을 더듬어 열어젖혔다.

그녀가 그렇게 할 때, 아바는 그녀의 손에 열쇠가 없다는 것을 알아차렸다.

아바가 직원 전용이라고 표시된 문을 열고 들어선 뒤에야 그녀는 뭔가 잘못되었다는 것을 알았다.

그곳은 사무실이 아니었다. 뭔가 어둑어둑했는데, 컨벤션 센터 천장까지 닿을 듯해 보이는 업무용 계단이 있었다.

그들 뒤로 문이 쾅 닫혔다.

아바는 당황했다.

113

이건 옳지 않아. 이건 좋지 않아.

그녀의 본능이 발동했다.

아바는 가려고 몸을 돌렸지만, 재스민은 재킷을 입은 그녀의 팔을 잡았다. "얘야, 저 문은 잠겨 있어. 넌 아무 데도 못 가."

아바는 믿을 수 없다는 듯 그녀를 응시했다.

케블라 재킷 소매 사이 그녀의 팔은 직원의 손 아래에서 불이 난 것처럼 욱신거렸다.

아바의 몸속에 있는 모든 세포가 타오르기 시작했다. 그녀는 비틀 어서 빠져나오려고 했지만, 소용이 없었다. "당신 완전 사이코예요? 놔줘요!"

"그렇게 빠르지는 않구나, 아바. 이야기만 좀 나누면 돼." 그녀의 케블라를 움켜쥔 재스민의 손은 목소리만큼이나 힘이 들어가 있었 다. 이제 아바의 팔은 타는 듯한 고통으로 불타고 있었다.

"그래요? 제가 이야기를 해야 할 사람은 당신을 감옥으로 끌고 갈 경찰이 될 거예요." 아바가 억지로 진정하며 말했다.

생각해야 해.

여기서 벗어나야 해.

재스민은 한숨을 쉬었다. "바람 좀 쐬자, 어때?" 그녀는 아바를 컨 벤션 센터 계단으로 끌고 갔다. 재스민은 한 번에 몇 걸음씩 자신 옆 으로 아바를 끌어당겼다.

아바의 재킷을 잡은 그녀의 힘은 강철 같았다.

아바의 머리는 이제 자신이 의식을 잃을 수도 있겠다는 강렬한 생각에 고통스러웠다.

위로? 말도 안 돼. 그건 나가는 길이 아니야.

그러나 재스민은 놀랄 만큼 강했고, 아바는 자신이 곤경에 처했다는 것을 깨달았다. 그녀는 비명을 질렀지만, 그 소리는 아무도 없는 계단에서 무의미하게 메아리쳤다.

거리가 가까워지자 아바는 재스민 유가 USFA 직원이 아니라는 것을 알 수 있었다. 경찰? 아니면… 더 나쁜 것일까? 그녀는 검은 옷을 입고 있었다. 검정 청바지, 몸에 딱 맞는 검정 블라우스, 검정 부츠. 그녀의 정체를 알 수 있는 다른 단서는 없었다.

재스민은, 만약 그게 그녀의 이름이라면, 아바를 더 높이 계단 위로 밀어 올렸다.

아바는 그녀를 다시 한 번 보려고 했다. 잘 보려고 했다. 납치범의 머리카락은 칠흑 같았는데, 아바가 보기에 앞머리는 심하게 기하학적이었고, 모자 아래로 짧은 머리가 턱까지 삐져나와 있었다. 그리고 비싸 보이는 조종사용 안경을 쓰고 있었다. 그녀는 제임스 본드 영화 같은 데 나오는 스타처럼 유명한 사람 같았다.

아마 좋은 사람은 아닐 거야.

재스민은 계단에서 아바를 매우 빠르게 밀어 올리고 있었다. 아바의 발이 거의 땅에 닿지 않는 것 같았다.

그들은 출입구가 보이는 곳에 있었다. 슬퍼 보이는 녹슨 금속 문이 얇은 직사각형의 빛에 둘러싸여 있었다. 지붕에 닿은 게 틀림없었다. 재스민 유는 가죽 부츠 한쪽으로 문을 걸어차고는 아바를 빛 속으로 밀어 넣었다.

아바는 비틀거리며 지붕으로 나왔다. 여자는 그녀 뒤, 정확히 아바와 유일한 탈출로 사이에 있었다.

아바는 팔의 통증이 사라지자 숨을 몰아쉬었다.

하늘은 구름 한 점 없이 푸르렀고, 주위는 온통 추운 겨울 햇살과 필라델피아 스카이라인뿐이었다. 아바는 건물을 두르고 있는 낮은 벽 쪽으로 천천히 움직였다. 훨씬 아래쪽에서 차량이 눈에 띄지 않을 정도로 천천히 움직이는 것을 볼 수 있었다.

출구가 없네.

아바의 머리는 더는 쿵쾅거리지 않았지만, 여전히 낮게 윙윙거리고 있었다. 그녀는 쉴 새 없이 숨을 몰아쉬며 건물과 해안선이 만나는 수평선 쪽 밖을 내다보았다. 그리고 목소리를 높였다. "누구죠?"

"내가 누군지 알잖아, 세스트라."

그 말은 낮고 음침하게 허공에 매달려 있었다.

그것은 아바가 찾고 있던 답이 아니었다. 그것은, 거의 완전히 반대의 답이었다.

그녀를 그렇게 부른 사람은 단 한 사람뿐이었다.

하지만 그건 불가능해.

아바는 말이 없었다.

이제 모든 것이 천천히, 마치 불타버린 우크라이나 창고로 떨어지던 새까맣게 타버린 수많은 재처럼 마구잡이로 그녀에게로 굴러 떨어졌다.

폭발.

검은 옷을 입은 여자가 나를 바닥에 쓰러뜨렸다.

빨간 머리.

시뻘건 불길.

피.

악마 같은 사람의 불타는 얼굴.

"에토 띠." 아바는 러시아어에 빠져버렸다. 그게 너야.

그녀는 천천히 자신을 데려온 여자를 바라보려고 몸을 돌렸다. 마침내.

사실 재스민 유였던 적이 없는 여자.

"그런 것 같아." 여자가 대답했다.

그녀는 낯이 익지 않아 보였지만, 아바는 쉴드와 관련해 자신의 눈을 믿지 말라고 배웠었다.

이제 여자는 안경을 내리고 모자를 뒤로 밀더니, 목 뒤에 걸린 USFA 토너먼트 자격증을 한 번 두드렸다.

인쇄된 이름 재스민 유 옆에 조그맣게 불이 켜진 점이 녹색에서 빨간색으로 변했다. 재스민 유의 얼굴— 아니, 아바가 그녀의 얼굴이라고 생각했던 곳이 디지털 입자로 일그러지더니 깜빡이다 사라졌다.

당신.

배지는 배지가 아닌, 일종의 원격 홀로그래피 인터페이스 쉴드 기술이었다. 아바는 7B에서 지내던 시절 쉴드의 홀로그램 능력에 대한 소문을 들었었다.

당신이군요. 내가 알아봤어야 했는데.

그녀를 돌아본 그 얼굴, 여자의 진짜 얼굴이 틀림없었다.

투영 마스크 뒤에는 악명 높은 블랙 위도우, 쉴드 요원 나타샤 로마노프의 정교할 정도로 차가운 눈이 있었다.

나타샤 로마노프.

어벤져스. 요원. 암살자.

아바는 어렸을 때 이후로 본 적이 없는데도 결코 그 얼굴을 잊을 수 없었다. 화재, 죽음 그리고 재난으로 그녀의 기억 속에 타들어 갔었다. 아바는 벽도 무너뜨릴 수 있는 얼굴로 기억했다. 왜냐하면, 그녀는 그랬으니까.

끔찍하고 아름다운 얼굴이었다.

떨쳐버리거나 무시할 수 있는 얼굴이 아니었다. 특히 어린 소녀에게는 잊히지 않을 얼굴이었다. 세상 어느 곳에도 그런 얼굴은 없었다.

나타샤 로마노프의 얼굴은 둥근 곡선과 단단한 선으로 투박함과 견고함을 모두 가진 모순의 얼굴이었다. 그녀의 눈은 차갑고 어두웠고 입술은 두툼했다. 하지만 아이러니하게도 그녀의 얼굴은 심장 모양이었다. 광대뼈가 너무 뚜렷해서 자기만의 음영을 만들어내는 것 같았다. 하트 모양이 아니다. 아바는 정정했다. 단단한 하트 모양.

나타샤는 잠자코 그 자리에 서 있었다.

"이건 뭐예요, 당신의 아이페이스인가요?" 아바가 마침내 물었다.

그녀는 눈길을 돌렸다.

"그런 종류지." 나타샤가 말하며 어깨를 으쓱했다. "그들이 뭐라고 하는지 너도 알잖아. 만약 그것이 존재한다면, 쉴드는 앱이나 뭐 그런 게 있겠지, 안 그래?"

아무도 웃지 않았다.

아바는 납치범(그녀는 그렇게 행동했다. 아닌가?)에게 그녀가 사실은 얼마나 충격을 받았는지 알게 해서 만족감을 주고 싶지 않았다. 대신 말을 이어갔다.

"돌아오지 않았죠."

"아니." 나타샤가 조용히 말했다. 그녀는 주위에 그녀를 볼 다른 사람이 없었지만, 안경을 다시 쓰고, 모자를 다시 내렸다. 그녀는 자신의 진짜 얼굴로 놔둘 수도 있었지만, 아바는 그녀가 스파이는 아니지만 어둠 속에 머무르는 것을 더 좋아한다는 것을 알았다.

아바는 흉벽에 등을 대고 지붕의 따뜻한 아스팔트 위에 앉았다. 그녀가 또 다른 말을 하기에 충분한 시간이었다.

"오겠다고 했지만 오지 않았어요. 쉴드에 나를 넘겨주고는 미국인들과 함께 내버려둔 채 가버렸죠."

"어떤 지역에서는, 그것을 성장한다고 한단다."

"당신에게 편지를 썼어요. 우크라이나 대사관에 가서 바보 같은 종이 모래시계를 현금으로 바꾸려고 했어요. 그들은 나를 쫓아내고 비웃었죠."

"그렇게 하라고 시킨 게 누군데?" 나타샤 전혀 미안한 표정 아니었다.

"하지만 난 아는 사람이 없었어요. 난 혼자였다고요. 아무도 신경 써주지 않았고, 당신은 내가 죽게 내버려둔 거예요."

"죽지 않았잖아, 안 그래?"

119

"죽는 거요? 네, 안 죽었죠. 그게 당신 덕분은 아니잖아요. 이제 나는 나 자신에게만 기대야 한다는 것을 알아요."

"바로 그거야." 나타샤는 어깨를 으쓱했다. "고마워할 필요는 없어."

아바는 대답하지 않았다.

나타샤는 그녀 옆에 앉았다. "그 러시아 문제들." 나타샤는 벽에 등을 기대고 앉았다. "화난 거 알아. 화내고 싶은 만큼 화내. 하지만 네가 어떻게 느끼는가는 중요하지 않아. 우리는 여기서 나가야 해. 괜찮지?"

"왜 내가 당신에게 어떤 말을 해야 하죠?"

"나를 믿으니까."

"미쳤어요? 당신은 내가 믿을 수 없는 사람이에요. 당신이 당신을 믿지 말라고 가르쳤잖아요."

"아니야. 나는 너에게 아무도 믿지 말라고 가르쳤지." 나타샤가 말했다. "그것은 모두가 배워야 할 것이야. 특히 모든 소녀가." 아바가 느끼기에는 아주 완고하게 들렸다.

"그러니까 이제 그 교훈에 감사해야 하고요. 이제 그만 갈까요?"

"상황이 변했어. 이제 내 말을 들어야 해. 네겐 선택권이 없어."

"여긴 미국이에요. 내게도 선택권은 있어요, 세스트라."

"아니, 없어." 나타샤는 얼굴을 찡그렸고, 악명 높은 블랙 위도우에게 너무나 인간적으로 보이는 표정이 잠깐 그녀의 얼굴을 스쳐갔다. "오늘 아침 6시 15분 이후로는 안 돼. 세관원들이 파나마시티를 경유하는 마닐라발 뉴어크행 비행기를 타고 도착한 승객을 확인할 때거든."

"파나마 뭐요? 왜요?"

나타샤는 한숨을 쉬었다. "파나마가 현재 마약조직에 대한 고투 장소(정보를 얻을 수 있는 장소-옮긴이)거든. 그리고 그 나라는 피 묻은 돈을 처리하는 사업을 크게 하고 있지."

아바는 혼란스러웠다. "그런데 이 모든 것이 나와 관련 있나요?"

"이 승객은 분명 200개 이상 러시아 벨로모카날 담배를 그에게 주었고, 아마 넌 모르겠지만, 파나마는 법적으로 수입 브랜드를 제한하고 있어." 나타샤는 고개를 저었다. "역겨워."

"담배?" 이중 어느 것도 아바에게 해당되지 않았다.

"담배만 있는 게 아니야. 벨로모카날은 모스크바의 오래된 브랜드고, 그 승객이 모스크바에서 비행을 시작한 것으로 보이거든." 나타샤는 아바의 눈을 바라보았다. "그리고 나면 오데사에서 세 시간 동안 기차를 탈 거야."

아바가 얼어붙었다.

"거기서 또 다른 세관 조사, 말하자면 덜 공식적인 형태가 이루어질 거야. 그래서 등록되지 않거나 이름 없는 친구로 이루어진 네트워크의 특정인의 미발행 번호를 확인하게 되지. 그렇게 되면 보안 방송을 통해 단일 전송으로 나타나." 나타샤는 어깨를 으쓱했다. "여기 있어."

"무슨 소리를 하는 거예요?" 아바는 숨을 쉴 수가 없었다.

"아바, 이반 소모도로프가 죽지 않았어. 그는 그가 가야 할 지옥에 있지 않아. 뉴저지에 있지."

그 말은 둔탁한 무게감으로 그들 사이에 떨어졌다. 아바는 얼굴을 맞은 기분이었다. 그 이름을 잊었다고 생각했지만, 그러지 않았다. 물론, 그녀는 그러지 않았다. 그럴 수 있길 바랐을 뿐이다.

이반 소모도로프.

아바는 고개를 떨군 채 손으로 감쌌다.

아바 옆에 앉아 있다가 일어나면서 나타샤의 어조는 훨씬 더 심각해졌다. "그는 지구상에서 사라질 수도 있었지만, 그러지 않았어. 아직도 그짓을 하고 있어. 소모도로프에게 다시 돌아가는 모든 과정에서 네 이름이 끊임없이 나오고 있어. 지금은 그 어느 때보다도 더 심하게 그러고 있지. 그는 너와 관련된 사업을 완성하지 못한 것 같아. 그는 8년 동안 계속 널 찾아다녔고, 그만두지 않을 거야."

아바는 생각하려고 했지만, 말을 할 수 없는 자신을 발견했다.

이반 소모도로프가 나를 찾고 있어.

이반 소모도로프는 나와 끝나지 않은 거야.

이반 소모도로프는 내 마지막이 될 거야.

악마.

"그래서요?" 아바가 마침내 말했다. 그녀는 일어나면서 발밑에 따뜻해진 아스팔트 지붕을 느꼈다. 그것이 아바가 할 수 있는 전부였다.

"그러니까 우리 친구 이반이 돌아오면서 모든 것이 달라졌다는 말이야." 나타샤는 지붕의 숨겨진 구석에서 가방을 끄집어내고 있었다.

무기겠지, 아마도.

아바는 다리가 후들후들 떨렸지만 어쩔 수 없이 나타샤에게로 걸어갔다. "신경 쓰는 척하지 말아요." 그녀의 머리는 이미 쿵쾅거리고 있었지만, 나타샤가 눈치채지 못하게 했다.

"그랬다고 말한 적 없어." 나타샤는 가방 옆에 무릎을 꿇으면서 어깨를 으쓱했다. 그녀는 그 말이 거의 속삭이는 것처럼 들릴 정도로 목소리를 낮추었다. "그가 우리를 찾고 있고, 그래서 내가 여기 온 거야. 우리는 가야 해. 너의 친구 옥사나와 코치 나나 그리고 소년, 알렉스—"

"알렉세이예요." 아바는 반사적으로 정정했다. "마노로프스키."

나타샤 로마노프가 옥사나에 대해 알고 있다고? 나나도? 내가 꿈에서 본 소년까지도? 그녀는 내 모든 삶의 세세한 것들을 다 알고 있어.

그 생각은 왠지 짜릿하고 소름 끼쳤다. 아바는 어느 쪽이든 자신이 관심의 대상이 된 것이 싫었다.

나타샤는 알렉스 마노르의 러시아 이름에 미소를 지었다.

"알렉세이와 옥사나는 죽어서는 안 돼. 그들은 이반 소모도로프에게 당할 이유가 없어. 어떤 멍청한 십대도 그 한가운데에 던져져야 할 이유가 없어."

"그런데 나는 왜?"

"아바, 우리 중 몇몇은 선택권이 없어." 나타샤의 말은 슬프게 들렸지만, 그렇다고 진실이 바뀌지는 않았다. "우크라이나 보육원에서 아이들이 다시 사라지고 있어. 나는 끝났다고 생각하지 않아. 이반과 그의 미친 레드룸 실험은 끝나지 않았어. 아직도."

아바는 움찔했다. 오데사를 기억하는 것보다는 깨진 유리 더미 위를 걸어가는 게 나을지도 모른다. 오직 파편만 남아 있었다.

전극이 타오른다. 손목과 발목에 빗줄이 묶여 있다. 주삿바늘은 내 피부를 파고든다.

검은 눈동자의 괴물.

"레드룸?" 아바가 날카롭게 말했다. "그게 뭐죠?"

"크라스나야 콤나타?" 나타샤는 아바 앞으로 가려고 일어서면서 아무것도 아닌 듯 어깨를 으쓱했다. 하지만 아바는 꿈에서 그 단어를 알고 있었다. 그들은 여전히 그녀를 떨게 했다.

나타샤는 그녀를 바라보았다. "이반은 그들을 위해 일해. 레드룸은 모스크바의 무고한 아이들을 나처럼 사악한 스파이로 기르는 곳이지. 만약 네가 선택권이 없었다고 말하고 싶다면."

물론, 없었어요, 아바는 생각했다.

그리고 바로 그런 식으로, 나는 다시 한 번 7B에 혼자 있게 되었죠.

항상 그렇듯.

나타샤는 그녀를 바라보았다. "내가 이 일을 극복해낸 것처럼, 너도 할 수 있어." 그녀는 미소를 거의 지으면서 한쪽 눈썹을 추켜세웠다. "우린 똑같아, 기억하지?"

아바는 기억했다.

그녀는 위대한 구조자가 러시아어로 말했던 정확한 단어들을 기억해냈다. 그게 다였다. 그녀 안에 뭔가가 툭 끊어졌다. 그녀는 단 1초도 참을 수 없었다.

그녀는 블랙 위도우의 얼굴을 힘껏 후려쳤다.

이번에는, 나타샤 로마노프도 그것이 다가오는 것을 보지 못했다.

쉴드 열람 가능
허가 등급 X

순직 [LODD] 조사
참조: 쉴드 케이스 121A415
사령부 요원 [AIC]: 필립 콜슨
회신: 나타샤 로마노프 요원, 일명 블랙 위도우, 일명 나타샤 로마노바
기록: 국방성, LODD 조사 청문회

국방성: 러시아 고아 얘기가 나와서 말인데, 당신도 스탈린그라드에서 태어난 겁
니까?

로마노프: 그렇습니다.

국방성: 그렇게 많이 알고 있다니 놀랍군요. 요원의 배경 관련 파일이 많지 않았습
니다. 심지어 생일도 삭제되었더군요.

로마노프: 네. 전 그렇게 중요한 인물이 아니니까요.

국방성: 스티브 로저스, 제임스 반즈를 보라고 언급한 이 참조 노트는 무엇입니까?

로마노프: (어깨를 으쓱했다.) 그들은 나도 내 파일을 읽도록 허락하지 않았습니다. 7
단계 허가증이 없어서 그런 것 같습니다.

국방성: 요약해두죠. 당신 부모님이 돌아가셨을 때, 모스크바는 당신을 곧장 스파
이 학교로 보냈습니다. 레드룸이라는 곳이죠. SVR의 자부심이죠. 당신과
그 주의 모든 다른 행운의 고아들.

로마노프: 매우 운이 좋았죠. 내가 고아 복권에 당첨되었다고 이야기할 수도 있는
거였군요.

국방성: 거기서 이반 소모도로프를 만났습니까?

로마노프: 거기가 그가 나를 만난 곳입니다. 돌아보면, 그 문제에 대해 전 말할 것이 별로 없습니다.

국방성: 당신이 어떻게 그를 날려버리려고 했는지에 대해 말하는 것만큼 말입니까?

로마노프: 업보라고 생각합니다.

CHAPTER 12
나타샤

필라델피아,
필라델피아 컨벤션 센터 옥상

지붕으로 통하는 문이 갑자기 열렸을 때, 아바가 왼쪽으로 세게 친 덕에 나타샤는 여전히 비틀거리고 있었다. 문은 세차게 흔들렸고, 그 사이로 굴러온 형체는 넘어지지 않고 서 있었다.

나타샤는 본능적으로 몸을 던져 공격 자세로 바꾸었다. 주먹은 높게, 무게 중심은 낮게. 마치 뛰어오를 준비를 하는 포식자처럼 다리는 구부렸다. 반사적으로, 그녀는 몇 피트 떨어진 곳에 서 있는 아바에게 어깨너머로 힐끗 눈길을 보냈다.

아이가 다치는 걸 막기만 하면 돼.

하지만 놀랍게도 그 아이는 충분히 준비된 것처럼 보였다. 사실, 아바는 나타샤와 같은 공격 자세를 취하고 있었다. 그녀는 쉴드 요원인 자신을 거울에 비춘 모습이었다. 그들의 본능은 동일했다. 주먹은 높게, 무게 중심은 낮게. 모든 레드룸 전투원들이 고전 러시아 무술 시간에 훈련 받은 시스테마 자세. 그들 중 단 한 사람만 그곳에서 훈련 받았다고 생각하니 이상한 일이라고 나타샤는 생각했다.

그녀는 얼굴을 찡그렸다.

정말이야. 크라브 마가는 아니야. 비밀 기관이 사용한다 해도, 고아인 우크라이나 이주 소녀에게 가르쳤을까?

마치 그림자를 가진 것 같았다. 그리고 나타샤 로마노프는 그런 것에 익숙하지 않았다. 그녀는 너무 놀라서 자신이 공격 받고 있다는 것도 거의 잊을 뻔했다.

"아바!" 한 남자의 목소리.

나타샤는 다시 공격하려는 사람에게로 머리를 휙 돌렸다. 지금 그들 앞에 서 있었다. 아바는 빨랐다.

그러나 가정했던 위협은 이제 전혀 위협이 되지 않는 것처럼 보였다.

"봐. 강아지야. 길을 잃은 것 같아." 나타샤는 서 있던 자세에서 쉬며 한숨을 쉬었다. 그녀는 그를 즉시 알아보았다. 아바가 토너먼트에서 시시덕거리던 소년이었기 때문만은 아니다.

"알렉스? 뭐 하는 거야?" 아바는 꽤 충격을 받은 것 같았다.

"이건 무슨 호신술 수업 같은 거야?" 알렉스는 한 러시아인이 다른 러시아인을 공격하는 것을 보고 얼굴을 찡그렸다.

"아니." 아바가 말했다.

"그래, 맞아." 나타샤가 말했다.

그들은 서로를 쳐다보았다.

"나는 당신을 믿지 않아요." 그가 천천히 말했다. "그러니까 모두 아래층으로 돌아가서 이 상황에 대해 USFA에 이야기하는 게 어때요?"

나타샤는 소년 알렉스가 주먹을 내리지 않고 있다는 것을 알아챘다. 지금도.

잘됐네. 애송이는 아냐. 주니어 어벤져스 애송이지.

이런 날 내게 꼭 필요했던 것.

"알렉스." 아바가 허리를 곧추세우며 말했다. "다 괜찮아. 정말이야. 날 구해줄 필요는 없어."

"아우." 나타샤가 말했다. "정말 귀엽네." 기를 죽이는 말이었다.

"네 친구에게 네가 어디 갔냐고 물었더니 나에 대한 스케치를 보여줬어. 그리고 넌 토너먼트에 신청도 하지 않았대고."

"나 (잊고 있었어. 우리는 이야기를 좀 해야 해.) 따라가고 있었어."

"NAC에 등록하는 것을 잊었다고? 그런 사람이 어디 있어?"

"그녀가 그랬지." 나타샤가 얼굴을 찡그리며 말했다. 이 아이는 바보가 아니야. 쉽게 풀리는 게 없군.

"무슨 얘기인데 전국대회 시합의 기회를 놓칠 정도인 거야?"

아바가 노려보았다. "좀 가식적이라고 생각하지 않아, 미스터 블랙카드?"

그는 고개를 저었다.

"그래, 잘했어, 슈퍼 진돗개." 나타샤가 짜증이 난 듯 말했다. "확인했고. 여자아이는 괜찮아. 자, 이제 가봐."

아바는 나타샤와 알렉스를 차례차례 바라보았다. "난 괜찮아. 정말이야. 그리고 다시 말하지만 내 몸 정도는 스스로 지킬 수 있어."

아니면 내가 구해주지. 나타샤는 생각했다. 아바는 마치 요원이 무슨 생각을 하고 있는지 알고 있는 것처럼 나타샤를 쏘아보았다.

그러나 알렉스는 여전히 주먹을 내리지 않았다.

이제 나타샤는 그에게 선택권을 주고 그가 상황 파악하는 모습을 지켜보았다. 주니어 어벤져스. 바보가 아니야. 지독하게 고집쟁이지. 아바를 엄청나게 걱정하고.

재미있군.

그녀는 고개를 저었다. "그러지 마."

"무엇을 말이죠?" 알렉스가 몇 걸음 다가서며 물었다.

"무슨 생각을 하건 그러지 말라고. 나는 움직이지 않고도 주먹을 꽤 잘 날려. 오른쪽 햄스트링. 죽지는 않겠지만 차라리 죽었으면 싶을 수도 있어." 나타샤는 어깨를 으쓱했다.

"많이 걱정하지 않아요."

"네가 이해한다고 생각하지 않아." 나타샤가 말했다. "제안이 아니야."

"거리와 속도. 가속도와 충격각." 알렉스가 그녀의 눈을 똑바로 바라보며 말했다.

"그게 뭐?"

"그냥 끝까지 생각하기만 하면 돼요. 있잖아요, 전에도."

"뭐 전에?"

"이거." 그는 숨을 고르고, 웅크리고는 나타샤를 향해 폭발했다.

그녀는 그가 그렇게 빨리 움직일 수 있을 거라고 예상하지 못했다.

하지만 그녀는 나타샤 로마노프였기 때문에 더 빨리 움직여 먼저 쳤다. 아니 치려고 했다. 하지만 치기 바로 전, 그녀는 무게 중심 이동으로 턱과 어깨의 근육 긴장을 느낄 수 있었다. 그리고 알렉스가 자신을 완벽하게 읽었다는 사실에 놀라서 그를 바라보았다. 그녀가 그의 마음을 읽고 있는 것만큼 그 역시 완벽하게 읽고 있었다. 그들은 서로 적수가 되었다. 발길질, 주먹 피하기, 킥 사이사이에 위빙, 누구도 땅에 떨어지지 않았다.

나타샤는 뒤로 물러섰다. 그녀는 아바의 어린 친구를 없애려 하지 않았다.

하지만 어쨌든, 이것도 예상 못한 것이었다.

그는 그녀가 무엇을 하려는지 정확히 감지하는 것 같았고, 마치 그녀가 어떻게 할지 예측하는 것만 같았다.

마침내 그는 손으로 그녀의 주먹을 잡았다. 두 사람은 둘 다 놀라서 서로를 바라보았다.

나타샤는 그를 밀어냈다.

훌륭한데. 정말 훌륭해. 흥미로운 걸.

알렉스는 그녀의 손을 놓아주고는 자신의 다리를 쓸며 돌아섰다. 그녀는 그 움직임을 예상했기 때문에 힘들이지 않고 그를 피했다.

"띠 스마 소슐라." 나타샤가 중얼거렸다. 너는 미쳤어.

"그게 뭐든, 난 러시아어를 할 줄 몰라요." 알렉스는 말했다. 그는 나타샤를 두려워하는 것 같지 않았는데, 그 점이 그녀에게는 흥미로웠다.

또 짜증나고.

나타샤는 주먹을 내렸다. "난 이런 게임이나 하고 있을 시간이 없어, 꼬마 알렉세이."

아바가 끼어들었다. "정말이군요? 내게 이럴 시간이 없군요." 이제 나타샤는 이런 소리가 짜증스럽게 들렸다.

"아바를 그냥 둬요." 알렉스가 나타샤에게 말했다. "나를 따라왔다는 거 알아요."

나타샤는 웃었다. 아바는 그러지 않았다.

"정말? 너를? 왜 널 쫓아다녔을까?" 아바는 모욕당한 기분이었다.

"왜 CIA는 누군가를 뒤쫓는 거죠?" 알렉스는 나타샤를 연구했다. "난 당신 봤어요. 오늘 아침에. 날 미행하고 있었잖아요."

"너 자신을 과신하지 마. 나는 그녀를 따라가고 있었어." 나타샤는 아바를 가리키며 말했다.

"난 당신을 믿지 않아요." 알렉스는 되풀이했다. "한 번만 더 말할게요. 그녀를 그냥 보내줘요."

"오, 제발. 난 CIA가 아니야. 나를 모욕하지 마." 나타샤는 눈썹을 치켜뜨며 말했다. "그리고 난 아이들과 협상하지 않아. 그러니까 저리 가 꼬마, 다치기 전에."

"무례해." 아바가 갑자기 말했다. "넌 모르잖아."

"나 말이야?" 알렉스는 놀란 표정이었다.

"그래, 말해줘." 나타샤가 말했다.

아바가 노려보았다. "난 두 사람 모두를 말하는 거예요. 난 누군가에게 구조되고 싶지 않아요. 나는 이마에 커다란 표적을 달고 있는 무력한 소녀가 아니에요. 혼자 힘으로 피할 수 있어요."

너는 그 목표물이 얼마나 거대한지 전혀 몰라. 나타샤는 생각했다.

"난 그러려던 게 아니었어." 알렉스는 주장했다.

하지만 온 우주가 이해시키고 싶어 한다는 듯이, 아바의 말이 끝나고 바로 뒤 옥상을 가로질러 총성이 울렸다.

총알은 아바의 오른쪽 관자놀이를 1센티미터도 안 되게 빗나갔다.

두 번째 총알로 배낭이 그녀의 어깨에서 떨어졌다.

세 번째는 쌩쌩 소리를 내며 알렉스 마노르의 머리를 스쳐갔고, 뒤엉킨 곱슬 갈색 머리카락이 땅에 떨어졌다. 머리칼은 산들바람에 떨어지는 낙엽처럼 초현실적으로 느리게 떨어졌다.

그 순간에는 다른 어느 것도 그렇게 느리지 않았다.

나타샤 로마노프는 궤적을 계산하면서 총성이 오는 방향으로 실눈을 떴다.

1시 방향.

맨 위층.

교차로 맞은편.

40도 정도 떨어져 있군.

그녀는 아바를 아래쪽으로 잡아당기면서 앞으로 뛰어들어 둘 다 아스팔트 지붕에 납작 엎드렸다. 알렉스는 그들 바로 옆으로 내려왔다.

"뭐죠—"

세 발의 총성이 그에게 대답해줬다.

"저격수." 나타샤는 총알이 날아들기 직전 숨겨놓았던 가방을 꺼내 움켜잡으며 쉿 하고 소리를 냈다. 뇌가 빠르게 돌아가는 걸 느낄 수 있었다. "녀석은 괜찮은 사정거리에서 소음기를 꺼낸 것 같아. 적어도 건물 한두 군데 떨어진 곳이라는 얘기지." 그녀는 머릿속 숫자를 돌리며 고개를 들었다. "400미터에서 저격하고 있는 건가? 목표치에서 0.5인치 이내를 맞추면서? 포인트 5 MOA(군 작전 지역-옮긴이) 아니면 포인트 3?" 그녀는 고개를 저었다.

"나쁜가요?" 아바가 물었다.

나타샤는 암울했다. "우리에게는 나쁘지. 만만치 않아. 엄청나게 고도로 훈련된 명사수 군인일 거야. 프로, 아마도 최고겠지. 러시아인이야. 내 생각엔. 소리로 봤을 때 아마 오르시스 T-5000일 거야."

"사람들이 우리를 향해 총을 쏘고 있다고요?" 알렉스는 충격을 받았다. "펜싱 토너먼트에서요?"

"우리가 아니라, 나야". 아바가 조용히 말했다.

아바와 나타샤의 눈이 마주쳤다. "그가 여기 온 거죠?" 아바의 목소리는 거의 숨을 쉬지 못하는 것처럼 들렸다.

나타샤는 고개를 저었다. "그렇지 않을 거야. 몸이 아니야." 그녀는 지붕 건너편 스카이라인을 어깨너머로 바라보았다. "하지만 그가 보낸 거겠지. 프로파일이 딱 맞아떨어지거든."

꼬마야, 이제 날 믿니? 정말 충분히 이해가 된 거지?

이반 소모도로프는 우리 둘 중 누구도 잊지 않았어.

이반은 용서하지도, 잊지도 않아.

나타샤는 선글라스를 벗어서 위쪽 하늘로 던졌다. 일련의 총성이 빠르게 연속해서 허공을 갈랐고 안경은 산산조각이 났다.

나타샤는 한숨을 내쉬었다. "정정할게. 그의 부하들이야, 여러 명. 적어도 세 명은 붙인 것 같아."

"누구의 부하인데요? 그가 누구예요?" 알렉스는 화가 나서 실눈을 떴다.

나타샤는 그의 말을 무시하며 갈라진 콘크리트 벽 표면에 난 총탄 구멍을 살폈다. "저것 좀 봐. 축하해, 아바. 그들은 큰 총을 꺼냈어. 38구경 라푸아 매그넘이야."

"무슨 뜻이에요?" 아바가 물었다.

"모스크바는 고가의 가치가 있는 목표물에만 라푸아를 사용해. 네가 인기 상품이라는 뜻이지. 싸구려에는 발사하지 않아. 그리고 라푸아는 오중 방탄복도 뚫을 수 있어. 그러니 가만히 있으라고, 꼬마들."

"누가 저 좀 대화에 끼워줄래요? 저격수? 고가의 가치가 있는 목표물? 무슨 소리죠?" 또 한 발의 총성이 울렸고, 알렉스는 몸을 더 낮추려다 얼굴을 아스팔트에 부딪혔다.

"설명할 시간이 없어. 내가 말했잖아. 비켜, 꼬마. 넌 이 일에 연관되지도 않았고, 그리고 싶지도 않을 테니까." 나타샤는 블록 아래 은행 건물에서 한 줄로 늘어선 창문들을 살펴보았다. 그녀는 가방에서 두 개의 무기를 꺼냈다. 소형 자동 공격 무기와 자동소총을 들고, 옥상 아래 벽 쪽으로 기어갔다. "몸을 낮춰."

135

아바는 낮게 웅크린 채 고개를 끄덕였다. 나타샤는 꿈틀거리며 그녀를 지나갔다.

좋아. 무서울 수도 있는데 그걸 드러내지는 않는군.

나타샤는 알렉스가 주먹을 사용할 곳도 없는데 본능적으로 불끈 쥐는 것을 곁눈질로 보았다.

알았어, 친구.

나타샤는 그가 얼마나 좌절감을 느끼는지 알고 있었다. 그래서 그녀는 총 없이 거의 다니지 않았다. 보통은 세 개. 공격용 소총, 특히 실제 총격전에는 CZ 805를 선호했다. 좀 더 정확한 화력이 필요할 때는 PP-2000 자동소총, 그리고 늘 HK P30 권총을 소지했다. 체코산, 러시아산, 독일산. 심지어 HK를 글록과 교환할 때도. 권총은 늘 독일제였다. 이반의 가르침대로.

그래서 그를 찾자마자 그에게 그걸 사용했다.

나타샤는 어깨끈에서 자동소총을 꺼내려고 어깨너머로 손을 뻗으며 물 흐르듯 부드럽게 선반 쪽으로 굴러갔다.

달님, 잘 자.

다른 말 없이 나타샤 로마노프는 하늘로 발포하기 시작했다.

순직 [LODD] 조사
참조: 쉴드 케이스 121A415
사령부 요원 [AIC]: 필립 콜슨
회신: 나타샤 로마노프 요원, 일명 블랙 위도우, 일명 나타샤 로마노바
기록: 국방성, LODD 조사 청문회

국방성: 가계도를 보면, 당신은 러시아 마지막 황제의 후손이군요.
로마노프: 모든 러시아 가계는 왕족과 이어집니다. 그래야만 족보학자들이 대가를
　　　　　받으니까요.

국방성: 모든 러시아 가족이 사라진 수십억 달러의 자산을 가지고 있나요?
로마노프: 그만하세요. 그냥 러시아 동화라고 생각해요.

국방성: 요원은 그렇다고 생각하나요? 아니라고 생각하나요?
로마노프: 지금 이거, 무슨 농담을 하고 있는 건가요?

국방성: 동기 부여는 되죠, 요원. 태스크 포스 일부 구성원들은 이반 소모도로프가
　　　　　당신에게 가진 관심이 레드룸이나 물리적인 것 그 이상이라고 생각합니다.
로마노프: 그가 러시아 황제의 금 때문에 나를 원했다는 건가요? 그게 당신이 생각
　　　　　해낸 최선이에요?

국방성: 금은 금이오, 요원.
로마노프: 자본가들은 그럴 수도 있겠죠. 하지만 물리학자들은 그렇지 않습니다.

국방성: 토니 스타크는 그것과 상관없는 것 같군요.

로마노프: 만약 토니 스타크와는 상관없이 내가 러시아 황제의 금덩이를 갖고 있다면…?

국방성: 우리 모두 보카 지구에 있겠죠, 요원.

CHAPTER 13
아바

필라델피아 시내,
필라델피아 거리

총알이 멈추지 않았다. 총알은 밀리미터 간격으로 목표물을 지나 지붕을 쪼갰다.

이반이 거물을 데려왔군. 그는 날 되찾고 싶어 해. 아바는 손바닥이 차갑고 땀에 젖어 있었다. 그의 이름만으로도 구역질이 날 것 같았다.

아무도 널 데리러 오지 않을 거야, 꼬마 프테네. 아무도 신경 쓰지 않아. 아바는 머릿속에서 그의 목소리를 떨쳐내려 했다.

"데르모." 블랙 위도우가 고개를 저으며 중얼거렸다. "그들은 지금 우리를 갖고 놀고 있어. 연속해서 너무 많이 빗나가게 공격하고 있어."

"힘든 상대라고 말한 거 아니었어요?" 아바는 목소리를 낮추며 말했다.

"이놈들은 아니야. 그들은 지금 우리를 바쁘게만 하고 있을 뿐이야. 그 말은 다른 누군가가 오고 있다는 뜻이지. 우릴 죽이려는 게 아니라, 유인하려는 거야. 우리 둘 다 죽이기엔 너무 값이 나가거든."
그녀는 아바를 향해 고개를 끄덕였다. "적어도 우리 중 몇몇은."

"어떻게 알아요?" 알렉스가 물었다.

"죽지 않았으니까." 나타샤가 무미건조하게 말했다. "하지만 우리
는 이동해야 해."

"진심이에요?" 알렉스가 물었다.

"묘지로." 나타샤는 아바를 문 쪽으로 밀었다. "자, 들어가."

아바는 전력 질주해 계단이 있는 콘크리트 블록 벽 뒤로 뛰어들면
서 가슴이 쿵쾅거리는 것을 느꼈다. 알렉스도 그녀의 뒤를 따라갔다.
그는 어디도 가지 않았다. 나타샤가 얼마나 그를 빼고 싶어 했는지는
중요하지 않았다.

그는 그럴 거야. 아바는 생각했다. 그는 떠날 거야. 모두 그랬어.
엄마, 아빠 심지어 나타샤 로마노프까지.

그것은 내 세계에서 유일하게 확실한 거야.

모두가 떠나가고, 내겐 그걸 막을 방법이 없다는 것.

그러나 아바가 어깨너머로 뒤를 돌아보았을 때, 그녀는 나타샤 로
마노프가 그들 뒤에 있지 않다는 것을 알았다. 대신 나타샤는 눈에
보이지 않는 저격수 쪽으로 무기를 쏘고, 탄창이 비었을 때만 콘크리
트 블록 벽 뒤로 피했다.

그녀는 욕을 하면서 총 두 개를 모두 떨어뜨렸다.

나타샤는 등 뒤로 손을 뻗어 바지 허리춤에 있던 권총을 꺼내 콘크
리트 블록 뒤에서 다시 일어나 보이지 않는 적을 향해 쏘았다.

이런 일은 일어나지 않아. 아바는 생각했다. 한 사람이 자기 바지에 총을 대체 얼마나 많이 가지고 있을 수 있는 거지?

이제 나타샤는 그들에게 되받아치고 있었다. "내 신호에 따라. 내 말대로 해. 금방 뒤따라갈게. 만약 그들이 나를 제압한다면 7B로 돌아가서 숨어 지내도록 해. 알았지?"

"그는요?" 아바는 알렉스를 의미하며 물었다.

나타샤는 무시하듯 권총을 휘둘렀고, 잠깐 아바는 나타샤가 어떤 생각을 하는지 거의 들을 수 있을 것 같았다. 그? 그는 내가 상관할 바 아니야.

알렉스는 어깨를 으쓱했다. "알겠어요."

"좋아." 나타샤는 또 연속으로 오는 총알을 피했다. "승낙으로 받아들일게. 자, 이제, 내가 말하면, 머리를 계단 아래로 숙이고 컨벤션 홀로 들어가."

"잠깐. 우리보고 토너먼트로 다시 돌아가라는 거예요? 누군가 아바를 죽이려는데요? 말도 안 돼." 알렉스 어리둥절한 표정이었다.

나타샤는 눈을 굴렸다. "그녀가 여기 밖에 머무르는 게 더 나을까?"

벽은 그들 위에서 폭발했고 석고가 머리 위로 흘러내렸다.

"좋은 지적이네요." 알렉스가 고개를 끄덕였다.

"지금!" 나타샤 로마노프는 계단 쪽으로 달려가 문을 쾅 열었다. 그들은 그녀가 하늘에 총을 발사할 때 그 틈을 이용해 뛰어들었다. 총알이 뒤따라왔다.

아바는 먼저 계단 밑에 다다랐고, 어둑어둑한 내부 복도를 비틀거리며 지나 밝게 빛나는 컨벤션 센터 로비로 들어갔다. 공관을 통해 흘러나오는 듣기 편한 음악이 그녀가 생각을 떨쳐버리게 해주었다. 알렉스가 그녀의 뒤를 따라 질주하기 전까지는. 그리고 아바는 그들이 왜 도망쳤는지 기억했다.

잠시 후 나타샤가 나타났고 무기를 숨기기 위해 완벽하게 만들어진 것처럼 보이는 가죽끈, 홀스터 그리고 총을 허리춤에 다시 밀어넣었다. "걸어." 그녀는 나직하게 말했다. "머리는 숙이고 등은 출입구 쪽으로."

그들은 과장되게 느껴질 정도로 느릿느릿 움직였다. 이제 그들은 사람들이 붐비는 토너먼트 공간인 H홀로 가는 거대한 로비 문을 밀고 들어갔다. 셋은 선수들이 아직 1라운드 펜싱 경기를 하는 스트립 사이를 지나 빠져나갔다.

아바는 그들 뒤에서 같은 로비 문이 덜컹 열리는 소리에 움찔했다. 잠시 뒤 나타샤의 낮고 매우 진지한 목소리가 들려왔다.

"너." 그녀가 알렉스에게 말했다. "너도 이제 안전하지 않아. 계속 움직여야지, 안 그러면 놈들이 너를 데리고 우리에게 올 거야."

"알겠어요, 갈게요." 그가 말했다.

나타샤는 주춤하지 않았다. "우리 친구들이 안에 있어. 어두운 색의 윈드브레이커. 검정 가방. 아마 20미터 뒤에 있을 거야. 뭘 하건 돌아서지 마. 그리고 뭐가 보이건, 계속 가." 그녀는 모자를 얼굴 위로 푹 눌러썼다.

"뛰어야 하지 않나요?" 아바는 바닥에 시선을 고정한 채 물었다.

나타샤는 거의 알아볼 수 없을 정도로 고개를 저었다. "아니. 너는 이 방에 있는 다른 아이들처럼 입었어, 그렇지? 정말 세련된 펜싱 유니폼인데?" 그녀는 곁눈질했다. "헤어졌다가 서로 섞이자. 주의를 끌지 마. 컨벤션 홀을 가로질러 강에서 가장 가까운 출구까지 가. 거기서 다시 만나자."

알렉스가 고개를 끄덕였다. 아바는 한마디도 하지 않았다.

나타샤는 허리춤에 숨겨둔 권총으로 손을 가져가고는 다른 경고 없이 그들을 떼어냈다.

아바는 자신의 몸에 아드레날린이 흐르는 것을 느꼈다. 너무 절박하고 위험해 보였다. 그녀가 아는 한, 이건 함정일 수 있다. 어벤져스가 같은 편이라고 생각하게 만들어서 그녀가 틈을 보이게 만들기 위한.

우리가 해낸다고 해도, 그리고 나서는?

아바는 생각하고 싶지 않았다.

적어도 당분간은 블랙 위도우를 믿어야 했다.

그녀가 믿는 건 그녀 쪽을 향하는 총소리뿐이라 해도 선택의 여지가 없었다. 다른 방법이 없었다.

아바는 낯익은 외침에 생각을 멈추고, 옥사나가 스트립에서 상대를 향해 돌진하는 것을 흘끗 보았다.

갑자기 고무가 끝에 달린 칼날로 시합하는 것이 전보다 훨씬 덜 위협적으로 보였다. 이 방의 칼은 가짜였지만, 총은 진짜였다.

만약 우리가 성공하지 못한다면? 아바는 총성이 울리고 사람들이

달려가는 것을 상상했다. 모든 사람이 출구로 가려고 하면서 혼돈과 혼잡이 생길 것이다.

붉은 피가 하얀 케블라를 가로질러 튀며 미국 국기에 떨어지겠지.

아바는 몸을 부르르 떨었다. 그녀는 어깨너머로 금속 스트립을 무의식적으로 힐끗 보았다. 옥사나가 승리해서 두 팔을 들어 올렸고, 가면을 벗었다.

이제 모든 게 무의미해 보였다.

그러나 그녀에게 한 가지 생각이 떠올랐다. 마스크.

머리를 낮추고, 섞여 있어. 나타샤가 그렇게 말했지?

아바는 옥사나가 경기한 스트립 옆에서 환호하는 구경꾼 무리 속으로 몸을 피했다. 그리고 체육관 바닥에 사용하지 않은 채 놓아둔 마스크를 슬쩍해서 뒤에 이름이 쓰인 덕트 테이프를 찢어버렸다.

그녀는 걸음을 멈추지 않은 채 마스크를 머리 위로 미끄러뜨렸다. 그런 뒤 다음 스트립에 다다랐을 때, 접이식 의자 위에 놓인 펜싱 가방에서 아무 칼이고 뽑아 들었다.

그녀에게서 신호를 받은 알렉스는 체육관을 가로지르며 티셔츠 위에 흰색 재킷을 입었다, 그리고 지나가다가 상점 테이블에서 USFA 모자를 슬쩍했다.

주변을 따라가다 나타샤 로마노프는 바닥에서 다친 소년을 옮기고 있는 의료팀에 무심코 합류해 붕대를 감은 소년의 다리를 손으로 움켜잡았다.

검은 옷을 입은 사내들이 복도를 뒤지며 그들을 찾았을 때, 펜싱

144

선수들은 계속해서 점수를 냈고, 피리 소리가 계속 울려 퍼졌고, 군중은 계속 환호했다.

아바의 생애에서 가장 긴 걸음이었지만, 그녀는 해냈다.

그들이 해냈다.

나타샤가 마지막으로 나왔다. "우리는 아직 위험에서 벗어난 게 아니야. 계속 걸어가." 그녀는 알렉스와 아바에게 손짓을 했고, 그들은 그녀와 보조를 맞추었다. "강으로 가야 해, 어서."

"강이라고요? 왜요?" 알렉스는 그녀를 곁눈질했다.

"거기에 우리가 탈 것이 있거든." 나타샤가 말했다. "주차되어 있지." 나타샤가 손목을 들었다. 손목에는 무언가 어렴풋이 검정 디지털시계와 닮은 것이 빛나고 있었다. "만약 우리가 성공한다면."

좋아. 강으로. 아바는 생각했다.

8블록 정도 떨어진 곳에서 델라웨어강이 저 멀리 반짝거리고 있었다. 그들은 강가로 향했다. 아바는 더는 빨리 갈 수 없을 것 같았다.

7—

6—

5—

검은색 SUV 한 대가 모퉁이를 미끄러져 돌았다.

검은 보호장구를 쓴 남자가 SUV의 열린 창문에서 그들을 향해 기관총을 쏘고는 자세를 잡으려고 돌아섰다.

나타샤는 주차된 미니밴 뒤로 굴렀다.

아바와 알렉스는 그녀의 뒤에 있는 차 한 대를 이용해 몸을 숨겼다.

나타샤는 그녀 주위를 노리는 자동소총에도 불구하고 겁먹은 기색은커녕 심지어는 침착해 보이기까지 했다. 나타샤가 소리쳤다. "친구랑 잠깐 얘기 좀 하다 갈게. 뭔가 할 말이 있는 모양이야. 너희들은 강둑으로 내려갈 때까지 계속 가." 나타샤는 아바와 알렉스를 남겨두고 떠났다.

알렉스는 아바를 흘끗 보았다. "너도 알겠지만, 네 CIA 친구는 정말 하드코어야. 저격수가 불쌍하다고 느낄 뻔했다니까."

아바는 미소 짓지 않았다. "그녀는 정말 CIA가 아니야."

그는 눈썹을 추켜세웠다. "그래, 맞아. 그녀의 바지 속에 있는 건 진짜 총이 아니었거든."

아바는 숨을 쉬었다.

이건 틀렸어. 그는 여기 있으면 안 되고, 나와 함께 있어서도 안 돼. 내가 그가 함께 머물기를 무엇보다 원한다 해도 말이야.

아바는 그를 보내야만 했다. 그를 밀어내야 했다. 그녀는 숨을 몰아쉬었다.

"하지만 네 말이 맞아. 여기서부터는 그녀가 처리할 수 있어." 그녀는 설득력 있게 들리게 하려고 노력했다. "그리고 이건 네 문제가 아니야. 하나도. 내가 너라면 집에 갔을 거야, 알렉스."

"맞아. 그래." 알렉스는 망설였다. "그래서 너는 어때?"

"아마 그럴 거야." 아바가 말했다.

하지만 그녀는 움직이지 않았다. 그도 마찬가지였다.

멀리서 아바는 나타샤가 지금 SUV와 총격전에 휘말린 것을 볼 수 있었다. 미끼가 된 나타샤는 차가 그들에게서 멀어지게 하고 있었다.

나타샤가 돌아보았다. "뭘 기다리는 거야?" 그녀가 소리쳤다.

그러나 아바는 여전히 움직이지 않았다. 그럴 수 없었다. 그녀 앞에 있는 범퍼를 쳐다보고 있었다.

얼어붙었다.

계속 뛰어야 해. 집으로 가야 해. 우리 둘 다.

그녀 곁에 있으면 나쁜 일만 일어나. 다른 누가 곁에 있어도.

그래서 그녀를 블랙 위도우라고 부르나 봐.

사수가 그들을 본 게 틀림없었다. 왜냐하면, 지금 그들 방향으로 총을 발사하기 시작했기 때문이다. 차 뒤쪽 총알 구멍에서 증기가 뿜어져 나와 아바의 머리 바로 위로 지나갔다.

"아바!" 알렉스가 그녀를 잡아당겼다.

그들은 차 뒤에서 기어 나와 나타샤가 전에 보여줬던 것처럼 걷기 시작했다. 고개를 숙이고, 뒤는 돌아보지 않고.

알렉스는 길 아래쪽으로 걸어가면서 계속해서 목소리를 낮추며 이야기했다. "나는 너를 떠나서는 안 될 것 같은 묘한 느낌이 들어, 아바. 이렇게는 안 돼."

"이상한 느낌을 받는다고?"

"총이 발사될 때만." 알렉스는 그녀의 손을 놓지 않았다. "난 바보가 아니야. 네가 곤경에 처한 거 알아. 그리고 경찰이 네 친구가 아닌 것도 알고."

"그래, 그런데 그녀는 경찰도 아니야."

"그 여자가 누구고, 이게 뭐고 간에, 한 사람으로는 무리야. 내가 도울 수 있다는 말이지." 그는 그녀를 바라보았다. "네가 나를 원한다면."

물론 나는 너를 위해. 난 매일 밤 너와 함께 지냈어.

그러나 아바는 아무 말도 하지 않았다.

그들 뒤에서 보도를 찢는 총격 소리가 그의 주장을 뒷받침이라도 하듯 메아리쳤고, 그들은 훨씬 더 빨리 움직였다.

알렉스는 그녀의 손을 꽉 쥐었다. "너 혼자 이러지 않아도 돼."

너무 늦었어. 다른 방법은 몰라.

그들은 지금 강에서 불과 몇 블록 떨어진 곳에 있었다.

아바는 무슨 말을 해야 할지 몰랐다. 그녀가 뭘 할 수 있을까? 아무도 도와줄 수 없고, 아무도 안 도와줬었는데? 그녀가 항상 알고 있었던 그 사실이 오늘까지 왔는데도? 이반이 그녀에게 다시 돌아와 그가 시작한 일을 끝내려는데?

아무도 믿을 수 없어, 알렉세이 마노로프스키. 너도 아니야.

하지만 그녀는 알렉스가 여전히 자신의 손을 잡고 있다는 것을 깨달았다. 그는 여전히 그녀와 함께 총격을 뚫고 걸어가고 있었다. 그는 여전히 그녀 바로 옆에 있었다. 그는 도망가지 않았고, 놓지도 않았다. 나를 거의 알지 못하는데도.

알렉스는 왠지 달랐다. 그는 훌륭했고, 악의가 없었다. 그는 옥사나처럼 여전히 히어로를 믿고 있었다. 아바는 그걸 알 만큼 매일 밤 그를 충분히 지켜봐왔다.

그리고 7B 이후 처음으로 아바는 자신이 정말 혼자 힘으로 해낸 게 더 나았는가 하는 생각이 들었다. 잠시, 그녀는 정말 그랬었나 하고 생각했다.

"아바. 진심이야. 내가 머물기를 원하지?"

아바는 블랙카드를 쥔, 억제되지 않는 에너지를 가진 전사 알렉스를 흘끗 보았다.

그녀는 그가 무슨 생각을 하는지 들을 수 있을 것 같았다.

말해봐, 그럼 내가 너와 함께 세상과 맞붙을게.

난 싸울 준비가 되었어. 그러니 덤벼.

아바는 그를 내버려두고 싶었다. 그러나 알렉세이 마노로프스키는 결코 이 상황에 있으면 안 되었다. 그녀가 그의 꿈을 꾼 것은 그의 잘못이 아닌데도 일어나버렸다. 여전히 그의 꿈이 아니라 그녀의 꿈이었다.

꿈이야. 그녀는 자신을 바로잡았다. *지금까지 많은 일이 있었기 때문에. 그리고 내가 널 오랫동안 알고 지냈기 때문에, 알렉세이. 네가 날 모르더라도.*

아바는 그날 두 번째로 갑자기 한 가지 생각이 떠올랐다.

어쩌면 이렇게 운명을 느끼는지도 몰라.

어쩌면 이런 일이 일어나는 건 내가 막을 수 없을지도 몰라.

꿈을 꾸는 것을 멈출 수도 없고, 내 기억들을 제쳐놓을 수도 없어.

어쩌면 나는 더 이반 소모도로프에게 숨지 못할지도 몰라.

다음에 알렉스가 물었을 때, 아바는 스스로 고개를 끄덕였다.

"그래."

나 혼자서는 할 수 없고, 그리고 싶지도 않아.

"제발. 그대로 있어줘." 그녀가 그의 손을 꽉 쥐었다.

그 말이 아바의 입에서 나왔을 때쯤, 알렉스는 마치 아바가 줄곧 말하려 했던 것이 무엇인지 알고 있었다는 듯 그녀를 강 쪽으로 끌어 당기며 달려가고 있었다.

아바가 뒤를 보았을 때 아바와 알렉스는 강까지 겨우 반 블록 정도 떨어져 있었다. 나타샤는 아직 검은색 차를 탄 남자들과 총격전 중이 었다. 그녀는 멀리서 사이렌이 울리는 것을 들을 수 있었고, 어떻게 해서든 몇 분 안에 끝나리라는 것을 알았다.

뭐지.

아바는 타이어가 꽥꽥거리는 소리를 듣고 고개를 들었다.

알렉스는 소리치고 있었다.

두 번째 검은색 SUV가 코너를 돌면서 불과 몇 피트 떨어진 곳에 주차된 차에 부딪혔다.

"거기서 나가!" 나타샤는 그녀에게 소리치고 있었다.

주차된 차가 불덩어리로 폭발했고, 그들은 차에서 내려 가능한 한 빨리 뛰었다.

아바는 그들 뒤에서 발소리를 들었다.

총격.

그녀는 뛰어가면서 알렉스의 손을 더욱 꽉 쥐었다.

안 돼.

지금은 안 돼.

이렇게는 아니야.

그들은 그들과 강 사이에 마지막 길을 가로질러 질주하다가 다리 가장자리에서만 속도를 늦추었다. 강물은 훨씬 아래쪽에서 위태롭게 흐르고 있었다.

한 발의 총알이 그들 옆에 있는 땅에 부딪혔다. 잔해가 공중으로 튀었고, 그들은 양쪽으로 다이빙했다.

"강이야. 지금!" 알렉스는 망설이지 않았다. "자!" 그는 난간 너머로 몸을 내던지고 다리 가장자리 너머로 사라졌다.

아바가 머뭇거리다가 말없이 바리케이드를 뛰어넘었다.

난 죽지 않을 거야.

이반 소모도로프가 날 죽이게 놔두지 않을 거야.

아직 안 끝났어.

아바는 팔을 뻗어 떨어질 때 뒤에 있던 난간을 움켜잡았다. 얼어붙을 정도로 추운 강물로 떨어지는 대신, 그녀는 난간에 손을 고정하고 밀었다. 그리고 부드러운 동작으로, 발로 차서 넘어지지 않게 몸을 비틀고, 공격 스타일로 아래쪽 말뚝을 벗어났다.

아바는 젖은 모래 속에 두 발로 서서 몸을 앞으로 굴렀다. 그리고 서 있는 자세로 돌아가기 전에 1인치 깊이의 물에 첨벙첨벙 뛰어들었다.

그녀의 위쪽 다리에 양손으로 매달려 있던 알렉스는 옆으로 자신의 다리를 차올렸다.

그는 심호흡을 하고 몇 번 다리에서 튕겨 나갔다. 그는 떨어지면서 손을 잡으려고 허둥대다가 마침내 아바 옆에 있는 강물로 착지했다.

어떻게 해서든.

그들은 안전했다.

아바는 여전히 숨을 헐떡이며 씩 웃으며 주먹을 내밀었다. "그 거… 멋있었어."

알렉스는 주먹치기를 하고는 한숨 돌리며 고개를 끄덕였다. "우리 는 죽지 않았어. 그래. 생각보다 멋졌지."

"전혀 아니야. 죽여줬어." 아바가 한 번 더 심호흡하면서 동의했다.

그는 머리를 뒤로 젖히며 산소를 들이켰다. "너 이런 거 많이 해?"

"절대." 아바가 다시 똑바로 서서 말했다.

사실, 전에는 이런 일을 한 적이 없었다. 위험한 행동에 관한 한, 아바는 지하철 개찰구를 뛰어넘거나 쉴드를 뜯어내는 것 정도가 고 작이었다.

지하철 개찰구를 깡충깡충 뛰며 쉴드를 뜯어내는 것.

그런데 왜 지금은? 뭐가 달라진 거지?

"나도 그래." 알렉스가 말했다. "내 말은, 이런 적 없다고." 그러고 서 그는 미소를 지었다. "우리 엄마가 놀랄 거야."

나타샤 로마노프가 금속 난간에서 두 번째 저격수의 머리를 박살 내던 바로 그때, 그들은 다리 쪽을 돌아보았다.

의식을 잃은 남자의 몸이 땅에 떨어졌고, 나타샤는 자세를 바로 했다. 그녀는 난간 너머 앞으로 몸을 숙이고 아바와 알렉스를 내려다보았다.

"완벽한 착지였어." 나타샤는 놀란 얼굴로 소리쳤다. "러시아 심판도 그 정도라면 10점을 줘야 할 거야."

아바는 그녀의 표정을 읽을 수 없었다. 그제야 비로소 다리의 높이를 전부 스캔했다.

그녀의 계산으로는, 그들은 25피트 이상 뛰어내렸다.

옥사나의 엉덩이를 한순간에 걷어찼고, 건물 지붕에서 저격수에게 총을 쏘고 다리에서 뛰어내렸어.

아바는 블랙 위도우가 거의 같은 동작으로 콘크리트 대들보에서 뛰어내려 아래쪽 모래로 오는 것을 지켜보았다.

내게 무슨 일이 일어난 거지?

쉴드 열람 가능
허가 등급 X

순직 [LODD] 조사
참조: 쉴드 케이스 121A415
사령부 요원 [AIC]: 필립 콜슨
회신: 나타샤 로마노프 요원, 일명 블랙 위도우, 일명 나타샤 로마노바
기록: 국방성, LODD 조사 청문회

국방성: 슈퍼 스파이와 슬리퍼 에이전트(긴급 사태 발생에 대기하는 정보 요원-옮긴이)를 위한 모스크바 최고 예비학교에 대해 말해보죠.
로마노프: 레드룸 말인가요? 모두 제 파일에 있습니다.

국방성: 블랙 위도우 프로그램은요? 이를테면, 레드룸 소녀들의 일인자인 건가요?
로마노프: 당신은 이미 모두 알고 있을 텐데요.

국방성: 제가 알기로는 블랙 위도우는 위장을 위한 것이었습니다. 모스크바는 당신에게, 엄밀한 의미의 그런, 가짜 이력을 주고 기억을 조작했죠.
로마노프: 세뇌를 말하는 건가요? 그렇게 말해도 됩니다.

국방성: 당신의 핸들러는 어땠나요? 기억을 지우고 새로운 기억을 이식하도록 훈련 받았습니까? 발레 댄서가 필요하면 당신 머리에 한 개의 스위치를 끼워 넣고, 또 무언가 필요할 때는 다른 스위치를 끼워 넣었나요? 발레 댄서 암살자?
로마노프: 나는 그들이 하라는 대로 했습니다.

국방성: 그들이 하게 내버려두었다.
로마노프: 저는 제 나라를 위해 일하고 있습니다.

국방성: 이반 소모도로프처럼?

로마노프: 이반 소모도로프는 오직 자신만을 위해 일합니다.

국방성: 당신은 뭐였는데요? 애국자?

로마노프: 애국자이자 발레 댄서 암살자.

필라델피아,
델라웨어강

사이렌이 허공에 울렸고 그들 위의
포장도로까지 울려 퍼졌다.

물가 아래쪽 다리 밑으로 안전하게 숨어 있던 컨벤션 센터의 세 탈
출자는 이제 안전해 보였다.

적어도 지금은 그랬다.

나타샤가 아바와 알렉스에게 온 순간, 그들의 얼굴을 보고 탈출의
행복감이 충격으로 금방 사라졌다는 것을 알 수 있었다. 그녀는 둘에
게서 사실 그것을 기대하고 있었다. 나타샤는 그들이 이렇게 오래 함
께 있다는 사실에 더 놀랐다.

사람들이 널 죽이려 할 거야. 매우 불안하지. 하지만 넌 거기에 익
숙해진 것 같아.

나도 그랬지.

"처음엔 지붕에 있었고, 그다음엔 컨벤션 센터, 이제 그들은 거리에까지 나와 있어요." 알렉스는 고개를 저었다. "누군가 이들을 고용했고, 정말 돈값을 톡톡히 챙기고 있네요."

"그래, 뭐." 나타샤는 소매로 이마를 닦았다. "러시아 용병들이야. 솜씨 면에서는 어느 정도 자부심이 있지. 말이 나와서 말인데, 검은색 SUV를 타고 있던 총격범과 좋은 대화를 나눴어."

"그 사람, 이반의 사람 아니었나요?" 아바가 물었다.

나타샤는 고개를 끄덕였다. "이반 소모도로프의 개인 경찰이지. 여기저기서 많이도 모았다고 경고하던데."

"개인 경찰이 있다고요?" 알렉스가 못 믿겠다는 듯 물었다.

"완전히 아바 전담이었던 것 같아." 나타샤는 팔로 아바의 어깨를 어색하게 두드리며 그녀를 바라보았다. "돌아온 걸 환영해, 세스트라."

아바는 팔을 빼긴 했지만 오른팔은 그대로 놔두었다. 그래서 나타샤는 진전이 있었다고 생각했다.

"잠깐. 그들이 여러 곳에서 온다고요? 얼마나 더 오는 거죠?" 알렉스가 물었다.

"그게 중요해?" 나타샤는 어깨를 으쓱했다. 그녀는 그렇지 않다는 것을 알고 있었다. 프테네, 한 명을 죽이는 데 총알 한 발이면 충분해. 이반은 그녀에게 러시아 알파벳을 가르치기 전에 그 사실부터 가르쳤다.

"그들이 여기 올 때까지 얼마나 걸릴까요?" 아바가 조용히 물었다.

157

"말 많은 그 녀석 이야기로는 그리 오래 걸리지 않을 거야."

"좋아요. 이제 무슨 일인지 누가 설명해줄 수 있나요? 이반이라는 사람은 아바에게 뭘 원하는 거죠? 그리고 당신은 정확히 어디 소속의 경찰인데요?"

"뭐?" 나타샤는 빤히 쳐다보았다.

"사실, 당신이 그자들과 같이 일하지 않는다는 걸 어떻게 믿죠?"

"어떻게 믿냐고?" 나타샤가 물었다. "내가 이반이 고용한 사람 중 하나라는 거야?" 오늘 처음으로 그녀는 웃고 있었다.

나타샤는 소년이 알고 있는 것 이상으로 그를 가엾게 여겼지만, 이젠 돌이킬 수 없게 되었다. 나타샤는 그를 지키려고 했고, 그들을 데려갈 곳을 살폈다. 나타샤의 임무는 이제 하나가 아니라 두 개가 되었고, 이반에게는 목표물이 세 개가 되었다.

임기응변으로 대처해야겠군. 계획적이지 않은 걸 싫어하긴 하지만.

"재미있지 않아요." 알렉스는 지쳐 보였다. "정말 나쁜 경찰들이 있잖아요. 당신이 5분 전에 우리를 죽이려던 사람들과 함께 일하지 않는다는 걸 어떻게 알죠?"

나타샤는 다시 웃었다.

"그녀는 아니야." 아바가 지친 듯 말했다.

"어떻게 알아? 그녀는 분명 일찍부터 나를 따라오고 있었어. 내가 알아." 그는 아바에게서 나타샤로 눈길을 돌렸다. "그녀가 거짓말을 하고 있다면?"

"어, 그녀는 항상 거짓말을 해." 아바가 말했다. "하지만 이것만은 아니야."

나타샤는 웃음을 멈췄다. 이제 그녀는 이 아이들을 피하게 할 방법을 생각해야 했고, 그가 너무 짜증이 났다. "네가 눈치채지 못했다면, 나는 그들을 쏴버렸을 거야. 그랬으면 내가 이달의 용병이 되었을 텐데, 그러지 않았지?" 그녀는 이야기하면서 무기 중 하나를 다시 장전했다. "우리는 여기서 나가야 해, 나머지 질문은 기다렸다 해. 아주 우스운 것이겠지만."

나타샤는 손목을 입으로 올리며, 소매 아래 검정 수갑에 장착된 작은 마이크에 대고 말했다. "로마노프 스탠바이. 멍청이도 있음. 아니 아이들. 탈출 준비. 오버."

그녀의 손목이 탁탁 소리를 냈다.

"수신 양호, 요원." 콜슨은 통신상에서도 안도하는 것 같았다. "탈출 중. 이상."

"왜 그 목소리가 그렇게 귀에 익지? 아니면 그냥 상상인가?" 아바는 당황한 것처럼 보였다. "내가 그를 아나요?"

나타샤는 어깨를 으쓱했다. "다른 사람들도 다 그런 것 같아."

"누구였어요?" 알렉스가 물었다.

"콜슨." 나타샤는 그들에게는 아무 의미가 없는 그 이름을 잘 알고 있었다. "그는 너에 관한 보고를 듣고 싶어 할 거야." 알렉스는 그녀를 멍하니 바라보았다. "내 말은, 아마 너에 대해 몇 가지 물어볼 거라는 이야기야." 어느 쪽이든 다른 사람 말에 대답하도록 내버려두지는 않을 거야. 나타샤는 생각했다.

"수신 양호가 뭐예요? 무슨 뜻이죠?" 아바는 눈살을 찌푸렸다.

나타샤는 질문을 무시하며 그녀에게 손을 내저었다. 하지만 그녀는 그것에 대해 생각하면 할수록 자신에 대해 더 많은 질문이 생겼다.

"그렇게 다리에서 뛰어내리는 법을 어디에서 배웠지?"

"배우지 않았어요. 그냥 알았어요." 아바는 짜증스러워하며 말했다. "사람을 그렇게 저격하는 법을 당신은 어디에서 배웠는데요?"

"학교였지, 분명." 나타샤가 무뚝뚝하게 말했다. "우수 반이었어."

"물론 그랬겠죠. 사격 게임에서 졸업생 대표였을 테니까요."

바위에 몸을 기대고 앉은 아바는 대화를 끝내고 싶어 하는 것처럼 보였다. 그녀는 몸을 뒤로 젖혔다.

나타샤는 어깨를 으쓱했다. "그거랑, 무기 결합, 전술, 근접전, 해군 항공, 항해, 군사공학 그리고 포병—."

"알겠어요." 알렉스가 그녀의 말을 잘라버렸다. "정말 놀랍네요."

"수년간 훈련 받은 결과지. 하지만 어찌 된 일인지 아바는 내가 그녀를 올림픽 수준의 실력을 갖춘 아치형 다리의 체조 선수였다고 믿길 바라는 것 같아."

"언제 봤었는데요?" 아바는 굳이 일어나 앉지 않았다.

나타샤는 여전히 그 소녀를 바라보았다. 뭔가 앞뒤가 맞지 않았다. *360도 완전히 돌아 앞쪽으로 플립킥? 지구상 누구도 그 방법을 '그냥 알 수는' 없다.*

나타샤는 고개를 저었다. 아바는 레드룸 교과서에 나온 동작을 했을 테고, 나타샤는 그것이 맘에 들지 않았다.

천만에.

알렉스는 다리에서 콘크리트 먼지를 털다가 고개를 들었다. "그것들은 이제 치워도 될 거예요." 그는 나타샤를 가리키며 말했다. "알다시피, 우리를 쏘려는 게 아니라면 말이죠."

나타샤는 자신이 여전히 양손에 무기를 들고 있다는 것을 깨닫지 못했다. 그녀는 허리춤에 무기 하나를 밀어 넣고, 다른 하나도 등 아래로 미끄러뜨려 내려놓았다.

부주의한 거야. 이반이 너에게 오고 있어. 지금도, 그리고 많은 시간이 지난 후에도.

그에게 그것을 주지 마.

"어쨌든, 심문은 이제 끝난 건가요?" 아바는 하늘 높이 쳐다보며 말했다. "난 우리가 여기서 나가는 줄 알았는데요." 아바는 한 손으로 관자놀이를 문지르며 눈을 감았다. "그랬으면 좋겠어요. 머리가 쾅쾅거리기 시작했어요."

나타샤는 발끈했다. "심문이 아니야."

"그럼 뭐죠? 깜짝 퀴즈?" 알렉스는 얼굴을 찡그렸다.

"난 선생도 아니고 보모도 아니야. 혼자 이반 소모도로프를 상대하고 싶다면 그렇게 해. 내게 호의를 베푸는 것처럼 굴지 마. 네게 경고해야 했고, 그게 다야."

"동의해요." 아바는 여전히 눈을 감고 말했다. 이제 그녀는 양쪽 관자놀이에 한 손씩 올려놓고 있었다. "걱정하지 말아요. 당신은 누구에게도 호의를 베풀고 있지 않으니까요. 그랬다면 아마 세상에서 제일 나쁜 보모가 되었겠죠. 하지만 경고는 정말 고마워요."

나타샤는 그녀 쪽으로 다가가 손을 내밀었다. "일어나."

아바가 한쪽 눈을 떴다.

"앉아 있는 목표물이군." 나타샤는 한숨을 쉬었다. "여기 있으면 안 돼. 이반의 나머지 부대를 만나고 싶은 게 아니라면…."

아바는 나타샤의 손을 잡고 몸을 일으켜 세웠다. 아니 그러려고 했다. 반 정도 일어났을까 싶을 때, 아바는 바위로 몸을 구부리며 신음했다.

뭔가 잘못됐다.

"괜찮아?" 알렉스는 걱정스러운 표정이었다.

아바는 다시 일어서려 했지만 그럴 수 없다는 것을 알았다. "어지러워. 토할 것 같아."

"제발 그러지는 마." 나타샤는 짜증스러워하며 말했다.

아바는 손바닥 불룩한 부분으로 이마를 쾅쾅 내리치며 비틀거리며 둑을 올라갔다. "뇌가 녹고 있어."

"알아." 알렉스는 자신을 가리키며 말했다. "내 귀에서도 총성이 울리고 있어. 아마 그래서 그럴 거야."

"녹는 게 아니라 뇌가 얼어붙는 것 같아." 아바는 앞으로 휘청거리면서 간신히 말을 했다. "뇌가 다 얼어붙었어."

그녀는 이마에서 비스듬히 늘어진 머리카락을 두드리며 나타샤 쪽으로 비틀거렸다. 그러다 늘어져서 발아래 울퉁불퉁한 바위로 자빠지고 말았다.

그리고 나타샤 로마노프의 악명 높은 붉은 곱슬머리는 멋대로 늘어져 있었다.

아바가 꼼짝도 못 했다.

나타샤는 그냥 거기 서 있었다. 그녀는 무슨 일이 일어났는지 정확히 알고 있었다.

빨간 머리.

벗어 던진 모자.

산산이 조각난 안경.

벗어 내린 디지털 마스크.

데르모—

머리부터 발끝까지 까만 옷을 입고, 가죽 재킷에 세 개의 총기를 들고 (그녀의 트레이드마크인 붉은 금발 머리가 어깨까지 타오르고 있었다.) 그렇게 하고 다니는 요원은 세상에 단 한 명이었다.

그리고 그 한 명의 요원은 자신을 숨기고 다니는 사람이 아니었다.

적어도 어벤져스 이니셔티브 이후로는.

나타샤 로마노프는 여전히 자신을 쉴드 요원이라 생각할지도 모른다. 하지만 그녀는 그냥 쉴드 요원이 아니었다.

사실 블랙 위도우는 아스가르드의 왕은 말할 나위 없고, 토니 스타크나 캡틴 아메리카처럼 우상화되지도 않았으며, 분노에 찬 어떤 물리학자와 달리 누구에게도 거의 알려지지 않았었다. 지난해, 그녀는 토니 스타크보다 할리우드의 시사회 초대를 더 많이 거절했다. (토니는 절대 거절하지 않기 때문에 어렵지 않았다.) 발렌티노는 메트 갈라를 위한 그녀의 의상을 제안했다. (사양했다.) 그녀는 타임지 선정 100명의 여성호 표지에도 나왔다. (겨우 100명?) 그녀는 심지어 백악관에서 볼링 제안도 받았다.

이제 (그녀가 원하건 원하지 않건) 나타샤 로마노프는 유명인사였다. 그것은 위험에서 전 지구를 보호하는 아무나 할 수 없는 신성한 책임을 떠맡은 대가였다. 카메라, 헤드라인, 보도 자료까지. 그녀가 임무를 완수하는 것이 얼마나 힘든지는 중요하지 않았다. 이제 블랙 위도우를 알아보지 못하는 사람은 없었다.

"당신."

아니나 다를까 알렉스는 유령, 영화배우 아니, 영화 속 유령을 보는 듯 그녀를 노려보고 있었다. 그는 자신이 보고 있는 것을 믿을 수 없을 것 같았다. 그는 마비되어버렸다. 시선을 돌릴 수도, 움직일 수도 없었다.

"당신 당…신이에요." 그가 더듬거렸다.

"그녀야." 아바가 그의 어깨에 손을 얹으며 말했다.

"그러니까 이게, 이거 다 진짜인 거지." 알렉스는 큰 소리로 말해야 할 것만 같았다.

"그럴지도." 나타샤가 말했다.

"진짜 러시아 용병들이 우리를 향해 총을 쏜 거고." 그는 여전히 응시하고 있었다.

"빙고." 나타샤가 말했다.

"그리고 아바는 정말 곤란한 상황인 거네요. 왜냐면 당신… 당신은 블랙 위도우니까요."

나타샤는 한숨을 쉬었다. 그녀는 필연이든 아니든 언제나 이 순간 (진짜 정체를 폭로해야 하는 순간)이 싫었다. 나타샤는 어렸을 때 비밀을 지키는 법을 배웠다. 그녀에 대해 아는 사람이 적을수록 더 안전할 것이다. 게다가 위장 인물 중 하나가 되는 것이 나타샤 로마노프가 되는 것보다 보통 훨씬 덜 고통스럽고 훨씬 덜 위험했다.

그러나 어벤져스는 누구나 아는 이름이 되었기 때문에 위장을 벗는 것은 이제 훨씬 더 위험해졌다. 그때 이후, 모든 것이 바뀌었다. 사람들이 그녀에게 말하는 방식부터 그녀를 바라보는 시각, 무엇보다도 그녀에게 기대하는 상황이 바뀌었다.

그것이 지금 소년이 그녀를 바라보고 있는 방식이었다.

"알렉스. 괜찮아." 아바의 얼굴은 이제 거의 회색빛으로 더욱 창백해졌다.

"너는 알고 있었어? 저 여자, 저 여자가 그녀라는 걸?" 알렉스는 말을 꺼내려고 했지만, 여전히 꽤 앞뒤가 맞지 않았다.

아바는 지쳐서 나타샤를 바라보면서 계속 서 있으려고 몸을 흔들고 있었다. "응. 익숙해질 거야."

"모두 그랬으니까." 나타샤는 어깨를 으쓱했다. 그녀는 하늘을 힐끗 올려다보았다. 콜슨. 어디 있어요? 그녀는 아바를 더 가까이 바라보았다. 소녀의 무릎에 힘이 풀리기 시작했다. "너 괜찮니?"

"난 괜찮아요." 아바가 다시 비틀거리며 말했다. "어지러워요."

나타샤는 그녀의 손을 잡았다.

그리고 아바의 다리가 삐져나왔다.

아바가 쓰러지며 경련을 일으키기 시작했다. 그녀는 벼락을 맞은 듯 잠시 멍하니 바라보고만 있었다.

"아바?" 알렉스는 그녀 옆으로 움직였다.

나타샤는 아바를 붙잡았다. 아이의 눈은 이제 감겨 있었다.

"맥박이 정신없이 뛰고 있어." 나타샤가 말했다. "눕히게 도와줘."

그들은 아바를 땅바닥으로 내려놓았다.

아바는 심장이 멎고 그녀의 몸에 있던 모든 에너지가 빠져나간 듯 옆으로 몸을 웅크린 채 꼼짝도 않고 누워 있었다.

"아바?" 알렉스는 그녀의 한쪽 팔을 감싸고 있었다. "기절했어요. 병원에 데려가야 해요."

나타샤는 뒤로 물러섰다. "이제 얼마 안 남았어." 그녀는 강을 내려다보았고, 거기에는 그림자 하나가 물을 건너고 있었다. "30초."

알렉스는 팔에 안긴 아바의 머리를 들어 올렸다. "일어나, 아바, 일어나. 어서."

나타샤는 하늘을 살폈다.

어서, 콜슨. 왜 이렇게 오래 걸리는 거야?

대답이라도 하듯, 마침내 커다란 소리가 공기를 가득 메우며, 강력한 쉴드 함선이 그들 뒤쪽 물속으로 떨어졌다. 그리고 나타샤 로마노프는 그날 처음으로 깊게 숨을 내쉬었다.

쉴드 열람 가능
허가 등급 X

순직 [LODD] 조사
참조: 쉴드 케이스 121A415
사령부 요원 [AIC]: 필립 콜슨
회신: 나타샤 로마노프 요원, 일명 블랙 위도우, 일명 나타샤 로마노바
기록: 국방성, LODD 조사 청문회

사건: 오데사 2005 B2
파일 참고: P_콜슨 요원-텍스트 로그

로마노프: 작전에 없던 항공 지원 요청. 가능한 요원, 대략 1300시간, 필라델피아 지하철 구역. 콜슨, 있나요?

콜슨: 로마노프 요원, 도움이 필요하다는 건가요?

로마노프: 오프미션(인허되지 않은-옮긴이) 항공 지원이 필요하다고 말했어요.

콜슨: 내가 열심히 지원하고 있다고 했는데.

로마노프: 찬성인지 반대인지 묻는 거예요.

콜슨: 내 별자리에서 읽은 적 있어요.

로마노프: 내 신호에 따라 움직여요. 필드 추적기 활성화. 이제 전화하지 마세요. 연락하죠.

콜슨: 그것도 내 별자리에 있더군요.

로마노프: ….

콜슨: 5분 안에 준비 완료. 이걸 내 회답이라 생각해요.

〈오프라인〉

CHAPTER 15
알렉스

동해안 상공 어딘가,
쉴드 수송기

알렉스가 아바를 일으켜 세워 어깨에 메고 강둑에서 비행기로 옮기는 데는 몇 분밖에 걸리지 않았다. 그러나 아바를 너무 걱정해서 (그녀를 떨어뜨릴까 봐 너무 걱정한 알렉스에게는) 몇 시간 정도 된 것만 같았다.

아바가 깨어나 자신이 펜실베이니아 어딘가에 있다는 것을 알았을 때 (비행기 수송 갑판 보조 좌석에 안전하게 벨트를 차고 있었는데, 한쪽에는 로마노프, 다른 한쪽에는 알렉스가 있었다.) 그녀는 알렉스가 예상했던 것보다 더 잘 받아들였다.

내가 한 것보다 더 나은데.

쉴드 군용기에서 깨어난 거야?

아바는 잠시 당황해하다가 그들이 상공에 있다는 것을 깨닫자마자 몸을 둥글게 말았다. 알렉스는 옆자리에서 아바를 보았을 때 이미 그녀가 많은 일을 겪었다는 것을 알았다. 알렉스는 자신이 방금 겪었던 사건들을 간신히 정리할 수 있게 되었다.

만약 그녀가 자신에게 이런 일이 일어나리라는 것을 예상했다면.

러시아 용병에게 총을 맞거나 군용 비행기에 실려 가는 상황.

근데 왜?

그리고 나타샤 로마노프와 무슨 관계가 있지?

그는 악명 높은 요원을 훔쳐보았다. 그녀는 다른 요원과 진지한 대화 중이었다.

나타샤 로마노프, 나타샤 로마노프.

사람들은 그녀를 블랙 위도우라고 불렀다. 그녀는 아이언맨을 알고 있었다. 그녀는 그가 갖고 있는 모든 영웅을 알고 있었다.

빌어먹을 블랙 위도우. 알렉스는 혹시 누군가 그녀의 얼굴을 보고 그렇게 부르는지 궁금했다. 그럼 뭐라고 부르지? 나타샤? 미즈 위도우? 로마노프 요원?

그는 우연히 마주친 이 새로운 현실을 처리해보려 했지만, 소용없었다. 알렉스는 아바도 다른 것도 이해할 수 없었다.

알렉스는 아바에게 비밀이 있거나 또는 그냥 그에게 숨기는 일이 있다는 것을 알고 있었다. 아바의 이야기에는 더 많은 것이 있었다. 그녀의 다정한 미소와 적의 총격에 대해 저항하는 방식에서 그가 알 수 있는 그만큼. 다름 아닌 혼자 하겠다며 그녀가 예상한 대로 온 세상과 맞선 방식.

알렉스는 그 느낌을 알았고, 아바의 감정에 흥미를 느꼈다.

알렉스는 할 수만 있다면 아바의 편이 되어주고 싶었다.

그 이상일지도 모른다. 만약 그녀가 허락해준다면.

아바는 알렉스가 하고 싶게 만들었다.

알렉스는 옆자리에 있는 아바를 돌아보았다. 그녀의 의식이 다시 돌아와서 알렉스의 기분도 나아졌지만, 아바의 얼굴색은 여전히 좋지 않았고, 호흡도 고르지 않았다. 비행기가 구름 너머 더 높은 고도에까지 오르자 흔들리고 요동쳤는데, 꼼짝할 수 없을 정도였다.

알렉스는 자리에 고정하도록 버클을 조였다.

"계속 그 물을 마셔야 해." 요원이 맞은편에서 버클을 조이며 큰 소리로 말했다.

아바는 짜증이 난 듯했지만, 순종적으로 물병의 물을 한 모금 마셨다.

알렉스는 그 남자의 이름을 기억할 수 없었다. 다만 그 사람 덕분에 아바가 깨어났다는 것만 기억했다. 요원이 아바의 코 아래에 열어두었던 고약한 냄새가 나는 캡슐 냄새만으로도 그녀는 기침을 하고 의식을 찾았다.

알렉스는 그 점에 감사했지만 쉴드 요원(켈슨, 아니 어쩌면 컬렌이었나?)은 그들 세 사람을 모두 응시하고 있었다. 그들이 곧 비행기에서 뛰어내리기라도 할 거라 생각하는 듯.

"다쳤을 수도 있어요. 의사에게 데려가야 할 것 같아요." 알렉스가 말했다. 그는 얼음처럼 차가운 아바의 손가락을 만졌다. "사람들은 이유 없이 그냥 기절하지 않아요. 그리고 몸도 너무 차갑고요." 알렉스는 얼굴을 찡그렸다. "쇼크인가? 손이 차가운 건 충격을 받아서인 것 같아요." 그는 자기 손가락을 아바의 손가락에 두었다. 그녀가 알아채든 말든 상관하지 않았다.

그가 스스로 정직하다면, 어쩌면 아바도 그러기를 희망했을지도 모른다.

"괜찮을 거야." 로마노프가 대답했다. "우리가 소모도로프를 막는다면." 그녀는 다른 요원을 바라보았다. "그러지 않으면 그녀는 죽을 거야."

"여보세요? 그녀는 바로 여기 앉아 있어요." 아바는 이렇게 말하곤 병뚜껑을 다시 돌렸다. "어쩌면 당신이 그녀에게 무엇을 하고 싶은지 한번 물어보는 건 어때요."

로마노프는 그녀를 무시했다. "협조 대응이 필요해. 이반은 미국 땅에 위협을 가져왔어. 이미 딱딱 소리가 시작되었지. 그가 도시 전체에 총을 겨누고 있는데 가만히 보고만 있을 수는 없어. 그는 점점 심해지고 있어."

"맞아요." 아바는 물병을 머리에 대고 있었다. "그리고 끼어들고 싶지는 않지만, 이반이 죽지 않고 돌아왔다면 스스로 그렇게 한 게 아닐 거예요. 지금까지 그는 어디 있었죠? 누가 그에게 자금 공급을 해주는 거예요? 그의 작전 본부는 어디죠?"

"자금 공급이라고? 방금 자금원이라고 했어? 그런 말은 누가 해준 거야?" 알렉스는 아바의 옆구리를 쿡쿡 찔렀다. 그녀는 그의 손을 쳐냈지만, 그의 눈은 아바를 주시했다.

로마노프는 다른 요원을 바라보았다. "이건 당신 일이에요, 콜슨. 그러니 완료하세요."

콜슨. 그게 그의 이름이군.

콜슨 요원은 고개를 저었다. "사실 내 일이 아니에요. 난 당신 핸들러일 뿐이죠, 로마노프. 지원을 약속했고요. 아니 탈출이죠. 임무도 아니고, 확실히 러시아 용병과의 전쟁은 더 아닙니다. 난 손이 묶여 있다고요."

"무슨 소리예요? 용병과 싸우지 않는다고요? 그게 사실 우리의 기본 임무예요, 콜슨."

"이번엔 아닙니다."

"그러니까 그들이 거래 카드를 만들지 않는다면 관심 없다는 말이에요? 이제 튀는 일만 하는 거예요? 외계인과 나치 그리고 생명공학으로 만들어진 슈퍼 군인 같은?" 로마노프는 코웃음을 쳤다.

알렉스는 콜슨 요원을 흥미를 갖고 바라보았다. "정말? 외계인? 진짜 외계인이에요? 아니면, 거물?"

"거물이라는 말은 내가 아는 대부분 사람에게 적용되는 단어죠." 콜슨이 말했다. "그리고 저들의 비행기와 심지어 하늘을 나는 차도."

"난 망치를 가지고 다니는 그 녀석에 대해 말하는 거예요, 당신도 알겠지만…."

"그자는 또 왜 왔죠?" 콜슨은 로마노프를 돌아보았다.

"제발, 콜슨." 그녀는 짜증이 난 것 같았다. "손이 묶여서 어쩔 수 없다고요? 그럼 풀어요. 당신도 그날 밤 오데사에 있었잖아요. 소모도로프가 살아 있다면, 그는 곧장 아바에게 올 거예요. 자신이 시작했던 일을 끝내려고."

아바는 그 말을 듣지 못한 것처럼 행동했지만 알렉스는 그렇지 않다는 것을 알았다. 왜냐하면, 그녀의 얼음장처럼 차가운 손이 갑자기 그의 손을 꼭 잡았기 때문이다.

그날 밤 무슨 일이 일어난 거지? 그리고 이반이란 자는 진짜 누구지? 왜 모두 그를 두려워할까?

그러나 알렉스는 물어도 소용없다는 것을 알고 있었다. 그는 쉴드가 일종의 비밀 정보 기관이라는 사실을 제외하면 정확히 어떤 일을 하는지 확신할 수 없었다. 하지만 그들이 누구든, 그가 알 수 있는 건, 그들이 CIA보다도 더 비밀스러운 것 같다는 사실이었다.

"러시아인은 잊어요." 알렉스가 말했다. "병원을 가야 해요. 아바에게 뭔가 심각한 문제가 있는 것 같다고요. 우리가 필라델피아에서 그 길로 올 때 그녀가 더 일찍 의식을 잃었다면…." 그는 말을 마치지 못했다.

"그녀는 죽었을 수도 있겠지." 로마노프가 말했다. "아니면 우리 모두 죽었거나." 그녀는 나타샤 로마노프였기 때문에 어려운 문장을 마무리하는 데 별문제가 없었다. 적어도 알렉스는 그렇게 생각했다. 러시아인.

"하지만 그녀는 그러지 않았어요." 아바가 말했다.

콜슨은 고개를 흔들며 약간은 불행하다는 표정을 했다. "로마노프 요원, 이 아이들을 데려오기 전에 그런 생각을 다 했어야죠."

"아이들? 지금 우리더러 아이들이라는 거예요?" 아바가 항의했다.

"아, 제발." 로마노프는 어깨를 으쓱했다. "아바를 이반에게서 떨어뜨리는 게 내 일이었어요. 이 소년이 우리를 따라올 거라는 것을 내가 어떻게 알았겠어요?" 그녀는 알렉스를 바라보았다. "소년이 진짜 문제군요. 모든 것을 복잡하게 만들었네요. 우리는 그를 빼야 해요. 그리고 여자아이를 어떻게 해야 할지 생각해보지요."

"날 뺀다고요?" 비행기가 흔들렸고 알렉스는 자유로운 손으로 좌석에서 그를 고정해주고 있는 가슴 끈을 잡았다. "내가 무슨 짓을 했는데요? 도와주려고 한 것뿐이에요."

"그러지 말았어야지." 로마노프는 얼굴을 찡그렸다. "그 문을 열 필요도 없었고, 그 지붕 위에서 빈둥거릴 필요는 절대로 없었지."

"처음엔 예쁜 여자애가 내게 다가와 작업을 걸었고 나는 그녀가 납치되었다고 생각했어요. 그래서 끼어들게 된 거고요. 그게 잘못되었나요?" 알렉스는 믿을 수 없었다. 당신은 내가 공격하는 사람 중 하나라고 생각했겠지.

"너에게 작업을 걸었다고?" 아바의 볼이 분홍빛으로 변했다. 그녀는 차가운 손가락을 그에게서 떼어냈다. "그래서 나를 쫓아왔던 거야? 내가 귀엽다고 생각해서?"

"물론 아니야." 알렉스는 당황하며 말했다. 그는 얼굴이 붉어지는 것을 느낄 수 있었다. "내 말은, 네가 귀엽다고."

아바는 그를 때리고 싶은 듯 보였다. "정말? 사느냐 죽느냐 하는 상황에서, 넌 내 매력을 평가하고 있었단 말이야?"

"아니." 그는 무슨 말을 해야 할지 어떤 행동을 해야 할지 확신이 들지 않았다. 그는 여자 경험이 많지 않았다. "더 일찍부터 그랬다고."

아바가 노려봤다. 알렉스는 자신이 상황을 더 나쁜 쪽으로 만들고 있을 뿐이라는 것을 알았다.

물러서, 꼬마. 나가. 나갈 수 있을 때 나가.

제대로 방어하려고 했지만, 그는 지금 낯선 곳에 있었다. "분명 넌 내게 작업을 걸었던 것은 아니었어." 그는 신경질적인 습관처럼 아래쪽에서 진동하고 있는 금속 바닥 위에서 발을 위아래로 흔들었다.

아바는 눈길을 돌렸다. "그게 작업이 아니었다면 이건 뭔데? 데이트?"

"그만!" 로마노프가 소리 질렀다. "주위를 봐. 넌 군 수송기에 타고 있고, 아무도 시시덕거리지 않아. 쉴드는 데이트 서비스를 하는 곳이 아니야."

"글쎄." 콜슨이 말했다. "엄밀히 보면 눈살을 찌푸릴 일이지만, 내가 거짓말을 한다면…."

로마노프는 콜슨을 노려보았고, 그는 입을 다물어버렸다. 그녀는 알렉스와 아바를 돌아보았다. "너희 둘은 서로 모르고, 여기서 무슨 일이 벌어지는지 몰라. 이제 다들 입을 다무는 게 어때?"

그들은 입을 다물었다.

"아이들에게는 그런 식으로 말하는 게 아니에요, 요원." 콜슨이 조심스럽게 말했다.

"아이들이 아니에요. 부수적 피해죠."

"아이들이라는 형태로요." 콜슨이 조심스럽게 말했다. "아마도 부수적으로 훨씬 더 피해를 볼 부수적 피해 아동이죠."

아바가 으르렁거렸다.

알렉스는 갑판의 긴장이 고조되는 것을 느낄 수 있었다.

본능적으로 알렉스는 눅눅한 스니커즈 바가 있는 주머니를 더듬어서 그것을 꺼냈다. 그는 필사적이었다.

로마노프는 흘끗 콜슨을 바라보았다. "아이든 아니든, 아까 그자들은 우리를 쫓고 있는 소모도로프의 똘마니에요. 확실해요."

"당신이 그렇게 생각한다는 말이겠죠." 콜슨이 정정했다.

"내 말은 이반이 고용한 사람과 약간 대화를 나누었는데. 피를 볼지 대화를 할지 둘 중 하나를 택하라고 했더니 이야기를 하고 갔어요."

"똑똑한 놈이군요." 콜슨은 흥미로운 것 같았다.

"이반은 적어도 열 명은 고용했어요. PMC, 모두 사병이고요. 물론, 러시아인이에요. 적어도 그는 한결같죠."

"그는 정말 몇 명 고용해서 당신을 없앨 수 있을 거라고 생각한 거예요?" 콜슨은 그 생각에 미소를 지었다.

로마노프는 고개를 저었다. "그게 말이죠. 그 친구 말로는 쏘아 죽이는 게 계약 내용은 아니라더군요."

"그게 아니면 왜 사람을 쏜 거죠?" 알렉스는 얼굴을 찡그렸다.

"다치게 하려고." 로마노프는 말했다. "통제할 수도 있고, 가질 수도 있고. 아니면 다시 배치하게 만들 수도 있지. 그런 걸 간단하게 할 수 있거든."

콜슨은 놀란 것 같았다. "그가 당신을 상대로 소몰이를 하고 있다고 생각하는 거예요?"

"하나의 이론이에요." 로마노프는 이렇게 말하곤 뒤로 물러앉았다. "이번 임무는 우리를 공격하는 거라던데? 이름이 있다더군요." 그녀의 눈이 콜슨의 눈과 마주쳤다. "포에버 레드."

"그래? 산뜻하네요. 들어본 적 있어요?" 콜슨이 눈썹을 추켜올렸다.

"딱 한 번." 그녀가 천천히 말했다. "이반이 말한 적 있어요. 그날 밤 오데사에서."

"다른 건?"

"이거요." 나타샤는 액정에 금이 심하게 간 검은 휴대전화를 들었다. "우리 PMC가 이반에게 문자를 보냈죠. 내가 그를 쓰러뜨리기 직전에요. 딱 두 마디였어요."

다른 사람들은 기다리면서 그녀를 바라보았다. 로마노프는 전화를 들었다. 동기화 완료. 그녀는 그것을 콜슨에게 던졌다. "우리가 함정에 빠진 것 같아요. 아마 내가 또 그의 손에 놀아난 모양이에요." 그녀의 표정은 괴로웠다.

"그러니까 이반은 당신이 올 것을 알았기 때문에 아바를 쫓았다는 거군요."

콜슨은 말하면서 휴대전화를 살펴봤다.

"아이러니하네요." 아바가 코웃음을 쳤다.

"그렇게 아이러니한 건 아니지. 내가 지금 여기 있으니까, 안 그래?" 나타샤는 노려보았다.

"그래요. 8년이 지났죠." 아바는 콜슨을 바라보았다. "그보다 더 많

은 것이 있어야 해요. 무슨 소용이죠? 왜 저예요, 이렇게 오랜 시간이
지났는데?"

"그런데 뭘 동기화하는 거죠?" 알렉스는 혼란스러웠다.

"그런데 왜 아바는 저 뒤에 있었을까?" 나타샤는 다른 사람들을 바
라보았다. "잘은 모르겠지만, 이반과 그가 인간 실험을 한 세월을 생
각하면 모든 것이 연관되어 있을지도 모른다고 생각해요." 그녀는 고
개를 저었다. "그게 내가 아바를 민간 병원으로 데려가지 않는 게 도
움이 된다고 생각하는 이유고."

아바는 아래를 내려다보았다. 갑자기 물병에 흥미라도 느낀 것처럼.

"그래서 이게 뭐죠? 이반과 그의 미완성 사업?" 콜슨은 침울했다.

"누가 알겠어요?" 나타샤는 아바를 바라보았다. "하지만 우리가 상
황을 알아낼 때까지 점점 더 이상해질 거라는 느낌이 들어요."

알렉스는 아바의 손가락에서 병이 흔들리고 있는 것을 알아차리
고는, 자신의 따뜻한 손으로 대신해주려고 손을 뻗었다. 그들의 시선
이 마주쳤다.

알아. 나도 걱정돼.

"이반 일에 움직일 수 없어요." 콜슨이 말했다. "아직은 안 돼요. 국
방부에서는 그가 주 정부의 사람인지 확인조차 하지 않았어요. 파나
마 이후로 아무도 그를 주시하고 있지 않아요. 우리가 아는 한, 그는
공식적으로 죽은 거니까요."

로마노프는 한숨을 쉬었다. "절차 문제를 해결하는 건 당신 몫이
죠, 콜슨."

콜슨은 진지한 표정으로 의자 앞쪽에 와서 앉았다. "우리는 그가 실제로 이 나라에 있다는 것을 증명해야 해요. 당신을 쫓고 있는 것이 소모도로프라는 확실한 증거를 가져와요. 이반이 돌아와서 활동하고 있다는 것을 확실히 보여줄 수 있다면 쉴드가 모든 필요한 자원을 댈 겁니다." 그는 뒤로 기대 편안히 앉았다. "그렇다면 내가 이 형식적인 문제들을 없앨 수 있어요."

"아니면, 내 방식대로 해야겠죠." 로마노프는 어깨를 으쓱했다.

콜슨은 로마노프를 빤히 쳐다보았다. "그게 뭔지 내가 알고 싶을까요?"

"그런 적 있었어요?" 그녀는 그에게 어두운 표정을 지어 보였다. "이제 대답할 시간이에요. 내가 그들을 잡을 수 있는 곳에 우리를 내려줘요, 안 그러면 내가 직접 착륙시킬 테니까요."

"정확히 거기가 어딘데요, 요원?"

"쉴드의 최고 수준으로 보안되고 있는 중앙 처리 장치요. 내 생각엔 뉴욕 트리스켈리온이에요. 이 첨단장치를 추적해야겠어요. 10급 기밀 세계에서. 이것은 11급이죠." 로마노프는 아바를 흘끗 쳐다보았다. "기지에 있는 동안 쉴드의 의사가 아바를 돌볼 거야."

"트리스켈리온? 지금요?" 아바는 분명 겁을 먹었다. 쉴드가 그녀와 무슨 상관이었든, 알렉스는 그녀가 팬은 아니라는 걸 알 수 있었다.

"지금 당장." 나타샤가 말했다.

콜슨이 실눈을 떴다. "맞춰보죠. 이 장치가 이반 소모도로프의 것입니까?"

로마노프는 고개를 끄덕였다. "그랬죠, 당신과 내가 오데사에서 그로부터 훔쳐내기 전까지는요."

아바는 창백해졌다.

"그들은 그것을 좋아하지 않을 텐데요." 콜슨은 말했다.

"그들은 그럴 필요가 없어요." 로마노프의 목소리는 차가웠다. "난 이런 걸 전혀 좋아하지 않아요."

"좋아하냐고요? 나? 나도 정말 싫어요." 아바는 고개를 저었다.

"더 좋은 생각 있어? 기다릴게." 로마노프는 그녀를 바라보았다. "그래, 그렇게 생각하지 않았어."

"아바, 어서. 그녀 말이 맞아. 넌 의사에게 진찰을 받아야 해." 알렉스가 말을 시작했다.

"하지 마." 아바가 말했다. "넌 아니야."

하지만 알렉스조차도 나타샤 로마노프가 옳다는 것을 알고 있었다. 더 나은 선택이 없었다. 그리고 달리 할 말도 없었다.

한참 후에 콜슨은 한숨을 쉬었다. "그럼 해결됐군. 쉴드로 갑니다. 이스트리버 도킹만까지 데려다주죠."

"그러고 나서는?" 나타샤는 그를 바라보았다.

"당신 말이 맞아요. 만약 당신이 보안이 중요한 비밀 시설에 민간 아이 둘을 데리고 갈 방법이 있다면, 난 알고 싶지는 않아요."

로마노프는 고개를 끄덕였다. "좋아요. 낮은 곳에 친구들이 있으니까요."

쉴드 열람 가능
허가 등급 X

순직 [LODD] 조사
참조: 쉴드 케이스 121A415
사령부 요원 [AIC]: 필립 콜슨
회신: 나타샤 로마노프 요원, 일명 블랙 위도우, 일명 나타샤 로마노바
기록: 국방성, LODD 조사 청문회

국방성: 뉴욕 트리스켈리온?
로마노프: 놀란 것 같네요.

국방성: 아무튼 그 안에서 당신네 사람들은 뭘 한 거죠? 전 세계 트리스켈리온 기지에서?
로마노프: 파자마 파티요. 스모어(구운 마시멜로와 초콜릿, 크래커를 이용한 캠핑용 간식-옮긴이). 진실 게임. 일상적인 것들이죠.

국방성: 고도의 보안이 필요한 매우 민감한 장소에 민간인 미성년자를 데려오는 것 같은 일이 문제가 될 거라 생각하지 않았나요?
로마노프: 그런 생각을 했습니다.

국방성: 국가 안보와 관련될 수도 있고 그렇지 않을 수도 있는 상황 말이죠?
로마노프: 저도 그런 문제들을 따져보았습니다.

국방성: 그러고는요?
로마노프: 이반 소모도로프가 죽은 자로 있다가 막 돌아왔습니다. 관료적 절차 때문에 내가 할 일을 하지 못하게 되지 않도록 했을 뿐입니다.

국방성: 뭐였죠?
로마노프: 이반 소모도로프를 다시 무덤으로 보내는 것이죠. 그러고 나면, 당신도 알다시피. 그 스모어.

CHAPTER 16
아바

뉴욕의 대도시, 이스트리버,
쉴드 트리스켈리온 기지

쉴드 비행선이 고도를 낮추자 맨해튼이 시야에 들어왔다. 아바는 이런 시각으로 본 적이 한 번도 없었다. 여기선 어느 것도 진짜 같아 보이지 않았다.

아바는 비행기 이중창을 손가락으로 더듬으며 센트럴 파크에서 엠파이어스테이트 빌딩, 그리고 다시 섬 맨 아래쪽에 있는 배터리 파크까지 가상의 선을 그렸다. 그녀는 물에서 또 하나를 그렸는데, 세 개의 돌출된 부분이 있는 쉴드의 거대한 트리스켈리온 기지의 둥글게 솟은 모습은 아마도 틀림없이 가장 멋진 뉴욕의 랜드마크를 이루고 있었다.

세 개의 가지가 있는 원.

아바는 트리스켈리온의 상징이 무엇인지 기억할 수 없었지만, 뭔가 의미가 있다는 건 알았다. 그녀는 너무 많은 시간을 오직 쉴드 교사만 있는 시설에 갇혀서 보냈기 때문에 그 의미에 대해 알지 못했다. 심지어는 본래 의미와는 전혀 다르게 트리스켈리온에 대해 생각하고 있었다.

아바는 창문에서 손을 뗐다.

감옥. 지금 나한테는 그 의미뿐이야.

수감자들은 그럴 필요가 없다면, 똑똑한 사람이 아니라 해도 자발적으로 감옥으로 돌아가지 않는다. 하지만 아바는 나타샤와 알렉스를 따라 네온 노랑으로 칠해진 복도를 지나 뉴욕 쉴드 기지의 방비가 삼엄한 출입구를 향해 갈 때, 자신이 그렇게 하고 있다는 것을 알았다.

비행기는 이스트리버 아래 반쯤 비어 있는 도킹만에 착륙했다. 접근 허가를 받기 위해 무전이 들어오자마자 그들 앞에 문이 열렸다. 이제 남은 그들의 여정은 번쩍이는 공항 주차장을 지나 건물 내부로 들어가는 짧은 길이었다. 아마도 활주로를 지나 100야드 정도의 거리일 것이다.

그냥 계속 걸어.

"괜찮아?" 알렉스는 그녀를 호기심을 갖고 바라보았다.

"응." 아바가 그 말을 하자마자, 도킹만의 지붕이 머리 위로 미끄러져 내리기 시작했고, 그녀는 당황하기 시작했다. 그들은 아바를 다시 가둬놓고 있었다.

만약 그들이 날 보내주지 않는다면?

그녀는 뉴욕의 오후 하늘이 도킹만의 강철로 보강된 어둠만 남을 때까지 은색 빛이 점점 작아지는 것을 보았다.

7B가 아니야. 계속 걸어.

아바는 멀리 쉴드 기지로 통하는 유리문을 보자 속도를 줄였다. 그녀는 다시 갇히지 않을 수 없었다. 하지만 솔직히 자신의 몸이 현관을 통해 들어가고 있는지 알 수 없었다.

하지만 난 머물지 않을 거야. 나타샤는 약속했어.

아바가 생각하지 않으려고 하면 할수록 계속 걷기가 더 힘들었다. 다시, 그걸 알아챈 사람은 알렉스였고, 아바가 따라올 때까지 기다려 준 사람도 그였다. "어서." 알렉스는 손을 내밀었고, 아바는 손을 잡았다. 일련의 행동이 너무나 익숙하게 느껴져서 아바는 깜짝 놀랐다. *나 여기 있어, 아바.* 손가락의 감촉이 그렇게 말했다. 그녀는 더 나쁜 일이 일어나지 않을 거라 믿으려는 것처럼 손가락이 주는 감촉을 믿으려고 했다.

그건 불가능해.

하지만 아바가 알렉스의 손을 잡았을 때는 그렇지 않았다. 그녀는 안정감을 느꼈다.

손가락 한 개라도 그의 몸을 스치면, 정확히 왜 그런지 설명할 수는 없지만, 그들이 서로 연결된 것처럼 기분이 좋았다.

지금처럼 어깨가 서로 밀려서 재킷을 입은 그들의 팔이 나란히 떨어지게 되면, 아바는 마치 알렉스가 그녀를 알고 있었고, 그녀를 좋아했고, 심지어 그의 작은 일부분도 그녀의 것인 듯 느껴졌다.

알렉스는 그녀가 지금, 바로 오늘, 만진 소년이었고, 그것은 뭔가를 의미했다. 뭔가 있는 거 같았다. 아주 새로운 것이거나 아니면 아주 오래된 것.

그는 집처럼 느껴져.

그의 손을 잡은 채 아바는 기지 입구에 도착할 때까지 억지로 계속한 번에 한 걸음씩 몸을 움직였다. 그녀는 심호흡을 했다.

버저가 울렸다. 일종의 보안문이었다. 2피트 두께의 내화성, 강철 보강형 안전 보안문이었다.

문이 스르르 열리면서 처음 나타난 얼굴에 모두 놀랐다. 얼굴만 놓고 보면 잘생긴 사람이었다. 의심할 여지없이 잘생겼고, 믿을 수 없을 정도로 활기차며, 꽤 잘 유지된, 완전히 매력적인 얼굴이었다. 또한, 약간은 자아도취적이며, 약간은 한량 같은, 이쪽도 저쪽도 아닌 듯하면서도, 놀랍게도 전투복을 입고 있었다.

진짜, 진짜 전투복을 입고 있었다.

"저건…?" 알렉스는 그 자리에서 죽은 듯 멈춰 섰다.

나타샤는 어깨를 으쓱했다. "말했지. 낮은 곳에 있는 친구들이라고."

"로마노프 요원." 토니 스타크는 나타샤를 부르며 문을 열었다. "여기서 뭐 하는 거야? 아니면 그냥 대체 에너지 보조금에 대한 당신의 소유권 계획을 제출하기 위해 들른 거야?" 그는 씩 웃었다.

"그렇게 많이는 안 돼." 나타샤가 그를 끌어안으며 말했다. "사실 당신이 여기 있기를 바랐어."

"이달의 첫 번째 토요일인데. 내가 또 어디 있겠어?" 토니는 고개를 옆으로 기울였다. "당신은 바레인에서 나쁜 놈들을 사냥하고 있다고 생각했는데?"

"사실은 나쁜 놈들이 나를 사냥하고 있어." 나타샤가 말했다. "놀라운 일이지."

"로마노프 요원, 당신이 어디를 가든 총이 따라왔지. 그런데 그것이 지금 내가 놀랄 일인가?"

"총은 내가 처리할 수 있어. 문젠 그 나머지야." 나타샤가 말했다.

"그들 중 나머지 말이야?" 토니는 그녀를 지나 아바와 알렉스가 서 있는 곳을 바라보았다. 아바는 얼굴이 빨개지는 것을 느꼈다.

나타샤는 고개를 끄덕였다. "아바, 알렉스, 여기는 토니 스타크야."

"어. 꼬마들이네. 안녕, 애들아." 토니가 손을 흔들자 아바가 얼어붙었다. 그녀는 어쩔 줄 몰랐다. 다른 모든 사람처럼 그녀도 아이언맨의 명성과 스타크 산업의 명성, 타블로이드판 신문과 헤드라인, 이 모든 것에서 토니 스타크와 관련된 인상적인 이야기를 들었다. C-SPAN이 그녀가 볼 수 있는 유일한 채널이었는데도.

"안녕하세요, 아저씨—아이언—스타크." 아바는 한 손으로 자신의 구릿빛 곱슬머리를 매만졌고, 갑자기 남의 시선을 의식하는 것처럼 보였다.

알렉스는 간신히 말을 꺼낼 수 있게 될 때까지 자신이 말할 수 없을 것 같았다. "당신—. 당신이 그군요."

"글쎄, 난 그녀는 아니야." 토니는 알렉스를 바라보며 웃었다.

"저 꼬마는 그 말을 많이 해." 나타샤는 어깨를 으쓱했다.

"무슨 일이야?" 토니는 손짓했고, 두 사람은 쉴드 시설 안으로 들어서기 시작했다. 알렉스와 아바는 멀찍이서 주저하며 따라가고 있었다.

"짐작도 못할걸." 나타샤가 말했다.

두 사람이 말을 할 때, 그들 뒤에 있는 도킹만이 봉쇄되면서 거대한 외부 문이 함께 잠겼는데, 아바만이 이 갑작스러운 소리를 알아차렸다.

토니는 턱을 쓰다듬었다. "어디 보자. 쉴드 중심에 두 아이를 뒤에 달고 나타났고, 그들 중 한 명은 빨간 머리 러시아 소녀인 것 같군. 왜 낯이 익지? 왜?"

"끝났어?"

"아, 이제 막 시작한걸."

그들은 기지 안으로 발을 들여놓자마자 필 콜슨에게서 몇 통의 전화가 걸려왔다는 것을 알았다. 나타샤 로마노프와 토니 스타크의 영향력이 복합적으로 작용하고 있다는 점은 분명했다. 그들이 도착한 지 몇 분 안에, 알렉스와 아바는 약간은 덜 인상적인 포일 포장 샌드위치와 함께 표준 배급 쉴드 규정 운동복, 친숙한 스틸 그레이 로고가 부착된 검정 양털 재킷과 바지를 건네받았다.

"뭐, 쉴드 칫솔? 양말? 수면 마스크?" 알렉스는 자신의 샌드위치 팩을 살펴보았다.

토니 스타크는 그를 바라보았다. "즐겁게 지내. 전부 선물 가게에서 사 온 거니까."

"선물 가게가 있어요?"

"아니."

그러자 나타샤가 들어왔고, 그녀가 불평하기 전에 아바는 병원으로 옮겨졌다. 거기서 아바가 죽기 직전까지 찌르고 검사를 받는 동안 알렉스는 그녀 곁에서 꿈쩍도 하지 않았다. 그날의 사건들에도 불구하고 아바가 건강하다는 (분명 그렇다는) 이야기를 듣고, 다른 사람들과 함께 문밖으로 나왔다.

한편, 토니 스타크와 나타샤 로마노프("반쪽짜리 어벤져스네." 나타샤가 말했다. "귀여운 반쪽이지." 토니가 덧붙였다.)는 총력을 다해 트리스켈리온의 악명 높은 중앙 처리 장치에 접근하려고 로비하는 고위 간부들을 공격했다. 더블 팀(두 명이 함께 공격 및 마크를 하는 것-옮긴이)이 결성되었고, 오랫동안 스타크—로마노프 동맹에 저항하는 자는 없었다.

그들이 안으로 들어왔다.

한 시간 안에, 이제는 모든 다른 쉴드 요원처럼 검은색 옷을 입은 아바와 알렉스, 그리고 토니와 나타샤는 토니가 브레인 트러스트라고 부르는 이스트리버 아래 몇 층에 안전하게 자리 잡았다. 어두운 방은 실제로는 어느 쪽으로도 50피트를 넘지 않았지만, 축구장 크기 정도로 보였다. 그것은 관점이나 원근법을 초월해 흘러가는 정보였다.

그 장소는 허풍 같지만 사실상 정말 컸다.

아바와 알렉스는 방 뒤에 나란히 서 있었을 때, 그들을 둘러싼 데이터의 자유로운 흐름에 경탄하지 않을 수 없었다.

"좋아. 이거 멋진데." 알렉스가 고개를 끄덕였다. 그는 이제 아이언맨의 존재도 심지어는 이반 부대의 위협도 떨쳐버린 듯했다.

아바는 자신에게도 그렇게 쉬웠으면 했다. 그녀는 여전히 경계하고 있었다. 쉴드는 그녀에게 그렇게 하라고 가르쳤었다. 심지어 세 개의 별도 순찰 복도와 시간마다 재설정되는 알람 시퀀스, 그리고 2피트 두께의 강철문이 있는 이 방에서도. 자신이 들어간 모든 방에서 탈출로를 계산할 수밖에 없었던 소녀에게, 이건 악몽이었다. 아바는 건물 안의 어떤 것도 믿을 수 없었다. 설사 브레인 트러스트라 불리는 것이라도.

"그래, 정말 멋지네." 아바가 말했다.

그래도 이 안에서 7B에서건, 아니면 세상 어디에서건 볼 수 있는 어떤 것과도 전혀 다른 무슨 일이 벌어지고 있다는 것은 부인할 수 없었다. 안전가옥에서도 그녀는 어떤 차도 시동을 걸 수 있고 어떤 문도 열 수 있는 기술처럼 정교하게 암호화 된 파일과 정교하게 암호화 된 루틴을 어깨너머로 몰래 흘끗 보았다. 그녀는 그것에 대해 아무 생각도 하지 않았다.

하지만 저것은 달라.

나타샤와 토니가 중앙 처리 장치의 다른 부분을 검색하자 수천 개의 쉴드 파일들이 벽으로 흘러나왔고, 빛나는 이미지, 숫자, 도표 그리고 그래프가 그들을 둘러쌌다. 그들은 데이터에 압도당하고 있었고, 그것은 모두 이러저러한 방식으로 이반 소모도로프와 관련된 것이었다.

나타샤는 조용히 집중했지만, 토니는 이야기하면서 작업을 했다. "다시 한 번 걸어 들어가. 오래전에 사라진 죽지 않은 레드룸이 파나마시티에 나타났군. 그가 다시 나타샤 주니어를 엮이게 할까봐 걱정하는군."

아바는 기침을 했다. "뭐라구요?"

"방어 태세를 단단히 하고, 미니미를 데리고, 이반의 환영파티에 가. 콜슨의 배 롤리팝을 타면 쉴드 문간까지 태워줄 거야."

"미니—미? 아니요." 아바는 여전히 상처 받은 표정이었다.

"그래. 어느 정도는." 나타샤는 고개를 들지 않고 말했다.

토니는 얼굴을 찡그렸다. "그런데 저 소년은?"

"총격을 당했었어." 나타샤가 무시하듯 말했다.

"얘기해줘요." 알렉스는 한숨을 쉬었다.

"이반이 뭔가를 원하는데, 그게 아바와 나와 관련이 있다고 생각해. 그래서 우리가 여기 온 거야." 나타샤가 말했다.

토니는 키보드에서 고개를 끄덕였다. "보모가 필요한 거야?"

"탄도와 군사전략, 반 스파이 활동에 대한 교육을 받았지만, 보모 교육은 받지 않았거든."

"그녀 반에서 최고죠." 알렉스는 아바의 발을 쿡쿡 찌르며 중얼거렸다.

"그래서?" 토니는 한 번 웃었다. "하이볼, 상류사회 그리고 모든 상위 것을 교육 받았지만, 사람들이 적응했고, 상황이 변했어."

"모두가 그렇지는 않아." 나타샤는 앞의 화면에 집중하려고 애썼다. 그녀는 불편한 소리를 냈다.

아바는 뒤에서 그녀를 지켜보았다. 넌 아이러니에 감사해야 했어. 나는 그녀가 나를 버린 것을 저주했고, 그녀는 나를 절대 피할 수 없다는 것을 저주하겠지.

아바는 눈길을 돌렸다.

"그래, 글쎄, 이반도 별로 변하지 않은 모양이야. 여기. 뭔가 있어." 토니는 태블릿을 두드렸고, 스크린 벽에 청사진처럼 보이는 것이 투영되었다. "이것은 오데사 습격 날 밤에 쉴드가 회수한 것을 스캔한 거야."

나타샤는 눈앞에 투사된 이미지를 힐끗 올려다보았다.

"그게 네가 찾던 거지? 내 생각엔. 여기 더 있어." 토니는 계속해서 스크린에 새로운 파일들을 켰다 껐다 했다. 그가 트리스켈리온의 강력하며 안전한 중앙 처리 장치를 찾아내자마자 숫자와 이미지가 날아다니기 시작했다.

나타샤는 그의 팔을 잡았다. "멈춰. O.P.U.S. 프로젝트. 그거야. 바로 그거."

토니는 스크린에서 이미지를 꺼냈고, 이제 모델은 방 한가운데에 보였다. 완전하지 않았다. 오히려 손상된 것처럼 보였고, 부분적으로만 구체화 된 상태였다. 하지만 그런 상태에서도 세 개의 반투명한 차원으로 그들 위 허공에 떠 있었다.

그는 다시 두드렸고, 모델은 계속해서 회전해서, 모든 면, 모든 각도, 모든 결점을 드러내고 있었다. 일종의 얼룩진 리벳 금속 상자처

럼 보였는데, 숙은 문어처럼 아래에 매달린 케이블 코일을 가진 키
큰 사람 같았다.

낯익은 죽은 문어.

아바는 알렉스가 자신의 어깨를 팔로 감싸자 숨을 죽이고 있는 자
신을 느꼈다. 그녀는 꼼짝할 수 없었다. "이제 기억이 나요. 저거. 그
곳에 있었어요. 이반과 함께 창고에."

"저것 때문에 우리가 그 장소를 날려버렸지." 나타샤는 그녀 앞에
탁 트인 공간을 나누고 있는 빛나는 흰 선과 숫자를 살펴보며 말했
다. "그러니까 이게 남아 있었던 거야? 그 후에도?"

"보기에는." 토니의 손이 날고 있었다. 방 구석구석이 이미지와 숫
자로 가득했다.

마침내 그는 뒤로 물러앉았다. "남은 것도 꽤 스푸키하군."

"스푸키하다고요?" 아바가 그 뒤에서 말했다. "내가 그렇게 생각하
는 이유는 알겠지만 당신은 왜죠?"

"내가 아니야, 아인슈타인이 그랬지." 토니는 다시 태블릿을 두드
렸고, 알베르트 아인슈타인의 얼굴이 회전 모델 뒤 화면에 나타났다.
"스푸키 물리학(멀리 떨어진 곳의 두 현상 간의 상호작용, 그것도 빛보다
빠른 작용을 아인슈타인은 'spooky'한 즉각적인 현상이라고 불렀다-옮긴
이). 아인슈타인은 양자 얽힘이라고 불렀어."

"잠깐, 뭐요?" 알렉스가 물었다.

"양자 얽힘. 시공을 초월한 물리학의 총체적 조작. 두 개의 물질의
다른 조각이 먼 거리에 걸쳐서 서로 영향을 미칠 수 있다는 생각이지."

아바는 얼굴을 찡그렸다. "물질 두 조각?"

"그는 사람을 의미했어." 나타샤가 말했다. 그녀는 계속 별을 주시했다. "두 사람."

토니는 고개를 끄덕였다. "상대의 고통을 느끼는 쌍둥이, 아이가 악몽을 꾸면 갑자기 깨는 엄마, 혹은 주인의 무덤 옆에서 기다리는 개." 그는 쳐다보았다. "그것은 자연적 얽힘이라고 말할 수 있지. 하지만 그것을 통제할 수 있다면 어떨까? 스스로 문제에 얽힐 수 있다면?"

나타샤는 의자에 뒤로 앉아 앞쪽의 자료를 응시하고 있었다.

"O.P.U.S. 프로젝트, 이 기록이 맞는다면 모스크바에서 양자 얽힘을 무기화로 추진하고 만들고 있는 건가? 만약 그들이 해냈다면, 그들은 세상의 모든 물리학 부문에서 전설적인 사라진 유니콘을 발견한 것일 거야."

나타샤는 답답하다는 듯 고개를 저었다. "역시 누가 그렇게 말했는지 알겠지? 하워드 스타크, 비타 레이스에 관해 얘기하고 있었어. 브루스도 감마선에 같은 말을 했어. 나는 유니콘이 꽤 지겨워졌어. 한 번쯤은 평범한 말을 들어볼 수 있을까?"

토니는 다시 인터페이스를 두드렸다. "이 특별한 유니콘은 이미 문밖으로 나온 것 같군, 로마노프. 여기 수십 개의 러시아 실험실이 관여한 O.P.U.S. 프로젝트에 대한 언급들을 증명하는 수백 페이지의 파일들이 있어."

그녀는 포기했다. "좋아. 우리는 이 사실을 알고 있어. 그게 무엇이든 이반의 소유가 아니라 모스크바 소유라는 것도." 나타샤는 인터

193

페이스를 향해 손을 뻗어 모델을 다시 회전시켰다.

알렉스가 말을 꺼냈다. "무기화라고요?"

"내 말은, 사람들이 무기만큼 위험해질 때 말이야." 토니는 뒤로 물러앉았다. "내가 실수한 것이 아니라면, 그 장치는 이상한 낌새를 전혀 눈치채지 못한 두 사람의 정신을 얽어매려는 시도를 했어. 어댑터처럼, 뇌 전용."

"사람은 나를 말하는 거죠?" 아바가 천천히 말했다. 그녀의 눈은 자신을 지나가는 데이터에 고정되어 있었다. "내가 무기군요."

"생각해볼 수 있다고. 무기라고." 토니가 정정했다.

"그건 불가능할 거야." 나타샤가 말했다. "불가능하다고 말해줘."

"잘 모르겠어." 토니는 말했다. "벌컨 마인드 멜드(영화 〈스타트랙〉에서 벌컨족이 사람들과 통하는 특별한 능력이 있다는 데서 유래한 것으로, 배우지 않아도 서로 다른 종끼리 통할 수 있다는 뜻-옮긴이) 현대판을 생각해봐. 스팍은 이제 상황을 주도하고 있고, 불쌍한 캡틴 커크는 자기 마음이 융화되었는지도 모르지."

나타샤는 짜증스러운 표정이었다. "그들이 데스 스타를 폭파하기 전이야 후야?"

"그 말 안 들은 것으로 할게요." 알렉스가 웃었다. 토니는 그러지 않았다.

"생각해봐. 정상, 업계 거물, 군 장성, 대법원 판사를 염탐할 수 있는 완벽한 방법이야. 만약 한 사람의 정신이 다른 사람의 정신과 연결될 수 있다면 누구든 이중 요원이 될 수 있는 거지, 어디서든."

"아무도." 나타샤는 앞에 있는 모델을 응시하며 말했다. "아바, 오데사에 있었을 당시 몇 살이었지?"

"여덟 살이요." 아바는 간신히 말을 할 수 있었다. "여덟 살이었어요. 떠날 때는 거의 열 살이었죠."

"정확해." 나타샤는 스크린에서 우크라이나 신문 기사를 꺼냈다. "그리고 이제 아이들이 사라지고 있어. 우크라이나만이 아니야. 모스크바에서 몰도바까지 납치가 이루어지고 있지. 그때 이반이 했던 것처럼."

"말이 되네. 더 나은 두뇌." 토니는 덧붙였다. "좀 더 적응할 수 있게. 뉴런 경로가 좀 더 성장할 수 있게. 스물여섯 살이 되면, 모두 지옥으로 날아갈 거야. 네가 그게 아니라면⋯ 딱 맞는 말이 뭐가 있지? 토니 스타크?"

알렉스가 웃었다.

아바는 그를 노려보았다. 엿 먹어.

토니가 버튼을 누르자 조명이 켜진 모델이 사라졌다. 타이핑된 것처럼 보이는, 때로는 손으로 쓴 것처럼 보이는 러시아 연구실 보고서가 그들 앞에 나타났다.

POLNAYA SINKHRONIZATSIYA.

"동기화 완료." 나타샤는 그 단어를 바라보며 말했다. "저것도 우리가 가로챈 메시지였어. 아바와 나에 관해 얘기하고 있었던 거라면 어떻게 되는 거지?"

"별로 좋지 않을지 몰라." 토니는 어깨를 으쓱했다. "에잇."

"양쪽이 물리적으로 가까이 있으면 연결고리가 더 강할까?"

"모르겠어. 우리가 아는 바로는 당신과 아바가 이반의 유일한 얽힘 작업 프로토타입인 것 같아."

나타샤는 의자를 아바 쪽으로 돌렸다. "나는 아바를 두 번 손으로 잡았어. 처음엔 그녀가 너무 아파서 일어설 수도 없었지. 두 번째는 의식을 잃었어."

아바는 고개를 끄덕였다. "몸에 불이 붙은 것 같았어요. 감전되거나 뭐 그런 것 같았죠."

"그러고 나서 그녀는 의식을 잃었어요. 완전히 잠들어버렸죠." 알렉스가 덧붙였다.

토니는 즐거워 보였고, 그의 뇌는 경주를 하는 것 같았다. "살아 있는 전선 두 개처럼. 정말 놀라워. 믿을 수 없군. 일종의 도파민 경로? 중변연계 중피질? 그건—"

나타샤는 그의 말을 잘랐다. "7급 기밀 위반? 정보 재난? 쉴드만이 아닌 어벤져스 이니셔티브 전체에 대한 타의 추종을 불허하는 취약성?"

"네 요점은 알겠어." 토니가 말했다.

"말로 꺼내고 싶지도 않지만, 그들이 유일한 얽힘 프로토타입이 아니라면 어떻게 되죠?" 알렉스가 물었다.

"그렇다면 우리가 아는 것보다 훨씬 더 큰 곤경에 처하겠지." 토니는 망설였다. "이 파티는 이제 막 시작했어. 얽힘이 아바와 나타샤만이라고 하면 연결이 강해질수록 아바는 나타샤의 대뇌피질에 더 잘 접근하게 될 거야."

"무슨 뜻이죠?" 알렉스는 토니를 바라보았다.

"내가 그냥 다리에서 뛰어내리더라도 그녀의 전투 동작을 하지 않는다는 뜻인가요?" 아바가 물었다.

토니는 고개를 저었다. "아니. 나타샤, 로마노프 요원은 결국 네 두뇌에서 모든 걸 뽑아내게 될 거야."

"엄청나군." 나타샤가 말했다.

"짜릿하네요." 아바가 대답했다.

토니는 나타샤를 바라보았다. "노출에 대비해. 난 당신을 정보 유출자로 본 적이 없어서 이렇게 말하는 거야. 아니, 그저 여기서 솔직하게 말하고 있는 거야. 아니, 당신도 알잖아. 정보 공유."

어색한 침묵이 흘렀다.

"오예, 공유." 알렉스가 말했다.

토니는 의자를 나타샤 쪽으로 돌렸다. "로마노프, 너는 비밀이 없어질 거야. 우리가 하는 것, 너의 과거. 아바뿐만 아니라 그녀에게 다가갈 수 있는 누구에게나 비밀이 없는 사람이 되겠지."

아바는 나타샤를 볼 수 없다는 것을 알았다. 이상하리만큼 친밀했다. "왜 지금이지? 뭐가 달라졌지?"

"지금만은 아닌 것 같아. 내 생각엔 두 사람이 처음 이것과 마주했을 때, 저절로 연결이 부팅된 것 같아." 토니가 말했다. "오데사에서. 당신과 이반."

나타샤는 고개를 끄덕였다. 그녀는 그 순간을 기억했고, 아바도

197

그렇다고 생각했다. 파란 불빛. 전기 폭발. 총상과 통증.

"하지만 무언가가 그것을 촉발하고 있는 게 틀림없어요. 지금. 이 때부터." 아바가 말했다.

"아마 그래서 이반의 부하가 나타난 것 같군요." 알렉스가 말했다. "그러니까 로마노프 요원이 아바를 찾아왔겠지. 아마 다시 모이게 한 건 그가 말했던 동기화 때문일 거야."

"정확해." 토니는 빨간 머리 러시아인을 보다가 다른 사람을 보았다. "네가 말한 대로야. 물리적 근접성. 그럴 수도 있지."

나타샤의 눈은 이제 뉴욕시티 겨울밤처럼 차가웠다. "그러니까 그 큰 뇌를 이용해서 차단할 방법을 찾아봐, 토니."

"할 수 있다면." 토니가 말했다. 그러고는 미소를 지었다. "장난해? 물론 할 수 있지." 그는 시계를 확인했다. "하지만 난 저녁 식사 대접 때문에 보라보라에 가야 해. 데이트하기로 했거든."

나타샤는 어색하게 그의 팔에 손을 얹었다. "고마워, 토니. 진심이야."

토니는 한숨을 쉬었다. "혼란이 일어나지 않는 한. 페퍼에게 약속 했거든. 혼란에서 벗어났다고 말이야."

"들었어." 나타샤는 즐거워 보이지 않았다.

"책이었어." 그가 방어적으로 말했다. "그녀가 읽으라고 했어. 너 에게도 보내줄게. 혼돈에서 벗어난다. 보기엔 그래."

"당신은 토니 스타크야. 언제부터 혼돈의 삶을 사는 데 허가가 필 요했지?"

"상황은 변하는 거니까, 로마노프."

쉴드 열람 가능
허가 등급 X

순직 [LODD] 조사
참조: 쉴드 케이스 121A415
사령부 요원 [AIC]: 필립 콜슨
회신: 나타샤 로마노프 요원, 일명 블랙 위도우, 일명 나타샤 로마노바
기록: 국방성, LODD 조사 청문회

국방성: 당신은 내가 당신이 보호한 민간 미성년자의 신원에 대해 당신이 더 이상 아는 것이 없다고 믿기를 기대합니까?

로마노프: 네?

국방성: 난 그저 작전 요원 한 명이 갑자기 한 명도 아닌 두 명의 아이를 연루시켰다는 게 이상하네요.

로마노프: 그게 질문인가요?

국방성: 그들이 각각 어떤 식으로든 연결되어 있다고 생각했습니까?

로마노프: 이반과 관련되어 있는 한, 아바는 항상 목표물이었습니다. 알렉스는 그냥 장소와 시간이 나빴던 거죠.

국방성: 보호 본능이 나타났다고 말하는 건가요? 어린 시절 이반 소모도로프와 당신의 일을 고려했을 때, 당신 기록에 있던 한 명은 인식 기능을 상실한 채 발견되었습니다.

로마노프: 내게 어린아이에 대한 본능 따위는 없어요.

국방성: 본능이 없다는 거예요?

로마노프: 내 유일한 본능은 총을 쏘고 도망치는 겁니다.

국방성: 아이들은요?

로마노프: 나는 그들을 쏘지 않을 겁니다. 하지만 아마도 그들은 도망쳐야 할 겁니
다. 안전한 쪽에 있기 위해서요.

국방성: 그래서 본능은 없다는 거군요.

로마노프: 전혀요.

CHAPTER 17

나타샤

뉴욕의 대도시, 이스트리버, 쉴드 트리스켈리온 기지

"사람들이 뭐라고 하는지 알 거야. 열다섯 번째 매력이야." 토니는 쾌활하게 말했다.

"그들은 그렇게 말하지 않아." 나타샤는 노려보았다. "절대."

"사실은 열다섯 번째가 사람들이 포기한다고 말하는 시간인 것 같아요." 알렉스가 제안했다.

"내겐 그렇게 말하지 않아." 토니가 그에게 손을 흔들며 말했다.

토니가 아바와 나타샤의 정신적 연결을 끊으려는 시도로 그녀의 머리칼의 절반이 거의 타버렸고, 그녀는 여전히 분개했다. 나타샤는 방 한가운데에 놓인 금속 의자에 앉아 있는 아바를 그녀가 그랬던 것처럼 의심스러운 듯 바라보았다.

앉아 있는 두 마리 오리 같군.

"늘 이런 식이에요?" 아바가 물었다.

"항상." 나타샤가 말했다.

"자. 다큐멘터리도 못 봤나요?" 알렉스가 그들 뒤에 서 있으면서부터 말하기 시작했다. "토니 스타크—강철의 의지? 그는 독창적인 낙관주의를 가진 미국인이야."

"맞아. 그가 말한 대로." 토니는 제트 엔진을 들고 미소를 지었다.

"사실, 그는 독창적이지 않아." 나타샤가 말했다. "그건 로저스일 거야. 약 50년쯤."

"난 이제 막 시작했어." 토니가 얼굴에 쓰고 있던 용접 마스크를 내리며 말했다. "도그 이어를 거꾸로 해봐. 뭐지, 캣 이어?"

"슈퍼 솔저 스티브 로저스?" 알렉스가 삼켰다.

"이 아이 맘에 드는군." 토니가 불꽃을 튀기며 말했다. "꼬마 가만히 있어."

그가 말하자, 불꽃은 네 사람 모두를 둘러싸고 폭발했다.

나타샤의 시야가 멍해졌고, 짧은 순간의 이미지가 불현듯 떠올랐다. 아마도 흐릿한 춤추는 소녀의 모습? 너무 빠르게 지나가서 누군지는 알 수 없었다. 그녀는 그게 자신이 아니라는 것만 알고 있었다.

하지만 그녀는 또한 뭔가를 들었다.

노래.

그건 차이콥스키?

너무 빨라서 알아들을 수 없었지만, 토니가 타는 전선을 타일 바닥에 떨어뜨리자 나타샤의 시야도 정상으로 돌아왔다. 두 명의 충실한 실험실 기술자가 흰 거품을 연기 더미에 뿌렸다.

"뭔가를 봤어." 나타샤가 말했다. "봤을지도 몰라."

"내가 맞춰볼게요, 별들을 봤나요?" 알렉스는 열다섯 번째 시도의 잔해를 보았다.

나타샤는 그것에 대해 생각했다.

내가 뭘 봤지?

아바의 기억인가? 내가 그녀의 마음을 들여다보고 있었을까?

그녀는 자신의 맥박이 뛰기 시작하는 것을 느낄 수 있었다.

양자 얽힘을 논리적으로 이해하는 것은 한 가지였다. 하지만 자신을 위해서 본 것인가? 처음으로 나타샤는 아바가 정말로 자신의 마음을 꿰뚫어볼 수 있다는 것을 깨달았다. 실제로 그녀의 기억에 접근할 수 있었다

그 생각은 끔찍함 그 이상이었다.

누군가 과거를 볼 수 있다는 생각이 나타샤를 거의 고통스럽게 했다.

"상관없어. 난 이것들을 내 머리 가까이 두지 않을 거야." 아바가 자신의 스모킹 전극을 뜯어내며 말했다. "죽음을 동경하지 않아."

나타샤는 마룻바닥에 널려 있는 각기 다른 열네 개의 새까맣게 그을린 더미를 바라보았다. 비록 트리스켈리온의 실험실 시설은 첨단이었지만(적어도 전에는 그랬다) 토니는 그렇게 많은 진전을 보이는 것 같지 않았다. 사실 그는 진전을 제외한 모든 것을 만드는 것 같았다.

어서, 토니. 내 머리에서 그녀를 꺼내줘.

얼마나 더 참을 수 있을지 모르겠어.

시간이 천천히 흘러가고 있었다. 토니는 그날 저녁을 자신의 즉흥 스타크 양자(콴툼) 디탱글러로 시작했다. 빠르게 스타크 콴툼 리탱글러로 이어졌고, 곧 스타크 콴툼 힙노틱 레귤레이터, 스타크 콴툼 래피드 아이 무브먼트 자극기, 스타크 콴툼 초음파 스캐너로 우회했다. 기본적으로, 만약 토니가 어떤 것 앞에 스타크나 콴툼을 붙인다면, 그는 게임을 하는 거였다.

그는 지금 아바와 나타샤 앞에 몇 개의 전극과 함께 두 개의 불꽃 튀는 전기선을 들고 있었다. "열여섯 번째. 새로운 생각. 스타크 시상 하부 버퍼." 그는 아바의 양쪽 관자놀이에 새로운 전극을 부착했다. "아니, 스타크 시상하부 샌드위치가 더 매력적이라고 생각한다면. 그냥 써봐—"

아바가 전극을 홱 잡아당겼다. "더 많은 스타크 콴툼 전기 충격에 나를 맡기라고요? 잊어버려요. 이건 아무 도움이 안 돼요."

알렉스가 고개를 끄덕였다. "그래요. 기분 상하라고 하는 말은 아니지만, 차라리 전기 소켓에 포크를 꽂는 것이 나을지도 모르죠."

"글쎄, 사실…." 토니는 천장을 올려다보며 말했다. 그러고는 고개를 저었다. "아니, 신경 쓰지 마. 그건 기본적으로 일곱 번째에서 해봤어. 대신 이거 한번 해보자." 그는 다시 불꽃 튀는 전선을 내밀었다.

아바는 그를 미친 사람 보듯 바라보았는데, 이 시점에서 그것은 꽤 공정한 평가였고, 나타샤도 인정해야 했다. "통과할래. 스타크 콴툼 번 유닛을 만든 후 전화하는 건 어때? 그때까지 이런 헛짓거리를 더는 참을 수가 없어."

"내 기술은 헛짓거리가 아니라고. 절대로." 토니가 말했다.

알렉스는 버려진 열네 개의 프로토타입을 둘러보며, 눈썹을 추켜세웠다.

토니는 어깨를 으쓱했다. "글쎄, 드문 일이야. 그쯤 해두자."

"아빠, 다른 방법이 있었다면 우린 여기 없었을 거야." 나타샤가 말했다. "나를 믿어."

"왜요? 내가 왜 그래야 하죠?" 아빠는 의자에서 미끄러져 내려와 뒤로 물러나서는 회로 다이어그램, 전선 코일, 전기 스위치, 납땜 아이언까지 모든 크기의 도구로 가득한 실험실 테이블을 두드렸다. 아빠는 그 어떤 것도 자신의 머리 가까이에 두려 하지 않을 것 같았다.

"왜냐고? 국가 안보는 어떨까? 국가 안보? 아니면 국제 평화 유지?" 나타샤는 일어섰다. 나타샤는 여러 가지 면에서 자신과 닮았지만, 상당히 다르기도 한 그 소녀에게 어떻게 말해야 할지 전혀 알 수가 없었다.

고작 열일곱 살.

나타샤는 지금 선택지를 조사하며 그녀를 바라보았다. 겨울 덫에 걸린 또 한 마리의 겁먹은 토끼 같군. 낯익은 모습이었다.

난 저 나이에 얼마나 저 아이와 비슷했을까.

그런데도 그녀는 지금 나를 얼마나 미워하고 있는 것일까.

아빠는 밀폐된 실험실 문에 거의 도착할 때까지 계속 뒷걸음쳤다. 두 명의 무장 MP가 그녀 앞에 섰다. 그녀는 팔짱을 꼈다. "그래? 강제로 날 잡아두려는 거예요? 이곳에 있는 모든 자물쇠는 사람들을 들어오지 못하게 하기 위한 거라고 생각했는데요."

날리던 불꽃이 근처 쓰레기통에 옮겨붙기 전까지 방은 조용했다.

폭발이 있었고, 굴러가던 실험실 카트가 두 명의 기술자를 넘어뜨렸다.

"만지지 마!" 토니는 두 기술자를 바라보며, 더욱 겁에 질린 표정으로 소리쳤다. "그게 무엇이라고 생각하나? 토스터?" 그는 멈칫했다. "음, 좋아. 무슨 말인지 안다고. 빵을 굽는데 사용할 수 있겠지. 프랑스 빵. 아니 프랑스 전체까지도. 하지만 그건 건드리지 마. 그냥 여기서 나가. 지금."

기술자들이 문으로 달아났고, MP가 강철 패널 옆에 있는 키패드에 보안 코드를 누르자 문이 열렸다.

"아, 그들은 갈 수 있고? 나는 안 되고? 미국은 자유의 나라라고 생각했는데." 아바는 그를 노려보았다.

"아무래도 쉬어야 할 것 같아요." 알렉스가 제안했다. "아주 푹."

나타샤는 토니를 바라보았고, 그는 어깨를 으쓱했다.

도와줘서 고마워, 스타크.

그녀는 아바를 문까지 따라가며 십대의 어깨에 어색하게 손을 뻗었다.

"아바…" 나타샤가 말을 시작했다. "힘들다는 거 알아."

"아, 제발." 아바는 그녀를 보려고 빙 돌았다.

"뭐?"

"하지 마요. 그냥 하지 마세요. 내 친구가 되고 싶은 것처럼 행동하

206

지마요. 당신은 누구의 세스트라도 아니에요. 나는 언니도 없고 심지어는 이반 소모도로프 덕분에 우리 부모님께서 어떻게 되셨는지도 몰라요." 아바는 짜증이 났다. 알렉스는 동정 어린 눈으로 그녀를 바라보았다.

나타샤는 고개를 끄덕였다. "부모님을 잃는다는 게 어떤 기분인지 알아." 그녀는 말했다. "그냥 내가 그래도 된다면—"

"아니요. 다시는 그런 일에 속지 않을 거예요. 난 당신이 두렵지 않아요. 이젠 아니에요."

나타샤는 아바의 얼굴에서 반항적인 표정을 보았다. 믿음과 그녀 자신도 알지 못하는 분노.

하지만 두려워해야 해, 꼬마야. 아주 많은 것들을 두려워해야 한단다.

세상은 이반의 소녀들에게 잔인한 곳이야.

나타샤는 오래도록 말을 멈추고, 그녀의 선택지를 생각해보았다. 마침내 그녀는 다시 시도했다. "봐, 아바. 그렇게 보이지는 않겠지만, 난 너를 도와주러 온 거야. 널 이반 더 스트레인지에게서 또다시 지켜주려는 거야. 난 그게 어떤 건지 알아. 내가 거기 있었잖아, 기억하지?"

나도 한때는 너 같았어.

"그곳에 있었다고요?" 아바가 비웃었다. "당신은 중요할 때 거기에 없었어요. 당신이 다시 히어로 연기를 해야 한다고 느껴질 때 내 인생에 다시 뛰어들지 말아요. 당신이 날 떠났을 때처럼 혼자서도 잘

해왔어요."

"잘 지냈다고?" 나타샤는 눈썹을 추켜세웠다. "넌 가출했어. 지하실에 살면서 대피소와 무료 급식소에서 밥을 먹고, 기본적으로 노숙자 생활을 했지."

알렉스는 깜짝 놀라는 표정이었다.

아바의 볼이 밝게 빨개졌다. "적어도 난 가짜 얼굴로 사람들을 겁주며 몰래 숨어서 펜싱 토너먼트를 돌아다니지는 않아요."

토니는 미소를 지었다. "봐, 이건 통신이야. 이제 진전을 좀 보인 거 같아. 이제 공유하고 있어."

나타샤는 노려보았다. 난 포기할래.

"누가 쉬자고 했죠? 찬성이요. 좋은 생각이에요." 알렉스가 아바의 손을 잡으려고 뻗었지만, 그녀는 뿌리쳤다. 그녀는 끝나지 않았다.

이제 그녀의 눈은 활활 타오르고 있었다. "당신이 보고 있다는 것을 알았으니 기뻐요, 세스트라. 당신이 신경 쓴다는 걸 알게 되어 기쁘네요." 그녀는 스크래치 난 낡은 아이팟을 주머니에서 꺼내 방 저쪽으로 던졌다. 나타샤는 움찔했지만, 아바는 끝내지 않았다.

"아이팟은 가져가도 돼요. 사실, 카드도 이름도 없는 형편없는 생일 선물, 가져가도 돼요. 나는 결코 그런 것을 원하지 않았어요." 아바는 말했다. "내가 원했던 것은 친구였어요. 온통 낯선 나라에서 낯익은 얼굴 하나. 무리한 부탁이었던 것 같네요."

"가자, 아바." 알렉스는 그녀의 어깨에 살며시 손을 얹었다.

나타샤는 다시 시도했다. "내 말 좀 끝까지 들어봐. 내게 생각이 있어. 이반 소모도로프가 네 근처에 얼씬도 못하게 할게. 약속해."

믿어줘.

내가 도울 수 있게 해줘.

네가 인정할 수 있건 없건 우린 서로가 필요해.

"당신의 약속?" 아바가 비웃었다. "지난 8년 동안 당신의 약속은 어디 있었죠? 어디에 있었나요? 쉴드가 한 일이라고는 자기들 이익을 위해 날 방에 가둬둔 거였어요. 당신은 전혀 쓸모가 없었다고 말할 수 있어요. 7B에서 8년을 보내고, 아무 표시도 없는 밴에서 그리고 쉴드 지사 가정교사와 단둘이서, 미워하기 시작한 이 나라의 헌법을 기억하는 데도 소용없었죠."

이제 화난 사람은 나타샤였다. "싫다고? 그들이 널 때렸니? 널 세뇌했어? 널 묶어놨어? 억지로 물건을 훔치게 하고 거짓말하게 하고 사람을 죽이라고 했니?" 나타샤는 자제할 수 있을 때까지 말을 뱉었다. "아니지? 너에게 충분히 놀 시간을 주지 못해 미안하구나. 사람들이 네게 음식을 주고 옷을 주고 살려두려고 애쓰게 해서 미안하구나."

그녀는 몇 번이고 마음으로 떠오르는 기억을 떨쳐버리려 했다. 구타와 멍 자국. 실패와 위협. 이반이 그녀의 피부와 정신에 남긴 상처들.

"살게 해줬다고요? 당신이 그러지 않았더라면 내 삶은 더 나아졌을지도 몰라요."

나타샤의 눈은 사납고 어두웠다. "그런 말 하지 마. 넌 네가 무슨 말을 하는지 전혀 몰라. 더 좋아지지 않았을 거야, 더 짧아졌겠지."

"친구랑 노는 시간이요." 알렉스가 가로막았다.

방 안은 조용해졌다. 아무도 무슨 말을 해야 할지 모르는 것 같았다. 알렉스는 일어나 앉았다. "그냥 놀 시간이 아니라 친구와 노는 시간이었어야죠. 아이들이 갖는 것이요. 평범한 아이들 말이에요. 당신도 알다시피 당신네 사람들은 그렇지 않지만요."

나타샤는 어리둥절한 표정을 그에게 보냈다. 아바는 역겨워하는 것 같았다.

알렉스는 신경 쓰지 않는 것 같았다. 그는 그저 어깨를 으쓱했다. "댄스파티는 무도회라고도 하죠. 내 생각엔 아마 그건 당신의 일정에 없겠죠."

"무슨 말이지?" 나타샤는 빤히 쳐다보았다.

"당신이 생각하는 것보다 당신들은 공통점이 더 많을지도 모른다고요."

나타샤는 숨을 몰아쉬며 돌아서서 아바를 바라보았다. "라디에이터였어, 아니면 헤드보드?"

내가 무슨 말을 하는지 넌 알잖아.

아바가 응시했다.

나타샤는 몸을 숙였다. "어디에 있었지?"

그가 널 때렸을 때.

널 동물처럼 잡아두었을 때.

아바의 눈이 빛나고 있었다.

나타샤는 어깨를 으쓱했다. "네가 울거나 배가 고프다고 했을 때 혹은 화장실에 가고 싶다고 했을 때. 네가 그의 딸 중 한 명으로 선택된 것에 대해 그에게 감사하지 않을 때 말이야."

아니면 위의 모든 것. 나타샤는 생각했다. *그가 내게 한 것처럼.*

아무도 한마디도 하지 않았다.

나타샤는 토니에게 고개를 돌렸다. "내가 여기 온 것은 잘못이었어. 알렉스를 집에 데려다주고 아바를 보호소로 돌려보내자."

네가 결정해, 프테네.

나타샤는 아바에게 큰 소리로 말하고 싶었지만, 그럴 수 없었다. 그녀는 이미 너무 많은 말을 했다.

난 널 도울 수 없어. 이런 식이 아니라면 말이야.

아바, 무슨 일이 일어나든, 넌 그렇게 참고 살아가야 할 거야.

내가 그랬던 것처럼.

나타샤는 아바가 무슨 생각을 하는지 들을 수 있을지 궁금했다. 적어도 아직은 아니라고 생각했다. 그리고 어쨌든, 이반 소모도로프가 레드룸을 운영한 방법을 알아내기 위해 마인드 리더는 필요하지 않다.

"좋아." 토니가 말했다. "차를 한 대 보내도록 하지." 그가 어깨를 으쓱하며 드라이버를 내려놓았다. "끝났어."

"세면대." 아바가 갑자기 말했다. "싱크대 밑에 있는 파이프였어요."

물론 그랬지. 나타샤는 눈을 감으며 생각했다.

소리가 더 잘 들렸겠지.

그는 네가 비명 지르는 걸 다른 사람들이 듣길 바랐어.

방 안은 조용했다.

"별로 기억은 안 나지만 그건 기억해요. 나는 그가 한 일에 익숙해졌다고 생각했어요. 우리 모두 그랬죠. 그가 한 말은— 나는 절대 익숙해지지 않았다는 거였어요." 아바의 목소리는 조용했지만 약하지는 않았다. 오히려, 그것에 대해 말하면서 더 강해지는 것처럼 보였다.

그리고 더 화가 나.

나타샤는 그녀의 얼굴에서 화가 난 것을 볼 수 있었다.

좋아.

넌 그래야 해.

그것은 너를 더 강하게 만들 거야.

이제 모든 시선이 아바에게 쏠렸지만, 그녀는 어깨를 으쓱해 보일 뿐이었다. 그녀는 할 말이 더 있어도 말하지 않았다. 여기선 아니었다.

"가자." 나타샤가 말했다. 그녀는 아까보다 더욱 단호했다. 이제 진실을 이해했기 때문이다. 아바도 과거의 나타샤처럼 연약하고 부서질 것만 같았다. 그녀를, 그들 모두를 안전하게 지키는 것은 나타샤의 몫이었다. 아바는 연약했고, 나타샤는 그녀가 이용당하지 않는다는 것을 확실히 해야 했다

이반, 아니 누구에 의해서도 안 돼.

"넌 보호가 필요해." 나타샤가 마지막으로 말했다.

"뭐라고요?" 아바는 마치 한 방 맞은 것처럼 상처 받은 표정이었다.

"쉴드가 너에게 가장 안전한 곳이야. 너는 한 시간 안에 도착할 거야. 아무도 너에게 다가갈 수 없을 거야. 그들이 안전가옥이라고 부르는 이유지." 나타샤는 어깨를 으쓱했다.

안전하지 않아. 내가 널 지켜줄 수 있는 만큼만 안전해.

적어도 토니가 어떻게 연결고리를 끊어야 할지 알아낼 때까지는 말이야.

"그럼 당신의 비밀은 안전한가요? 그게 당신이 생각하는 전부인가요? 그들이 날 잡을 수 있다면, 당신도 잡을 수 있기 때문인 거죠? 왜냐면 어느 서랍이 당신 속옷 서랍이고 어떤 옷장에 해골이 있는지 내가 아니까요?" 아바는 씁쓸했다.

"그만, 아바." 나타샤가 말했다.

"아니 해봐." 토니가 말했다. 그는 관심을 가졌다. "그 서랍에 대해서."

아바는 계속했다. "내가 당신 마음이 얼마나 부서졌는지 알기 때문에? 당신은 죽는 게 아니라 사는 것을 얼마나 두려워하는지 알기 때문에?"

"그만둬." 나타샤는 목소리를 높였다.

"왜? 내가 당신보다 당신에 대해 더 많이 알기 때문에? 이런 말하기 싫지만, 로마노프 요원, 그건 말이 안 돼요."

"이젠 끝났어." 나타샤는 들끓고 있었다. "너. 나. 전부."

아바는 웃었다. "벌써? 시작도 안 했어요. 당신의 전체 인생 이야기는 시작도 안 했어요, 왜냐면 시작도 한 적이 없으니까요. 진정한 친구도 없었고, 진짜 가족은 없었죠. 그게 당신의 큰 비밀인가요? 그게 아니라는 것 같지 않네요. 당신 머릿속의 기억이 아닌 것들, 그건 사건 파일인가요? 당신의 문제는 슈퍼히어로가 되는 것이 아니라 인간이 되는 거죠?"

"그래." 나타샤는 갑자기 말했고, 아바는 놀랐다.

아바는 한발 물러섰다. "뭐라고요?"

토니의 눈이 아바에서 나타샤로 깜박거렸다.

이제 알렉스도 쳐다보고 있었다.

"못을 박는구나, 아주. 모르겠네. 행복해? 좋아. 자, 네 가방 받아. 가방. 우리는 떠날 거야."

아바의 눈은 여전히 이글거리고 있었다. 그녀는 고개를 저었다. "난 그곳으로 돌아갈 수 없어요. 7B는 안 돼요."

"아바, 이반 소모도로프가 너와 나에게 오고 있어. 그건 나도 어쩔 수가 없어. 그가 거기서 나온 이상." 나타샤가 말했다. "정말 내 마음을 읽을 수 있다면, 너도 이미 그걸 알고 있을 거야. 그러니 작은 독백이 끝났다면, 가자."

"그가 오게 해요. 다시는 갇혀 있지 않을 거예요."

아바는 토니를 바라보았다. 그는 어깨를 으쓱했다. "미안해, 꼬마야."

아바는 자포자기해서 알렉스를 바라보았다.

그는 손을 내밀며 다른 사람들을 바라보았다.

"오늘 밤까지는 아바에게 허락해주세요, 알았죠? 내일까지 그냥 두세요. 적응하는 데 충분한 시간이에요."

"뭐라고?" 아바는 알렉스를 나무라는 듯한 표정을 지었다.

그는 그 표정 때문에 멈추지는 않았다.

"그러고 나면, 그녀는 안전을 위해서라면 무슨 일이든 할 거예요. 난 그녀와 함께 은신처로 갈 거예요. 우리가 원하는 건 다 같아요. 그렇지, 아바?" 알렉스는 격려하듯 그녀에게 고개를 끄덕였다.

그녀는 그가 미쳤다는 듯이 쳐다보았다. "우리가?"

그는 그녀의 손을 꽉 쥐었다.

그녀는 그에게 이상한 표정을 지어 보이며 고개를 저었다. 그리고 그녀는 나타샤에게 다시 돌아섰다. "좋아요." 아바가 말했다. "내일. 7B로 돌아갈게요."

나타샤는 MP를 향해 고개를 끄덕였고, 그는 키패드를 두드려 문을 열었다. "내일."

그래도 넌 갈 거야, 프테네.

어떻게 해서든.

"내가 요구하는 건 한 가지뿐이에요." 아바는 나타샤를 마지막으로 한 번 더 바라보았다. "내일 이후엔 날 혼자 내버려둬요. 당신 얼굴 다시는 안 볼 거에요. 약속해줘요."

나타샤의 표정은 더욱 강해졌다. "나를 믿어, 세스트라, 달리 방법이 없어."

쉴드 열람 가능
허가 등급 X

순직 [LODD] 조사

참조: 쉴드 케이스 121A415

사령부 요원 [AIC]: 필립 콜슨

회신: 나타샤 로마노프 요원, 일명 블랙 위도우, 일명 나타샤 로마노바

기록: 국방성, LODD 조사 청문회

국방성: 고통스러웠나요? 낯선 사람이 당신의 마음과 기억에 접근할 수 있다는 것을 알고 말이죠?

로마노프: 처음은 아니었습니다. 당신이 말한 대로.

국방성: 물론, 아니죠. 그게 받아들이기 더 어렵게 만들었나요. 아니면 쉽게 했나요, 요원?

로마노프: 뇌를 보여준다는 건 쉬운 일은 아니죠.

국방성: 다른 사람이 아닌 우리에게 말이죠, 요원.

로마노프: 내가 아바와 얽혀 있어서 문제가 있었던 거냐고 묻는 거라면, 물론 그랬습니다. 내가 의도적으로 그녀를 위험한 상황과 마주하게 한 거냐고 물으신 거라면, 저에 대해 전혀 모르시는 것 같네요.

국방성: 난 당신이 내게 말해준 것만 아니까요, 요원. 내가 계속 설명하려는 건.

로마노프: 내 기억이 누구나 다 아는 사실이 되는 걸 걱정하고 있는 사람이 있다는 생각이 든다는 건가요?

국방성: 이를테면?

로마노프: 전 모르겠네요. 여기는 절 심문하는 곳이 아니지 않나요? 누가 당신에게 날 조사하라고 했죠?

국방성: 기밀입니다.

로마노프: 내게 뭔가 이야기해줄 게 없다면 청문회는 제대로 이뤄지지 않을 겁니다.

2막

"…당신의 진정한 모습을
몇 겹의 거짓 아래 감춰라….”

나타샤 로마노프

CHAPTER 18
알렉스

뉴욕의 대도시, 이스트리버,
쉴드 트리스켈리온 기지

　　　　　　　몇몇 쉴드 벙커룸은 그들만의 고문
방법이었을 거라고 알렉스는 추측했다.

　민간인 방문자인 아바 올로바에게 주어진 벙커룸은 알렉스 바로
옆방이었고, 알렉스의 방은 임무를 할당받지 않은 작전 요원 로마노
프 바로 옆이었다. 소형 철제 싱글 벙커 침대가 겨우 들어가 있는 작
고, 답답하고 창문이 없는 곳이었다.

　비참함을 훨씬 더 잘 느낄 수 있는 참담한 곳이었다.

　아바는 아래쪽 매트리스에 비스듬히 몸을 웅크린 채 누워서 앞에
있는 벽을 바라보았다. 알렉스는 옆에 누워 팔로 그녀의 등을 보호해
주듯 휘감아 안았다. 아바는 너무 지쳐서 방에 도착하자마자 기절했
다. 알렉스는 그녀가 자다 깨다 하다가 마침내 악몽에 빠질 때까지

몸을 뒤척이는 것을 지켜봤다. 한 시간도 지나지 않아, 아바는 이반 소모도로프라는 이름을 외치며 잠에서 깨어났다.

알렉스는 아바의 어깨를 문질러주었다. 그녀의 티셔츠는 얇고 부드러웠고, 티셔츠 아래로 느껴지는 피부는 따뜻했다. 그녀와 함께 지금 여기 누워 있다는 것에 알렉스는 그들이 쉴드 기지에 있다는 사실을 거의 잊었다. "아바, 우리는 그를 찾을 거야. 그리고 네 부모님께 무슨 일이 일어났는지 알아낼 거야. 약속해. 그렇게 될 때까지 멈추지 않을 거야."

방 안은 조용했다.

아바는 눈물을 글썽이며 그를 바라보기 위해 천천히 몸을 돌렸다. "방금 뭐라고 했어?"

그는 그녀를 쳐다보았다. 그가 뭐라고 했을까? "우리가?"

아바는 얼굴을 찡그렸다. "띠 세르예즈노?" 그녀는 여전히 응시하고 있었다. "진심이야?"

그녀는 갑자기 일어나 앉았는데, 그러느라 벙커에 거의 머리를 부딪칠 뻔했다.

"뭐?" 알렉스는 한쪽 팔꿈치로 몸을 밀어 올렸다.

"네가 한 말." 아바는 천천히 그 말을 했다. "아바, 나의 네이뎀 예보. 나의 우즈나옘, 츠토 슈치로스 트보이미 마모이 이 파포이. 야 오베쉬야유. 나의 네 오스타노빔샤, 포카 미 에토네 드레이엠."

알렉스는 정확한 단어로 말했기 때문에, 영어로 말했다고 생각했다.

사실, 그는 그러지 않았다.

221

알렉스가 한 말은 완벽한 리시아어였다.

그가 알지 못했던 언어.

데르모. 알렉스는 생각했다.

아바는 믿을 수 없었다. "러시아어 할 줄 알아? 왜 내게 말하지 않았어?"

"못하니까. 맹세코 난 할 줄 몰라. 이건 미친 짓이야!" 탁 스 우마. 정말 미쳤다.

그녀는 결국 웃었고, 작은 공간을 통해 울렸다. "그런데 넌 방금 다른 러시아어 질문에 러시아어로 답했어."

"데르모." 이번에는 크게 소리내서 알렉스가 말했다.

"정말 이상해." 그녀는 그를 향해 몸을 굴렸다. "이게 O.P.U.S.라고 생각해? 어쩌면 넌 나타샤 로마노프도 이해하고 있는 거야?"

"네 말은 너희 두 사람이 뭘 하든 내가 알아챈다는 거야? 콴툼 러시안? 아니야." 알렉스는 고개를 저었다. "블랙 위도우? 내가 어떻게 그녀와 연결될 수 있지? 난 할 수 없어. 그녀는 미스터리야. 심지어 이것도 적절한 말이 아니야. 그녀는 우주에서 온 것 같아. 나는 전혀 그녀를 이해할 수 없어." 그는 그것에 대해 생각했다. "전투 부분만 빼고. 그건 알 수 있어. 그녀에게는 어떤 대반격이 있거든."

아바는 등을 대고 굴러서 그들 위에 있는 기관의 줄무늬 매트리스 맨 아래를 잡으려고 손을 뻗었다. "난 몰라. 강에서 나타샤가 내 손을 잡은 후로 모든 것이 내 머릿속에서 달라진 것 같아. 그런 거 느껴본 적 있어?"

이런 느낌은 처음이야.

알렉스는 그녀 베개 옆 베개 위로 머리를 놓고 아바 쪽으로 몸을 돌렸다.

너처럼.

자신이 응시하고 있다는 것을 알고 있었지만, 그는 어쩔 수 없었다.

나처럼, 네 옆에 누워 있어.

"널 만난 후 모든 게 달라진 것 같아." 알렉스는 무슨 말을 하는지 전혀 깨닫지 못한 채 천천히 말했다. 그랬기 때문에 그는 얼굴이 빨개졌다. "하지만 그것조차도 내가 갑자기 러시아어를 할 수 있게 된 것을 설명해주지는 않아." 그들은 지금 얼굴을 마주 보고 있었다. 말할 때 그의 입술이 아바의 뺨을 거의 스칠 뻔했다.

그녀는 알렉스를 보고 웃었다. "그렇지 않은 것 같아."

알렉스는 아바의 옆모습을 바라보면서 계피색 곱슬머리 한 가닥을 잡아당겼다. 그녀는 너무 아름다웠기에 이 우울한 회색 방에서 그녀를 볼 수 있다는 것은 거의 충격적이었다.

내가 어떻게 여기 있게 되었지?

알렉스는 그녀를 쳐다보았다. "어째서 토너먼트 중간에 내게 와서 그렇게 말한 거야? 내가 너를 알게 되어서 하는 말인데, 넌 그런 짓을 할 사람이 아니야."

"뭐, 말 건 거?"

"낯선 사람에게 말을 건다고? 아바 올로바가? 말도 안 돼. 너는 다른 사람과 잘 어울리지 않잖아."

"넌 낯선 사람이 아니었어. 말했잖아, 난 내가 널 알고 있다고 생각했거든." 그녀의 눈은 덧없이 슬퍼 보였지만, 미소는 부드러웠다.

그는 또 다른 곱슬머리를 잡아당겼다. "그래, 글쎄, 내가 너를 안다고 생각한다고 했었지. 하지만 내가 그랬다는 말은 아니었어. 그냥 알고 싶다는 뜻이었지."

"내겐 달랐어." 그녀가 말했다. 아바는 이렇게 말하곤 그를 바라보았다. "아직도 그래? 알고 싶어? 내가 미쳤다고 생각하지 않아? 거기서 다시 기억을 잃었는데도?"

"그걸 질문이라고 하는 거야?" 알렉스가 아바를 잡아당기며 러시아어로 물었다. 그녀는 따뜻하고 부드럽고 환영 받는 느낌이라 그에게로 몸을 굽혔다.

가까이 와. 그는 생각했다.

그러자 그녀는 미소를 지으며 뒤로 물러섰다. "이런 일이 있었는데도? 총을 맞을 뻔했는데?"

"그래." 그가 그녀를 쿡쿡 찌르며 웃었다. "물론이지."

"다리에서 다이빙을 해도?" 그녀는 그의 손가락 사이로 자신의 손가락을 꼈다.

"물론." 알렉스는 여전히 웃으면서, 그녀의 손바닥을 입술에 가져갔다. 가슴이 두근거렸지만, 그는 그것이 신경성 때문인지 아드레날린 때문인지 몰랐다.

아마 둘 다겠지.

아바는 생각하는 척했다. "쉴드 함선에 끌려갈 때도?"

224

알렉스가 웃었다. "그건 중요하지 않아. 난 거기서 질질 끌었어."

아바는 그에게 바짝 몸을 기댔다. "나와 함께 이 구멍에 갇혀 있는데도?"

"내가 감당할 수 있다고 생각해." 그는 그녀 쪽으로 몸을 일으켰다. "아바, 너와의 삶은 절대 지루하지 않아. 넌 내가 알고 있던 다른 사람들과는 달라."

"마운틴 클리어의 다른 여자애들과는 다르다고?" 그녀는 놀랐다.

"지구상에 있는 그 누구와도 다르지." 그는 아바 주위를 서성이며 말했다.

"칭찬으로 받아들일게."

"날 믿어, 칭찬이야."

그녀와 너무 가까웠기 때문에, 그는 아바의 뺨에서 숨결이 타오르는 걸 느낄 수 있었다. *세상에, 뽀뽀하고 싶어.* 알렉스는 그녀를 더 가까이 끌어당겼다. "누가 알아? 우리의 마지막 밤이 될 수도 있고…."

그는 눈을 감고 입술을 그녀의 입술에 대었다.

나빠.

아바는 얼굴을 찡그리며 움직여 일어나 앉았다. *아직 아니야, 알렉스.* 그런 메시지였고, 그는 이해했다. 그녀는 정말 그를 몰랐다. 그녀는 그를 믿지 않았다. 그는 그녀를 비난하지 않았다. 그는 자기 자신을 믿을 수 있을지도 확신할 수 없었다.

그는 매트리스 위로 물러났다. "그런 말을 하지 말았어야 했어."

"왜 안 돼? 사실이야."

225

"넌 그걸 몰라." 알렉스가 말했다.

아바는 한숨을 쉬었다. "넌 그저 낙관론자일 뿐이야. 너와 토니 스타크는."

"난 아니야. 난 현실주의자야." 그는 어깨를 으쓱했다.

"그 단어의 의미를 네가 모르는 것 같아."

그는 그녀의 손을 다시 잡고, 한 번 더 손바닥에 키스했다. "난 알아. 널 만난 게 정말 행복하다는 뜻이야."

그녀는 신음을 냈다. "아, 그거 안 좋았어."

"얼마나 별로였지? 1에서 토니 스타크까지?" 그는 눈썹을 추켜세웠다.

"토니 절반만큼 나빴어." 아바는 미소를 지었다.

"받아들일게."

"알렉스?" 이제 그녀의 목소리는 조용했다.

"응?"

"무서워."

"알아." 알렉스가 그녀를 감싸 안으며 말했다. "우리 둘 다 그래. 하지만 괜찮아." 그리고 아마 우리만 그런 것도 아닐 거야.

지금쯤이면 엄마가 얼마나 걱정할지 알렉스는 생각조차 하기 싫었다. 단테가 아직 자기 아빠에게 가지 않았다면. 단테가 자기 아빠에게 간 것은 경찰한테 가는 것과 마찬가지였다.

아바는 그를 바라보았다. "나타샤가 거기서 말한 것, 내가 어떻게 보호소에서 살았는지 알아? 그건 진짜야. 난 그랬었어. 하지만 네가 나를 불쌍히 여기길 바라지는 않아."

"아바, 변한 건 없어. 넌 그냥 너야."

그녀는 몸을 숙여 답례로 그의 볼에 입을 맞추었다.

그녀가 뒤로 물러나자 그는 심호흡했다.

"아바?"

"응?"

그녀가 고개를 그의 어깨에 기대며 그 옆에서 깨어난 후 처음으로 긴장을 풀자 그는 나는 너를 기다릴 거야 하고 생각했다.

"아바, 내가 뭔가를 알았다면, 그건 러시아어만은 아닐 거야."

"알아." 그녀가 부드럽게 말했다. "우리 둘 다 그래. 그것도 괜찮아."

그는 그녀의 곱슬머리 위에 자신의 뺨을 얹었다. 아바, 네가 결국 키스하는 걸 허락해준다면, 어쩌면 난 멈추지 않을지도 몰라.

몇 시간이 지난 후, 그들만의 시간이 다 되었다는 것을 알게 된 것은 홀에서 발소리가 들려올 때였다. 주변에 로마노프와 토니 스타크는 없어도 아마 방 안에 들어갈 수 없을 만큼이나 많은 경비원이 문밖 홀을 감시하고 있었을 거다.

알렉스는 옆에서 아바가 긴장하는 것을 느꼈다. "그들이 돌아오기 전에 나가야 해." 그녀가 일어나 앉으며 말했다.

로마노프와 토니 스타크는 여전히 연구실에 있었다. 알렉스는 늦었다고 생각했지만 쉴드 기지의 영구 조명이 들어오는 지하층에서는 시간을 알기 어려웠다.

"아직. 우린 계획이 필요해. 우리가 지나쳐야 하는 사람은, 글쎄, 스물다섯 명 정도? 로마노프의 총만큼 큰 총을 가지고 있겠지?" 알렉스는 자신의 엉킨 머리카락 사이로 손으로 넣었다. 그가 생각할 때 하는 몸짓이다.

여기서 나가는 건 쉽지 않을 거야.

"스물둘." 아바가 반사적으로 말했다. "총도 있고. 그러니까 홀 안에만 말이야."

알렉스는 그녀를 바라보았다.

그녀는 몸을 굴려 그를 마주 보았다. "한 층에 두 명씩, 그리고 우리는 11층 아래에 있어. 공동 엘리베이터는 탈 수 있지만, 그렇게 한다 해도, 별관에 적어도 여섯 명은 더 있고, 우리가 서쪽 안마당을 지나간다면 네 명은 더 있을 거야. 앞을 지키는 표준 경계에 포함되지 않은 서른두 명의 무장한 훈련 받은 작전 요원이 있을 거야."

"이 근처에서 많은 시간을 보냈어?" 그는 얼굴을 찡그렸다.

"그렇지 않아." 그녀가 말했다. 아바는 눈을 감았다. "너도 알다시피 그녀였을 거야. 나 자신도 잘 이해가 안 돼."

"아, 맞아." 알렉스가 말했다.

"가끔은 내 머릿속에서 상영되는 영화 일부분을 볼 수 있는 것 같아. 다만 내 영화가 아닐 뿐이야." 아바는 알렉스를 쳐다보았다. "그녀의 영화였지."

"그래서 그녀가 너를 가둬놓기를 원하는 거야."

아바는 알렉스의 눈을 바라보았다. "난 다시 숨어들지 않을 거야.

지금도 내일도."

"감옥으로 돌아가는 거?" 알렉스가 말했다. "그렇지 않을 것 같아."

"나는 죽을 거야. 정말로. 그게 날 죽일 거야." 아바는 진심처럼 들렸고, 알렉스는 그녀를 의심하지 않았다. 그는 그녀의 삶이 쉬웠을 거라고 상상하지 않았다. 그리고 그녀가 느끼는 모든 것에 충분한 이유가 있다는 것을 알 정도로 이미 충분한 이야기를 들었다.

아바가 더는 말하고 싶지 않은 것 같았기 때문에 그녀를 더 압박하지 않았다. *시간은 많아.* 그는 생각했다. *준비가 되면 이야기해줄 거야.*

아바의 목소리는 이제 어둡고 낮았다. "그들이 내게 무슨 짓을 할지 알아? 내가 너무 위험하다고 판단되면? 내가 아는 건, 내가 본 것?" 아바는 그를 바라보았다. "요원이 사라지는 걸 전에 본 적 있어?"

"난 요원을 본 적도 없는걸." 알렉스가 조용히 말했다. "오늘 이전에는 없었어. 왜? 쉴드가 할 수 있는 일이라도 있어?"

아바는 거의 알아볼 수 없을 정도로만 고개를 끄덕였다. 그녀는 마치 아픈 것처럼, 그리고 너무너무 슬퍼 보였다. 알렉스는 그녀 옆 침대에 앉았는데, 너무 가까이 있어서 그녀의 심장이 두근거리는 것을 느낄 수 있었다. 그는 아바의 팔 아래로 자신의 팔을 미끄러뜨렸고, 아바는 그에게 가까이 다가갔다.

"말해봐." 그가 속삭였다.

아바는 알렉스의 눈을 들여다볼 수 없다는 듯 그의 가슴에 몸을 기댔다. 말은커녕 생각조차 하기 힘든 듯했다.

"나는 7B에서 디프로그래밍과 최면 제안에 관한 모든 소문을 들으며 몇 년을 보냈어. 쉴드에 떠도는 유령 이야기 같아. 그것을 할 줄 아는 것은 모스크바뿐만이 아니야. 어느 날은 네가 너이지만, 짐작컨대 다음 날 너는—."

그녀는 멈췄다.

"뭐라고?" 알렉스는 솔직히 전혀 몰랐다.

아바는 지금 그를 올려다보았다. 그녀의 눈은 어두웠다. "아무것도."

"아무것도?" 알렉스는 그게 뭔지, 마음도 기억도 없는 그가 어떻게 될지 상상조차 하기 싫었다.

"더 나쁜 경우는— 그들이 네가 아닌 것을 너라고 너에게 말하고 너는 그들의 말을 믿는 거야. 그들의 거짓말. 넌 그 차이를 절대 모를 테니까 그건 중요하지 않아. 차라리 넌 죽는 게 나을지도."

알렉스는 그녀를 응시했다. "넌 그걸 믿어? 누군가 실제로 그렇게 하고 있다고?" 그는 몸을 떨었다.

그녀는 그를 쳐다보기만 했다. "너도 이들을 만났어. 네가 말해봐."

"알아내려고 집착하지 않는 건 어때?" 심지어 그것에 관해 이야기하면서 알렉스는 달아나고 싶었다.

"그런데 어디로 가?" 아바는 한숨을 쉬었다.

그는 그녀의 머리에 턱을 괴었다. "우리 집. 엄마는 쓰레기통에서 빠져나오는 길도 모르는 사람이지만, 단테 아빠한테 뭘 할지 물어볼 수 있어. 내 친구 아빠는 경찰이거든. 이런 일을 잘해서."

"러시아 용병, 어벤져스, 그리고 쉴드의 슈퍼 스파이랑 함께?"

"응. 아니. 그러니까. 그는 그럴 거야." 그러길 바라.

아바는 눈썹을 추켜세웠다. "아이언맨과 블랙 위도우가 나타나서 우리 뇌를 공격하면 네 엄마는 뭘 할까? 정중하게 그들에게 떠나달 라고 부탁하실까?"

"죽으라고 하려나? 고양이나 잡으라고 할까?" 일어나 보조를 맞추 며 그는 말했다. "그래. 알았어. 계획이 필요해."

"우리가 일을 지금보다 더 어렵게 만드는 거라면 어쩌지? 간단하 게 해결되는 거면 어떡해?" 우리를 제거하는 것이 해결책이 되기 전 에 이반 소모도로프 문제 전체를 해결한다면?"

"간단하다고? 그게 어떻게 간단하지?" 알렉스는 고개를 저었다. "양자 얽힘을 해결할 수 있는 문제로 생각하는 거야? 우리는 그게 뭔 지도 모르잖아."

"그러니까 가야지. 우리의 첫 번째 조치야."

"뭐, 양자 얽힘을 구글링하자고? QE(Quantum Entanglement, 양자 얽힘) 검색?"

"아마 우리는 처음부터 다시 시작해야 할 거야."

알렉스는 그녀를 바라보았다. "무엇의 시작? 그리고 단지 이번 주 말의 시작을 이야기하는 것처럼 기분 나쁜 느낌이 들지?"

아바는 고개를 저었다. "오데사 창고를 말하는 거야."

"우크라이나 오데사?" 알렉스가 빤히 쳐다보았다.

그녀는 고개를 끄덕였다.

"진심이구나." 알렉스는 여전히 응시하고 있었다.

아바는 어깨를 으쓱했다. "왜 안 돼? 우리는 갈 곳이 없고, 여기는 그가 우리를 찾아올 마지막 장소야." 아바는 알렉스를 진정시키려고 그의 팔을 잡아당겼다. "그냥 생각해봐."

알렉스는 그것에 대해 생각해보았지만, 그가 느낀 것에서 그가 생각한 것을 선별하기는 어려웠다. 그 두 가지 중 하나만 완벽히 분명했다.

내가 어떻게 느끼느냐고?

언제 어디든 그녀와 함께 갈 것 같은 기분이야.

아바는 입술을 깨물었고, 그는 그녀가 자신이 무언가 말하기를 여전히 기다리고 있다는 것을 깨달았다.

그는 아바의 옆에 다시 앉아서는 손을 뻗어 그녀의 검정 쉴드 재킷의 지퍼를 턱까지 올렸다.

"들어봐." 그가 말을 시작했다.

"응? 그래 들어볼게." 그녀가 미소 지었다.

침착해, 마노르. 그녀를 겁먹게 하지 마. 아직은 안 돼.

알렉스는 포기했다. "필라델피아에서보다 더 나쁠 수는 없을 거라 생각해."

내가 집에 갔을 때, 엄마가 내게 뭘 할지를 빼면 말이야.

그게 열 배나 더 나쁠 거야.

그는 그것에 대해 생각하지 않으려고 노력했다. 사소한 것은 아닐 것이다.

"필라델피아? 분명 넌 오데사에 가본 적이 없구나." 아바가 그의 옆구리를 찔렀다.

알렉스는 재킷을 입은 그녀의 한쪽 어깨에 손을 얹었다. "그래, 이제 어쩌지?"

"제일 중요한 걸 먼저 해야지." 그녀는 침대 옆에 서서 말했다. "열한 개의 층에서 층마다 총을 든 사람 두 명을 제거해야 해."

그녀는 알렉스에게 손길을 내밀어 옆으로 끌어 올렸다. 그는 한숨을 내쉬었다. "좋아. 그게 다야?"

"아니. 그 후엔 택시가 필요해."

"스물두 명을 제거해야 하는데, 넌 택시 잡는 걸 걱정하는 거야?"

"여기는 뉴욕이야. 교통수단은 진짜 문제가 될 수 있다고."

그녀는 배낭을 어깨에 메고 손을 문고리에 놓았다. 그녀는 그를 바라보았고, 그는 고개를 끄덕이며 주먹을 턱까지 치켜들었다.

"넌 왼쪽으로 가. 난 오른쪽으로 갈게." 알렉스가 말했다.

그녀는 고개를 저었다. "더 좋은 생각이 있어."

"이봐요." 아바가 전화를 걸었다. 복도 끝마다 순찰 중이던 쉴드 요원들이 갑자기 주목했다. 그녀는 두 손을 들었다.

"저예요. 부탁 하나 해도 될까요?"

요원들이 서로 쳐다보았다. 왼쪽에 있는 사람이 고개를 끄덕였고, 그들은 복도를 지나 아바의 방 문까지 짧은 거리를 이동하기 시작했다.

아바는 손에 쥔 낡은 아이팟을 가리켰다. "아이팟을 작동할 수가 없어요. 하나 빌릴 수 있을까요? 그럼 내 것이 고장 났는지 알 수 있을 거 같은데요?"

"이거?" 왼쪽에 있는 요원은 자기가 끼고 있던 검정 이어폰을 가리켰다.

"좋아요." 그녀는 아이팟 잭을 검사했다. "이건 스피커 종류죠?"

그는 어깨를 으쓱했다. "아마 그럴 거야." 그는 이어폰을 풀어서 아바에게 건네주었다. 그녀는 이어폰을 귀에 끼고 자신의 아이팟 다른 쪽 끝에 끼웠다.

"아, 굉장해요." 아바는 고개를 끄덕이며 음악을 틀었다. "고마워요." 그녀는 문 안에서 뒤로 물러섰다.

"이봐. 난 그게 필요해." 요원은 몸을 기울여 자신의 이어폰을 되돌려 받으려고 손을 내밀었다.

"아, 그래요. 이런." 그녀는 말했다.

그리고 그녀는 요원의 머리에다가 문을 쾅 닫았다. 문이 그의 두개골과 부딪히자 강화철이 울렸다.

쾅!

그는 비틀거리며 뒤로 물러났다.

"미안, 미안, 미안요." 아바가 움찔했다.

"무슨 일—" 두 번째 요원은 복도에서 그녀에게 돌진했다.

그리고 이번에는 알렉스가 요원의 머리를 벙커 철 프레임에 부딪히게 했다.

쾅!

"서둘러." 그녀가 말했다. 그들은 의식이 없는 두 사람을 방으로 끌고 갔다.

알렉스는 부츠 신은 발을 침대 옆으로 떨어뜨리며 투덜거렸다. "제길. 이놈들은 우리에게 주던 형편없는 샌드위치보다 더 잘 먹은 모양이야."

아바는 첫 번째 요원의 주머니를 뒤졌다. 알렉스는 다른 요원의 이어폰을 빼내서 자신의 귀에 쑤셔 넣었다.

"찾았다." 아바가 열쇠 카드를 들고 말했다. 그녀는 그것을 살펴보았다. "고마워요, 엘리엇."

"이 사람들은 어쩌지?" 알렉스는 첫 번째 요원의 옆을 바라보았다.

그들은 둘 다 어떻게 해야 할지 몰라 서로를 응시했다.

마침내 말을 꺼낸 사람은 아바였다. "없애."

"정말로?"

그녀는 고개를 끄덕였다. "알렉스, 우리는 총을 쏴야 할지도 몰라."

그는 그녀를 쳐다보았다. "난 아니—"

"난 카메라 말한 거야."

그가 총을 가져갔고, 그녀는 그들 뒤로 문을 쾅 닫았다.

그들은 복도를 따라 내려가서 12초 안에 엘리베이터에 탔다. 알렉스가 막 버튼을 누르려는데 아바가 자신의 귀를 가리키며 그의 손을 잡았다.

그들이 오고 있어.

알렉스가 고개를 끄덕였다.

아바가 계단을 향해 문을 밀쳐 열었다. 바로 복도 맞은편이었다. 그녀는 멈칫했다. "네가 왼쪽을 맡아, 내가 오른쪽을 맡을게."

그는 씩 웃었다.

올라오는 길에 아바는 자신에 대해 세 가지를 배웠다.

첫째, 그녀는 이제 손목에서 드롭킥으로 글록을 분리하는 법을 알게 되었다. 그것은 이 특별한 환경에서 편리한 기술이었다.

둘째, 그녀는 이제 알렉스와 함께 그들에게 총을 쏘게 되기 전에 장착된 감시 카메라를 피하는 고도로 발달한 본능을 가지게 되었다.

셋째, 그녀는 이제 모터보트를 운전할 줄 알았다.

맨해튼 중간까지 빠져나가면서 그녀는 할 수 있는 모든 방법을 다 동원했다.

토니 스타크가 옳았다. 나타샤 로마노프와 얽혀 있다는 것은 사소한 일이 아닐 것이다. 25피트 점프는 시작에 불과했다.

쉴드 열람 가능
허가 등급 X

순직 [LODD] 조사
참조: 쉴드 케이스 121A415
사령부 요원 [AIC]: 필립 콜슨
회신: 나타샤 로마노프 요원, 일명 블랙 위도우, 일명 나타샤 로마노바
기록: 국방성, LODD 조사 청문회

국방성: 잠시만. 분명히 말하자면, 두 명의 민간인 미성년자들이 어벤져스 이니셔티브로 알려진 그 유명한 세계 평화유지군뿐만 아니라 쉴드 트리스켈리온 보안 기지도 탈출한 겁니다.

로마노프: 모두 밤 외출을 하죠.

국방성: 외출이라고요? 로마노프 요원은 이 모든 일이 일어날 때 어디 있었습니까? 지구에 없었던 거예요?

로마노프: 스타크와 저는 실험실로 돌아가 여전히 양자 연결을 끊는 데 집중하고 있었습니다.

국방성: 그래서 당신은 국가 보안이 필요한 상황에 당신이 만든 불편함을 내려놓은 건가요?

로마노프: '불편함' 그 자체는 쉴드가 마련해놓은 모든 보안 규정을 위반한 것이었죠.

국방성: 이 양자 얽힘이 소녀가 당신의 기밀 뇌에 접근하게 했기 때문인가요?

로마노프: 양자 얽힘으로 그녀는 이스트리버 아래 지하 11층에서 스물두 명의 고도로 훈련 받은 요원을 제거할 수 있었으니까요.

국방성: 그래서 그녀가 우선순위가 되었나요?

로마노프: 그녀는 항상 그랬습니다.

뉴욕, 퀸스, 롱아일랜드시티 택시 주차장

아침 이른 시간에 택시가 덜커덩거리며 인적이 드문 롱아일랜드시티 택시 주차장에 들어왔다. 배로 JFK 공항까지 가기엔 연료가 충분하지 않았기에 알렉스와 아바는 근처 콘크리트 연석에서 기다리며 따뜻하게 서로를 부둥켜안았다.

조수석 창문이 내려갔다.

"너 미쳤구나." 옥사나는 낡은 노랑 택시 앞좌석에서 그들을 바라보며 말했다. "왜 내가 놀라지 않았느냐고? 내가 더 놀라야만 할 거 같았거든."

아바는 문을 홱 열고 뒤로 미끄러져 들어갔다. 알렉스가 반대편으로 따라갔다. 아바는 몸을 앞으로 숙였다. "가지고 왔어?"

"내 자리 아래에. 네가 말한 대로 무료 급식소 쓰레기통에서 오래된 생선튀김을 구했어. 네 소중한 고양이 사샤는 이제 괜찮을 거야."

"수마세드사야." 옥사나가 숨을 죽이고 덧붙였다. 미쳤어.

아바는 손을 아래로 뻗어 낡고 오래된 서류 가방처럼 보이는 것을 끄집어냈다. 그녀는 안심한 표정이었다. "우리를 케네디 공항으로 데려다주시겠어요, 데이비스 씨?" 옥사나 아빠는 손으로 핸들을 잡은 채 어두운 눈으로는 에나멜 발레 슈즈가 매달려 흔들리고 있는 백미러만 주시한 채 아무 말도 하지 않고 고개만 끄덕일 뿐이었다. 고인이 된 옥사나 엄마는 옥사나 아빠를 만나 도망쳤을 때 러시아 극단의 무용수였다. 옥사나의 아빠가 재혼한 이후로 둘은 사이가 좋지 않았고, 옥사나는 곧 이사를 나갔다. 그녀가 보호소에 머무르는 지금도 그들은 여전히 주말마다 저녁을 함께 먹었다. 그래서 아바는 그 차에 연락하는 방법을 알았다.

"그래서 넌 내가 이 중 어떤 걸 믿기를 바라는 거야? 네가 모스크바에 쫓기고 있다고?" 옥사나는 눈을 굴렸다. "사느냐 죽느냐의 문제로 토너먼트를 포기했고, 겁쟁이라서 시합을 하지 않은 게 아니라고?"

"티 모제슈 베르디 므네 일리 느 베르디." 믿거나 말거나. 아바는 창밖을 내다보았다.

"좋아, 난 못 믿겠어." 옥사나가 말했다.

"야 즈나유, 츠토 에토 스트란노, 노우 야 돌젠 에토 스델라." 아바가 말했다. 이상하다는 건 알지만 해야 해.

"오나 딜레이에트." 알렉스가 한숨을 쉬며 대답했다. 그녀도 그래.

옥사나는 그를 노려보았다. "그러지 마, 정말 소름 끼친다. 영어로

239

말해, 드림 보이."

"좋아, 하지만 드림 보이라는 말은 그만 좀 하면 좋겠는데?"

"좋아. 하지만 넌 그냥 꿈속에 있는걸." 옥사나가 아바를 가리키며 말했다. 아바는 창가로 돌아섰다.

"헛소리. 오늘은 일요일이야. 엄마한테 전화해야겠어." 알렉스가 말했다. "단테와 나는 집으로 가야 해. 엄마는 내가 곤경에 빠졌다고 생각할 거야."

아바는 그를 매섭게 바라보았다.

그는 얼굴이 빨개졌다. "내 말은 더 큰 곤란 말이야. 애틀랜틱시티 문제 때 슬롯머신."

"모스크바 암살자 문제가 아니고?" 옥사나는 눈썹을 추켜세웠다.

그는 고개를 저었다. "넌 우리 엄마 이해 못해."

"알아." 아바는 고속도로에서 차들이 쏜살같이 지나가는 것을 바라보며 말했다. "미안해."

나는 엄마들을 기억해. 그녀는 생각했다. 내 기억의 조각들. 시나몬 사과. 발레리나 인형. 밤늦게 머그잔으로 차 한 잔.

그녀는 익숙한 이미지들에 집중하며 더 강하게 밀어붙였다.

회색 하늘. 차가운 콘크리트 바닥. 작은 점으로 덮인 천장 타일. 어머니의 실험실 외투 주머니에 묻은 펜 얼룩. 엄마의 일터로 걸어갈 때 바깥에 원을 그리고 있는 철조망.

아바는 할 수 있는 조각들을 붙잡으려 했지만, 점점 더 힘들어졌다. "우리는 할 수 있는 한 빨리 그녀와 연락할 거야." 그녀는 알렉스의 손을 꽉 쥐며 말했다.

아바가 알렉스의 휴대전화에서 유심 카드를 꺼내 부수기 전에 그들은 겨우 한 통의 전화만을 걸었다. 쉴드 101, 아바는 알았다.

유심 카드가 없다면 셀 신호를 추적하거나 탈취할 방법이 없다. 하지만 그들이 건 전화 한 통으로 이렇게 멀리 왔다.

아무리 불평을 한다 해도 옥사나는 아바의 예상대로 와줬다. 그들이 옥사나 아빠의 택시로 올 거라는 것을 아바도 알고 있었다. 옥사나와 아바가 어떤 보호소나 지하실에 남겨두지 않았던 그들의 가장 귀중한 물건들을 보관한 트렁크를 가지고 말이다.

아바에게 있어 귀중품은 3년 전 7B를 떠나면서 그녀가 들고 다녔던 쉴드 서류 가방이었다. 그 가방 하나 때문에 그녀는 옥사나를 이리로 오게 한 것이다.

택시가 공항을 향해 질주하자 아바는 낡은 케이스 안의 내용물을 가방에 가득 채웠다. 그녀는 그것이 언제 필요할지 전혀 몰랐지만, 위험을 감수할 순 없었다. 그녀는 몇 년 동안 잠적할 준비를 해왔으며, 드디어 가야 할 시간이라는 느낌이 들었다.

난 준비 됐어. 그날이 오늘이라고 해도 나는 준비가 되어 있어.

마침내 아바는 자리 너머로 손을 뻗어 그녀의 유일하면서도 가장 친한 친구의 어깨를 꽉 잡았다. "고마워, 사나. 가능한 한 빨리 우리는 돌아올 거야, 약속할게."

"그럴까?" 옥사나는 짜증스러운 표정이었다. 아바는 그녀를 탓할 수 없었다. 둘 다 아바의 입에서 그 말이 나오는 걸 들은 적이 없었다. 옥사나가 해야 하는 경우가 아니면 둘 다 아비가 그 말을 하는 걸 들은 적이 없었다.

나도 알아, 사나. 미안해.

아바는 그 말을 크게 소리 내어 말할 수는 없었지만, 생각하지 않을 수도 없었다. 쫓기고 조준을 당하고 추적당하는 것은 이상했다. 하지만 그녀에게는 새로운 사람이 있다는 것이 훨씬 더 낯설었다.

그녀는 자신의 무릎에 닿는 알렉스의 무릎을 느낄 수 있었다. 어둑어둑한 뒷자리였지만, 자신이 그걸 익숙하게 느낀다는 생각에 아바는 얼굴이 붉어졌다. 이렇게 누군가를 공공연히 신경 쓰는 것은 창피한 일이었다. 위험하고 고통스럽고, 처음 느껴보는 한심하고 초라한 모습이었다.

그런 일들이 이렇게 혼란스러운 가운데 일어나고 있었기 때문에 아바는 자신의 감정을 모른 척 무시하기 좀 더 수월했다.

알렉스는 손에 든 두툼한 해군 소책자를 바라보며 화제를 바꾸었다. "이건 바나나야. 난 실제로 여권도 없어." 그는 아바가 낡은 서류 가방 가장 안쪽 주머니에서 꺼낸 위조 여권을 도저히 넘길 수 없었다. 그녀는 미소 지었다.

"알렉스, 이건 실제 상황이야." 아바는 그녀가 보급실에서 훔쳐온 쉴드 발행 홀로그램 여권이 쉴드라는 조직이 하는 일의 빙산의 일각일 뿐이라는 것을 알 만큼 7B에서 충분히 오래 있었다. 운영기술로 따지면 그것은 작년의 최신 것도 아닌 4년이나 지난 것이었다. 그런 면에서 쉴드의 시간은 도그 이어(인터넷 기반의 사업 활동이 급속히 발전하는 현상-옮긴이) 같았다. 아바는 출입국 관리소에 도착해서 그들의 낡은 기술로 현장의 모든 알람을 끄게 되어도 놀라지 않을 것이다.

그들이 감수해야 할 위험이었다.

"이건 내가 살아온 삶 하고 달라. 내게 굉장한 밤이 어떤 사람에게는 스탠리의 쓰레기통을 치울 차례가 되는 거라니." 알렉스가 말했다.

옥사나는 앞좌석에서 앓는 소리를 냈다.

아바는 그저 미소를 지었다. "글쎄, 이건 내게 그다지 새로운 일이 아니야. 날 믿어." 7B에서 도망칠 때쯤, 아바는 자신의 미래와 관련해 아무나 믿을 만큼 어리석지 않게 되었고, 여권은 그녀의 공식적인 계획 일부였다. 당시에는 미국인 친구도 없었고, 여권 두 개는 그저 바람이었기 때문에 두 개를 훔칠 수 있을 거라 낙관하지는 않았다. 하지만, 그녀는 언제든 여분의 물건을 그녀가 필요로 할 만한 다른 것으로 바꿔치기할 수 있다고 생각했었다.

그녀가 지금 그것을 가지고 있어서 다행이다.

아바는 몸을 가누었다. "일을 망칠 수는 없지. 나는 두 개만 가지고 있을 뿐이야. 그리고 나에겐 플랜 B가 없어." 그녀는 택시 뒷좌석에 앉은 그의 앞에 여권을 가지고 있었다. 잠시 후, 알렉스의 얼굴이 이 사진이 있어야 할 상자에 나타났다.

"완벽해." 아바가 알렉스에게 건네며 말했다. "그런데 넌 정말 피터 피터슨처럼 생겼어."

알렉스는 그것을 응시했다. "피터 피터슨? 진짜 이름이야? 쉴드는 이런 것들을 어디서 구하지?"

243

"죽은 사람들로부터. 전화번호부. 그리고 졸업앨범도." 아바가 말했다. 알렉스가 쳐다보자, 아바는 어깨를 으쓱했다. "뭐? 사실이야."

"졸업앨범이 뭔지는 알아?"

그것보다는 죽은 사람에 대해 더 많이 알걸. 그녀는 생각했다.

하지만 그녀는 "TV에서 본 적이 있어"라고만 했다.

알렉스는 여권을 주머니에 넣었다. "난 아직도 네가 이런 것들을 갖고 있다는 걸 믿을 수가 없어."

"말했지. 나는 아홉 살 때부터 이 물건들을 수집해왔어." 그녀는 실제로 자신의 수집이 얼마나 중대한지 털어놓지 않았다. 휴대전화 마이크로송신기와 수신기. 라텍스 지문 커버와 디지털 안면 인식 기술 스크램블러. 그녀가 생각한 것은 무엇이든 어떤 사람이 사라지길 원하거나 필요로 할 때 쓸모가 있을 것이다. 그녀는 항상 그럴 거라 생각했다.

아바가 뉴욕의 다섯 자치구에서 버려진 커다란 스파이 장비 더미를 뒤지기만 한 것은 아니었다. 그녀는 또한 7B에서 그것을 훔치고, 해킹하고 사용하는 법을 배우면서 시간을 보냈다.

어쩌면 그녀는 자신도 모르게 평생을 이 순간을 위해 준비하고 있었는지도 모른다. 아마 그녀의 어떤 부분은 이반 더 스트레인지가 돌아올 것을 알았을지도 모른다.

덤벼. 난 준비 됐어.

아바는 말을 하면서 자신의 여권을 들고, 지문을 커버 안에 있는 센서로 전송했다. "나는 기본적으로 쉴드 지사에서 자랐어. 네가 초

244

등학교에 다니고 있을 때부터 나는 스파이들로부터 무시당하고 있었지." 아바가 여권에 자신의 얼굴을 비추었다. "됐어. 이제 나는 미국인이야." 그녀는 한 손으로는 그것을 들고, 다른 손으로 평화의 표시를 했다. "테일러 스위프트! 캡틴 아메리카! 디즈니랜드! 내가 멜리사 존스턴 뭐 이렇게 보여?"

알렉스가 눈썹을 추켜세웠다. "넌 웃기지도 않지만 정말 존스턴이야. 넌 사실 미니 마우스야."

아바는 쉴드가 아니라 토니 스타크에게 훔친 마지막 물건을 들고 있었다. 그녀는 그의 열려 있는 서류 가방에서 혼돈에서 벗어난다는 움푹 팬 복사본 안에서 그것을 발견했었다. 토니의 서류 가방은 공구상자에 가까웠는데 좋은 로마 가죽으로만 만든 백 달러짜리 지폐들이 들어 있는 두툼한 지폐 클립이 있었다. 그녀는 머리를 흔들었다. "억만장자와 쉴드 요원들. 그들은 항상 준비를 하고 있어. 항상 이륙할 준비가 되어 있지."

알렉스는 그것을 쳐다보았다. "아직 혼돈에서 벗어날 준비가 되어 있지 않은 모양이야." 옥사나는 눈이 휘둥그레졌고, 아바는 그녀가 묻기도 전에 앞좌석에 한 뭉치의 지폐를 밀어 넣었다. "그것들… 진짜야?"

"그래." 아바가 고개를 끄덕였다. "그리고 날 믿어, 그들은 놓치지 않을 거야."

"그거 네 거야?" 옥사나는 마른 침을 삼켰다.

"아니. 이제 네 거야." 아바의 눈은 친구의 눈과 마주쳤다. "받아."

그보다도, 그들은 큰 소리로 말할 필요도 없었다.

무슨 짓을 한 거야, 미쉬카?

되돌릴 수 없는 거야, 사나.

그러나 더 걱정할 시간이 없었다. JFK 공항의 불빛들이 아바의 눈 속으로 들어왔고, 국제선 표시가 되어 있는 문 앞에 택시가 섰기 때문이다. 그리고 갑자기 그녀는 세상에 단 하나뿐인 친구와 함께 길가에 서 있었다.

옥사나가 팔로 그녀를 안았을 때, 아바는 작고 검은 물체를 친구의 손에 쥐여주었다. "이건 버너폰(선불결제 휴대전화)이야. 오래되긴 했지만, 해외에서도 쓸 수 있고 추적할 수 없어. 그 안에 번호가 있어. 이상한 일이 생기면 우리에게 전화하고 버려."

"이상한 일? 어떤 이상한 일? 내 말은, 너의 이 망상보다 더 이상한 일이 있다는 거야?"

"사나, 난 농담하는 게 아니야. 일주일 내내 이상한 일들이 계속됐어. 네가 내 난장판 속에 끌려들지 않으면 좋겠어."

"난 벌써 그 안에 들어왔는걸. 네 일이 곧 내 일이야."

"그냥 남의 눈에 띄지 않도록 해. 아빠 집에 머물러." 아바는 옥사나의 볼에 키스했다. "날 위해 고양이 사샤만 꼭 챙겨줘, 알았지?"

옥사나는 고개를 끄덕였다.

알렉스는 어색한 볼 키스를 하며 뒤따라갔다. "음. 안녕." 그는 그녀의 눈을 바라보았다. "넌 좋은 친구야, 사나."

"미국인들이란." 옥사나는 눈을 굴렸다. 하지만 아바는 그녀가 다시 차에 올라탔을 때 미소 짓고 있었다는 것을 알아차렸다.

아바는 배낭을 메고, 그녀와 옆에 있는 알렉스 앞에 어렴풋이 보이기 시작하는 케네디 국제 터미널을 올려다보았다.

그녀는 택시 문이 쾅 닫히는 소리를 들었고, 공포에 휩싸이는 느낌이었다.

만약 이게 작별이라면?

만약 무슨 일이 생겨서 다시는 그녀를 볼 수 없다면?

아바는 돌아보며 소리쳤다. "너 나한테 말 안 해줬잖아. 옥사나, 너 어떻게 되었어? 토너먼트에서?"

택시 도로로 들어설 때, 조수석 창문 밖으로 손이 뛰어나와서는 다시 사라지기 전까지 허공에 대고 금메달을 흔들었다.

아바는 웃었다. 알렉스조차도 미소를 지었다.

사나 금메달 땄구나.

어쩌면, 마침내, 우리 모두에게 좋은 징조일지도 몰라.

그러고 나서, 다른 말 없이, 알렉스와 아바는 서로의 손을 잡고 군중 속으로 사라졌다.

그들 뒤로 낡은 노란 택시가 멀어지는 것처럼 모든 것을 남겨둔 채.

247

쉴드 열람 가능
허가 등급 X

순직 [LODD] 조사

참조: 쉴드 케이스 121A415

사령부 요원 [AIC]: 필립 콜슨

회신: 나타샤 로마노프 요원, 일명 블랙 위도우, 일명 나타샤 로마노바

기록: 국방성, LODD 조사 청문회

국방성: 그들이 사라진 것을 언제 알았죠? 제보가 있었나요?

로마노프: 쉴드 요원의 파일 이상을 요구하시는 건가요? 망가진 감시 카메라? 트리스켈리온 입구에 버려진 네 개의 훔친 소총을 말하는 건가요?

국방성: 어떤 기준으로든 오산입니다, 요원.

로마노프: 믿기 어렵겠지만, 전 몰랐습니다. 그녀가 무엇을 할 수 있고, 얼마나 빨리 움직일 수 있는지 말이죠.

국방성: 왜 스타크를 찾았지요? 로마노프 요원, 왜 하필 트리스켈리온 기지에서 말입니까?

로마노프: 우연의 일치였습니다. 전 보안 컴퓨터가 필요했거든요.

국방성: 당신들 사이에 이것이 연결되어 있고, 그것은 당신 뇌에 있는 온/오프 스위치 이상이라는 거군요.

로마노프: 나는 전혀 느낄 수 없습니다. 내 쪽에서는 전혀요.

국방성: 액면 그대로 받아들이자면, 이 길 잃은 꼬마 부랑자와 집 없는 러시아 고아가 무엇을 하는지 흘끗 보지도 않았는데 노련하고 훌륭한 요원의 온전한 정신에 침투할 수 있다는 거군요.

로마노프: 그런 겁니다.

CHAPTER 20
아바

뉴욕, 퀸스,
케네디 국제공항 우크라이나행 매표소

"오데사행 티켓 두 장이요. 가능한 한 빨리 떠나는 걸로요." 아바는 우크라이나행 매표소에 있는 여자에게 말했다. 그녀의 두 눈은 10시와 12시 방향으로 보안 카메라를 보며 깜박거렸다. 그녀는 얼굴을 숙여 45도 각도를 이루고 있었다. 알렉스도 마치 신호라도 받은 듯 바로 뒤에서 똑같이 했다. 트리스켈리온을 떠난 후, 그들은 어떤 모험도 하지 않고 만전을 기했다.

이 옷을 벗어야 해.

블랙 위도우가 벌써 우릴 감시하고 있을 거야.

아바는 눈을 감고 나타샤 로마노프와 어떤 연결고리를 느끼려고 애썼다. 콴툼 링크가 작동했지만, 그녀는 아직 그것을 어떻게 통제해야 할지 몰랐다.

아니면 그녀가 나에게 접근하지 못하게 할 방법도.

아바는 자신이 숨을 죽이고 있다는 것을 깨닫고, 카운터 아래로 알렉스의 손을 잡으려고 손을 뻗었다. 그가 손을 잡자, 그녀는 자신의 속마음이 풀리기 시작하는 것을 느꼈다.

컴퓨터 앞 직원이 고개를 들었다. "모스크바를 경유하는 것으로 55분 후에 출발하는 비행기가 있지만, 비즈니스석뿐이네요."

"그걸로 할게요." 알렉스가 러시아어로 아바의 뒤에서 말했다.

"그럴까?" 아바는 놀란 것 같았다. 그녀는 그가 러시아어를 말할 수 있다는 것을 거의 잊고 있었다.

"물론. 가족 비상사태잖아. 우리 바바는 죽어가고 있어. 우리는 할 수 있을 때 눈 좀 붙여야 해." 알렉스가 어깨를 으쓱하더니 빠르게 러시아어로 말을 이어나갔다.

아바는 웃지 않으려고 애썼다. 그의 말투는 귀족적이었고, 거의 완벽했다. 그가 입을 열 때마다 그녀는 이 모든 우스꽝스러운 상황을 비웃고 싶었다.

"게다가, 우리 바바는 항상 이코노미석을 싫어했고," 알렉스는 호의적으로 그녀의 어깨에 손을 얹었다. "그녀를 위해 그렇게 해주세요."

항공사 직원은 그들을 의아한 눈으로 바라보았다.

아바는 토니 스타크의 두꺼운 100달러 지폐 뭉치의 반을 세며 머리를 흔들었다. "당신이 그렇게 말한다면. 바바를 실망시키고 싶지 않네요."

승무원은 현금 더미를 주시했다. 알렉스는 그녀를 탓하지 않았다.

그건 그가 평생 본 것 중 가장 많은 돈이었다.

"서류, 부탁해요." 그녀는 마침내 긴 손톱으로 공항보다도 더 오래 돼 보이는 컴퓨터의 키를 클릭하며 말했다.

아바는 그들의 여권을 넘겨주었고, 그 여자는 여권 검사를 했다. 그러고는 어깨를 으쓱했다. 여기 수상한 뭔가가 있다면, 그녀는 그것에 대해 알고 싶지 않았다. 그녀가 카운터로 두 장의 티켓을 밀어 넣었다. "손해를 보게 되신 것 같아 죄송하네요."

"미안해하지 마세요." 알렉스가 말했다. "우리 바바는 싸움꾼이거든요. 자, 이 표로 우리가 라운지로 가면 되겠죠?" 그는 천진난만하게 웃었다. "거기 샤워장 있나요?"

승무원이 눈썹을 추켜세웠다.

"라운지에는 없어." 아바는 그의 배낭으로 그를 떼어놓으며 쉿 소리를 냈다. "다른 매표소로 가야 해. 아직 끝나지 않았어."

"안 끝났다고?"

"쉴드 신호를 울리지 않고 그냥 우크라이나행 표를 살 수 있다고 생각해? 아마 지금 오는 중일 거야."

알렉스는 그 점을 고려하지 않았다. "좋은 지적이야, 모야 말렌카야 로마노프. 그럼 표를 더 사야 한다는거야?"

"꼬마 로마노프라고? 난 꼬마 로마노프가 아니야. 응 그래." 아바는 다시 훔친 지폐 뭉치를 꺼냈다. 오랜 시간이 흐르지는 않았지만, 여전히 두꺼웠다. "이걸로 충분했으면 좋겠어."

"뭐야, 동유럽 공항마다 표를 사려는 거야?" 알렉스가 돈을 쳐다보며 물었다.

"그래야 할 수도. 아니면 모든 대륙마다 하나씩. 조심해서 손해 볼 건 없으니까. 난 스파이와 함께 자라서 이런 거에 익숙해."

"시작하자."

케네디 공항과 뉴어크 공항 사이 셔틀의 미사용 티켓 두 장은 말할 것도 없다. 삼십 분 뒤, 항공권 여덟 장을 구한 후 아바는 게이트에서 가장 가까운 허드슨 뉴스에서 야구 모자를 써보는 자신을 발견했다.

검정색, 나일론. I♥NY. 값싸고 따끔따끔하다. 그럴 것이다. 그들의 비행기는 곧 탑승을 시작할 것이다.

아바는 거울을 보면서 그녀가 터미널 건너편에서 산 할리데이비슨 운동복 상의를 정돈했다. 쉴드 운동복 하의는 그대로 입을 수 있었다. 그녀는 몇 분 동안 다섯 번이나 그녀 뒤에 있는 무리를 확인했다.

TSA 요원 한 명. JFK 공항 경찰 두 명.

중국인 관광단 한 팀.

너무 뻔하진 않다. 아무도 되돌아가지 않는다.

두 번 나타나는 사람은 없었다.

보안선 저쪽에 낯익은 얼굴은 없다.

알렉스가 거울에 비친 그녀의 뒤에 나타났다.

아바는 깜짝 놀라 펄쩍 뛰었다. "그러지 마."

"내 달콤한 새 모자를 보여주고 싶었을 뿐이야." 그는 씩 웃었다.

"내 말 맞지?"

그는 캡틴 아메리카 방패가 그려진 남색 니트 모자로 바꿔 쓰고 재킷 위로 빨간 뉴저지 데블스 셔츠를 끌어당겼다.

"그래?" 아바는 그냥 쳐다봤다. "그렇게 입으면 눈에 띄지 않을 거라 생각한 거야?"

"캡틴 우크라이나는 없잖아." 알렉스가 지적했다. "게다가 이것은 하키 셔츠야. 온 세상 모두가 하키를 좋아하지."

"물론 그렇지." 아바가 그에게 고래가 그려진 운동복 셔츠를 건네주었다. "이제 벗어."

"저거? 안 돼. 몽클레어잖아. 아마 지금도 우리 학교 절반이 입고 있을걸."

아바는 미소를 지었다. "그래서? 좋아, 그렇지? 넌 바로 섞일 거야."

"안 돼. 고래는 안 돼. 내게는 원칙이 있어. 섬 사람들은 어때?" 알렉스는 셔츠를 머리 위로 잡아당기며 한숨을 쉬었다. "그건 나더러 죽으라는 것과 같아. 적어도 파란색은 되어야지."

"됐어."

TSA 요원이 카운터 위에 껌 한 팩을 내려놓으며 옆을 지나가자 아바는 멈칫했다. 그녀는 알렉스에게서 섬 사람 디자인 셔츠를 받고는 늘 그랬듯 목소리를 낮추며 말했다. "여기 네 신발." 그녀는 그의 발을 내려다보며 말했다.

"이거 말이야?" 그가 속삭였다.

"그걸 없애버려"라고 그녀가 쉿 소리를 질렀다.

그의 목소리는 더욱 커졌다. "농담이야?"

그녀가 그를 힐끗 보았다.

그는 다시 목소리를 낮추어 큰 소리로 속삭였다. "누가 공항에서 신발을 사?"

TSA 요원이 떠났다. 그녀는 카운터에 모자를 내려놓았고, 알렉스의 모자도 머리에서 떨어졌다. "우리 이것을 가져가자."

그녀는 알렉스에게 돌아서서 계속해서 목소리를 낮추어 말했다. "로마노프 같은 요원이 네 신발은 주목하지 않을 거라 생각해? 그녀가 제일 먼저 할 일은 FBI에 나이키 펜싱 운동화를 신은 아이를 찾으라고 알릴 거야."

"네 생각이야?"

아바는 어깨를 으쓱했다. "그녀는 모자나 운동복 상의보다 새 신발을 구하기가 더 어렵다는 것을 알아. 보안을 통과하는 걸 우리가 해냈다는 것도 놀라워. 아마 그녀는 화가 머리끝까지 났을 거야" 그녀는 토니의 지폐 클립에서 꺼낸 100달러짜리 지폐를 꺼냈다. "신발. 던져버려."

"좋아."

아바는 무례하게 생긴 대머리 남자 계산원이 최선을 다해 그녀를 무시하려고 애쓰는 것을 흘끗 쳐다보았다. "실례지만, 제 남자친구가 어디에서 새 신발을 살 수 있을까요?"

"네. 제가 그녀의 남자친구죠." 알렉스가 씩 웃었다.

계산원은 영수증 더미를 분류하면서 위로 쳐다보지도 않았다. "축하합니다."

"얘가 뭔가 엽기적인 일에 끼어들었거든요." 아바가 즉흥적으로 말했다. "알다시피. 누군가는 정말 비행을 싫어하는 것 같아."

"그냥 화장실에서 썻어." 계산원이 여전히 위는 쳐다보지 않은 채 말했다. "그게 내가 하는 일이야."

으, 역겨워. 아바는 얼굴을 찡그렸다. "우리는 노력했어요."

계산원은 투덜거리며 건너편 부티크를 가리켰다. "신발은 터미널 쪽에 있어." 그러고는 그녀를 바라보았다. "정말이지. 누가 공항에서 신발을 사니?"

"맞죠?" 알렉스가 말했다.

"사이즈 12로 주세요." 알렉스가 여점원에게 말했다. "우리는 서둘러야 해요." 아바는 열린 유리 출입구에 기대어, 혼잡한 터미널을 지나치는 사람들을 기록하고 있었다.

화장실 안내원. 다른 경찰, 다른 배지.

게이트 직원. 유모차 끄는 아기 엄마. 셀카 찍는 십대.

낯익은 얼굴은 없다. 우린 괜찮아.

"저희 사이즈는 프랑스 규격이에요." 지루해 보이는 한 여점원이 말했다. 그녀는 아바가 보기에도 지치게 만드는 복잡한 매듭을 해서 목 주변에 스카프를 휘감고 있었다.

"그래요?" 알렉스는 그저 그녀를 바라보았다. "내 것도 마찬가지예요."

그녀는 얼굴을 찡그렸다.

알렉스가 어깨를 으쓱했다. "그냥 농담이에요. 미안해요, 내가 원하는 대로 파이브 가이스를 보러 갈 시간이 있다면 더 좋았을 텐데요."

"알렉스." 아바가 경고했다. 그녀는 두 명의 경관이 갑자기 부티크 앞에 멈춰 서자 눈을 피했다.

거기, 경찰 아저씨들. 왜 여기서 배회하는 거죠?

당신들 내 시야를 막고 있다고요.

그녀는 그들이 이동할 때까지 거울을 보며 스카프를 두르는 척했다. 그러고는 스카프를 뒤에 있는 카운터에 내려놓으며 가격을 보았다. "이게 진짜예요?" 그녀는 믿을 수 없다는 듯 점원을 쳐다보았다.

중국인처럼 생긴 두 소녀가 가게 안으로 떠밀려 들어와, 만다린어로 쉴 새 없이 지껄였다.

중국 본토 아이들인가 보군. 악센트는 청두 쪽인 거 같아.

"귀여운데." 첫 번째 소녀가 알렉스를 바라보았다.

"저 여자애는 여동생일까 아니면 여자 친구일까?"

아바는 양손을 머리에 갖다 댔다. 나타샤 로마노프는 꽤 훌륭하게 만다린어를 구사하고 있음이 분명하다.

넌 저게 만다린어인지도 몰랐으니까 그게 맞을 거야.

너는 영어만으로도 매우 바쁘니까.

여점원은 아바는 무시하며 알렉스를 바라보았다. "신발이요. 어떤 스타일 원하세요?"

그는 어깨를 으쓱했다. "좋은 걸로요, 착용감 말예요. 내가 달릴 수 있고, 땅에 발을 대고 있으면 미끄러지지 않는 거요."

여점원이 눈썹을 추켜세웠다. "다른 쪽 발은 어디에 있나요?"

"누군가의 얼굴." 그는 말했다. "아니면 문일 수도 있죠."

여점원은 멍하니 그를 바라보았다.

"알렉스." 아바는 문간에서 서서 말했다. 그녀는 지나가는 군중들, 그와 중국 소녀들, 그리고 50야드 이내의 보안 카메라에 시선을 떼지 않았다.

알렉스가 웃었다. "그냥 농담이야. 봤지? 널 또 웃겼어."

"봐. 그는 신발을 보고 있어." 소녀 한 명이 여전히 만다린어로 말했다.

"누가 공항에서 신발을 사니?" 다른 소녀가 웃었다.

아바는 고개를 저으며, 카운터에서 벨트를 집어 들었다. 그래도 신경을 끄기 힘들었으므로 계속 귀를 기울였다.

"그런데 왜 TSA 요원이 에르메스에서 쇼핑하는 거지? TSA는 뉴욕에서 얼마나 돈을 잘 버는 거지?"

"미국인들은 정말 미쳤어."

아바는 굳어버렸다.

TSA 남자? 그가 돌아온 건가? 다시?

그녀는 약간 비스듬히 움직여서 TSA 재킷을 입은 남자가 그녀 뒤에 있는 유리 카운터 맞은편 넥타이 진열대를 바라보고 있는 것을 보았다. 그의 얼굴은 볼 수 없었다.

그가 허드슨 뉴스에서 나온 사람과 같은 사람인가? 우리 뒤를 밟는 건가?

여점원은 깔끔한 갈색 테두리가 있는 밝은 주황색 상자를 꺼내 알렉스 앞에 놓았다.

"완벽해." 아바가 말했다. "이걸 가져갈게요."

여자는 놀란 표정이었다. "그건 그냥 상자에요. 신발 보려던 거 아니었어요?"

"아니요, 가야 해서요." 아바가 말했다.

알렉스는 그녀를 신기한 듯이 바라보았다.

아바는 가게 뒤 TSA 요원 쪽으로 고개를 숙였다.

알렉스의 눈이 그쪽으로 깜박거렸다.

아바는 시시덕거리며 알렉스에게 팔을 내저었다. 그리고 그의 귀에 러시아어로 속삭였다. "총이 보여?"

그는 그녀의 뺨에 입을 비비며 러시아어로 속삭였다. "아니, 그렇다고 해서 그게 없다는 뜻은 아니야."

"어떻게 하면 좋을까?" 아바가 속삭이며 키스했다.

그가 일렬로 늘어선 큰 우산을 향해 움직일 때, 사실상 그 자체로 무기였는데, 그녀는 거울에 비친 TSA 남자의 모습을 지켜보았다. *대단해.*

"방을 잡아라 잡아." 중국어를 쓰던 소녀 중 한 명이 말했다.

"정말이지." 다른 소녀가 말했다.

여점원이 신발 상자를 열었다. 안에는 주황색과 검은색 테두리와 은색 버클이 있는 흰색 하이톱이 한 켤레 있었다. "송아지 가죽이죠. 세금 부과 전 1150. 콴툼. 이 신발 이름이에요."

"콴툼이라고요?" 알렉스가 물었다. "잠깐, 신발 이름이 그거라고요? 정말?"

"달러인가요?" 아바가 물었다. "잠깐, 그게 가격이라고요? 정말?"

알렉스는 아바를 바라보았다.

두 중국 소녀가 서로를 쳐다보며 킬킬거리며, 신발을 더 잘 보기 위해 몸을 기댔다.

그러고 나서 첫 번째 소녀는 두 손으로 아바의 머리를 움켜잡고는 그녀 앞에 있는 유리 카운터에 그녀의 이마를 쾅쾅 부딪쳤다.

두 번째 소녀가 카운터를 밀치고 부츠로 알렉스의 배에 드롭킥을 날렸다.

"츄우쉬 사바아샤!" 아바는 공격자의 두개골에 부딪힐 때까지 그녀의 머리를 가능한 한 세게 그리고 빠르게 뒤로 젖히며 저주했다.

찰싹!

아바는 심하게 부서지는 소리를 들었고, 그 소녀는 바닥으로 떨어졌다.

놀란 표정의 TSA 요원은 우산 행렬 가운데로 쓰러지며 츄잉껌 한 팩을 움켜쥐었다.

"쉬요트 보즈미!" 알렉스는 저주하면서, 곁에 있던 그 소녀의 부츠 신은 발을 붙잡아 비싸 보이는 캐시미어 코트가 걸린 철제 옷걸이 쪽으로 집어던졌다.

쾅!

소녀는 양손으로 선반을 움켜잡고, 알렉스의 어느 한쪽을 잡으려고 자신의 다리를 휘둘렀다. 그러나 그는 소녀가 직사각형 철제 레일의 가장자리에 부딪힐 때까지 몸을 비틀었다.

쿵!

그리고 코트 더미 속으로 꼼짝 못하고 떨어졌다.

여점원은 크고 날카로운 소리로 경적을 울렸다.

알렉스는 배낭을 집어 들며 자세를 바로 했다. "정말? 지금?"

아바는 상자 밖으로 운동화를 내던지고 카운터에 떨어진 아무 신발이나 한 켤레를 잡았다. "계획 변경. 우리 이거 가져가자…."

"로퍼?" 알렉스가 얼굴을 찌푸렸다.

"그들은 다른 사람들을 보았어." 그녀는 주머니에서 지폐 몇 장을 꺼냈다. "여기서 나가자."

"괜찮아요? 정말 미안해요." 여점원이 머리를 흔들고, 소리가 나는 쪽으로 소리 질렀다. "기다려주면 경찰에 신고할 수 있어요."

"미안하지만 비행기 타야 해요!" 알렉스는 다시 외치며, 신발을 떨어뜨려서 그 안에 발을 집어넣었다.

"그녀는 사실 이 콴툼을 원했던 거야. 어떤 사람들에게 1150달러는 너무 비싸지. 아마도 그것을 훔쳐 도망가려던 거 아닐까?"

점원이 그를 멈춰 세우기 전에 돈은 카운터 위에, 신발은 밖에 있었다.

20분 후 그들은 대서양 상공 어딘가에 있었다.

순직 [LODD] 조사
참조: 쉴드 케이스 121A415
사령부 요원 [AIC]: 필립 콜슨
회신: 나타샤 로마노프 요원, 일명 블랙 위도우, 일명 나타샤 로마노바
기록: 국방성, LODD 조사 청문회

국방성: 그럼 그들의 항공표를 추적하는 것이 막다른 방법이었나요?
로마노프: 막다른 길은 아니었죠. 하지만 우리는 너무 늦기 전까지 도난당한 여권을 확인하지 못했기 때문에 그들이 여행하는 동안 어떤 이름을 사용하는지 몰랐습니다. 안면 인식 소프트웨어와 실시간 JFK 보안 영상이 우리가 가진 전부였죠.

국방성: 보안 카메라를 피하는 법을 알고 있는 소녀의 것인가요?
로마노프: 정확해요. 이반이 뉴욕 공항에서 이미 손을 쓴 것이 아니라면, 더 힘들었을 텐데. 하지만 그는 공항에서 추적 중이었고, 우리는 그의 목표물을 쫓고 있었죠.

국방성: 당신들 모두가 찾는 것이 아바였구요?
로마노프: 어떻게 해서든지요.

국방성: 하지만 이반의 부하들이 먼저 그녀를 찾았죠?
로마노프: 3인조 두 팀이 그녀를 케네디 공항에서 데려오도록 하려 했죠.

국방성: 어떻게 되었나요?

로마노프: 성공하지 못했고, 우리에게 한 가지 중요한 세부사항을 알려주었죠. 우리는 리치 리치 하이톱 한 켤레를 신은 소년을 찾는다는 것을 알게 되었죠.

국방성: 신발에 항상 그런 걸 붙이고 다닌다니 웃기는군요. 그렇지 않나요?

CHAPTER 21
나타샤

뉴욕의 대도시, 이스트리버,
쉴드 트리스켈리온 기지

"평생 외출 금지야." 나타샤가 말했
다. 그녀는 기지 주변으로 빠져나갔다가 보안 영상을 스크롤 해보려
고 재앙의 현장과도 같은 토니의 실험실로 돌아왔다. 훈련을 완전히
마친 네 명의 요원들은 의료진들에게 실려 가고 있었다. 의식이 돌아
왔을 때, 그들은 다른 무엇보다도 당황스러워했지만 그렇다고 상황
이 바뀌지는 않았다. 나타샤는 화가 났다. "둘 다."

외출 금지라니? 로마노프, 무슨 소릴 하는 거야?

더 적은 희생으로 사람들을 제거했군.

"물론. 그렇게 해. 하지만 먼저 걔들을 찾아야 할 거야." 토니는 영
상을 지켜보면서 말했다.

나타샤는 테이프를 되감아서 아바가 경비로부터 헤드셋을 빌리는

장면에서 테이프를 멈추었다. "봐. 속임수를 쓰고 있어. 그를 끌어들이고 거리를 좁히고 있어. 그리고 쾅. 쓰러졌군."

훌륭한 동작이야. 교묘하고 빠른 동작이 그녀를 더 화나게 했다.

말도 안 되는 꼬마.

나타샤는 키보드에 손을 쾅 부딪쳤다. "그애는 그거야, 소시오패스."

"정말? 소시오패스? 그 아이가?" 토니는 코웃음을 쳤다. "네 생각에 누가 그 움직임을 만든 것 같아?"

"닥쳐."

지금은 안 돼, 토니.

듣고 싶지 않았다. 비록 나타샤도 토니의 말이 옳다는 것을 알았지만.

"자. 나타샤 로마노프 교본이잖아. 너도 알잖아." 토니는 웃었다.

"재미없어."

분통이 터진다. 창피하고. 굴욕적이고. 짜증이 난다. 심지어 무례하기까지 하다.

재미없을 뿐이야.

"좀 웃기는군. 나타샤 로마노프가 마침내 그녀의 적수를 만나다니, 그리고 그것이 기본적으로 또 다른 나타샤 로마노프라니?" 토니는 씩 웃었다. "나는 개인적으로 이 아이러니한 상황을 즐기고 있어."

나타샤는 플라스마 화면 앞 의자에 털썩 주저앉았다. "내 적수를 만났다고? 제발. 20분 안에 그들을 다시 여기로 데려오겠어. 그러고 나서 이십 년 동안 둘 다 가둬둘 거야."

적어도.

토니가 이 놀라운 쌍둥이 뇌 유출을 고칠 수 없다면 더 오래.

토니는 어깨를 으쓱했다. "로마노프, 네가 그러지 않을 거란 건 우리 둘 다 알고 있어. 하지만 그들은 네가 그러지 않을 거라는 걸 모르지. 아마 그래서 떠났을 테지만."

나타샤는 얼굴을 찡그렸다. "왜 그런 말을 하는 거지?"

"왜냐하면, 네가 여기 서서 나한테 말을 하고 있으니까, 안 그래? 넌 부대를 소집하지 않았고 콜슨에게도 전화하지 않았어. 그것이 대개 네가 하는 첫 번째 행동인데 말이야."

그의 말이 맞아. 왜 안 그랬지? 누구를 믿어야 할지 몰라서? 아니면 그들이 더 큰 문제를 일으키지 않도록?

"나한테 콜슨이나 부대는 필요 없어." 나타샤가 마침내 말했다. "제발, 내가 나의 부대니까."

토니는 한숨을 쉬고, 잠시 스크루드라이버를 내려놓았다. "나타샤 로마노프, 네가 이해해야 할 것은 네가 누구를 상대하고 있냐는 거야. 십대야. 그 점에서 내가 널 도울 수 있을지도 몰라. 페퍼의 말에 따르면, 나는 아직 많이 성숙하지 않았거든."

"왜 그랬는지 상상이 안 가."

"네가 걔를 궁지로 몰았잖아. 익숙하게 들리지 않아?"

물론.

"네가 얘기할 사람이었고." 나타샤는 노려보았다.

토니는 어깨를 으쓱했다. "나는 도망치는 사람이고. 너도 도망치는 사람이야. 나는 판단하지 않아. 혼이 나지."

"둘 다 달아났어. 그리고 나는 남자애는 궁지에 몰아넣지 않았어."

"아아, 글쎄, 그가 행동한 이유는 좀 다른 이야기야. 아마도 책에서 가장 오래된 이야기지만 다른 이야기일 거야. 소년이 소녀를 만났고, 그녀를 찾았고… 그게 동기부여가 되었지." 토니는 씩 웃었다. "나도 그 느낌 알아." 그는 몸을 앞으로 숙였다. "나도 가끔 그런 동기부여를 즐기고."

"어련하시겠어." 나타샤는 눈을 굴렸다. "그리고 넌 도움이 안 돼."

"네 마음대로 해."

"봐. 고도의 지능이 요구되는 일이 아니야. 그냥 내가 보통 하던 대로 할게. 추적부터 시작해야지. 알렉스가 전화기를 갖고 있어. 그렇지?" 쉴드의 중앙 처리 장치에 연결할 때 그녀는 단호해 보였다. "첫 번째, 뉴욕 전화국."

나타샤는 의자에 다시 앉았다. "신호 없음. 유심 카드가 확인되지 않음."

데르모!

"잘했군. 그들이 전화기를 망가뜨렸나 봐."

그녀는 일어나 앉았다. "좋아. 안면 인식." 그녀는 다시 키를 쳤다. "모든 공항, 모든 기차역을 수색할 거야. 그들은 세 개 주의 인접 지역의 모든 보안 카메라를 피할 수는 없었을 거야."

토니는 재미있어 보였다. "그래? 네가 하는 걸 봤는데. 그녀가 왜 할 수 없겠어?"

나타샤는 화면을 보고 얼굴을 찡그렸다. "그녀는 실수할 거야. 그 냥. 글쎄, 난 아직 아무것도 얻지 못하고 있어."

데르모 데르모.

"맞아."

그녀는 한숨을 쉬고 키보드로 돌아왔다. "좋아. 나는 승객 명단을 검색할 수 있어. 항공, 기차, 버스 노선."

"그래?"

그녀가 손을 날렸다. "잡았다. 그녀는… 도쿄로 가는 중이군." 나타샤가 빙그레 웃었다. "쉬워. 그들이 도착하기 전에 나리타에 도착할 수 있으니."

"그래?" 토니는 화면을 다시 가리켰다. "당신의 꼬마 눈가리개가 또 달아날 텐데."

나타샤는 화면을 돌아보았다. "히스로, 그리고… 모스크바. 그리고 상파울루. 그리고 파나마. 그리고 부다페스트. 그리고 파리." 그 순간 그녀의 얼굴은 점점 붉어지고 있었다.

데르모 데르모 데르모.

토니는 씩 웃었다. "자. 너 저 십대들이 약간은 자랑스럽지 않아? 요즘 아이들은 자주성이 부족하다는데 말이야." 그는 고개를 저었다. "다음 세대가 어른들에게서 배우는 걸 보니 대단해."

"이건 말도 안 돼." 나타샤는 의자에 다시 앉았다. 그녀는 어디서부터 시작해야 할지조차 몰랐다. "그녀가 나를 상대로 내가 쓰는 모든 속임수를 다 쓰는 것 같아."

"물론 그녀지. 글자 그대로 하면 그녀가 했지. 그런데 저건 네 속임 수야. 그녀는 당신의 뇌에 접근할 수 있으니까, 로마노프."

하지만 영원히 할 수는 없을 거야.

영원히 자기 자신에게서 숨을 수 없는 것처럼, 나타샤.

그녀는 그 생각을 밀어내며 몸을 떨었다. 그녀는 이미 아바가 충분히 겁먹게 내버려두었다. "정신과 의사 같은 이야기는 그만둬, 스타크. 이 모든 것은 그저 그녀가 우리가 생각했던 것보다 더 많이 발전했다는 것을 의미해." 나타샤는 일어섰다. "찾아야겠어. 지금."

토니는 그의 앞에 강철 실험실 테이블에서 반쯤 타버린 하드드라이브를 집어 들었다. "나는 계속 QE 기술을 조사해보겠어. 넌 꼬마 자아와 로미오를 찾아. 하지만 그래도 20분은 더 걸릴 것 같은데."

그녀는 재킷을 움켜잡았다.

토니는 고개를 들었다. "네가 평소에 하던 대로 하지 마. 그건 그녀가 알고 있는 거니까."

나타샤는 문 앞에서 멈칫했다. "그 밖에 내가 할 수 있는 일이 뭐지?"

"상황을 바꿀 기회로 봐. 새로운 사람이 되는 거야." 그는 다시 어깨를 으쓱했다. "누가 알아? 완전히 새로운 속임수를 찾게 될지." 그의 앞에 있던 드라이브가 불꽃을 내뿜었다. 토니는 얼굴을 찡그렸다. "그렇지 않을 수도 있고."

"훌륭한 격려의 말이야."

"언제든지."

쉴드 열람 가능
허가 등급 X

순직 [LODD] 조사
참조: 쉴드 케이스 121A415
사령부 요원 [AIC]: 필립 콜슨
회신: 나타샤 로마노프 요원, 일명 블랙 위도우, 일명 나타샤 로마노바
기록: 국방부, LODD 조사 청문회

// 요청된 부록

쉴드 파일 공고
모든 작전 요원에게 공개

《미성년자 실종》
《나타샤 로마노프 요원》
《아바 올로바/ 알렉스 마노르 추적》
《익명/ 미공개 가명으로 여행 추정》
《탑승자 명부 확인: 로마 파우미치노/ 런던 히스로/ 암스테르담 스히폴/ 모스크바
　　　　　　세레메티예보/ 리우데자네이루 갈레앙/ 파나마 토쿠멘/ 도쿄
　　　　　　나리타/ 이스탄불 아타튀르크/ 싱가포르 창이》
《티켓은 현금 결제》
《보안 카메라 추적 안 됨》
《휴대전화/ 위성 추적 안 됨》
《발견 즉시 체포》

CHAPTER 22
알렉스

대서양 상공 어딘가,
우크라이나행 649편 비행기 비즈니스석

비행 다섯 시간이 되었지만, 알렉스는 여전히 잠을 자지 않고 있었다. 그는 자기 머리 아래에 한쪽 팔을 끼워 넣고 천장을 똑바로 응시하고 있었다. 그의 눕혀진 좌석 아래에는 제멋대로 놓인 로퍼 한 켤레가 있었다.

알렉스는 옆자리에 앉은 아바가 꿈지락거리는 것을 바라보며, 편안하게 만들어주려고 노력했다. 그녀는 모든 승무원이 제공하는 것을 충실히 받았다. 견과류가 들어간 따뜻한 칵테일 새우에 깜짝 놀랐고, 지금 아바의 좌석 선반에는 빈 크랜베리 주스가 널브러져 있었다. 하지만 그들이 지금 있는 곳이나 그들이 향하는 곳, 심지어 비즈니스석조차 편한 곳은 없었다.

마침내 아바는 포기한 채 자리에 똑바로 앉았다. 그녀는 지치고 녹초가 된 듯 보였지만, 여전히 잠을 잘 수 없었다. 스트레스는 그녀를 지치게 하기 시작했고, 알렉스는 자신이 뭔가 도움이 되길 바랐다.

"내게 말해봐." 아바가 그들 사이에 놓여 있는 플라스틱 콘솔에 기대어 말했다. 알렉스는 그곳에 그 콘솔이 없었으면 했다.

"네가 알고 싶은 건 뭐든지." 알렉스가 말했다. 진심이었다.

그는 여자아이들과 이야기를 나누는 데 그리 재주가 있는 편은 아니었지만, 비행기에 탑승한 이후로 아바에 대해 생각하고 있었다. 눈을 감아도 그녀를 가만히 바라보고 있는 것처럼 그녀를 볼 수 있었다. 그것은 그가 손을 뻗거나, 그녀를 팔로 안거나 가까이 끌어당기지 않은 채 그녀 옆에 앉아서 할 수 있는 전부였다.

"어때. 그 개?" 아바는 중얼거리면서, 다시 눈을 감았다.

"뭐라고?" 예상 못한 질문이었다.

고양이, 개일 수도 있나? 응, 맞아.

"네 개 말이야. 개를 기르고 있었지?" 그녀는 비몽사몽한 상태였다. "갈색이고, 약간 지저분하고 말이야. 네가 음식을 몰래 챙겨줬잖아."

알렉스는 한숨을 쉬었다. "소원이었지. 난 개를 키운 적이 없어."

"그랬어."

"난 늘 개를 원했지만, 우리 엄마는 애묘인이었어. 좋게 말하자면 말이야."

"이상하네. 네가 개를 키웠다고 맹세할 수도 있는데." 아바는 눈이 휘둥그레졌다. "감자." 그녀가 갑자기 말했다. "감자를 좋아했어."

"누가 그랬다는 거야?"

"네 개 말이야. 네 접시에 밥을 줬었어."

알렉스는 그녀를 이상하게 바라보았다. "그건 고양이였고, 이름은 스탠리. 자기의 접시가 있었다는 사실은 예외야. 그리고 산타 발톱이 있었고."

그녀는 즐거워 보였다. "정말? 산타 발톱?"

"그리고 명절마다 다른 맞춤 목걸이를 했지. 얘는…기다려봐. 징글벨이 있었어."

"그러니까 개는 없었다고?"

"개는 아니야."

아바는 머리를 갸우뚱거리며 일어나 앉았다. "흠. 모르겠네. 항상 마운틴 클리어에서 살았어?"

"몽클레어 말이야? 아니, 우리 엄마는 그런 말을 한 적이 없어. 난 버몬트에서 자랐어. 나는 아직도 옛날 뒷마당에 있던 나무 꿈을 꿔. 나무와 눈."

그는 그 꿈이 악몽이었다거나, 꿈속에서 자신이 머리보다 더 높이 쌓여 있는 눈에 쫓기고 있었고, 어떤 때는 사람들이 그를 향해 총을 쏘았다는 이야기는 하지 않았다. 때때로 눈 위로 그의 피가 흩뿌려졌다. 그런 얘기 아니어도 아바 역시 충분히 악몽을 꾸고 있다는 것을 알렉스는 알고 있었다.

"그리고 나서는?"

"그러고 나면, 지구상에서 가장 따분한 이야기야. 우리 부모님은 헤어지셨어. 뉴저지에서 그랬었지. 엄마는 여행사 직원이 되셨어.

물론, 애묘인이기는 하지만 그 정도는 덮어두자."

"하지만 넌 아니야. 어떻게 그런 일이 일어났지?"

"엄마는 내가 태어났을 때 바뀌었다고 말했어. 우리는 기본적으로 공통점이 없거든."

"엄마가 블랙카드 타입인 거야?"

"전혀. 엄마는 꼭 싸움을 찾는 건 아냐."

"그러면 너는?"

그는 어깨를 으쓱했다.

아바는 그를 바라보았다.

"아빠는 어떻게 됐어?"

"모르겠어. 아빠는 떠났고, 엄마는 그냥 모든 것을 포기한 거 같아."

"네 개까지도?"

"개는 아니야, 미쳤어." 알렉스는 아바를 지나, 비행기 통로로 밖을 바라보았다. "하지만 내가 어렸을 때 잊고 있었던 것이 있는지 엄마에게 물어볼게. 알다시피, 전화도 있고." 그는 시계를 보았다. 뉴저지는 지금 일요일 오후였다.

엄마는 흥분 상태일 거야. 단테 아빠한테 전화하시겠지. 단테는 아마 나를 숨겨주려 할 테고. 그는 이 모든 것을 믿지 않을 테지만, 나는 여전히 그에게 말할 수 있기를 바라.

그때 알렉스는 자신의 손안에서 따뜻한 손이 미끄러지는 것을 느꼈다. "버릇없는 녀석." 아바가 갑자기 그를 바라보며 말했다.

"누구, 나?" 그의 눈은 반짝이고 있었다. "모욕적이야."

그녀는 웃으며 고개를 저었다. "이제 기억이 나. 브랫이 개 이름이었어."

알렉스는 그녀를 이상하게 바라보았다. 이 모든 대화가 빠르게 이상해지고 있었다. "내가 개를 키웠다는 걸 어떻게 알지? 개 이름은 고사하고 말이야."

"브랫?"

"그런데 브랫은 어떤 이름이야?"

"버릇없는 녀석이라는 뜻은 아냐. 러시아어야." 그녀가 그를 쳐다보며 말했다. "생각해봐. 기억해내봐."

알렉스는 피곤한 듯 자리에 몸을 기대었다. "브랫."

기억해야 할 것은 무엇이지?

브랫은 어떤 종류의 개지?

브라운, 갑자기 생각이 났다.

그는 갈색 털, 갈색 눈, 갈색 코를 생각했다.

모두 갈색.

그리고 따뜻하다.

그는 따뜻한 심장이 뛰고 따뜻한 털북숭이가 그의 침대에 웅크리고 있는 것을 느꼈다.

말린 키블과 아침 식사용 감자로 가득한 도자기 그릇.

오토만 아래 카펫 위 따뜻한 곳, 취침용.

양배추처럼 부드럽게 씹히는 밧줄의 매듭.

"남동생." 알렉스가 갑자기 말했다. 그는 일어나 앉았다. "브랫은

274

형제란 뜻이야. 그 개는 내 동생 같았으니까."

"기억났어? 정말?" 아바의 눈이 휘둥그레졌다. 그녀는 미소를 지었다. "내가 상상해낸 게 아닐 줄 알았어."

알렉스는 즉시 더욱 혼란스럽고 확신에 차는 것을 느꼈다. 그의 마음에서 그들을 찾기 위해 그가 알지도 못하는 장소의 문이 열리고 있었다.

"혼자 있을 때, 그 개가 유일한 가족이었어." 알렉스는 천천히 말했다. 그것은 불안정했지만, 여전히 현실적이었다.

난 정말 개를 키웠어.

그는 아바를 바라보았다. "어떻게 그걸 잊을 수가 있지? 왜 엄마가 거기 계셨던 게 기억나지 않지? 아빠도. 너무 오래전인가?" 알렉스는 검은 머리카락 한 올을 손으로 쓸어내렸다.

"사람들은 뭔가를 잊어." 그녀가 말했다. "개까지도."

그것이 그의 머리를 아프게 하고 있었다. 그는 그 일을 생각하고 싶지 않았다. 하지만 오래전에 잊은 개도 어쩐지 매우 소중하다는 이상한 느낌이 들게 되었다.

그리고 아바가 어떻게든 그 모든 것과 연결되어 있었다.

알렉스는 아바의 얼굴을 살폈다.

"넌 아니잖아." 알렉스는 아바의 눈에서 그림자가 줄어드는 것을 지켜보았다. "아바, 넌 어떻게 나에 대해 기억하는 거야? 우린 만난 적도 없잖아. 그건 확실해. 그런데 어떻게 내가 기억조차 못하는 나와 관련된 일들을 알고 있는 거야?"

"알렉스." 아바가 천천히 말했다. "때로는 난 많은 걸 기억해. 그것보다 훨씬 더 많은 것도."

알렉스는 아바를 바라보았다. 그녀의 얼굴을 보고 그는 이것이 단지 개만이 아닌 다른 무언가에 관한 것이라는 걸 알 수 있었다.

"나타샤 로마노프에 대해 아는 것처럼 말이야? 아니면 내가 러시아어를 아는 것처럼?"

그녀는 고개를 끄덕였다. 그 말은 천천히 몹시 어렵게 느껴졌다. "내 꿈은 항상 그녀와 관련된 것은 아니었어." 아바는 알렉스를 쳐다보았다. "그리고 지금 막 시작된 것도 아니야."

"누구와 관련된 꿈이야? 개 말고?" 그는 깨달았다. "잠깐, 나 말이야?"

아바는 다시 고개를 끄덕였다.

"무슨 소리야?" 알렉스는 그의 마음속에 있는 조각들을 밀어내려고 했지만, 그럴 수 없었다. 너무 많은 조각이, 너무나 망가져 있었다. 아무것도 이해조차 할 수 없었다.

"네 꿈을 꿨었어. 너에 대해. 내가 널 만나기도 전에 말이야."

그는 그녀가 하는 말을 비록 이성적이지는 않았지만, 논리적으로 처리하려고 애썼다. "전조처럼?"

아바는 어깨를 으쓱했다. "그거보단 좀 더." 그녀는 멈칫, 무언가를 찾는 것처럼 알렉스의 얼굴을 바라보았다.

그는 그 무엇을 알고 싶었다.

"나는 그것을 운명이라 생각하곤 했어." 그녀가 마침내 말했는데, 너무나 부드러워서 듣기 위해 가까이 기댈 수밖에 없었다.

"꿈?"

"꿈만이 아니야." 아바가 얼굴을 붉혔다. "어리석지. 나도 알아. 사람은 운명일 수 없는데 말이야." 알렉스는 그녀의 뺨이 분홍빛에서 빨간빛으로 깊어지는 것을 지켜보았다.

알렉스는 여전히 아바의 말을 제대로 이해하지 못했지만, 그게 그녀에게 얼마나 중요한지는 알 수 있었다. 그리고 그녀가 얼마나 긴장했는지, 그리고 그가 이해하기를 그녀가 얼마나 바라는지 알 것 같았다.

도와줘, 아바

내가 조각들을 조립하는 것을 도와줘.

기억하고 싶어.

나는 모든 것을 알고 싶어.

특히 너에 대해.

"운명, 응?" 그는 아바의 귀 뒤로 삐져나온 구릿빛 곱슬머리를 집어넣었다. "운명이 어떻게 생겼는지 어떻게 알아?"

그리고 나서 아바는 숨을 한 번 쉬었다. "여기. 네게 그냥 보여주는 게 나을 것 같아. 겁먹지는 마, 알겠지?" 그녀는 발아래 가방으로 손을 뻗어서 낡은 공책처럼 보이는 것을 끄집어냈다. "옥사나 말고는 누구에게도 보여준 적이 없어."

아바는 그것을 알렉스의 무릎에 놓고 그가 열어보기를 기다렸다. 그녀가 왜 그렇게 불안해했는지 이해하려면 첫 번째 스케치를 봐야 했다.

"이거 나야?" 알렉스는 그것을 살펴보았다. "나네. 브랫도 있고. 그

277

리고 뒤에 있는 숲… 내 생각에 저기는 옛날 우리 집이었던 것 같아. 숲이 기억나는 것 같아. 나도 그런 꿈을 꿨어. 믿을 수 없어."

나무와 눈.

내 악몽에 나온 것들.

알렉스는 몸을 부들부들 떨며 더욱 자세히 바라보았다. "저건 브랫이야. 네가 그를 기억하는 게 당연하구나. 세상에, 이거 정말 대단해. 넌 놀라운 예술가야."

아바는 대답하지 않았다. 그녀는 간신히 그를 쳐다볼 수 있었다. 그는 이것이 그녀에게 얼마나 힘든 일이었는지 깨달았다. 그녀는 얼마나 은밀한 존재였던 걸까.

아바는 나타샤 로마노프보다도 더 많이 사람들이 그녀의 속옷 서랍을 통해 들여다보는 것을 참을 수 없었겠지.

스케치를 눈여겨보고 있을 때, 알렉스의 머리는 여전히 쿵쾅거리고 있었다.

아마 나도 그럴 수 없었을 거야.

페이지를 넘기는 동안 그가 보고 있는 방대한 범위의 무언가가 그를 몇 번이나 때렸다. 몇 년 만에 처음으로 울리는 고대 교회의 종소리 같은 것이었다.

"하지만 나는 이것 대부분을 기억 못해." 그가 천천히 말했다. 아직도 깨달아가는 중이었다. "왜 못하지?"

"나도 모르겠어." 아바가 말했다. "왜 내가 할 수 있는지도."

그는 스케치북에서 고개를 들었다. "어떻게 나보다 내 삶을 더 많이 알 수가 있지?"

"나도 그게 이해가 잘 되지 않아."

알렉스는 페이지들을 휙휙 넘기면서, 제대로 스케치들을 보지 않고 있었다. 그의 머릿속 말을 이해하기 위해 그가 할 수 있는 일은 그 것뿐이었다.

그녀는 나도 모르는 것들을 기억한다.

몇 년 전에 나한테 일어났던 일들.

그는 다른 페이지로 넘겼다.

어떻게?

그는 다시 페이지를 넘겼다.

어떻게 이게 현실이 될 수 있지? 어떻게 내가 우크라이나행 비행기를 타고 갈 수 있지? 꿈속에서 내 인생을 보는 소녀와 함께 앉아서?

그는 그녀의 손이 팔에 닿는 것을 느꼈다.

그리고 왜 이제는 이상해 보이지 않는 거지?

"괜찮아, 알렉스?"

"괜찮아질 거야." 알렉스는 쉬지 않고 숨을 들이쉬고 아바와 공책이 있는 쪽으로 돌아섰다. "이곳은 몽클레어의 우리 집이야. 지금 내가 사는 곳."

"나도 그렇게 생각했어." 그녀가 미소 지었다 "마운틴 클리어. 캡션을 고쳐야겠어. 그런데 내가 집을 제대로 그렸어?"

"완벽해." 그는 그림을 좀 더 자세히 살펴보았다. "하지만 원근법이 조금 이상한 거 같아. 이렇게 보이려면 기본적으로 길 건너편 집

지붕에 서 있었을 거야." 그는 그녀를 보고 웃었다. "플래너건 씨네 지붕에 올라간 거야?"

"정확해." 그녀가 미소를 지으면서 말했다.

그는 다른 이미지로 옮겨갔다.

"이것, 막 일어난 일인데."

"맞아. 며칠 전에."

"소피의 파티. 단테의 집 뒷문 쪽에서 말이야. 네가 산울타리가 있는 마당 끝 저 멀리서 그린 것 같아." 그는 고개를 저었다. "이상한 건, 내가 그날 밤 밖에서 누군가의 소리를 들은 것 같았거든."

"또 걸렸네." 그녀가 미소 지었다. "난 3년 동안 단테네 울타리에서 살아왔어. 그는 너무 관찰력이 없더라고."

"얘기 좀 해봐."

이제 알렉스는 펜싱 스트립에 있는 자신의 스케치를 살펴보았다. "그러니까 먼저 내 꿈을 꾸었군. 그럼 그냥, 뭐? 날 찾았어? NAC에서 우연히 날 마주친 거야?"

아바는 천천히 고개를 끄덕였다. "나도 예상 못했어. 나도 너만큼 놀랐어."

"그래서 내가 낯이 익었다고 한 거야?" 그는 거대한 스케치북을 다시 내려다보았다. "내가 그래서야. 물론, 내가 그랬어." 그는 계속 페이지를 넘기면서 손을 뻗어 그녀의 손을 잡았다. "어떻게 이런 일이 가능하지?"

"최근에 일어난 일들은 어떻게 가능했던 거지?"

알렉스는 대답하지 않았다. 그는 오데사 창고 스케치를 살펴보았다. 부두 주변. 겨울 도시. 부서지고 있는 회색 건물들과 비틀린 거리. "이것은?"

"내가 기억하는 사소한 것들뿐이야. 대부분 옛날 우리 집."

"그럼 지금 우리가 향하는 곳이 여기야? 고향인 오데사. 말도 안 돼. 나는 전에 나라를 떠나본 적도 없어."

아바는 애처롭게 그를 바라보았다. "오데사가 내 집인지는 몰라. 단편적인 것을 제외하면 거의 기억하지 못하거든. 대부분 기억하기 싫은 것들이야. 악몽. 창고. 병사들. 이반 소모도로프. 나도 거기가 내 집이라고 여기고 싶은지 모르겠어. 아마 어디에도 없을 수도 있어, 이제는."

알렉스는 이해했다. "그러니까 거기는 네가 한때 살았던 곳일 뿐이야. 나도 가끔 뉴저지가 그런 느낌이 들 때가 있어." 그는 그녀를 웃게 하려고 했다.

"엄마가 이반 소모도로프와 함께 일했다는 것을 알게 된 곳이야. 그리고 아빠를 본 마지막 장소이기도 하고." 아바의 눈은 어두워졌다.

그는 그녀의 손을 꽉 잡았다. "또 그들을 마지막으로 본 곳이기도 하고, 맞지?"

아바는 고개를 끄덕였다.

"그런데 엄마는 과학자였니?"

"우리 부모님 두 분 다 정부를 위해 일했어. 양자물리학자였지. 어머니는 심지어 연구소장이었어. 이반이 날 데려가기 전에." 그녀는 손을 뻗어 몇 장을 넘겼다. "그 사람이야, 우리 엄마."

아바는 페이지에서 엄마의 옛날 사진을 꺼냈다. 전에는 흑백사진이었으나 시간이 지나 빛이 바랜 사진 속 엄마는 부두 위에 서 있었다.

"아름다우시네." 알렉스가 말했다. "너하고 많이 닮았어."

"아마 그랬을 거야. 그랬기를 바라. 그녀랑 닮았다고 스스로에게 말했었거든." 아바가 사진을 그에게 건네면서 말했다.

그는 손에 들고 있던 사진을 뒤집었다. 하나 있었다. 사진의 뒷면에는 색 바랜 연필로 쓰인 단어가 하나 있었다.

오데사.

이제 돌이킬 수 없다.

아바가 머리를 어깨에 기대자 알렉스는 문제 될 것 없다는 것을 알았다. 그를 위해서가 아니다. 그는 그녀 없이 아무 데도 가지 않을 것이다. 그가 도울 수 있는 것이 아니라면.

왜냐하면, 아바가 틀렸기 때문이다. 때로는 사람도 운명이 될 수 있다.

때로는 전혀 차이가 없다.

아바는 알렉스의 어깨에서 고개를 움직이지 않았다. 그의 숨소리가 잠에 빠져 사라질 때조차도 움직이지 않았다. 쿵쿵거리는 소리와 코 고는 소리 사이 중간쯤 어딘가로 갔을 때조차도 움직이지 않았다.

아바는 자신이 여전히 움직일 수 없다는 것을 알았다. 그녀는 무언가를 깨달았기 때문에 생각하는 것 말고는 아무것도 할 수 없었다.

그녀는 뭔가 중요하다고 생각했다. 알렉스는 그녀가 그것을 보게 하는 사람이었다.

그녀의 모든 스케치에 존재하는 단 하나의 유사점. 원근법이 없는 이상한 거리감.

절대 넘을 수 없는 장벽.

그녀는 그림 속에 결코 자신을 그려 넣지 않았다. 대부분의 시간, 그녀는 심지어 눈에 띄게 다른 높이, 거리, 각도에서 알렉스와 같은 비행기를 타고 있지도 않았다.

그녀는 그것을 그들 두 사람 사이의, 사는 것과 꿈꾸는 것, 현실과 상상, 실제 사람과 타투 보이 사이의 공간으로 낭만적으로 생각하게 되었다.

이제 그녀는 그렇게 확신하지 못했다.

너는 기본적으로 길 건너편 집 옥상에 서 있어야 했어….

확인. 가능.

그날 밤 밖에서 누군가의 소리를 들은 것 같았거든.

확인. 이것도 가능.

생각해보자. 검은 장갑을 낀 사람.

확인. 그녀는 왜 일찍 그들을 알아보지 못했는지 몰랐어.

총을 든 사람.

확인. 권총. 그녀가 허리에 차고 있던 것.

난 알렉스를 감시하는 게 아니야. 하지만 내가 누군지 알 것 같다.

나타샤 로마노프. 늘 나타샤 로마노프였다.

아바는 그녀가 거의 매일 밤 알렉스 꿈을 꾸고 있다는 것을 알고 있었다. 하지만 나타샤 로마노프 꿈을 꾸고 있지 않았음에도 불구하고 그녀를 꿈꾸고 있다는 느낌을 받기 시작하고 있었다.

일리가 있다, 아닌가?

내가 나타샤 로마노프라고 생각하는 거? 내가 잠들었을 때, 그녀의 눈을 통해 세상을 보고 있는 건가? 내가 직접 눈으로 보지 않을 때는 언제지?

특히 양자 얽힘 링크를 고려한다면 내가 의식이 없을 때, 우리 뇌는 훨씬 더 쉽게 서로 얽혀서 내가 몰랐을지도 몰라.

그게 사실이라면….

나타샤는 알렉스와 연결되어 있다.

그녀가 그를 지켜보고 있고, 나는 그것을 볼 수 있다. 나는 그녀의 눈을 통해 그것을 본다.

하지만 왜 그랬을까? 왜 나타샤 로마노프는 알렉스 마노르를 지켜보고 있던 거지?

그리고 지금뿐만이 아니라 2년 전부터 그녀는 왜 거기 있었던 것일까?

말이 되지 않았다.

뭔가 의미가 있는 것 같았다.

이반 소모도로프 때문에 이러는 거라 생각하길 바라겠지만, 세스트라, 여기엔 그보다 더 많은 일이 일어나고 있어, 안 그래?

오데사에 답이 있을 거다. 그래야만 했다.

그녀뿐만 아니라 알렉스를 위해서도.

다음에 아바가 나타샤 로마노프를 마주하게 되면, 그녀는 놀라워하지 않을 것이다. 그녀는 무엇을 해야 할지 어떻게 해야 할지 알고 있을 것이다. 그녀는 또한 이 복잡한 상황 어떤 부분이라도 알렉스 마노르와 관련된 것을 알 수 있을 것이다. 둘 다 마찬가지였기 때문이다.

이반 소모도로프든 아니든.

블랙 위도우, 어떤 게임이죠?

그녀를 위한 잠은 다시 찾아오지 않았고, 아바는 모스크바의 잿빛 하늘이 그들이 모스크바에 온 걸 환영할 때까지 구름이 날아가는 창문을 바라보고 있었다.

쉴드 열람 가능
허가 등급 X

순직 [LODD] 조사
참조: 쉴드 케이스 121A415
사령부 요원 [AIC]: 필립 콜슨
회신: 나타샤 로마노프 요원, 일명 블랙 위도우, 일명 나타샤 로마노바
기록: 국방부, LODD 조사 청문회

쉴드 파일 공고
모든 작전 요원에게 공개

《미성년자 실종》

《나타샤 로마노프 요원》

《아바 올로바/ 알렉스 마노르 추적》

《멜리사 존스턴/ 피터 피터슨 가명으로 여행》

《케네디 공항 국제선 출발 게이트에서 언쟁에 휘말림》

《명품 부티크에서 강도/ 총격으로 수배 중이던 3인조 작전 요원 두 팀을 체포》

《CC 추적 안 됨》

《현금 거래, 보안 카메라 추적 안 됨》

《휴대전화/ 위성 추적 안 됨》

《터미널 휴지통에서 회수한 최근 옷가지》

《발견 즉시 체포》

CHAPTER 23
나타샤

브루클린, 리틀 오데사,
블랙 위도우의 아파트

아바 올로바는 겨우 열일곱 살이다. 그애가 정말 어디까지 갈 수 있을까?

나타샤는 리틀 오데사에 있는 아파트의 텅 빈 부엌에 앉아 손에 들고 있는 작은 검은색 썸드라이브를 응시하고 있다. 거기에는 쉴드가 알렉스나 아바에 대해 알고 있는 모든 것들이 들어 있었다.

QE 링크가 유지된다면, 아바 올로바는 열일곱 살은 아니긴 하지.

링크가 유지된다면, 그녀는 5개 국어를 구사하고 맨손으로 사람을 죽이는 데 필요한 적어도 세 가지 기술을 알고 있는 두 대륙에서 훈련 받은 숙련된 요원이다.

그것은 받아들이기 너무나 복잡했다. 특히 나타샤 로마노프처럼 이미 삶이 복잡해져버린 누군가에게는 더욱 그러했다. 그녀는 자신의 아파트에서만큼이나 이 나라에서 자신의 삶을 단조롭게 유지하려고 노력했었다. 이 나라에서는 정확히 세 개의 방과 네 개의 가구가 그녀의 것이었다. 소파, 침대, 작은 식탁 그리고 의자. 어쨌든, 이름 없는 고양이 한 마리가 안팎으로 배회하고 있었는데, 나타샤를 보고는 기쁘면서도 놀란 것 같았다.

나타샤는 이 식탁에 마지막으로 앉은 게 언제였던가 생각했다.

3개월 전이었던가? 6개월 전?

니스칠이 된 널찍하고 네모난 식탁의 나무 상판이 절대 지문 하나도 자국을 남긴 적이 없는 것처럼 완벽하게 빛을 반사하고 있었다. 부엌 전체가 그랬다. 몇 년 동안 그곳에 진짜로 살고 있었지만, 하얀 페인트는 새로 칠한 것 같았고, 찬장은 나타샤가 막 안으로 뛰어들어도 될 만큼 비어 있었다.

만약 그것도 삶이라고 부를 수 있다면.

나타샤는 부엌 식탁 중앙에 놓인, 머리에는 붉은색 스카프를 하고 볼에는 분홍색 원이 그려진 마트료시카라 불리는 전통적인 바부시카 인형 중 하나를 집어 들었다. 인형은 드레스에 꽃무늬 앞치마를 하고, 입에는 하트 무늬가 있었다. 그들은 아파트에서 몇 안 되는 나타샤의 개인 소유물 중 하나였다. 할머니가 손녀에게 준 것 같은 거라고 나타샤는 생각했다.

내게 아직도 할머니가 계시다면 말이지만.

그것들은 모스크바 출장을 다녀온 포츠에게서 받은 것이었다. 그들은 아주 깔끔하게 서로 잘 어울려서, 하나의 인형만 보고 있다고 생각했는데 사실은 각각의 안에 갇힌 12개의 동심성 바부시카들을 바라보는 자신을 발견하게 된다. 그것은 그저 인형이었다. 나타샤는 왜 그렇게 불안한지 몰랐다. 숨겨진 정체의 속임수. 통에서 나온 후추는 재미있었다. "봐." 페퍼는 말했다. "정통 러시아 비밀 요원이야. 덕분에 네 생각이 났어."

그게 나인가? 아바가 뭐지? 마트료시카?

한 사람인 척하는 12명의 다른 사람들과 다른 과거들?

나타샤는 텅 빈 반쪽이 앞의 식탁 위에 놓일 때까지 움푹 팬 나무 인형을 하나씩 잡아당겨 열었다.

가장 작은, 마지막 세트 안에는 깔끔하게 정사각형으로 접힌 낡은 종이 한 장이 있었다. 그게 뭔지 알기 위해 그것을 펼 필요는 없었다.

낡고 찢어진 5유로 지폐의 나머지 반쪽.

나타샤는 무릎을 가슴까지 끌어올리고, 어렸을 때 그랬던 것처럼 다리를 꼬고 의자 위에서 균형을 잡았다.

그녀는 움푹 팬 나무 형상을 응시했다.

정말 동시에 그렇게 가득 차면서도 비어 있을 수 있을까?

나의 다른 버전이라는 점을 제외하면, 혼자인가?

나타샤는 블랙커피를 테이크아웃 컵에 마셨다. 여기는 가전제품이 있는 그런 아파트는 아니었다. 그리고 노트북 화면을 바라보았다. 생각을 멈출 필요가 있었다. 아바의 서류에만 집중할 필요가 있었다.

정신 차려, 로마노프.

그녀는 펜을 들고 종이로 쓰고 있던 테이크아웃 냅킨을 꺼내 또 다른 단어를 썼다. 이제 네 곳이 남았다. 아바 올로바가 있을 만한 곳. 그녀의 과거를 볼 때 아마도 고향이라고 생각할 만한 곳.

브루클린.

워싱턴.

오데사.

모스크바.

그녀는 아바의 파일에서 거꾸로 시간 순으로 이동하며 네 가지 가능성을 생각해냈다. 그렇게 부를 수 있다면, 브루클린은 지금 그녀의 고향이었다. 나타샤는 Y를 방문했고 깊은 인상을 받았다. 그 아이는 강인했다.

그리고 그 전에는 워싱턴에 있는 쉴드 안전가옥에 있었다.

뭐, 5년?

그곳도 역시 음산한 곳이었다. 나타샤는 단지 1년에 한 번, 아이에게 생일 선물을 하러 갔을 때 그곳을 볼 뿐이었다.

카드는 없었지만.

나타샤는 고개를 저었다.

그 이전까지 아바는 오데사에 살았었고, 아기였을 때는 모스크바에서 살았다.

그리고 우크라이나. 오데사의 창고.

아바가 그곳으로 돌아가고 싶어 할까? 모든 게 시작된 곳으로?

아마도.

그녀가 감히 이반 소모도로프의 거점이 있는 그 깊은 곳으로 향할까?

만약 그녀가 로마노프처럼 생각한다면?

그렇다.

나타샤는 오데사라는 단어를 빙빙 돌리다가 다시 아바 서류를 통해서 스크롤했다. 스캔한 페이지의 절반이 나타샤 로마노프의 파일로 다시 연결되었다. 그리고 나타샤의 파일처럼, 모든 페이지 절반이 삭제되었다. 그렇지 않은 곳보다 검게 그을린 곳이 더 많았다.

나타샤는 좌절했다. 시간만 낭비하고 아무것도 얻지 못했다.

이러는 동안 아바와 알렉스는 세계의 절반은 갔을 텐데.

나타샤는 다른 파일을 꺼냈다.

그 소년으로 해보자.

알렉스 마노르.

다시.

나타샤는 클릭하기 전에 화면에 있는 폴더를 한참 동안 응시했다.

민간인의 파일임을 감안한다 해도 부실하게 느껴졌다. 알렉스 마노르는 몽클레어 고등학교의 괜찮은 학생이었다. 펜싱팀, 종합격투기 동아리. 마릴린 마노르는 뉴 비긴스 여행사에 근무했다. 신혼여행과 애완동물 동반 여행 전문. 집값은 다 냈고 차는 중고였다. 흰개미 문제는 없었다.

평범하지 않은 건 없었다. 하지만 충분히 평범한 것도 아니었다. 고등학교 이전 알렉스의 생활기록부는 없었다. 10학년이 되기 전에는 아무것도 없었다. 운전면허증도 없고. 출생증명서도 없었다. 아버지에 대한 언급도 없었고 심지어 이혼 서류도 없었다.

여기에 뭔가 더 있어야 하는데.

나타샤는 그의 서류를 샅샅이 뒤졌다.

이상한 게 있었다. 민간인, 특히 미성년자인 경우인데, 알렉스의 파일은 아바의 것처럼 거기 있는 내용 중 절반은 삭제된 상태였다. 알렉스의 서류에 그어진 검은색 막대기는 그가 스파이일 수도 있다는 의미였다.

그때 나타샤는 알렉스의 파일 맨 마지막 페이지 여백에 휘갈겨 쓴 몇 마디 말을 발견했다. 그녀는 확대해봤다.

세 단어.

전에는 그것을 알아채지 못했는데, 이상했다. 나타샤가 알렉스 마노르 파일을 연 것이 이번이 처음은 아니었기 때문이다.

나타샤가 파일을 처음 열어본 것은 알렉스의 집 밖 거리에서 그가 누구인지 왜 그녀가 거기에 있는지도 모른 채 그를 지켜보고 있는 자신을 발견했을 때였다. 나타샤는 몇 시간 동안 거기에 앉아 있었고, 결국 다음 날 돌아올 수밖에 없었다.

그는 너에게 의미가 있는 사람이야, 그렇지?

그것은 나타샤의 비밀이었다. 쉴드에서는 아무도 몰랐다. 콜슨, 브루스, 캡틴, 심지어 토니도 몰랐다.

하지만 너도 알잖아.

여태껏 알고 있었군.

그 소년이 중요하다는 것을 말이야.

나타샤는 그 단어들을 보지 못한 채 화면을 응시했다.

그래서 네가 왜 그의 집, 그의 친구들 그리고 그의 경기를 지켜보고 있는지 이유도 모른 채 그를 추적하고 있었군.

이제 나타샤는 자신 앞에 놓인 세 가지 이상한 단어에 집중하려고 했다. 맨 마지막 페이지 여백 아래에 거의 알아볼 수 없을 정도로 휘갈겨 써서 그녀가 알아채지 못한 것들.

가명 알렉스 마노르.

머리가 갑자기 타는 듯한 고통으로 쾅쾅 뛰었다.

가명이라고?

알렉스 마노르가 가명이었던 거야?

알렉세이 마노로프스키는 결국 그가 아니었단 얘기야?

말도 안 된다.

나타샤는 더 스크롤했다.

프로젝트 블랭크 슬레이트를 참조.

블랭크 슬레이트?

블랭크 슬레이트가 뭐지?

그 말 자체가 생각하는 것조차 고통스럽게 뇌를 밀고 할퀴는 것 같았다.

나타샤는 그게 무엇이든 그 프로그램에 대해 들어본 적이 없다. 그런데도, 알렉스가 일종의 참여자로 보였다.

누가 감독인 거지?

그 누군가와 할 얘기가 좀 있겠군.

나타샤는 그의 파일들을 뒤졌다. 그녀는 블랭크 슬레이트가 한 번 더 언급되었다는 것만 찾을 수 있었다. 또 다른 매몰된 쉴드 서버 폴더와 교차 연관되어 있고, 그 폴더에는 소유자가 있다는 사실을 알았지만, 전혀 도움이 되지 않았다.

누군가가 그것을 만들었다.

아마 프로젝트 블랭크 슬레이트를 담당했던 사람이겠지.

그리고 누군가….

그녀는 폴더를 클릭했다.

나타샤 로마노프.

믿을 수 없었지만, 이름 아래로 승인 코드가 나타났고, 그 숫자들은 이상하게도 자신의 것과 비슷했다.

"뭐지…."

나타샤 로마노프는 재킷을 움켜쥐고 일어섰다.

그녀의 뒤에서 문이 쾅 닫혔고, 이름도 없는 고양이가 한때 속이 빈 인형이었던 소녀의 분해된 나무 부분을 응시하며 테이블 위로 뛰어올랐다.

* * *

나타샤 로마노프의 오토바이가 미끄러지면서 이스트리버 강가 트리스켈리온 앞에 멈춰 섰다. 독백이 내내 그녀의 머릿속을 떠나지 않았다.

두 가지 선택권이 있어, 로마노프.

"당신은? 아무도 여기서 당신을 보고 싶어 하지 않습니다, 로마노프 요원." 프런트 데스크에서 일하는 남자도 무슨 일이 있었는지 알고 있을 거라 그녀는 추측했다. 남자는 나타샤를 건물 안으로 들여보낼 것 같은 표정이 아니었다.

오데사 비행 계획을 파일로 만들어서 아바나 알렉스에게 무슨 일이 생기기 전에 부하들을 우크라이나로 보내. 그들이 지금 거기 있다고 생각된다면.

"그래, 알았어. 적당히 해. 콜슨이랑 얘기 좀 해야겠어. 마리아 힐이라도."

트리스켈리온 중앙 처리 장치로 들어갈 방법을 찾아내고 이게 뭔지 알아내야 해. 네가 믿을 수 있는 사람, 누구라도.

"그들이 온종일 회의를 하고 있는 건 확실합니다, 요원. 적어도 지금 그들이 여기에 있긴 하죠." 남자는 빙그레 웃었다.

나타샤는 눈썹을 추켜세웠다.

내 첫 번째 선택으로 모든 사람이 살아 있지만, 얼마나 오래 살 수 있지?

나타샤는 방금 작업을 끝낸 드라이브를 들고 있었다.

"이것만 주면 돼. 콜슨이 내게 준 바보 같은 Mac이 있지만, 나에게 PC가 있어도 일하는 데 가져갈 수도 없어. 컴퓨터 말이야, 안 그래?"

문이 윙윙거렸다.

나타샤는 미소 지었다.

내 두 번째 선택은 위험하지만 장기적으로 보면 모두 더 안전해질

295

거야.

남자의 머리가 쾅하고 책상에 부딪혔고, 두 번째 문이 열렸다.

남자의 부츠가 미끄러운 로비 바닥을 질질 끌며 관리원 옷장 안으로 들어갔고, 그의 뒤에서 문이 닫혔다.

전화해, 나타샤.

나타샤는 오토바이 헬멧을 바닥에 놓고 아트리움을 통해 걸어갔다. 그녀는 그녀 옆 엘리베이터에 서 있는 정장 입은 남자에게 고개를 끄덕이고, 문이 닫히자 그를 밀어냈다.

뭐가 필요하지?

네 머릿속엔 더 사람이 없니?

너 때문에 더 사람들이 다치지 않아?

엘리베이터 문이 스르르 열리면서 그녀는 바닥에 파란 안전등 광선만 두껍게 빛나는 칠흑 같은 복도 아래로 내려왔다.

의사도, 장군도, 이반도 더는 내 뇌에 들어올 수 없어.

몇 년 전에 그가 널 뭐라고 불렀지?

시한폭탄?

네 머릿속 아바 올로바는 결국 너를 궁지로 몰아넣을 거야.

그녀는 지금 지하실에 있었다.

어둡고 보안이 되어 있고 특징 없는.

어떤 종류의 공격도 견뎌낼 수 있는 장소— 쉴드가 가장 자주 사용하는 것처럼 보이는 그런 종류의 공격도 견딜 수 있는 곳.

뭐가 필요해, 나타샤? 스물네 시간이면 어때?

스물네 시간 동안 이걸 알아내야 해.

나타샤는 찾던 문을 발견했다.

방사선 노출 위험 표시가 있었다.

그녀는 곁눈질하며 문에서 물러났다. 독일어. 이반 소모도로프에 게 경의를 표하며.

아바와 알렉스도 스물네 시간 동안 살아 있을 수 있어.

나타샤는 문을 향해 세 발을 발사했다.

이제 서둘러서 이 슬레이트를 찾아서 풀어야지.

방은 대부분 비어 있었다. 벽은 텅 비어 있었고, 천장에는 한 개의 전구만이 매달려 있었다. 중앙에 작은 테이블이 있었고, 접이식 의자 옆에는 학교 책상처럼 한 사람이 앉을 수 있을 만큼 충분히 큰 테이 블도 있었다.

이것이 진정한 브레인 트러스트였다.

나타샤는 의자로 미끄러져 들어가서 책상을 두 번 두드렸다.

숨겨진 스크린이 표면 위로 솟아올라, 노트북 컴퓨터 덮개 정도의 각을 이루었다. 그리고 키보드가 있었다.

나타샤는 자신의 승인 코드를 쳤다.

그러고는 숨을 한 번 들이쉬고 변형 코드, 그녀가 알렉스 마노르 파일 여백에 쓰인 걸 발견한 코드를 천천히 타이핑했다. 나타샤의 것 과 3밖에 떨어져 있지 않았다.

블랭크 슬레이트? 제발. 그게 뭐지?

화면이 켜졌다.

3차원의 여성 얼굴이 나타샤 앞에 나타났다.

자신의 얼굴이었다.

그 얼굴이 말했다. "이것은 나타샤 로마노프를 위해 백업된 스타크 개인 가상 데이터입니다."

"물론, 그렇겠지." 나타샤가 중얼거렸다.

"내 목소리가 들리는 곳에 있다면, 앞으로 사용하려고 안전하게 개인 사진 스캔을 업로드한 후 기존의 모든 디지털 데이터를 복제해 둔 토니 스타크에게 감사해도 좋아요, 나타샤."

"그 사람에게 쪽지를 보내라고 내게 다시 한 번 알려줘."

"죄송하지만 그것은 제게 의도된 VDB로서의 기능을 넘어서네요, 나타샤." 모델은 미소를 지었다. 불안했다.

그녀는 나타샤에게 가까이 오라고 손짓했다. "나타샤, 이제 망막 스캔을 해야 하니 잠시 움직이지 말아 주세요."

화면에 가이드가 나타났고, 나타샤는 그쪽으로 몸을 숙였다.

"가만히 있어요, 나타샤." 화면 음성이 말했다.

붉은빛이 번쩍였고, 인간 나타샤가 뒤에 앉아 있으면서 눈을 깜빡였다. "와우."

"신원 확인. 오늘은 제가 어떻게 도와드릴까요, 나타샤?"

"좋아." 진짜 나타샤는 가상의 나타샤를 바라보았다. "네가 정말 그렇게 똑똑하다면. 프로젝트 블랭크 슬레이트… 나타샤?"

스크린 위에 로마노프가 마치 생각하는 듯 고개를 갸웃거렸다. 그러고는 나타샤의 얼굴을 마주 보려고 돌아서서 환하게 웃었다.

"블랭크 슬레이트는 레드룸 소유 알파파 인식 기술을 쉴드가 사용하기 위해 적용한 것입니다, 나타샤."

"이해할 수가 없군. 다시 말해봐. 블랭크 슬레이트가 뭐라고?"

"블랭크 슬레이트는 속어적 표현입니다. 블랭크 슬레이트는 프로그램이고, 프로토콜이며, 정신 상태이기도 합니다, 나타샤."

"그건 나도 알아, 나타샤. 내가 모르겠다는 건 네가 말하는 것이 정말 무슨 의미인지를 모르겠다는 거야." 진짜 나타샤는 좌절했다.

디지털 나타샤는 어깨를 으쓱했다. "죄송합니다. 좀 더 명확하게 할 수 있도록 노력할게요, 나타샤."

진짜 나타샤는 그녀를 노려보았다. "누가 블랭크 슬레이트 프로그램을 착수한 거지?"

얼굴을 기우뚱하고 생각하다 웃으며 대답했다. "당신이 그랬어요, 나타샤."

"나라고? 내가 왜 그러겠어?"

"그것은 첨단 보안 프로토콜입니다, 나타샤."

"누구의 보안?"

"알렉스 마노르라는 가명을 가진 미성년자 말입니다. 당신은 쉴드의 지원으로 그를 조건부 석방하기로 하면서 협상했습니다, 나타샤."

"확실해?"

"나는 저장된 데이터의 기록을 손상시키지 않습니다, 나타샤."

"그게 언제였지?"

"22개월 전입니다, 나타샤."

나타샤는 의자에 다시 앉았다.

알렉스 마노르? 그녀는 알았어야 했다. 그것이 다가오고 있음을 알았어야 했다.

인정해.

적어도 너 자신에게만은 인정해.

넌 거의 이 년 동안 알렉스 마노르를 봐왔잖아.

넌 아무한테도 말 안 했어. 콜슨, 토니, 캡, 그리고 브루스에게도 말이야. 페퍼에게도 말하지 않았어. 아무에게도.

왜?

뉴저지주 몽클레어 출신 십대 소년에게 왜 관심을 갖게 된 거지?

그리고 왜 그렇게 그를 두려워하는 거야?

나타샤 로마노프의 개인적인 일이었다. 자신이 처리해야 하며 처음보다 명확해진 건 없는 일.

그 소년은 누구에게 중요한 거지? 특히 그녀에게 중요한 건가?

모든 것이 감시망에서 벗어나 있어서 나타샤는 사실 쉴드 프로토콜을 무시하고 자신만의 일정을 정리했다. 만약 그렇게 된다면 상당히 규칙적으로 확인할 수 있을 만큼 충분히 오래 그 나라에 머물 수 있을 것이다.

나타샤는 여전히 왜 그런지조차 알지 못했다.

그가 왜 너를 괴롭히는지 모르지만, 그냥 내버려둘 수는 없어.

아마 이반의 무언가와 관련이 있을 테지만 넌 그게 뭔지 조차 모르지.

넌 아무것도 몰라.

왜 모르지?

왜?

왜—

나타샤는 고개를 들었다.

"그래서 이 블랭크 슬레이트는," 나타샤는 천천히 말했다. "나라는 거지, 그렇지?"

가상의 나타샤가 고개를 끄덕였다. "네, 나타샤."

"내가 지웠다고?" 진짜 나타샤는 믿을 수 없다는 듯 물었다.

"네, 나타샤. 그것은 당신의 해마, 편도체, 선도체에 있는 신경 전달 물질이 전자적으로 재구성되고, 그 안에서 당신의 전체적인 신경 형성이 변경되는 과정을 구체적으로 설명하는 속어적 표현이었어요."

"그러면 알렉스도?"

"네, 나타샤."

진짜 나타샤는 비틀거리고 있었다.

나 녹초가 된 것 같아.

나.

나 자신의 일부가 그리워.

알렉스도 마찬가지야.

왜?

아바타는 기대에 찬 눈으로 그녀를 바라보았다. "도움이 더 필요한가요, 나타샤?"

"모르겠어." 진짜 나타샤가 화면을 끄며 무기력하게 말했다. "그 일에 관해 너에게 다시 연락해야겠지."

난 이제 아무것도 모르니까.

나타샤는 어둠 속에 혼자 앉아 누가 그랬는지 궁금해했다.

쉴드 열람 가능
허가 등급 X

순직 [LODD] 조사
참조: 쉴드 케이스 121A415
사령부 요원 [AIC]: 필립 콜슨
회신: 나타샤 로마노프 요원, 일명 블랙 위도우, 일명 나타샤 로마노바
기록: 국방성, LODD 조사 청문회

국방성: 받아들일 게 참 많네요, 로마노프 요원.
로마노프: 말해보세요. 그때, 제가 알고 있던 것은 이반 소모도로프가 아닌 다른 이야 기가 많았어요. 처음에는 아바, 이제는 알렉스, 물론 저도 있죠. 우리는 어 쨌든 이 일의 일부가 되었고, 나는 개인적으로 둘 다에 모두 관련이 있죠

국방성: 당신은 그냥 그렇게 믿었나요? 누군가 당신의 뇌에 초극단파를 쏘여서 기 본적인 뇌엽절리술을 했다는 것을? 단지 당신의 복제품이 당신에게 말했 기 때문에? 토니 스타크가 만든 복제 나타샤 로마노프 때문에?
로마노프: 직감적으로 느낄 수 있었죠. 지워졌다는 걸. 난 더 일찍 알아챘어야 했어 요. 레드룸에서 그 시간 뒤에.

국방성: 그럼 전에도 이런 일이 있었나요? 언제? 어떻게?
로마노프: 제가 알기로는 두 번 있었습니다. 제가 모르는 일이 더 많이 있었을 거라 확신해요.

국방성: 믿을 수 없군요. 말도 안 돼요, 요원.
로마노프: 과장된 이야기라고 해서 사실이 아닌 건 아니에요. 만약 그랬다면, 전 실 직했겠죠.

국방성: 아 네. 유니콘.
로마노프: 늘 유니콘이죠.

오데사의 거리, 흑해 공업항

"오데사 베르피, 바로 그거야." 아바는 엄마의 옛날 사진을 들고 있었다. 사진 속 엄마는 한쪽만 배 꼭대기처럼 보이는 피형강판(물결 모양의 강철로 만든 판-옮긴이) 측면의 거친 쪽 앞에 서 있었다. 오데사 베르피는 배 앞에 갓 칠한 간판에서 거의 보이지 않았다. "여기가 부두여야 해."

"어쨌든 넌 여기에 해답이 있다고 생각하니? 우리가 그 연결고리를 끊을 방법에 대한 답 말이야." 알렉스는 그녀의 어깨너머로 사진을 보았다. 마치 사진이 그에게 대답하기를 기대한 것처럼.

"어쩌면. 모든 게 여기서 시작됐으니까. 안 그래?" 아바는 모스크바에서 오데사까지 연결 항공편 동안 엄마 얼굴의 주름 하나하나를 기억하려는 듯 사진을 빤히 쳐다보았다. 하지만 사진은 부두와 아바

304

의 가족이 더 좋은 나날을 보내던 너무 오래전에 찍은 것이었다.

알렉스는 장갑 낀 손으로 그녀의 팔을 꽉 쥐었다. "적어도 여기선 아무도 널 가두려고 하지 않아. 아니면 우리의 뇌를 지워버리자. 내겐 그것으로 충분해."

"나아졌는데." 아바가 사진을 더 높이 들고 동의했다.

이제, 겨울 달빛 속에서, 아바는 사진과 조선소 자체를 비교하려고 애썼다. 부두는 사진이나 기억 속 모습과는 달랐다. 물가에 일렬로 늘어선 텅 빈 기름통 뒤에 웅크린 채 아바와 알렉스가 숨어 있었던 곳에서 그녀는 오데사 베르피 간판과 주변 모든 것이 얼마나 심하게 황폐해졌는지 알 수 있었다.

간판만 부식된 건 아니었다. 그녀가 마지막으로 여기 왔을 때에서 전혀 회복되지 않은 것처럼, 모든 곳이 난장판이었다. 뼈만 앙상한 야생 고양이들이 녹슬고 갈라진 폐허를 배회했고, 독수리처럼 생긴 것이 머리 위 구름 낀 달빛 아래를 빙빙 돌았다. 울타리 주변에 있는 오래된 전등 대부분이 제멋대로 불규칙하게 깜박이고 있었다. 눈조차도 더러워 보였고, 하늘은 그 밑의 그을린 조선소처럼 어두웠고, 또 한 차례 폭풍이 올 확률이 높았다.

이곳은 산 자들을 위한 장소가 아니다.

나 같은 유령을 위한 곳이지.

아바는 숨을 쉬려고 했다. 맥박이 뛰고 가슴이 쿵쾅거리는 것을 느낄 수 있었다. 그녀는 손을 떨지 않으려고 의식적으로 노력했고, 그래서 사진이 흔들림을 멈추었다….

하지만 이게 다야, 그렇지? 사진 속 악명 높은 창고?

여기서 모든 게 시작됐고, 난 다시 여기에 왔군.

아바는 논리적으로 자신이 자유의지의 결과물이라는 사실을 알았지만, 그 장소를 보는 것만으로도 다시 도망칠 수 없을 것 같은 기분이 들었다. 그것은 그녀를 붙잡았고, 아무리 도망치려 해도 항상 다시 그녀를 끌어당겼다.

아니, 이건 내 삶이 아니야. 이건 내가 아니야.

내가 전에 살았던 곳일 뿐이야.

아바는 그 생각을 하지 않으려고 애쓰면서 대신 알렉스에게로 시선을 돌렸다. "틀림없어. 간판 보여? 오데사 조선소."

알렉스는 그 사진을 그들 앞에 있는 불에 타고 남은 창고 뼈대와 비교하면서, 차가운 달빛 속에 있는 폐허를 평가했다. "네 말이 맞는 거 같아. 네 공책에 적어도 열 번은 이 똑같은 창고를 그린 것 같아."

아바는 몸을 떨었다. "나도 알아."

"그럼 여기가 급습했던 곳이구나?"

아바는 고개를 끄덕였다.

알렉스는 화물선이 가득 들어찬 선착장을 훑어보았다. "이곳은 또 아마 이반이 모든 장비를 몰래 들여오는 곳이었을 거야. 보트에서 바로. 꽤 효율적이었을 거야." 알렉스는 고개를 저었다. "지난 몇 년간 이 부두에서 또 무슨 일이 있었는지 분명 궁금할 거야."

"충분해. 매년 5천만 톤의 흑해 교통량과 주요 철도망으로의 직접 연결—" 아바는 QE 과부하로 갑자기 하던 말을 멈추고 어깨를 으쓱했다. "내 말은 좋을 리가 없다고."

"또 뭐가 있나 봐." 알렉스는 사진 속의 창고 건물 꼭대기를 가리켰다. "그때만큼 경찰이 그렇게 많진 않아."

사실이었다. 조선소 주위에는 무장한 경관이 있었다. 밀리티시야. 아바는 회색 털 우샨카 경관모자 수를 셀 수 있었다. 그리고 그녀는 방한모의 귀 덮개를 부러워했다. 그녀와 알렉스는 최소한의 덮개만 덮고 천천히 덜거덕거리고 있는 트럭 옆에서, 출입이 제한된 화물 부두 구역에 몰래 들어가려고 45분을 기다렸다.

"낡은 부두에 버려진 창고치고는 좀 이상한데, 그렇지 않아?" 알렉스는 선착장 문 주위에서 시간을 보내고 있는 총을 들고 고용된 사람 수를 세었다. "보안팀 전부인가?"

"네가 이반 소모도로프라고 하고 너의 과거를 지우려고 하고 있다고 생각하면, 꽤 괜찮은 정도지." 다른 경비원이 그들을 지나치자 아바는 목소리를 낮추며 말했다.

"글쎄, 우리가 그렇게 많이 감당할 수는 없겠지. 잘못했다가는 우크라이나 전역의 경찰을 불러 모을 수도 있을 거야." 알렉스는 답답해하는 것 같았다.

"이반의 나머지 사병은 말할 것도 없지." 아바는 음침한 표정으로 말했다.

"이번에는 어떤 연극이야?" 알렉스는 그녀를 보았고, 그녀는 그가 얼마나 쉴드 요원처럼 들리는지 생각하지 않으려 했다. "아바. 우리는 이겼어. 너는 로마노프처럼 생각할 수 있고," 그는 씩 웃었다. "난 싸움을 꽤 잘하거든."

아바는 눈을 감았다가 다시 떴다. "네 말이 맞아. 우리는 해냈어."
아바가 미소를 지었다. "이번에는 내가 왼쪽을 맡을게. 너는 오른쪽
을 맡아."

* * *

그들은 4분도 안 되어 녹슨 창고를 열어젖히고 있는 자신들과 완전
히 의식을 잃은 경비원을 발견했다.

*턱뼈 아래로 어퍼컷. 하악각을 건드린다. 측면 움직임을 최소화한
다. 머리로 곧장 가격한다.*

아바는 떠났고, 알렉스는 곧장 가버렸다.

꽤 한 팀이 되어가고 있네. 그녀는 생각했다.

"여기서 아무도 우리 친구를 찾지 못하면." 아바가 기름통 뒤로 삐
죽 튀어나온 낡은 전투화를 흘끗 돌아보며 말했다. "안에 있는 물건
을 확인할 충분한 시간이 필요해."

"방금 그 어퍼컷 좀 가르쳐줘." 알렉스는 경비원의 부츠를 밀치며
말했다. "유용해 보이네."

"뭐에 유용하다는 거야? 쉴드에서의 앞으로의 네 커리어에?"

아바는 자신의 전술적 소형 손전등을 깜박이면서 자신의 목소리
가 얼마나 짜증스럽게 들렸던지 자신도 놀랐다.

"모든 스파이 장비를 갖춘 소녀를 말하는 거야." 그는 씩 웃었다. "하

308

지만 물론, 안 될 것 있을까? 우린 파트너가 될 수 있어. 보니와 클라이드. 좋은 사람들. 보니와 클라이드 콜슨처럼 말이야." 그는 웃었다.

"우리가 좋은 사람인지 어떻게 알아?" 아바가 심란한 듯 물었다. 어둠을 뚫고 손전등을 움직여 창고의 동굴 같은 내부를 비추었다. 안에도 너무 추워서 입김이 하얗게 부풀어 고리 모양이 되는 것을 볼 수 있었다.

아바는 몸을 떨었다. 이 모든 시간이 지난 후에도 모든 장소가 여전히 그렇게 무시무시하게 보일 수도 있다는 것은 힘든 일이었다.

아바는 억지로 계속 말을 이어나갔다. "보니와 클라이드? 그래서 펜싱 실력을 발휘해서 국제 스파이 집단의 잘못을 바로잡으려는 거야?" 그녀는 자신이 어디에 있고 왜 그곳에 다시 왔는지가 아닌 다른 생각을 하려고 애썼다. *나쁘지 않은 생각이야.* 그녀는 스스로에게 말했다.

그리고 내가 폴딩 블레이드를 조작하는 방법을 알아낼 수 있다면.

"정확해. 그러면 우리는 비즈니스 클래스만 탈 거야. 브랫 주니어라는 이름의 우리 개와 함께." 알렉스가 그녀의 손을 잡았다. "게다가, 네가 제멋대로일 때, 내가 너를 그렇게 불러도 넌 내가 개에게 말한다고 생각해서 가만있을 거야."

"다 해결됐네."

아바는 주위의 그림자를 살폈다. *이반이 날 묶어둔 곳이었나? 거기였나?* 그녀는 생각하려고 애썼지만, 현재에 나타난 것과 과거의 공포와 혼란으로 가려진 채 남아 있는 것들을 통제할 수 없었다.

검은 그림자 같은 눈을 가진 대머리 남자.

그의 재킷 옷깃 위로 보이는 미로 같은 문신들.

시큼한 담배 냄새와 진한 커피 냄새.

가끔은 흉터가 남는 놋쇠 버클이 달린 벨트.

거짓말들, 항상 했던 거짓말들.

알렉스는 아바의 손을 꽉 쥐며, 부드럽지만 끈질기게 그녀의 생각을 가로막았다. "그러면 고양이는? 우리 고양이 이름을 뭐라고 지을까?"

그는 포기하지 않았다.

그녀는 그가 무슨 말을 하는지 알고 있었다. *나 여기 있어. 넌 혼자가 아니야. 말해봐. 계속 이야기해봐.*

"고양이 사샤에겐 이미 이름이 있어." 아바가 지붕 틈새 구멍을 올려다보며 말했다. 눈이 틈새로 부드럽게 떨어지고 있었다.

거기.

그곳이 내가 죽 늘어선 큰 무기들을 기억하던 곳이야. 그녀는 생각했다.

저격수들.

"저크가 아니라?" 알렉스가 옆구리를 쿡쿡 찌르며 말해서, 그녀가 그에게로 돌아오게 했다. "그건 내가 첫 번째 고양이의 기저귀를 갈아주던 날 모든 고양이에게 비밀스러운 이름이 있다고 판단했기 때문이야." 그가 다시 그녀를 쿡 찔렀다. "찾아봐, 좋은 거야."

"넌 끔찍해. 사샤와 난 네가 싫어." 아바는 미소를 지었다.

아바가 기운나게 하려고 열심히 노력하는 알렉스를 보면서 아바의 마음도 따듯해졌다. 아바는 마음을 가라앉히기 시작했다. 어떻게 한 건지는 몰라도, 알렉스는 모든 것이 다시 안전해진 것처럼 보이게 만들었다.

언젠가는 다 괜찮아질 것처럼.

그녀는 숨을 내쉬었다.

받아들여야 해. 우리는 들어갔다가 나올 거야. 열두 시간만 주어지면. 스스로에게 그렇게 말하기는 했지만, 자신도 믿지 않았다.

그러고 나서는 뭐지? 다음 연극은? 네가 이반 소모도로프를 제압할 수 있겠어? 네 안에 있는 블랙 위도우가 있으면 충분히 그럴 수 있다고 생각하는 거야?

아바는 엄밀히 말해, 해야 한다면 할 수 있다고 상상했다. 아바에겐 능력이 있었다. 심지어 가방 안에 세 개의 소형 쉴드 다트도 가지고 있었는데, 하나에는 코끼리 한 마리를 쓰러뜨릴 만한 충분한 독소가 있었다.

그건 문제가 아니었다.

문제는 그녀였다.

경비원을 무력화시키는 것과 그를 죽이는 것은 별개의 일이다.

나타샤가 마음속에 품고 있는 그 기억들, 밤에 소리 지르며 깨어나게 만드는 바로 그 기억들?

너 정말 그걸 원하니?

"그래서 이게 다야." 알렉스는 주위를 둘러보며 말했다. "그냥 하나의 큰 지저분한 방. 하지만 과거 모든 것에 대한 단서가 여기 어딘가에 있을지도 모르시."

아바는 고개를 끄덕였다. "그래도 정말 달라 보였어. 전에는, 있잖아. 이반." 그녀는 너덜너덜한 케이블 한 토막을 마루에서 끌어 올렸다. "그러고는 폭발과 화재, 파괴."

"로마노프 요원 전에." 알렉스는 낡은 금속 라커처럼 보이는 콘크리트 덩어리를 떼어내려고 쪼그려 앉아 말했다. "그녀는 그를 쉽게 무너뜨리지 못했어."

아바는 몸을 떨었다.

"그는 모든 일에 영향을 미치는 것 같아. 장소와 사람에게도." 알렉스는 고개를 저었다. "하지만 이해가 안 가. 이곳은 쓰레기장일 뿐, 아무것도 아니야." 그는 그을린 돌무더기를 걷어찼다. "우리가 보기를 원치 않는 것이 아직도 여기 있을까? 경비는 왜 있는 거지? 무슨 비밀이 있다고?"

"좋은 질문이야." 아바는 그녀 주변에 검게 그을린 폐허 위를 바라보았다. "아마 이반은 끝나지 않았을 거야. 아마 그가 아직 없애지 못한 것이 있을 거야."

아바는 손전등으로 그들 주변 바닥을 가로질러 비추었다. 발밑은 갈라지고 불안정하고 고르지 못한 곳이 많았다.

"아니면 함정일지도 몰라." 알렉스는 그의 파편 더미에서 반짝반짝 빛나는 금속 조각을 주우려고 멈췄다. 아바의 손전등이 휙 지나갈 때 알아차렸다.

막혀 있었다. "이게 뭐지?" 그 물건은 콘크리트 바닥 깊은 틈새 중간에 끼어 있었다.

아바가 그 위로 불빛을 비추었다. "모르겠어."

알렉스는 바닥에 무릎을 꿇고 손가락으로 금속 조각을 잡아당겼다. "누군가 거기에 떨어뜨린 것 같아."

"아마 폭발 과정에서 그랬겠지." 아바는 그 옆에 무릎을 꿇고, 한 손으로 손전등을 들었다. 다른 손으로는 주머니에 있는 소형 스위치 블레이드를 꺼냈다.

그는 그녀를 쳐다보았다. "넌 뭐야, 제임스 본드?"

아바는 어깨를 으쓱했다. "다른 아이들은 플라스틱 조랑말을 모으지만, 나는 오래된 쉴드 잠동사니를 모으지."

알렉스는 고개를 저었다. 그는 칼로 이상하게 생긴 금속 조각으로 여겨지는 물건을 파냈다. 그는 손에서 그것을 뒤집으며 먼지를 털어냈다. "어때? 기계 같은 건가? 무언가 찍혀 있을지도 몰라. 숫자? 아니면 단어?" 그는 소매로 금속을 문질렀다.

"그건 열쇠야." 아바는 그의 손바닥에서 그것을 집어 들며 말했다. 금속 표면은 마찰로 따뜻했고, 그녀는 손가락으로 찍혀 있는 글자를 만져보았다. "그건 단순한 숫자가 아니야. 이름이지. 럭스포트. 알겠어. 나는 마을 외곽 고속도로의 큰 트럭에서 그것이 칠해진 것을 보곤 했지."

"럭스포트?" 알렉스는 얼굴을 찡그렸다. "그건 네 스케치북에 있었는데, 그렇지?"

"내 꿈에도."

"어쩌면 그게 무슨 단서인지도 몰라. 이와 같은 일련번호를 가지고 있는 열쇠가 몇 개나 될까?"

"모르겠어. 계속 가면서 다른 쪽도 확인해보자." 아바가 말했다. 이제 그녀는 궁금했다. 그녀의 마음은 빙빙 돌고 있었다. 오데사에 온 이후부터 네 개의 단어가 뇌리를 떠나지 않았다. 그중 하나는 지금, 여기, 마치 그녀의 과거에 대한 무슨 징조처럼 보였다.

거의 희망에 찬 것 같았다.

그들은 어둠을 뚫고 알렉스가 벽에 부딪힐 때까지, 아니 알렉스가 벽이라고 생각하는 것에 부딪힐 때까지 창고 저편으로 이동했다. "잠깐. 그게 뭐야?" 알렉스가 그 앞에 있는 물건을 톡톡 두드렸다. "창고는 여기가 끝이 아니야. 봐. 이 벽은 지붕선과 맞지 않아."

"그건 벽이 아니니까." 아바가 말했다. 그녀는 이 사이로 손전등을 대충 물고 손으로 먼지 속 한 지점을 문질렀다. "무슨 상자인가 봐. 아마 선적 컨테이너일 거야. 옆에 글자가 있어. 페인트, 잉크, 뭐든 지금 벗겨진 상태지만, 그래도 나 알 것 같아."

럭스포트.

"저기 또 있어." 알렉스가 말했다. "열쇠 같아." 그들은 서로를 응시했다.

이번에는 군사용 형판으로 그 단어가 칠해져 있었다.

아바는 배낭에서 스케치북을 꺼냈다. 그녀는 손전등을 들고 알렉스가 직접 볼 수 있게 했다. "내 꿈에서도." 그녀는 말했다. "브랫처럼 말이야."

KRASNAYA KOMNATA.

OPUS.

LUXPORT.

"우연이 아니야." 알렉스는 눈을 찌푸렸다.

아바는 고개를 저었다. "오랫동안 이 단어들은 내가 이 장소를 기억할 수 있게 해주는 유일한 것이었어. 그리고 그날 밤을. 기억인지 꿈인지 몰랐어."

"그런데 왜 이 네 단어지?"

"모르겠어. 나타샤는 이 창고를 기억할 때 럭스포트를 생각조차 하지 않았는데 말이야." 아바의 목소리는 혼란스러운 것처럼 들렸다.

"럭스포트가 이반과 뭔가 관련이 있을지도 모른다는 생각이 들기 시작했어. 하지만 쉴드가 나를 발견한 그날 밤은 아니었지."

"어쩌면," 알렉스는 한 걸음 뒤로 물러서며 고개를 들었다. "이것은 정말 거대한 선적 컨테이너야. 뭘 쌓을 수도 있겠어. 우리 엄마 미니밴은 한 12대 정도? 그러고도 프리우스 한두 대 더 쌓을 여유가 있겠어."

"너희 엄마가 미니밴을 운전하셔?" 아바가 엄지손가락을 추켜세웠다. "멋진데."

"지금은 때가 아니야."

"잠깐. 그럼 너도 가끔 미니밴을 운전한다는 말이야?"

"난 아직 면허증이 없어. 그리고 너도 운전하는 법을 배울 때까지 그런 농담을 하면 안 돼." 알렉스가 말했다.

아바는 그를 무시했지만, 여전히 미소 지으며 컨테이너 구석 주변으로 더듬어 나갔다. 그리고 그녀 앞에 자물쇠가 채워진 문을 흔들고 있는 자신을 보았다.

"럭스포트. 세 번째. 자물쇠에도 적혀 있어."

그녀는 열쇠를 내밀었다.

알렉스는 그것을 가져갔다. "창고 열쇠는 아닌데."

"선적 창고가 아니야. 선적 컨테이너. 아마 8년 동안 바로 여기 있었을 거야."

그는 열쇠를 오래된 자물쇠에 끼워 넣었다. 녹슬어서 삐걱 소리를 내며 자물쇠가 천천히 열리기 시작했다.

쉴드 열람 가능
허가 등급 X

순직 [LODD] 조사
참조: 쉴드 케이스 121A415
사령부 요원 [AIC]: 필립 콜슨
회신: 나타샤 로마노프 요원, 일명 블랙 위도우, 일명 나타샤 로마노바
기록: 국방성, LODD 조사 청문회

국방성: 그래서 멋대로 굴었나요? AWOL(Absent Without Leave의 약자. 무단 이 탈-옮긴이)? 엄마와 아빠도 좋아했겠죠. 그들의 최정예 요원이 그것을 해냈 다고요?

로마노프: 전 제 뇌가 삭제되었다고만 했습니다. 그건 쉴드만의 기술이 아닙니다. 옛날 모스크바의 것이었고, 이반 소모도로프의 것이었죠.

국방성: 그래서 당신은 어떤 모험도 하지 않았다는 건가요?

로마노프: 물론 아닙니다. 제가 알기로 제 이름은 위조되었습니다. 제 승인 코드도 도둑맞았고요. 저는 축소할 필요가 있었습니다. 기다려야 했습니다. 당 신이 제 입장이라면 어떻게 했을 것 같습니까? 누구라도 마찬가지 아니 었을까요?

국방성: 어려운 질문이군요. 솔직히 말하면, 당신의 입장을 절대 생각해본 적이 없 소, 로마노프 요원. 난 절대 그럴 일 없길 바라지.

로마노프: 누구를 믿어야 할지 몰랐습니다.

국방성: 당신이 자주 하는 일 같지는 않군요.

로마노프: 익숙해지세요.

국방성: 나는 저쪽 사람들이 그 일에 대해 약간 민감하다고 생각합니다.

로마노프: 당신은 아무것도 모릅니다.

국방성: 로마노프 요원, 국장이 대통령에게 보고할 겁니다. 그러니 내가 그렇다고
말하면 그대로 믿으세요.

우크라이나, 흑해 부근,
오데사 조선소 창고

열쇠를 돌리는 것만으로는 충분하지 않았다. 선적 컨테이너는 몇 년 동안 열린 적이 없어 보였는데, 그건 아무도 그걸 열려고 하지 않았다는 의미였다.

훌륭해.

알렉스는 차고처럼 생긴 금속 문에 어깨를 대고 밀었다. 문은 꿈쩍도 안 했다. 아바도 함께 밀었다. 고등학생 소년의 자아에는 상당히 굴욕적인 일이었지만, 알렉스 역시 혼자 하는 것보다 더 낫다는 것을 인정했다. 그들은 함께 금속문을 쾅 하고 밀었고, 마침내 문이 그들에게 굴복하면서 미끄러지기 시작했다.

알렉스는 힘껏 홱 잡아당겼고, 문은 덜컥 소리를 내며 천천히 위로 올라가 한층 더 깊은 직사각형 모양의 어둠이 드러났다.

"이반이 왜 돈을 주며 저 경비병들을 다 데리고 있었는지 알아볼 시간이군." 아바는 시계를 확인했다. "경비가 언제 다시 올지 모르겠어."

"알겠어, 올로바 요원."

아바는 웃으며 자신의 소형 손전등을 더 넓은 곳으로 휙 던졌다. "올로바 요원이 아니야. 레드 위도우. 크라스나야 브도바. 그게 내가 어렸을 때 생각해낸 이름이야." 그녀는 손전등을 선적 컨테이너의 벽 위쪽으로 비췄다.

"잠깐만. 레드 위도우라고? 슈퍼히어로 이름을 골랐어?" 알렉스는 웃었지만, 감동하였다.

"물론 그랬지. 난 어린애였고 온종일 7B에 앉아 갇혀 있었어. 내가 다른 뭘 하겠어? 어쨌든 그랬었어." 그녀는 그의 웃음을 무시한 채 벽을 더욱 자세히 살폈다. "나는 모든 면에서 블랙 위도우와 반대가 되기로 했어. 그녀는 검은 옷을 입었으니까 나는 흰옷을 입을 거야."

"펜싱 선수처럼?" 알렉스가 웃었다.

"웃지 마." 아바가 그의 팔을 주먹으로 쳤다.

"아우. 웃은 거 아니야." 알렉스는 팔을 비볐다. "저 케블라 유니폼은 총알과 칼날을 막아주지. 넌 훨씬 더 나쁠 수도 있었어."

"맞지? 그리고 블랙 위도우는 총을 가지고 있었으니까 나는 칼을 가지고 있을 거야."

"아. 그렇군. 다리 위에서 뛰어내릴 때 좀 부피가 크지 않을까?"

"조금."

"그걸 좀 손봐야 할 텐데."

"분명히."

"그리고 총이 전혀 없는 것에 대해 다시 생각해보고 싶을 수도 있어."

그녀는 어깨를 으쓱했다. "레드 위도우는 융통성이 있어."

"레드 위도우는 그녀의 더플백에 든 훔친 45파운드의 스파이 장비도 가지고 있는 거지?" 알렉스가 눈썹을 추켜세웠다.

"아마도, 그녀의 은신처에."

"아, 지금 그녀에게 은신처가 있다고?"

"그럼 그녀가 또 어디에 고양이를 기르겠어?"

"맞아, 알았어. 이제 알겠네." 그는 웃었다.

아바는 약간 당황한 표정을 지으며 웃었다. "나는 사인 연습도 했어. 먼저 커다란 빨간색 모래시계를 그리고 바로 그 위에 나만의 것을 그려서 선을 긋는 거야."

"이중 모래시계? 십자가 아니야?"

그녀는 그를 또 때릴 것처럼 보였다. "아니. 십자가가 아니야. 생각해봐."

"생각하고 있어. 네 말은 네가 레드 크로스가 되겠다는 거잖아? 그건 이미 만들어진 거니까." 알렉스는 고개를 저었다.

"십자가가 아니야." 아바가 얼굴을 찌푸렸다.

"그럼 꽃 같은 거야?"

"꽃도 아냐." 그녀는 그의 다른 팔을 주먹으로 쳤다.

"아우, 좋아, 좋아. 거미는 왜 안 되지?"

"안녕, 스파이더맨?" 그녀는 눈을 굴렸다.

"이 일에 대해 생각 많이 했구나, 그렇지?"

아바는 어깨를 으쓱했다. "난 여유 시간이 많았거든."

"보아하니 그런 거 같아."

아바는 알렉스를 무시하고, 돌아서서 주변 공간을 살폈다. 그러나 컨테이너의 벽은 공중으로 소용돌이치며 날아오르는 먼지를 빼면 방 자체는 텅 빈 것처럼 완벽하게 매끈했다.

"여기는 아무것도 없어." 그녀가 실망한 듯 말했다.

"그것은 거기 있기 때문이야." 알렉스는 컨테이너 바닥으로 잘려나간 작은 문의 윤곽을 가리키며 그 밑에 창고가 있을 거라고 추측했다.

"그게…?" 아바는 작은 문 너머로 몸을 웅크리며 손을 문의 경계선을 따라 이동했다. "문."

"그러니까 이건 절대 컨테이너가 아닌 거지. 일종의 비밀 입구 같은 거야."

"평범한 곳에 숨겨져 있어." 이제 아바는 무릎을 꿇고 있었다. "이반이 나이 들면서 머리가 좋아진 모양이야."

"내 생각에는 로마노프를 멀리할 만큼 똑똑하지는 못한 것 같아." 알렉스는 문을 쾅쾅 두드렸다. "분명 속은 비었어. 아래에 공간이 있어."

알렉스가 녹슨 판자를 위로 떼어냈다. 먼지가 소나기처럼 떨어지면서 마침내 문이 삐걱거리며 열렸다.

나무로 된 발판 사다리가 컨테이너 바닥 아래 어둠으로 펼쳐졌다. 알렉스는 머리를 가장자리로 붙이고, 밑에 뭐가 있는지 알아내려고 했다. "일종의 비밀 지하실 같은데." 그는 다시 고개를 들었다. "확인해보자."

아바는 이미 손전등을 잡고, 사다리를 내려가기 시작했다. 알렉스가 바로 뒤를 따랐다.

그들이 아래쪽 어두운 방에 들어가자, 그림자를 가르며 손전등이 저 멀리 벽을 깜박거리며 비추었다. 창고 밑 공간은 엄청났다. 콘크리트 층으로 봉인되고 보호되었던 하층부는 완벽하게 보존되어 있었다.

"이곳은 사실상 폭탄 대피소야." 아바가 말했다. "뭐랄까, 그런 것 같긴 한데 말이야. 내가 알아야 할 것은, 7B에서 성장했다는 거지."

"하지만 여전히 말이 안 돼." 알렉스는 고개를 저었다. "폭탄 대피소라고? 누구를 보호하려고? 무엇으로부터?" 그는 경비 구역처럼 보이는 곳에서 머그잔을 집어 들어, 먼지 속에서 완벽한 고리 모양을 남겼다. "그런데 왜 경비가 있는 거지? 더는 아무도 이곳을 이용하지 않는다면 말이야?"

"모르겠어."

"확실해? 생각해봐. 우리가 다시 여기 오도록 한 건 너잖아." 그가 머뭇거리며 말했다. 그는 질문은 거의 하고 싶지 않았지만, 알아야만 했다. "우리가 여길 찾을 거라는 걸 넌 어떻게 알았어?"

아바는 대답하지 않았다. 대신, 그녀는 앞에 있는 불빛을 움직여서 복도로 보이는 곳에 집중해 비추었다. "봐. 이 부분은 위층보다 더 큰 것 같아." 그녀는 복도 쪽으로 조금씩 나아갔고, 알렉스가 뒤를 따랐다.

"그건 내 질문에 딱 맞는 대답은 아니야."

"알렉스, 난 우리가 뭘 찾을지 몰랐어. 확실한 건 아니야. 난 그저 우리가 이반이 나를 데려갔던 곳으로 돌아와야 한다는 것을 알았을 뿐이야. 그가 있던 곳에서—" 그녀는 포기했다. "나타샤를 만났던 곳에서."

그녀는 더는 그것에 대해 말하려 하지 않았다.

알렉스도 눈치챘다.

대신 그들은 탐험했다. 지하실이 완전히 작은 세계라는 것이 분명해졌다. 첫 번째 복도는 다른 복도로 연결되어 있었다. 러시아의 지저분한 옛 지도가 벽에 줄지어 있었는데 이전의 안전가옥 장소, 군수품 창고, 경비 초소가 산재해 있었다. 철사 코일과 오래된 회로가 낡은 전화번호부와 버려진 부서별 안내서처럼 보이는 전기 부품 상자가 옆에 있는 텅 빈 책상 위에 버려진 채로 있었다. 노란색 리놀륨으로 만든 낡은 부엌은 늘어진 소파와 고장 난 지 오래된 텔레비전이 있는 방 옆에 있었다.

아바는 싱크대의 녹슨 수도꼭지를 틀었다. 아무것도 나오지 않았다.

"여기 사람들이 살았을지도 모른다고 생각해. 적어도 여기서 많은 시간을 보낸 것 같아." 알렉스가 말했다. 그들이 지금 서 있는 곳에서, 그들 앞에 펼쳐진 그림자가 질서정연하게 구멍 뚫린 복도 벽까지 길게 늘어져 있는 것을 볼 수 있었다.

"저기야. 저기가 길이야." 아바가 출입구 벽 쪽으로 손을 저으며 말했다.

"어디로 가는?"

"몰라. 그냥 그런 느낌이야." 아바가 멈췄다. "내 생각엔 내가 이곳을 아는 것 같아." 그녀는 그림자를 지나 계속 밀고 나갔다. 그녀가 지나간 처음 세 개의 문을 만지려고 손을 뻗었고, 마침내 네 번째 문을 열었다. "이거야. 이거."

그녀는 두려움으로 얼어붙은 채 안으로 들어섰다.

알렉스에게는 꼭 아바가 과거의 아바가 된 듯 꿈속을 걸어가는 것처럼 보였다. 그녀는 기억하고 있어.

"엄마는 여기 나랑 같이 있었어." 아바는 모퉁이를 천천히 돌아서 옆 사무실로 들어갔다. "저기. 바로 저기야. 저건 엄마의 책상이야. 나는 나의 동굴이라고 부르곤 했어. 나의 안전 공간. 그 밑에서 소꿉놀이를 하곤 했던 것 같아."

아바는 밑으로 기어들어 가서 먼지 사이에 골짜기를 만들었다. "엄마는 정신이 언제나 다른 곳에 가 있었지만, 나는 그녀가 어디 있는지 알았기 때문에 신경 쓰지 않았어. 바로 이 책상 앞에 앉아 있었거든. 그래서 엄마가 백만 마일이나 떨어져 있는 것처럼 보일 때도 나는 전혀 개의치 않았어."

알렉스는 몸을 완전히 웅크린 채 어둠 속에서 어린아이처럼 책상 밑에 숨어 있는 그녀를 지켜보았다. 그는 그녀가 이야기하게 놔뒀다. 알렉스는 아바가 해야 할 일이 뭐든 하게 했다. 그녀가 온 이유가 어떻든, 그녀가 알고 있든 몰랐든.

"봐." 아바의 목소리가 메아리쳤다. "이리 와봐. 여기 아직 내 이름이 있어. 나무 아래에 내가 유성펜을 사용해서 썼던 거야."

알렉스는 콘크리트 바닥에 무릎을 웅크리고 있는 아바 옆으로 앉았다. "나는 이걸 평생 남기고 싶었어. 여긴 엄마와 함께한 내 공간이거든. 아빠와 함께 모스크바에 있었을 때도 말이야. 우리가 여기 있어야 한다면, 난 영원히 엄마의 바로 옆에 있고 싶었어."

알렉스는 아바의 옆에서 고개를 숙였다. 둘 다 딱 맞지 않아서, 그는 머리를 아바의 무릎 위로 숙였다.

그녀는 맞은편 나무에 손전등을 비추었다. 거기에 공들여 쓴 글씨는 그녀의 이름이었다.

아바 아나탈리아.

하지만 이름 위에 무언가 더 있었다. 알렉스는 조심스럽게 손을 뻗었다. 부드럽게. "아바." 그는 책상 서랍을 지탱하는 나무판자에 숨겨져 끼어 있던 곳에서 먼지투성이 흑백사진을 꺼내며 말했다.

그에게서 그것을 낚아챈 아바의 손이 떨렸다.

그것은 아바가 어린 소녀였을 때 어머니 손을 잡고 찍은 사진이었다. 알렉스는 전에 본 적 있는 부두에서 찍은 사진을 떠올리며 올로바 박사를 알아보았다.

사진 속에서 올로바 박사는 너무 큰 사이즈의 정부 실험실 코트 같은 것을 입고 있었는데 야위고 핼쑥해 보였다. 그녀의 어둡고 인상적인 눈은 얼굴에 비해 커 보였고, 그 아래 아바의 통통한 팔의 각도를 보니 딸의 손을 꼭 쥐고 있는 듯했다. 아바는 품에 무언가를 꼭 안고 있었다.

"카롤리나. 내 인형이야." 아바가 슬프게 말했다. 그녀는 손가락으로 인형 사진을 따라갔다. "나는 그녀를 거의 부모님만큼 사랑했어. 그녀는 내가 어렸을 때 자매지간처럼 가장 가까운 사이였어. 보여?" 그녀는 손전등을 움직였고, 알렉스는 나무 위 두 개의 작은 화살표 옆에 쓰여 있는 두 개의 단어를 더 볼 수 있었다.

마모치카는 책상 위쪽 근처에 쓰여 있었다.

카롤리나는 바닥 근처에 쓰여 있었다.

아바는 소매로 눈을 문지르며 빠르게 눈을 깜박였다. "이젠 다 사라졌어, 그렇지? 다 없어진 거지?"

"그런 것 같아." 알렉스가 말하면서, 그녀를 완전히 안을 때까지 팔을 뻗었다. 두 사람의 몸은 그저 하나의 따뜻한 두근거리는 것이었다. "그들은 사라졌지만, 난 여기 있어."

"알아." 그녀는 눈물을 흘리면서 말했다. "여기가 내 집이야, 알렉세이."

"그래, 아바 아나탈리아." 그는 말하며 따뜻한 손을 그녀의 얼굴까지 뻗어서 떨어지는 그녀의 눈물을 닦아주었다. "넌 집에 돌아왔어."

"난 만신창이가 됐어." 그녀의 얼굴이 촉촉하게 젖어 있었다. "내가 그렇다는 것을 나도 알아."

"그렇지 않아." 그가 대답했다. "넌 강해. 봐봐. 모든 것이 사라졌는데도 여전히 여기 있는 사람은 바로 너야." 그녀는 끄덕였다. 그는 그녀가 자기를 믿기를 바랐다.

"충분히 봤어?" 알렉스가 물었다. 그녀는 다시 고개를 끄덕였다.

그는 책상에서 몸을 빼면서 밖으로 미끄러져 나왔다. 다시 일어서도록 알렉스는 팔로 아바를 일으켰다. 그녀의 발가락이 바닥에 간신히 닿았다.

"알렉세이 마노로프스키, 나 키스하고 싶은 것 같아." 그녀는 마치 그의 얼굴에서 자신의 얼굴을 완전히 떼어내는 것이 상상조차 할 수 없는 일인 듯, 그의 뺨에 속삭였다.

"나도 그런 것 같아." 알렉스가 속삭이며 자신의 입술을 아바의 입술에 가져다댔다. 그녀가 밖에서 끊임없이 조용히 내리는 눈으로 만들어지기라도 한 것처럼 부드러운 입맞춤이었다.

그녀는 눈물 자국이 난 얼굴로 키스에 응했다. 보통 첫 키스에서 그렇듯이 그도 입술이 처음 닿은 순간을 느꼈다.

알렉스는 입술의 감각이 발끝까지 생생하게 전달되고 그녀의 손가락이 닿은 자신의 턱이 뜨겁게 타오르는 것이 느껴졌다.

키스 한 번으로 어떻게 웃음과 눈물이 터질 수 있는지도.

그는 그 느낌에 완전히 취해서 더 갈망하면서도 한편으로 놀란 나머지 다시 느끼는 것이 두려웠다. 그가 할 수 있는 건 그녀에게 아무 말도 하지 않는 것뿐이었다. 그는 나중에 말할 시간은 충분할 거라고 스스로에게 다짐했다. 멀리서 미친 인간들이 쫓지 않고, 국내 작전 요원들이 위협하지 않는다면 시간은 충분하다.

그들이 눈 내린 이국땅에서 불타버린 창고 비밀 지하실에 숨어 있지 않았던 시간. 다른 많은 것들은 그럴 수 없다 해도 사랑은 기다릴 수 있을 것이다.

그럴 수 있지?

***

알렉스와 아바가 올로바 박사의 사무실을 떠나고 있을 때, 알렉스는 방 저편 벽에서 똑같은 회색 금속제 파일 캐비닛이 늘어서 있는 것을 발견했다.

"어떻게 생각해?" 그가 아바를 바라보더니 손전등을 캐비닛 앞면에 흔들며 비추었다. 그녀는 심호흡하며 몸을 가누었다.

"엄마는 계속 꼼꼼하게 기록했었어." 그녀가 말했다.

"시간이 있나?"

아바가 시계를 확인했다. "4분."

알렉스는 자세히 살펴보았다. 아바의 말이 옳았다. 그의 눈을 사로잡은 것은 조심스럽게 잉크로 라벨이 붙은 그녀의 엄마 기록이었다. 깔끔한 손 글씨는 이 캐비닛 안에 있는 것이 무엇이든 매우 중요한 것처럼, 적어도 라벨링을 기록한 사람에게는 중요한 것처럼 모두 대문자로 되어 있었다. 그는 본능적으로 캐비닛 중앙으로 움직였다.

O.P.U.S.

알렉스는 라벨을 보고 멈칫했다. 난 만신창이가 됐어. 그는 아바가 말하는 걸 여전히 들을 수 있었다. 그는 그녀에게 이걸 알려주고 싶지 않았다. 지금은 안 돼. 그녀는 충분히 겪었어. 그렇지?

그의 뒤에서 큰 소리로 말한 사람은 아바였다. "아니, 넌 그래야 해. 우리는 해야 해. 그게 우리가 여기 온 이유야." 그녀는 그의 옆에 있는 손잡이로 자신의 손가락을 옮겼다. "내 걱정은 하지 마. 그 안에 뭐가 있든, 난 괜찮을 거야."

아바는 알렉스의 대답을 기다리지 않았다. 아바가 할 수 있는 한 세게 캐비닛을 잡아당겼다. 파일 서랍은 여전히 움직이지 않았다.

"잠겼어." 그녀가 스위치 블레이드를 꺼내며 말했다.

"레드 위도우가 되는 거야?" 알렉스가 눈썹을 추켜세웠다. 그녀는 눈을 굴리고 나서 그에게 손전등을 건네주었다. "너한테 그런 말을 한 걸 후회할 줄 알았어. 그냥 2분만 내게 줘."

딱 1분 걸렸을 뿐이다. 아바는 캐비닛을 열고 안에 걸려 있는 파일들을 스캔했다. "이거야. 대박이다."

"저쪽 봐." 알렉스가 고개를 가로저으며 말했다. "성모 마리아."

각 기관용 녹색 종이 파일은 그래프와 차트로 채워져 있었고, 러시아 이름으로 표기되어 있었으며 일련번호가 뒤에 있었다. 알렉스가 첫 번째 파일을 열었다. "실험 대상자 이름이야." 그가 말했다. "여기 그렇게 되어 있어. 앞 파일에."

그가 가리켰다. 거기에 있었다. 올로바, 아바 아나탈리에바. "그게 너지?"

그녀는 고개를 끄덕였다. "내 아빠는 아나탈리, 그래서 난 아나탈리에바였어. 그냥 아나탈리라고도 했어"

"그럼 아바 넌 이 O.P.U.S 프로젝트의 일부였군."

아바는 창백해졌다. "실험 대상자? 내가 실험 대상자였다고?"

"보고서에 그렇게 나와 있어." 알렉스가 고개를 끄덕였다. "올로바 박사 프로그램."

"엄마가 나를 실험했다고? 자기 자식을? 엄마가 내가 연구의 일부라는 걸 알았다는 거야?" 아바는 얼굴을 얻어맞은 것 같았다. 그녀의 뺨에 두 개의 밝은 분홍색 반점이 나타났다. "이반이 나를 데려가서 난 여기에 있지 않았어. 나는 유괴된 게 아니었어. 엄마가 나를 포기해서 여기 있었던 거야. 엄마는 나를 이용했어."

그녀는 눈물을 참고 있었고, 그는 그것을 볼 수 있었다.

그는 그녀가 눈물을 참는 것을 볼 수 있었다. 그녀를 달래주고 싶었지만, 어떻게 해야 할지 떠오르지 않았다. 아바 말이 맞는다면, 그녀의 엄마는 자기 자식을 더 큰 괴물로부터 보호하는 데 실패한 괴물이었다.

그녀가 틀렸다면… 그들이 어떻게 알았지?

알렉스는 그것에 대해 생각했다.

"이 파일에 있는 네 이름은 소모도로프가 어떻게 너를 찾았는지 설명해줄 뿐이야." 그는 또 다른 파일을 열었다. "우리가 확실히 아는 건 없잖아. 이 파일들을 가지고 여기서 나가자. 사실, 우리는 할 수 있는 한 많이 알아내야 할 것 같아."

아바는 고개를 끄덕였지만, 캐비닛 쪽으로 고개를 돌리면서 여전히 고통스러워 보였다. 그는 떨리는 그녀의 손을 잡으려고 손을 뻗어 꽉 잡아주었다.

"있지." 그는 말했다. "그러지 마."

그녀는 그를 처다보지 않았다. 대신, 오래된 캐비닛을 정리하면 자신의 머릿속에 혼란스러운 것들이 분명해지기라도 한다는듯 반복해서 파일 한 움큼을 움켜쥐었다.

알렉스도 포기하고 똑같이 했다.

알렉스가 파일을 꺼내기 시작했을 때, 그는 자신의 이름을 확인하지 않을 수 없었다. 이름을 발견하기를 기대했던 것이 아니지만, 여전히 그랬다.

너는 절대 몰라.

너는 러시아어를 해, 그렇지? 그건 가능해.

아무도 그것을 설명하지 않았어.

캐비닛에 알렉스 마노르는 없었다. 심지어 알렉세이 마노로프스키도 없었다. 그는 안도의 한숨을 쉬었다.

그들이 가진 모든 것으로 먼지가 많은 판지 상자 두 개를 가득 채울 때까지, 알렉스는 그것에 대해 걱정하는 것을 완전히 멈췄다.

사진을 발견한 사람은 아바였다.

"잠깐. 이게 뭐지?" 아바는 캐비닛 앞에 서 있었고, 그녀는 자신의 것 외에 두 번째 파일을 손에 들고 있었다.

"뭐? 안 보여. 여긴 너무 어두워."

그녀는 그를 위해 손전등을 폴더 위에 비추었다. 파일에 끼워진 사진이 있었다. 알렉스는 자신의 눈이 녹색 종이 앞에 있는 그를 응시하고 있는 것을 알았다.

그리고 얼굴. 곱슬머리 아래로 앳되고 통통하게 살이 찐 얼굴. 폴더 측면을 따라 도장이 찍혀진 것은 다른 폴더와 같았다.

"이것 좀 봐. 너하고 똑같이 생겼어."

"이름은 없어?" 그는 소년의 얼굴을 바라보았다. 그는 알렉스처럼 보였지만 또 낯선 사람 같기도 했다.

"이름은 안 보여. 여기 파일에는 없어." 그녀는 그를 바라보았다.

"프로그램에 대해 뭔가 더 말해주는 건가?" 그는 참을성을 잃었다.

"여기 보고서들이 잔뜩 쌓여 있어." 아바가 파일을 반으로 나눠서 그의 팔로 파일 한 더미를 밀어 넣었다. "여기. 봐." 아바는 손전등 아래로 또 한 페이지를 들고 있었다. "이 기록에 의하면 레드룸 프로그램에서 이반의 영적 동반자라는데." 그녀는 몸을 떨었다.

"이번엔 그가 저지하지 않는다?" 알렉스는 그가 읽던 페이지에서 고개를 들었다. "좋게 들리지는 않네."

"그렇지 않아." 아바는 얼굴을 찡그렸다. "O.P.U.S의 아이들이 마스터 스파이가 될 때까지 훈련 받는다고 되어 있어. 이거 들어봐. '외국 정부의 최고 위치가 보장될 때까지. 특히 서방 국가 정상들에게 접근할 수 있는 자만 우리는 우리의 영광스러운 임무를 수행할 수 있게 할 것이다.'"

"미쳤어."

아바는 한꺼번에 십 년을 처리하고 있는 것처럼 보였다. "하지만 그때 블랙 위도우가 나타났고, 창고는 날아가버려서 잊혔고, 그 뒤로는 나는 어디에도 없었어…."

알렉스는 생각을 마쳤다. "모두가 이반이 죽었다고 생각했지. 프로그램도 종료되었다고."

"이제 이반이 돌아왔고, 아이들은 다시 사라지고 있어…." 아바는 말하면서 서류를 훑어보았다.

알렉스는 고개를 저었다. "하지만 만약 무슨 일이 일어나고 있다면, 이미 어떤 목표물이 위태로운지 알 방법이 없어, 안 그래? 이반에게 직접 물어보는 것 외에는?"

아바가 파일 더미에서 한 장을 꺼내더니 얼어붙었다. "알렉스. 저 소년. 저기 그가 또 있어, 너를 닮은 사람."

"그 사람은?" 알렉스는 이제 참을성을 잃은 채 지켜보았다. 그는 거기서 벗어나고 싶었다. 먼지는 숨이 막히고, 어둠은 불안했다.

아바는 그의 파일에서 페이지를 하나씩 뽑아내어 각각을 빠르게 스캔했다. "그에게 이름이 있어. 마노르도, 마노로프스키도 아니야."

그녀는 종이를 들고 어두운 눈으로 그를 올려다보았다.

"로마노바야."

알렉스가 빤히 쳐다보았다.

아바는 그 단어를 반복했다, 이번에는 영어로. "알다시피, 로마노프."

그는 말을 들었지만, 그녀가 무슨 말을 하는지 알아들을 수가 없었다. 그는 들을 수도 없었고, 듣고 싶지도 않았다.

그녀는 열린 파일을 그의 움직이지 않는 손에 쥐여주었다.

"내 생각에는 그가 너인 것 같아."

순직 [LODD] 조사
참조: 쉴드 케이스 121A415
사령부 요원 [AIC]: 필립 콜슨
회신: 나타샤 로마노프 요원, 일명 블랙 위도우, 일명 나타샤 로마노바
기록: 국방성, LODD 조사 청문회

국방성: 너무 멀리 가버린 건 아닌가 생각한 적은 없었나요? 세 사람 모두?
로마노프: 저는 항상 멀리 있었습니다.

국방성: 로마노프 요원, 이건 내가 보기에도, 그리고 당신에게도 다른 경우입니다.
로마노프: 위장할 수밖에 없었습니다. 정부는 공식적으로는 결코 일어난 적이 없는
　　　　　 비밀작전에서 빼주지 않을 테니까요. 작전에 포함되었다는 걸 알아야 했
　　　　　 죠. 나도 그랬으니까요.

국방성: 그럴지도 모르죠. 하지만 당신에게서 뇌를 빼앗아 영구적으로 위장하며 살
　　　　　 게 하려는 건 아니었어요. 요원, 그게 이 세계에서 우리가 보통 일하는 방식
　　　　　 은 아니에요.
로마노프: 정말입니까?

국방성: 계속 조사하도록 하죠, 요원.
로마노프: 어느 쪽이든, 나는 그 시점에 나에 대해 생각하지 않았어요. 나는 알렉스
　　　　　 와 아바가 걱정되었죠. 나는 그들이 기지를 떠나면서 그들이 관여하게
　　　　　 된 것이 무엇이든 스스로 빠져나올 수 있을 거라 확신하지 못했거든요.

국방성: 당신 생각이 맞았나요?
로마노프: 아주 비슷했죠.

CHAPTER 26

아바

우크라이나, 오데사 조선소, 럭스포트 기지 기록보관소

알렉스 마노르. 알렉스 로만. 알렉세이 마노로프스키. 알렉시 로마노프스키.

알렉세이 로마노프.

로마노프.

아바는 그를 빤히 쳐다보았다. 작은 방의 벽이 마치 그들에게 다가오고 있는 것 같았다. 알렉스는 말할 수 없는 것처럼 보였고, 실제로 어떤 말도 할 수 없었다.

아바는 그 느낌을 알고 있었다. 본인의 마음속에서 생각했을 때조차도, 어떤 단어는 여전히 거짓말처럼 들렸다.

그게 사실이야? 그게 가능할까?

그녀는 알렉스가 벽에 기대 푹 쓰러져 바닥에 주저앉을 때 그를 동정 어린 눈으로 지켜보았다.

아바는 옆에 앉아서 부드럽게 그의 무릎에 손을 얹었다. "너는 그럴 수도 있었을 거라고, 그게 너일 수도 있다고 생각하는 거지?"

"로마노프? 나타샤 로마노프처럼? 내가?" 알렉스는 고개를 저었다. "아니. 불가능해." 그는 손에 얼굴을 묻었다.

"무엇이든 가능해." 아바가 부드럽게 말했다. "너도 그게 너라고 했잖아. 그러면 러시아어에 대한 설명이 되고."

그는 거의 격렬하게 고개를 저었다. "내겐 엄마가 있어. 여행사 직원인 엄마 말이야. 스탠리라는 고양이도 있고."

"하지만 네겐 브랫이라는 개도 있었지."

"우리는 뉴저지 교외에 살고 있어."

아바는 그것에 대해 생각했다. "버몬트 기억하지. 숲도. 그리고 눈도." 그녀는 어깨를 으쓱했다. "그게 네가 기억하는 버몬트가 아니라면?"

그는 망연자실한 표정이었다. "내 가장 친한 친구는 단테야. 그의 아버지는 경찰이고."

"어쩌면 그 때문인지도 몰라. 어쩌면 그들이 너를 지켜보고 있었는지도." 아바는 한숨을 쉬었다. 한 가지가 더 있었다. 그녀는 이제 그에게 말할 수밖에 없는 기분을 느꼈다. "알렉스, 내가 꿈을 꿀 때, 나는 그녀의 눈을 통해 꿈을 꾸고 있었어. 나타샤 로마노프가 너를 지켜봐왔던 것 같아."

그는 대답하지 않았다. 그럴 수 없는 표정이었다.

마침내 그는 그 말을 했다. "나타샤와 알렉세이 로마노프? 로마노프 아이들? 블랙 위도우에게 아이들이 있었다고? 그게 어떻게 가능하지?"

"나도 몰라, 알렉세이."

"내 인생의 어디가 진짜인 거지? 어느 것 하나라도 진짜가 있긴 한 거야?"

그녀는 아무 말도 하지 않았다.

"내 얼굴이 있는 그 파일이 맞다면, 내 인생과 관련된 다른 모든 것이 잘못된 거야."

알렉세이 로마노프.

아바는 그것에 대해 생각했다.

그 두 단어는 그의 존재 전부를 거짓으로 만들었다. 그런데도 어쨌든, 만약 그것이 사실이라면 모든 것이 설명 가능해진다. 그가 그녀에게 털어놓고 싶었던 모든 것.

그가 자신의 삶에 딱 들어맞는 사람이 아니라는 느낌.

그가 어머니와 공통점이 없다는 두려움.

차분하지 못하고, 싸움의 필요성을 느끼고, 경쟁 성향이 있는 것.

로마노프처럼.

아바는 바닥에서 몸을 옆으로 굴리며 한숨을 쉬었다. "더 나빠질 수도 있어. 이 문서 절반 정도 봤는데 우리 엄마는 O.P.U.S에서 일하는 물리학 대가였어. 그 말은 내가 엄마의 실험 대상이었다는 말이지."

그는 아바의 머리를 무릎으로 끌어올렸다. 그녀는 그의 다리에 대고 몸을 웅크렸다.

"내게 일어난 모든 일에 대해 이반 소모도로프와 나타샤 로마노프를 탓했는데 사실은 전부 우리 엄마가 한 일이었던 거야."

시차 때문에 그녀의 눈은 이미 반쯤 감겨 있었다. 그녀는 그의 손이 자신의 볼에 부딪히는 것을 느꼈다.

"잠 좀 자. 내가 방을 계속 감시할게. 처음 불이 켜지기 전에 여기를 빠져나가면 경비를 피할 수 있어."

그녀는 지쳐서 고개를 끄덕였다. 너무 피곤해서 대답할 수 없었다.

하지만 그녀는 알렉스가 잘 거라고는 상상하지 못했다. 그녀는 그에게 너무 많은 질문이 있다는 것을 알았다. 그의 마음은 그들을 생각하지 않을 수 있을 정도로 느긋해지지 않을 것이다.

그녀는 자기 자신에 대해 생각할 것도 많았다.

엄마가 O.P.U.S. 프로젝트 배후에 있다면, 왜 자기 딸을 그렇게 쓰는 데 동의한 걸까?

그녀는 정말 그렇게 짐승이 될 수도 있었던 걸까?

나타샤는 이 모든 것을 알고 있었을까?

그녀는 알렉세이에 대해서도 알고 있었나?

그리고 무엇보다…

알렉세이가 정말 로마노프일 수 있을까?

"알렉세이. 알렉세이, 일어나." 아바는 그가 깨어났을 때 소리를 지르지 않도록 그의 입 위에 자신의 손을 미끄러뜨렸다. 그녀의 목소리가 낮게 들렸다. "시간이 됐어. 우린 가야 해."

아바는 그를 일으켜 세웠다. 그는 후다닥 일어나 짐을 움켜쥐고 그녀의 뒤를 비틀거리며 따라갔다.

그녀는 계단까지 길을 더듬으면서 목쉰 속삭임도 들었다.

"토로피스." 서둘러!

"또 러시아어로 말하고 있네." 아바가 어깨너머로 속삭였다. 그리고 나무사다리를 다시 오르고 작은 문을 통과하기 시작하면서 잠시 멈칫했다.

"우리 둘 다 그랬지, 다?"

"다." 그가 대답했다.

"이제 영어로 바꿔야 해." 그녀는 뒤에 작은 문을 통과하며 가방을 홱 잡아당겼다. 알렉스가 말을 이었다.

"그들이 우릴 잡는다면 그건 네가 어느 누가 말하는 단어도 이해할 수 없길 원해서일 거야. 알았어?"

"네미예 아미리칸티." 그는 동의했다. 멍청한 미국인들.

아바는 그들 뒤에 있는 선적 컨테이너를 걸쇠로 잠그고 창고를 지나 달려갔고, 알렉스가 뒤를 바짝 따라갔다.

그들이 창고 문을 여는 데 성공했을 때쯤, 그곳엔 적어도 여섯 명의 경비원들이 부두에 집결하고 있었다.

"그들이 어제부터 우리 친구를 찾는 것 같아." 알렉스가 말했다.

"데르모." 아바는 욕을 했다. "다른 출구는 없어."

"이제 어쩌지?" 알렉스는 그녀를 바라보았다. "그러니까 내 말은,

넌 왼쪽을 맡을 거야, 아니면 오른쪽을 맡을 거야?"

아바는 배낭에서 옛날 것처럼 생긴 총을 꺼냈다.

그녀의 엄마 책상 서랍에서 나온 것이다.

"아바." 그가 말했다.

그녀는 그를 지나 부두와 경비병들을 응시했다. 그녀는 이미 블랙위도우가 했을 것처럼 똑같이 빠른 계산을 하고 있었다.

그들의 주의를 끌자.

그들이 너를 목표물로 잡도록 해.

먼저 1번과 6번을 없애자.

2번과 5번이 총을 쏘는 동안 숨을 곳을 찾자.

낡은 오일통 반대쪽에 위치를 잡자.

알렉스가 그녀에게 쉿 하는 소리를 냈다. "아바, 멈춰. 네가 저 녀석들 모두를 맡지 않아도 돼. QE 링크가 있다 해도 그건 너무 위험해."

"할 수 있어." 그녀는 그를 쳐다보았다. "해야만 해."

"한 번도 그런 것 발사해본 적 없잖아."

그러나 그녀는 어깨너머로 그의 곁을 지나쳐서, 창고 문 가장자리에 나란히 섰다. "알렉스. 내가 알아서 할게."

그녀는 권총을 열린 문간에 끼워서 자신의 눈과 수평을 이룰 때까지 들어 올렸다.

그녀는 망설였다….

눈을 감았다.

준비 완료.

하지만 그녀가 방아쇠를 당기기 전에, 경비병들 뒤쪽 기름통이 불덩어리가 되어 폭발했다.

두 번째 오일 드럼통이 폭발했고, 그다음 세 번째 드럼통이 터졌다.

가만히 서 있던 경비병들이 뛰어갔다.

"뭐지?" 아바는 망연자실하며 그 자리에 서 있었다. 그녀는 문을 밀고 불타는 부두로 나갔다.

알렉스는 바로 그녀 뒤에 있었다. "맙소사." 그가 말했다.

그녀였다.

나타샤 로마노프가 지붕에서 굴러 내려왔다.

알렉스는 나타샤가 그들의 눈앞에서 안정된 두 발로 땅에 착지해 무기를 슬며시 빼는 것을 보았다. "미안. 그렇게 몰래 다가갈 생각은 없었어. 그들을 쓰러뜨려야 해서 그랬어."

나타샤는 아바를 보다가 그녀가 들고 있던 총으로 시선을 돌렸고, 마침내 현장을 바라보았다. "오 제발. 너 그거 가지고 뭐 하려고 한 거야? 내려놔. 네 머리를 날려버릴 수도 있어."

아바는 충격 받은 모습으로 그냥 서 있었다. 그녀 바로 뒤에 있던 알렉스는 자신이 말을 할 수 없고 움직일 수 없다는 걸 알았다. 그는 분명한 것을 제외하면 거의 생각할 수 없었다.

내가 누구지?

그녀는 나에게 누구지?

그러자 아바가 나타샤를 붙잡고 안도하며 그녀를 껴안았다.

"하느님 감사해요."

나타샤는 차라리 총알을 맞는 게 더 낫다는 표정이었지만, 아바를 지나 알렉스에게로 시선을 돌리면서도 아무 말 하지 않았다.

"나타샤 로마노프. 상상해봐요. 여기서 뭐 하는 거예요?" 알렉스가 마침내 말했다.

그는 기분이 언짢았다.

심하게 부서지고 너무 아파서 이제는 무슨 일이 일어나도 상관없었다.

부두는 그들 주변에서 불타고 있었지만, 알렉스는 그것이 타버리든 말든 아랑곳하지 않았다. 그는 무엇에 신경을 써야 할지 몰랐다.

그가 마지막으로 나타샤 로마노프를 본 이후로 세상은 변했다.

세상과 그의 세계 그리고 그 안에 있는 모든 것.

지금은 전혀 다른 곳이 되었다.

그리고 나도 다른 사람이야.

"불은 더 거세질 거야. 우린 가야 해." 나타샤는 도움을 청하는 듯 아바에게 시선을 보냈지만, 아바는 아무 말도 하지 않았다.

"알렉스?"

알렉스는 눈썹을 추켜세우며 두 팔을 앞으로 접었다. "내 이름도 그런 거예요?"

"좋아, 알렉세이. 경찰이 나타나기 전에 우리가 널 여기서 빼낸다면 우리가 널 뭐라고 부르든 상관없어." 나타샤가 러시아어로 말했다.

"난 당신과는 아무 데도 안 가요." 알렉스가 말했다. 영어로.

나타샤는 그에게 한 걸음 내디디며, '진정해'라고 말하는 것처럼 두 손을 내밀었다. "그냥 얘기하러 왔어." 그 순간을 노린 것처럼, 알렉스 뒤에 불타던 기름통이 폭발했고, 연기와 불이 그들 주변 부두로 번졌다.

그는 움찔하지 않았다.

"재미있네. 말로 하는 건 지겨우니까, *세스트렌카*." 그는 마치 펜싱 스트립에 돌아와 공격하려는 것처럼 그녀 쪽으로 몸을 옮겼다.

거짓말에 질렸어.

혼란스러운 것도 질렸어.

말도 안 되는 소리야.

나타샤는 그가 무엇을 하고 있는지 정확히 알고 있는 것 같았다. "뭐 하려는 거야? 나랑 *싸우겠다고?* 난 훈련 받은 암살자고, 넌 겨우 어린아이일 뿐이야." 그녀는 뒤로 물러났다.

"내가요? 정말요? 나를 어떻게 알죠?" 그는 그들 사이에 거리를 좁혔다.

"바보같이 굴지 마."

"난 멍청이예요. 그게 요점이죠? 난 정말 멍청했어요. 내 이름조차 몰랐죠." 알렉스는 조선소 잔해에서 기다란 버려진 파이프 조각을 주워 던져버렸다. "난 너무 멍청해서 어떻게 이렇게 됐는지도 몰랐죠."

"알렉세이." 나타샤는 경고했다. 그녀는 알렉스의 파이프가 부서지기 딱 좋을 때 파편 조각을 잡았다.

"내 인생이 전부 잘못되었고, 심지어 그렇다고 느끼기까지 했어요. 내 가족이라고 생각했던 사람들과 난 공통점이 없어요. 이유 없이 싸웠고, 그럴 때마다 나는 매번 이겼어요. 나는 참을성이 없었어요. 가만히 있을 수 없었죠. 모든 사람, 모든 것이 다 공격이었어요. 그래서 이제 난 이게 그 이유라고 믿어야 하나요? 내 삶에서 말이 되지 않는 모든 것에 대한 해답이 당신이라고요?" 알렉스가 또 던졌다. "난 그렇게 생각하지 않아요."

나타샤는 파이프를 피하고, 산산이 조각난 조각에 평화롭게 손을 뻗었다. "알렉세이. 날 시험하지 마."

"왜 안 돼요? 여기 전부가 테스트잖아요. 한 가지 의문이 있을 뿐이에요. 당신이 내 누나인가요, 나타샤 로마노프?"

"그렇게 간단하지 않아." 나타샤가 말했다.

알렉스는 다시 파이프를 휘둘렀고, 금속의 무게에 몸이 비틀거렸다. "아, 그런 것 같네요. 나는 O.P.U.S 실험 대상자 목록에서 내 이름을 봤어요."

"내가 말하게 해주면 설명할 수 있어."

"얘기할 것 없어요. 예, 아니오의 질문이니까. 내가 알렉세이 로마노프인가요? 난 알 권리가 있어요, 안 그래요? 난 누구고, 어디서 왔죠?" 그는 그녀 쪽으로 비틀거리면서 마구 휘둘러댔다. "다, 나탈리스카?"

"조심해, 알렉세이." 이제 아바도 점점 더 신경이 쓰이기 시작했다. 하지만 그녀는 거리를 유지했다. 그녀는 곧 일어날 일을 막을 만큼 어리석지는 않았다.

알렉세이는 허공으로 파이프를 흔들었다. "아마 이거 하나는 알고 시작해야겠지. 사실인지 거짓인지. 우리 집에 살면서 엄마 행세를 하는 여자는 누구지?"

"알렉스." 나타샤가 말을 시작했다.

그는 그녀의 머리를 향해 마구 휘둘렀다. "딩동댕! 사실이야! 그녀는 가짜라고!"

나타샤는 손을 내밀었다. "파이프 이리 내."

"이제 추가 점수를 얻기는 어려운 일이에요. 내 친어머니 이름은 뭐죠?" 그는 그녀의 다리를 향해 휘둘렀지만, 그녀는 파이프를 뛰어넘었다.

"알 게 뭐야?" 나타샤는 빔을 떨어뜨렸다. 이제 그녀는 알렉스만큼이나 화 난 것처럼 보였다.

"답이 틀렸어요!" 알렉스는 그녀에게 던졌고, 그녀는 껑충 뛰면서 파이프를 붙잡아 그에게 내리쳐 부숴버렸다.

그는 그것을 되받아쳤다.

나타샤는 그를 밀어내면서 고개를 저었다.

"알렉스!" 아바가 소리쳤다.

그는 들었지만 멈출 수가 없었다. 너무 늦었다.

"알렉세이, 그게 문제라면, 나도 이제 막 나 자신에 대해 알아냈어." 나타샤는 알렉세이의 다음 공격을 피했다.

"그렇지 않아요." 알렉스는 기다랗게 쪼개진 면을 그녀에게 던지며 말을 받아쳤다.

"나도 어둠 속에 있었어. 내가 진실을 알아내는 데 이렇게 오래 걸렸어. 그때도, 나 스스로 나 자신에 관한 기밀 파일을 빼내야 했어."

"진실은요? 어떤 진실을 알고 있나요? 당신은 거짓말을 너무 잘해서 당신 자신에게 거짓말을 하는지조차도 모르잖아요."

알렉스는 화가 났다. 그는 임시로 만든 무기를 내려놓고, 그녀에게 휘둘렀다. 그리고 그녀가 그를 찔렀다.

그녀는 다시 시도했다. "우리 둘 다 이반에게서 도망쳤어. 쉴드와의 거래 조건으로 너를 안전하게 지키기 위해 우리의 기억이 지워졌어. 그들은 너를 보호하려고 널 뉴저지에 숨겨뒀지."

"하지만 우리의 관계는 지워지지 못했단 말인가요?" 알렉스가 비웃었다.

"그런 것 같아." 나타샤는 그의 얼굴을 부두에 대고 눌렀다. "하지만 네 공격은 그렇게 나쁘지는 않아." 그녀가 그의 등 뒤로 팔을 비틀며 말했다. "어린애치고는."

"로마노프치고는?" 그는 웃으면서 말했다.

"꼬마 로마노프치고는." 그녀는 말했다.

"지난번 내 마지막 토너먼트를 스토킹했을 때보다 더 괜찮았어요?" 그는 이를 악물고 말을 꺼냈다.

"어쩌면. 아주 조금." 나타샤는 더 세게 비틀었다. "아마 발놀림은 그럴 거야."

"얼마나 오래?"

"뭐?"

"얼마나 오랫동안 나를 지켜본 거죠?" 알렉스는 그녀에게서 몸을 뒤집으려고 했지만, 나타샤가 그를 때려눕혔다. "펜싱장에서만 그랬나요, 아니면 유도 시간에 엄마와 놀 때도 그랬나요?"

"이제 2년 됐어. 대부분 펜싱 대회였지. 집. 그리고 이따금 파티도." 그녀는 어깨를 으쓱했다. "그동안 바빴어."

그는 그녀를 빤히 올려다보았다. "왜? 왜 그랬죠?"

그녀는 거의 당황한 표정이었다. "처음에는 왜 그랬는지 몰랐어. 그냥 내가 해야 할 일이라는 것만 알았어. 솔직히 말하면, 난 네가 나의… 목표물 중 한 명의 아들이었을 거라고 생각했어." 알렉스는 그녀를 걷어찼고 나타샤는 그를 다시 눌렀다. "기분이 좀 이상하긴 했지만." 그녀가 덧붙였다.

그는 한숨을 쉬고 잠시 두 손을 들고 있었다. 휴전 표시. "들어봐요. 내가 만약 당신과 유도를 해야 무슨 일이 일어나고 있는지 말할 건가요?"

나타샤는 일어서서 그를 풀어줬다.

알렉스는 그녀 앞에서 비틀거리며 일어서서 복싱 자세를 취했다.

"나는 나타샤 로마노프야. 아무도 나와 유도를 하지는 못해." 그녀가 말했다. "어린 동생이라도."

나타샤는 레프트 훅으로 그 동생을 땅바닥에 쓰러뜨렸다.

그는 강하고 빠르게 떨어졌다.

아바는 잠시 후 그와 함께 그곳에 있었다. 그녀는 겁에 질려 보였고, 나타샤는 그녀를 탓하지 않았다.

알렉스는 신음하더니 옆으로 굴러 턱을 괴었다.

"세스트라."

그러자 그는 눈동자를 위쪽으로 굴리더니 기절했다.

창고가 그의 주위에서 불길에 휩싸였고, 말할 틈도 없이, 나타샤 로마노프는 남동생을 데리고, 그녀의 삶으로 그를 데려갔다.

쉴드 열람 가능
허가 등급 X

순직 [LODD] 조사
참조: 쉴드 케이스 121A415
사령부 요원 [AIC]: 필립 콜슨
회신: 나타샤 로마노프 요원, 일명 블랙 위도우, 일명 나타샤 로마노바
기록: 국방성, LODD 조사 청문회

국방성: 그래서 로마노프 가족이 마침내 재회했군요. 신이시여, 나는 해피엔딩을 좋아하오, 요원.

로마노프: 그런데도 우리는 아직 여기에 있죠.

국방성: 기회가 왔을 때, 왜 사라지지 않았죠?

로마노프: 난 내 뇌를 찾고 싶었거든요. 지워졌다 해도 말이죠.

국방성: 지워진 뇌가 연결된 것보다 훨씬 더 낫다는 건가요?

로마노프: 당신이 정부 요원이라면 그렇습니다.

국방성: 당신은 정부 요원이었으니, 당신의 일이 아직 끝나지 않았다는 것을 알겠군요.

로마노프: 이반이 여전히 밖에 있으니까요.

국방성: 그의 연결된 실험 대상자들도요?

로마노프: 알렉스와 아바가 창고에서 훔쳐온 파일을 보면 적어도 백 명 이상의 이름이 있었습니다.

국방성: 잠재적으로 연결된 백 명의 지도자가 있다는 건가요?

로마노프: 전 세계적으로 수년 동안 백 개의 인간 지뢰가 묻혀 있었고, 터지는 순간 만을 기다리고 있죠.

국방성: 요원, 포에버 레드는요?

로마노프: 아니에요. 그냥 영원히 이반 더 스트레인지입니다.

3막

"영원히 지속하는 것은 없다."

나타샤 로마노프

CHAPTER 27

나타샤

우크라이나, 오데사 시티 센터, 다차 오데사 호텔

"비밀은 이제 없어." 알렉스가 말했다. "거짓말도 더는 안 되고." 알렉스와 나타샤는 노트를 비교하며 시간을 잘 보냈다. 알렉스와 아바가 찾은 파일과 나타샤가 찾은 디지털 기록보관소 사이에는 의심할 만한 것이 없었다.

알렉세이와 나타샤는 남매였다. 로마노프 가의 마지막 후손.

"더 비밀은 없을 거야." 나타샤가 동의했다. 그런데 내가 누구한테라도 약속할 수 있는 일이 있던 적이 언제였지?

멀리서 사이렌 소리가 울렸다. 폴리티시아. 나타샤는 잠시 멈춰서 유리 안에 육각형 철망으로 보강한 더러운 창문 밖을 내다보았다. 그녀는 엉성한 판유리에 스며드는 추위를 느낄 수 있었다. 그들은 오데사의 가장 지저분한 길모퉁이의 호텔 방에 앉아 있었다. 방 안에 있

354

는 유일한 편의시설은 쓰레기통뿐이었는데, 그마저도 사슬로 바닥에 묶여 있었다.

알렉스는 아무것도 덮여 있지 않은 침대에 털썩 주저앉아 코웃음을 쳤다. "하지만 거짓말을 포기할 수는 없겠지?"

나타샤는 반쯤 녹은 얼음주머니를 머리에 더 세게 눌렀다.

이제 욕하는 소리가 들렸다. 러시아어. 아바는 여전히 옆방에서 작은 샤워기를 사용하려고 애쓰고 있었다. 나타샤는 그런 노력을 기울일 만큼 어리석진 않았다.

찬물조차 여기선 더 차갑군.

방 안의 침묵이 그들 사이에 감돌고 있었다. 나타샤는 어색한 듯 알렉스를 외면했다. 그녀는 이렇게 많이… 말하는 것에 익숙하지 않았다.

그녀의 남동생은 그게 그였으니까, 안 그래? 데구르르 굴러서 천장을 올려다보았다. "저기, 지난번 만났을 때, 나는 내가 뉴저지 출신의 외동아들이라 생각했는데 말이야. 알고 보니 러시아 출신 누이와 우크라이나 출신 여자 친구가 있었네."

"여자 친구?" 나타샤가 물었다. "언제 그녀를 만났어? 며칠 전?"

멋진데.

"그리고 대서양 크기만 한 골칫거리." 알렉스는 나타샤를 무시하며 말했다. 그는 자신의 관자놀이를 문질렀다.

넌 아직 어린애야.

그녀는 그에게 미안함을 느꼈다. 그들 둘 모두에게. 진심으로.

그는 너무 어려 보였다. 알렉스는 더러운 카펫과 벗겨진 벽지 그리고 물때가 묻은 석고로 둘러싸여 값싼 매트리스 위에 누워 있었다.

그리고 그녀는 갑자기 자신이 너무 나이 들었다고 느꼈다.

"아프지? 기억하려고 할 때?" 나타샤는 그의 곁 침대에 앉아서 얼음주머니를 건네주려고 했다. "레드룸이 처음으로 나를 지워버렸을 때, 나는 내 머리가 폭발하는 것처럼 느껴졌어. 뇌종양인 줄 알았는데. 이반이 사실을 말해주었을 때 난 거의 안심했지."

"안심했다고?" 그는 일어나 앉아, 얼음을 뺐다.

"글쎄, 그때는 레드룸 시절이었어. 기준이 낮았지." 그녀는 그를 쳐다보았다. "지금도 특정한 것을 생각하려고 하면, 그 고통이 다시 찾아와."

"나처럼?" 알렉스는 얼음주머니를 이마에 걸쳐놓고, 머리를 매트리스에 대고 뒤로 젖혔다.

"너처럼."

그는 이제 얼음을 눈에 대고 눌렀다. "난 실제로 누군가 내 두개골에 수류탄을 떨어뜨리는 생각을 하거든."

"여기. 너도 민감한 곳을 건드리고 싶은 거지, 그렇지… 거기." 나타샤는 그를 위해 얼음의 위치를 바꾸었다. 그녀의 눈이 깜박거리며 그의 눈을 바라봤다. "잠재적인 위험에 대해 말한다면, 너와 아바는 매우… 가까운 것 같아."

"서로 잘 섞이는 매끄러운 사이." 알렉스는 일어나려고 했지만, 나타샤는 그를 다시 밀어 앉혔다.

"넌 쉬어야 해."

그는 앓는 소리를 냈다. "맙소사. 당신은 얼마나 내 누이였던 거지, 2분? 이제 내게 소녀들에 대해 설교라도 하려는 거야?"

나타샤는 알렉스보다 더 불편해 보였다. "그냥… 조심해. 적어도 우리 세상에서, 관계를 맺는다는 것은 두 사람 모두에게 위험한 일이 야. 사람들은 너의 감정을 이용할 거야. 우리 둘에게 무슨 일이 일어 났었는지 봐."

"난 당신이 어떤 세상에 살고 있는지 몰라. 내 행성은 지구라고. 그 리고 그곳에서는 사람들이 서로를 좋아하는 것이 허락되지." 그는 고 개를 저었다. "당신에게 무슨 일이 있었던 거야, 요원—" 그가 갑자기 말을 멈췄다. "뭐라고 부르지? 내가 뭐라고 불렀더라?"

나타샤는 아무 말도 하지 않았다. 그녀는 알지 못했다.

알렉스는 다시 시도했다. "무슨 일이 있었기에 당신을 이렇게… 만든 거지, 나타샤?"

어디서부터 시작하지?

"총을 맞았어. 폭파되고. 배신당했지. 비행기에서 떨어지고. 칼로 공격당하고. 지구상에서 움직이는 모든 종류의 이동 차량에 부딪혔 고. 다른 질문은?"

"응." 알렉스는 지끈거리는 머리에 얹힌 얼음주머니를 바꿨다. "누 가 우리에게 이런 짓을 했고, 왜 그랬을까?" 그는 움찔했다.

"내가 할게." 나타샤는 망설이듯 손을 뻗어, 얼음주머니를 그에게 서 떼었다가 제자리에 두었다. 그것은 그녀가 취하는 몇 안 되는 자상한 몸짓이었다. 적어도 로마노프로서의 몸짓이었다. 나타샤는 얕은 상처를 치료하고 붕대 감는 것도 꽤 잘했다. 그녀는 이제 그의 이마에 손을 얹었다.

네가 날 뭐라고 불렀더라, 동생?

내가 왜 몰랐지? 그게 어떻게 공평하지?

우리 인생인데.

그랬는데.

우리 삶이었는데, 그들이 가져가버렸어.

마침내 나타샤는 그를 올려다보았다.

"타샤." 그녀는 얼음주머니 너머로 동생을 바라보았다. "내 생각엔, 친구들이 그렇게 부르곤 했던 것 같아. 기억에 의하면 말이야. 진짜인지는 모르겠지만."

알렉스가 고개를 끄덕였다. "그러면, 타샤."

그녀는 갑자기 당황하며 일어섰다.

"프로젝트 블랭크 슬레이트였어. 우리에게 이런 짓을 한 사람들. 일종의 급진적인 보안 프로토콜인 것 같은데, 쉴드가 뭔가 관련이 있는 것 같아. 그들은 어떻게 해서든 우리가 그것에 동의하게 했을 거야. 우리 파일에서 이름을 찾았지만, 그 이상은 말할 수 없어. 아직은 아니야. 기본적으로, 내가 아는 건 네가 숨어 지냈다는 것뿐이야."

"그러면 이 모든 것이 이반 더 스트레인지와 어떤 관련이 있다는 거야?"

"네가 그 사람을 피하려고 숨어 지냈을 가능성이 있어. 아마도 우리 모두 그래야 했을 거야." 나타샤는 그의 머리에 얼음을 한층 더 세게 밀었다. "하지만 내가 말했듯이, 나도 모든 해답을 갖고 있지는 않아. 일요일 전까지는 질문도 몰랐으니까."

알렉스는 그녀를 지나 더러운 창문으로 바라보았다. "그럼, 버몬트는 아니라고? 정말, 난 어디서 왔을까?"

그녀는 수줍어하는 표정이었다. "아마 스탈린그라드일 거야. 그곳이 내 가족, 아니 우리 가족이 있던 곳이거든."

그는 차분하려고 애쓰며 고개를 끄덕였다. "그럼, 뉴저지는?"

그녀는 어깨를 으쓱했다. "위장. 너 자신을 보호하기 위해서."

알렉스는 한숨을 쉬었다. "그럼, 뉴저지 정크푸드에 대한 내 사랑이 설명되겠군. 난 고작 2년밖에 못 먹었으니까." 그의 눈이 그녀를 보며 깜박거렸다. "우리 엄마를 요원으로 만든 것은 어느 쪽일까?"

나타샤는 망설였다. "고도로 훈련된 작전 요원. 최고 중 최고였겠지. 그건 간단한 일이 아니니까." 그녀는 마치 그의 손을 잡고 싶은 듯 그의 손을 바라보았다. "분명 그녀는 널 아꼈을 거야."

"멋지네." 알렉스가 말했다. "그렇다면 모든 것이 훨씬 나을 텐데." 그는 눈길을 돌렸다. "적어도 왜 이걸 받는지는 이제야 알겠어." 그는 자신의 이두박근에 잉크로 그려진 빨간 모래시계를 나타샤에게 보여주려고 소매를 걷어 올렸다.

그녀의 얼굴은 핏기를 잃었다. "그건 어디서 났어?"

"아마도, 문신 집."

그녀는 그를 노려보았다.

"뭐가? 어느 날 아침에 막 잠에서 깨어보니 있었어." 알렉스는 자신의 팔을 움직이려 했다. "내 생각엔."

나타샤는 고개를 저었다. "그건 무작위로 한 문신이 아니야. 그것은 메시지야. 나에게 보내는."

"메시지? 어떤 메시지?"

"그들이 너에게 접근할 수 있다는 것. 넌 안전하지 않다는 것. 아무도 안전하지 않다는 것 말이야."

"하지만 난 안전해. 바로 여기 있잖아. 나한테는 아무 일도 없었어."

만약 그렇게 된다면 나는 어떻게 해야 하지?

천천히, 어색하게(몇 년 만에 처음으로 그런 것 같지만) 나타샤 로마노프가 손을 뻗어 남동생의 손을 만졌다.

"알렉세이…"

그녀는 그의 손을 잡았다.

알렉스는 모든 공기가 방에서 빨려 나가는 것처럼, 갑자기 울었다.

그가 누이의 양팔을 잡고 그녀의 어깨에 기대어 통곡을 하자 싸구려 매트리스가 흔들렸다.

아바는 손으로 욕실 문을 누르면서 수건을 가슴에 꼭 쥐었다. 삐걱거리는 문은 손가락 밑 습기로 인해 끈적거렸지만, 그녀는 알아차리지 못했다. 물은 여전히 흐르고 있었다. 그녀는 그들이 자신이 나왔다는 것을 알길 원하지 않았다.

아바는 눈을 감았다.

그녀는 지금 나타샤에게서 불과 몇 미터 떨어져 있었다. (문 저편으로) 그리고 그들의 양자 연결에 관한 한, 차라리 모닥불 옆에 서 있는 게 나았다.

아바도 다 느낄 수 있었다.

불신, 혼란, 안도, 슬픔, 그리고 죄책감 그리고…

그게 뭐지?

다른 느낌?

그녀의 가슴에서 펄럭이며, 그녀 손끝까지 번져나갔다. 다른 느낌도 있었는데, 이건 새로운 것이었다.

그것은 그녀를 통과해 나와, 심지어 이제는, 그녀의 심장으로 곧장 흘러갔다.

사랑.

나타샤 로마노프는 세상 무엇보다도 동생을 사랑했다.

그것은 그녀가 결코 인정할 만한 것이 아니었다. 그리고 아바가 전에 느껴 본 것도 아니었다.

나타샤 로마노프가… 행복할 수 있을까?

나는 슈퍼히어로 집안 출신이다.

셋이 대중교통 버스를 타고 오데사 중심부로 들어갈 때, 알렉세이 로마노프는 비틀거리고 있었다.

그는 지금 누이와 여자 친구가 생겼고, 그들 뒤에 앉아 있었다.

그에겐 엄마가 없었다. 엄마라고 생각했던 이는 엄마가 아니었다.

그녀가 누구였든 그가 뉴저지로 돌아왔을 때, 실제로 그녀가 그의 남은 삶 동안 외출 금지를 할 수 없다는 것은 상상할 수 없는 일이었다.

이제 누가 외출을 금지하지?

블랙 위도우? 그녀가 그의 보호자였나? 그녀는 확실히 살아 있는 가장 가까운 친척이었다. 그건 추측이 아닌 사실이었다. 그는 그것을 알고 있었다. 단지 어떻게 처리해야 할지, 그리고 자신이 그것에 대해 어떻게 생각하는지 확실히 알지 못할 뿐이었다.

오데사를 쏜살같이 지나갈 때, 그는 창밖을 응시했다.

버스는 데리바소프스카야와 하바나야 모퉁이에 그들을 내려줬고, 늦은 아침의 햇빛을 완전히 부정하듯 살을 에는 듯한 추위가 있었다. 그들은 눈 내린 거리를 말없이 터벅터벅 걸었다. 그들이 멀리 있는 인도에 다다를 때까지…. 알렉스는 바보 같아 보이는 자신의 로퍼에서 눈을 떼어내려고 발길질을 했다. 그러고는 기꺼이 눈에서 천천히 나와서 그들이 찾을 수 있는 첫 번째 불 켜진 카페의 따뜻한 구석 테이블로 가 달걀 한 접시와 김이 모락모락 나는 카푸치노 그리고 과일 맛 뜨거운 콤포트를 주문했다.

알렉스는 설탕과 반죽으로 혼란을 억누르고 있었다. 그가 슈트루델 네 접시를 먹고 있을 때, 나타샤와 아바는 훔쳐낸 O.P.U.S. 프로젝트 파일을 살펴보았다.

"내가 그걸 놓쳤었다니 믿을 수 없어." 나타샤는 짜증이 났다.

아바는 고개를 끄덕였다. "그의 연구실이 창고 바로 밑에 있었다는 거요? 쉴드도 다 놓친 것 같아요."

나타샤는 얼굴을 찡그렸다. "이 이름들이 실험 대상이라고? 그들 모두? 어떻게 그럴 수가 있지? 이 명단에 백 명이 넘는 이름이 있는데." 그녀는 폴더에서 고개를 들었다. "실험 대상이 백 명이라는 것은 얽혀 있는 아바가 백 명이 더 있다는 말이야."

아바는 커피를 집어 들었다.

"그 말은 백 명의 위장 요원들이 이반이 그들에게 비밀 신호를 주는 순간 백 명의 국가 정상, CEO나 고관들에게 물리적으로 연결되기 시작할 것을 기다리고 있다는 말이지." 알렉스는 포크를 내려놓으며 막 비워진 접시를 밀어냈다.

"그 아이들이 자라면서 어떤 종류의 접근을 했느냐에 따라, 이반은 그들 하나하나를 이제 자신이 원하는 곳으로 정확히 보낼 수 있게 되지." 나타샤는 페이지를 넘겼다. "그의 스파이나 작전 요원, 아니면 암살자의 군대로도 말이야."

"그 사람만의 전 세계적인 거대한 레드룸." 아바는 고개를 저었다. 그러나 뭔가가 더 그녀를 괴롭히고 있는 것 같았다. "백 명의 얽혀 있는 아이들이라고요? 나처럼? 급습을 당하던 그 밤에 그들은 어디에 있었던 거죠?"

나타샤는 그녀를 바라보았다. "나는 너 말고는 다른 실험 대상을 찾지 못했어. 이반은 네가 유일한 것처럼 너를 끌고 다니고 있었으니까."

"다 흐릿해요." 아바는 한숨을 쉬었다.

"내 이름도 그 명단에 있지? 그럼 난 어디에 있었단 말이야?" 알렉스가 물었다.

"아마 이번 임무는 아바에 관한 것이었을 거야." 나타샤가 말했다.

"하지만 아마 그게 중요한 요점 아닌가. 맞지? 아바가 당신이 찾아낸 유일한 사람이라는 거?" 알렉스는 마치 그가 원하는 대답도 먹어치운 듯 자신의 빈 접시를 안타깝게 응시했다.

"무슨 말을 하는 거야?" 나타샤가 물었다.

"만약 이반이 아바를 미국으로 데려오길 원해서 당신이 그녀를 구출하길 바랐다면 어떻겠어? 만약 그가 쉴드와 당신에게로 갈 진입점을 원했다면, 타쉬? 만일 다 계획된 거였다면?"

나타샤의 눈이 깜박거리며 동생을 쳐다보았다. *타쉬?*

그는 부드럽게 어깨를 으쓱했다.

"그렇다고 해도, 우리가 어떻게 하지?" 아바는 답답했다. "만약 그가 정말로 백 명의 얽힌 좀비들을 배치해놨다면, 이반을 제거하는 것만으로는 막을 수도 없어요. 우리는 목표물이 누구고, 어디에 있는지 모르니까요. 어떤 위협이 있는지도. 마찬가지예요. 8년 전의 이 명단만으로 가능할까요? 그들은 어디에든 있을 수 있어요."

"그러니까 시작하는 게 좋겠어." 나타샤는 그들을 바라보았다. "상황이 더 복잡해지기 전에 이반을 찾아서 움직이자."

알렉스는 아바에게서 나타샤로 눈길을 돌렸다. "이것을 가지고 쉴드로 가자고?"

아바가 움찔했다. "우리가 어떻게 트리스켈리온을 떠났는데요? 우리에게 좋은 감정이 아닐 거에요."

"나도 마찬가지야." 나타샤가 사납게 말했다. "거기가 우리가 이걸 가져갈 수 있는 마지막 장소야. 쉴드의 누군가가 우리 기억을 지웠는데, 난 누구를 믿을 수 있을지 모르겠어."

아무도 한마디도 하지 않았다.

"그래서 이제 어떻게 해요?" 아바는 낙심한 듯 냅킨을 테이블로 던졌다.

"아마 방법이 있을 거야." 나타샤가 천천히 말했다. 그녀는 아바를 흘끗 보았다. "그걸 꺼내기조차 싫지만—"

"하지만 곧 그럴 거야." 알렉스가 말했다. "어, 타쉬?"

그녀는 그를 무시하고, 아바에게만 말을 했다. "만약 이 파일 속 문서들이 맞는다면, 그리고 O.P.U.S.가 네 엄마의 프로그램이라면—"

"그랬어요." 아바가 그녀의 말을 끊어버렸다. 그건 분명히 그녀가 가장 좋아하는 주제가 아니었다.

"그게 우리에게 유리할 수도 있어."

"어떻게?" 알렉스는 테이블 위에서 몸을 앞으로 내밀었다.

나타샤는 아바를 바라보았다. "그녀는 네 엄마야. 넌 항상 그녀 곁에 있었고, 넌 아마 그녀의 과학 연구진을 포함해 누구보다도 더 많이 그녀를 알고 있을 거야. 심지어 O.P.U.S.에 대해서도 네가 생각하는 것보다 더 많이 알지도 모른다는 의미야."

"확신할 수 없어요." 아바가 불확실하게 말했다. "그리고 나는 엄마에 대해 아무것도 몰라요. 왜 이반이 날 데려가게 놔뒀는지, 그리고 엄마가 어떻게 되었는지도 몰라요. 우선, 그녀가 이반과 함께 일하고 있었던 것도요. 내가 뭘 할 수 있을지 모르겠어요."

"너는 그 창고에 대해서도 네가 생각했던 것보다 더 많은 것을 기억했잖아." 알렉스가 아바를 바라보며 말했다. "아마도 기억이 다시 돌아오기 시작한 게 아닐까?"

아바는 대답하지 않았다. 여종업원이 다가와 그들의 빈 접시를 쟁반 위에 올려서 가지고 갔다. 그녀가 다시 사라질 때까지 누구도 아무런 말도 하지 않았다.

나타샤는 목소리를 낮추었다. "그래서 우리는 QE 연결을 증폭시키려고 해야 해. 한 번 더 말이야. 강가에서 너와 나처럼. 아니면 토니의 기계로 연결되었을 때처럼. 맹세컨대, 난 그의 기계 중 하나가 폭발하기 전에 뭔가를 살짝 보았거든."

"그게 그렇게 훌륭했나요?" 아바는 회의적인 표정이었다.

"생각해봐. 우리는 우리가 할 수 있는 가장 강력한 연결을 할 거야. 날 들여보내주면, 내가 네 기억 속 O.P.U.S.에 대해 뭘 찾을 수 있는지 알아볼게."

"너무 위험해. 지난번에 아바는 의식도 잃었잖아." 알렉스는 당황해하는 것 같았다.

"알아." 나타샤가 말했다. "하지만 다른 방법이 없잖아."

알렉스는 아바의 손을 잡으려고 손을 뻗었다. "그게 좋은 생각인지 난 아직 모르겠어."

아바는 그를 바라보았다. "하지만 그녀 말이 맞아. 다시 연결하게 되면 얽힘을 어떻게 푸는지 알아내는 열쇠가 될 거야."

"그렇지 않으면." 알렉스가 말했다. "넌 아무것도 얻지 못한 채 모든 걸 걸어야 해."

"아무것도 얻지 못하는 건 아냐. 저 창고에서 이반이 데리고 있던 모든 다른 사람들을 위해서라도."

대화는 끝났다. 아바는 마음을 굳혔다.

쉴드 열람 가능
허가 등급 X

순직 [LODD] 조사

참조: 쉴드 케이스 121A415

사령부 요원 [AIC]: 필립 콜슨

회신: 나타샤 로마노프 요원, 일명 블랙 위도우, 일명 나타샤 로마노바

기록: 국방성, LODD 조사 청문회

국방성: 당신 말은, 당신이 알았을 때, 당신은 이미 일종의 강제적인 재설정 상태였다는 거죠—

로마노프: 있는 그대로 불러요. 그냥 얘기해요. 뇌 지우기.

국방성: 허가되지 않은 인식 실험을 미성년자에게 실시하는 것에 대해 전혀 거리낌이 없었나요? 우크라이나에 있는 지저분한 호텔 방에서? 이반 소모도로프의 무대에서?

로마노프: 아니요. 그것은 진실한 진술이 아닙니다.

국방성: 뭐라고요?

로마노프: 거리낌이 전혀 없진 않았죠. 거리낌이 있었습니다. 항상 있었죠.

국방성: 하지만 당신은 자신이 관련된 타당성에 대해 생각해보기 위해 1분도 멈추지 않았지요. 자신에게 한 번도 이 복잡하기만 한 '쿰바야' 뇌 쓰레기가 어떤 일을 하는지 묻지 않았죠?

로마노프: 네.

국방성: 왜 그랬죠?

로마노프: 그런 건 기타 연주자나 미국인들이나 하는 거니까요.

CHAPTER 28
아바와 나타샤

우크라이나, 오데사시티 센터, 다차 오데사 호텔

아바와 나타샤는 다리를 꼬고 앉아서 축 처진 침대 위에서 서로를 마주 보고 있었다. 알렉스는 방에 있는 하나뿐인 문에 불안하게 몸을 기댄 채 기다리고 있었다.

"내게 손을 줘." 나타샤가 말했다.

아바는 선택의 여지가 없더라도, 그리고 싶지는 않았다. 그리고 나타샤 로마노프도 그것을 원하지 않았다. 그러나 여기가 그들이 있던 곳이었다. 그 순간 그들은 서로를 발견했다. 이 교착 상태, 이 기회는… 바로 다음 순간에 달렸다.

데부시카 이바나는 처음으로 그들이 스스로 자신의 정신 방어를 포기해야 한다는 것을 알았다.

그런 생각을 하는 것조차 이반의 소녀들에게는 고문이었다.

이반은… 두 사람 모두에게 끔찍한 짓을 했다.

나타샤에게는 레드룸에서뿐만이 아니었다. 아바에게는 O.P.U.S. 프로젝트 실험실에서 그랬다. 이반 소모도로프의 차가운 손길은 그보다 훨씬 더 깊었다.

이반은 그들이 항상 외로운 그림자에서 살도록, 혼자서 살도록 했다. 혼자 지내는 것 외에 다른 선택지는 없었다. 그것이 이반의 만두 달 아래에서의 삶이었고 그의 저주였다.

두 소녀 모두 단 한 번도 그것이 깨질 수 있다고 생각한 적이 없었다.

이 우주에서 이반 소모도로프의 차가운 진실보다, 그에 대한 그들의 증오와 두려움보다 더 강력한 것은 없었다.

아니 그래서 그들은 생각해야 했다.

지금까지. 그들 둘이 함께 있을 때까지…

더 큰 것과 더 많은 것과 얽혀 있었다.

그들 스스로도 반박할 수 없는 진실.

그들은 함께 서로의 손을 잡았다. 그들은 함께 서로의 눈을 들여다보았다. 그리고 그들은 그들이 할 수 있으리라 기대하는 마지막 일을 함께했다.

그렇게 되도록 내버려두었다.

아바의 손가락이 나타샤의 손가락에 닿자, 그들의 마음은 앞으로 구르고, 얽히고, 끝없이 결합하고 재결합했고, 아바는 나타샤의 정신 세계와 연결될 때마다 따르는 고통에 굴복해야 했다. 하지만 그녀가 저항하던 것을 멈춘 순간, 그녀에게 상처 주는 것에서 더 분리될 수 없을 때까지, 물고기가 물을 더 느끼지 못하는 듯, 감각이 그녀를 압도해서, 온통 삼켜버렸다.

고통이 그녀를 삼켰는지 아니면 그녀가 고통을 삼켰는지 말할 수 없게 되었고, 그녀는 아무것도 느끼지 못했다.

그녀는 아무것도 느끼지 못했지만, 모든 것을 보았다.

곧 하나의 기억에서 다른 기억을 구별하는 것이 거의 불가능해졌다. 심지어 그들이 누구의 마음에 있는지 아는 것도 불가능해졌다.

그들은 둘이었다. 그들은 항상 그랬다.

그들은 동시에 끝과 시작에 있었다.

기억이 흘러갔다.

무거운 부츠가 자갈길을 터벅터벅 내려가고 총성이 놀이방 창문 너머로 울렸을 때, 겁에 질린 타샤는 스탈린그라드의 정교하게 그려진 벽지에 자신을 누른다. 타샤는 옆에 있는 아기 침대의 막대 사이로 손을 뻗는다. 울지 마, 알렉세이. 나쁜 사람들이 널 해치게 두지 않을 거야. 그녀는 발 옆에서 짖어대는 작은 갈색 강아지를 내려다본다. 그럴까?

어린 아바는 아빠의 손을 놓으려 하지 않은 채, 그에게 그들의 오래된 모스크바에 있는 아파트를 떠나지 말아 달라고 부탁하며 아빠를 따라 거리로 향하는 계단을 내려간다. 그게 아빠 일이든 아니든 내겐 상관없다. 엄마랑 난 아빠 없이 오데사에 가고 싶지 않다.

나타샤는 비틀거리면서 손으로 있는 힘껏 난간을 움켜쥐었고, 남동
생을 지하실 층계로 데리고 간다. 강아지가 그들을 쫓아다닌다. 그
녀의 엄마는 멀리서 미친 듯이 아빠를 부른다. 오래된 돌로 지은 다
차(러시아 시골 저택-옮긴이)를 뚫고 파편이 폭발하자 타샤는 귀를 막
는다.

아바는 해외에서 일하는 아빠가 우편으로 보내준 새 도자기 인형 카
롤리나를 가지고 양탄자 위에서 논다. 끝없는 업무 서류 더미와 시계
에 둘러싸인 피곤한 눈을 한 그녀의 엄마.

나타샤는 부모님 추도식 때 눈 속에 놓여 있는 깃발이 씌워진 관 옆
에서 무릎 위에 남동생을 안고 있다. 갈색 개는 의자 아래에서 웅크
리고 있다. 어두운 눈빛으로 엄숙하게, 그녀는 다른 사람이 동생을
데리고 있는 것을 허락하지 않는다. 너에겐 아직 내가 있어, 알렉세
이. 너에겐 항상 내가 있을 거야….

아바는 발레 자세를 연습하면서, 오데사의 창문이 없는 연구실에 있
는 엄마의 의자 뒤를 잡고 있다.

모스크바 레드룸 기숙사에서 더 성장한 나타샤가 얼굴을 낮은 철제

아기 침대 베개 밑에 묻고 몰래 흐느낀다. 알렉세이. 그에겐 내가 필요해.

아바는 낡은 오데사 발레 스튜디오에서 춤을 연습하면서, 모자이크 바닥을 가로질러 원을 그리며 빙글빙글 돌고 있다. 숫자 62가 타일 중앙 노란 태양 안에 그려져 있다. 아바는 모자이크를 가로질러 춤을 추면서 인형에게 노래를 불러준다. 카롤리나, 카롤리나, 카롤리나… 스텝을 배워. 스텝이 핵심이야. 널 안전하게 지켜주고 나와 함께 하게 해줘. 하나 둘 셋, 하나 둘 셋, 하나 둘 셋.

나타샤는 감시하는 이반의 눈 밑에서 돌격용 자동소총을 반복해서 조립하고 분해한다. 넌 나를 창피하게 하는구나. 뚱뚱한 미국인처럼 느려. 현장에서 앞으로 어쩔 텐가? 멈춰서 시간을 더 달라고 부탁할 거야? 나타샤의 손가락이 방아쇠를 감고 있다.

***

아바는 발레 스튜디오에서 피루엣을 하는데, 그녀가 여섯 번 타일을 반복해서 칠 때마다 발가락을 포인팅한다. 하지만 왼발은 침울한 리듬을 타고 있다.

나타샤는 탱크톱만 걸친 채 이반과 마주 보고 있다. 그는 허리 칼집에서 사냥용 칼을 꺼낸다. 그녀가 무슨 말이라도 할 수 있기 전에, 칼날이 번쩍이고 피가 그녀의 팔 위에서 줄줄 흐른다. 그는 웃는다. 난 공격하지, 프테네. 넌 방어하도록. 네 셔츠가 찢어지길 원치 않는다면, 빨리 움직이도록. 그러지 않으면, 네 날개를 꺾어버릴 거야. 그녀는 한 걸음 뒤로 물러난다. 하지만 그는 너무 빨랐고, 그녀의 팔을 다시 베고는 여전히 웃고 있다.

아바가 빙빙 돌면서 두 번을 쳤고(오른발로만) 훨씬 더 적게 했다. 그녀의 생각은 왼쪽으로 여섯 번, 오른쪽으로 두 번으로 가득했다. 그녀의 엄마는 근처 서류를 보려고 고개를 들었다. 춤을 배워라, 아바. 아빠가 돌아오자마자, 발표회가 곧 있으니까.

블루 모스크가 있는 도시에서 온 거야, 엄마?

바로 거기야, 아바.

나타샤는 변기 위에 서서 구토를 한다. 이제 그녀는 떨리는 손에 묻은 피를 씻어내려 하지만 닦이지 않고, 그녀의 노력으로 싱크대만 온통 빨갛게 변한다. 이반이 뒤에서 웃는다. 레드룸에서 너의 첫 번째 살인이다, 프테네. 거친 눈으로 흐느끼며 넌 거기 서 있구나. 사슴 때문에 그러는 거야? 모스크바에서 나를 사냥하라고 너를 보내면 어떻게 할 거지? 넌 정말로 미국인이 되어야 해.

아바는 엄마와 함께 군대 사무실로 걸어가지만, 안으로 들어가기는 거부한다. 엄마는 당황해서 그녀를 때린다. 아바는 어리둥절하다. 소모도로프 장군은 힘 있는 남자야, 아바. 네 아버지를 위해서라도 그가 하라는 대로 해야 해.

나타샤는 발레에서 다른 50명의 사람과 함께 얇은 검은색 레오타드를 입고 플리에를 연습한다. 발레 스커트 아래 숨겨진 허벅지 위쪽에 묶어 감춰둔 권총을 피해 극장 서까래를 향해 우아하게 팔을 뻗는다.

아바는 보호시설로 보이는 욕실 벽에 기댄 채 바닥에 앉아 있다. 타일은 초록색이다. 그녀는 싱크대 밑 파이프에 그녀를 붙잡고 있는 체인을 당기지 않으면서 회반죽을 찍고 있었다. 손목이 아프다.

나타샤는 공격용 소총을 몇 초 안에 분해한다. 그녀의 얼굴은 굳어 있다. 이반은 아무 말도 하지 않으면서 벨로모카날 담배를 피우며 지켜본다.

아바는 오데사 연구실의 의자에 앉아 있는데, 일렬로 늘어선 열두 명의 아이 중 한 명이다. 그녀는 손목과 이마에 전선을 둘둘 감고 있다. 이반이 초읽기를 한다. "뜨리, 드바, 아딘." 아바는 방을 통해 들려오는 커다란 탁탁 소리에 움찔하고 놀란다. 레드룸 실험. 그녀는 유리벽 뒤에 있는 엄마를 흘끗 쳐다보았는데, 그녀는 울고 있다.

＊

나타샤는 레드룸 욕실 싱크대 너머로 녹슬어가는 거울을 응시한다. 그녀는 팔 위쪽에 흉터를 살펴보고 움찔한다. 그것은 X였는데, 모래 시계와 흡사하다. 그녀의 온몸은 멍들고 타박상을 입었다. 그녀는 얼굴에 물을 끼얹고, 거울을 돌아본다. 언젠가 내 손으로 널 죽일 거야, 이반 소모도로프.

아바는 아기 침대에 누워 자신의 인형인 카롤리나를 응시하고 있다. 손목에는 붕대를 감고 있다. 눈은 울어서 빨개졌다. 그녀는 지금도 발레 스튜디오 콧노래를 흥얼거린다. 차이콥스키. 난 당신에게서 탈출할 거예요, 이반 소모도로프. 언젠가는, 내 아빠처럼 여기서 멀리 달아날 거예요. 당신은 내 엄마를 소유했던 것처럼, 나를 소유하지는 못할 거예요….

그러고는, 기억은 어둠 속으로 사라지고 결국 밝아졌다.

"그녀가 깨어나고 있어." 알렉스가 말했다. 적어도 아바는 그가 알렉스라고 생각했다. 그의 목소리는 멀리서 들려왔다.

아바가 눈을 떴다. 그녀는 지금 침대에 누워 있었다. 알렉스는 옆에 앉아서 손을 아바의 등에 대고 있었다. "감사합니다. 돌아왔구나. 네가 해냈어." 알렉스는 아바의 볼에 입을 맞추었다.

나타샤는 방에서 서성거리고 있었다. "아바, 난 다 볼 수 있었어.

전부 다 말이야. 난 그런 일을 경험해본 적이 없어. 그것은…."

"콴툼?" 알렉스가 물었다.

"그 노래." 아바가 중얼거렸다. "그건 우리 엄마 노래였어요."

"네가 춤출 때 그 노래? 백조의 호수." 나타샤는 고개를 끄덕였다. "물론 넌 백조의 호수가 무엇이었는지는 알고 있지?"

"호수? 백조?" 알렉스가 아바의 손을 잡으며 물었다.

"엄마는 매일 밤 나에게 이 노래를 들려줬어요." 아바가 말했다. 그녀의 눈이 가늘어졌다.

"발레. 아주 유명한, 러시아 발레지." 나타샤의 눈이 번쩍이고 있었다. "일반적으로 작품 오푸스(opus)로 여겨지지. 실제로, 표트르 일리치 차이콥스키의 작품이고. 볼쇼이에서."

"작품이요?" 아바가 응시했다.

"그게 무슨 소리야?" 알렉스가 물었다.

나타샤는 아바 옆 침대에 앉았다.

"아바의 춤이 단순한 춤이었다고 전혀 생각하지 않는다는 뜻이야."

"그렇게 생각하지 않는다고요?" 아바는 일어나 앉았다.

"네 엄마가 또 무슨 짓을 했든 간에, 그녀가 네 마음속에 얼마나 깊이 묻혀 있든 간에 어떻게 해서든 너는 한 가지 사실을 알게 될 거라는 걸 확신했어. 올로바 박사 자신의 백조 노래, 그녀의 마지막 작업."

"춤이라고요?" 아바는 기억의 조각을 모았다. "'스텝을 배워, 스텝이 핵심이야.' 엄마는 그렇게 말했어요. 적어도 내가 기억하기로는요."

"정확해. 글자 그대로야. 열쇠. 일종의 핵심 코드라고 생각해. 아마도 그녀가 작업하고 있던 바로 그 프로젝트겠지. 이반이 자기 아이를 시험하고 있던 그 프로젝트." 그녀는 의미심장하게 아바를 바라보았다.

아바는 나타샤의 팔을 잡았다. "내가 그것을 늘 내 안에 가지고 있었다고 생각하는 거예요? 엄마가 주는 메시지를? 오데사 이후로 쭉?"

"뭐?" 알렉스가 빤히 쳐다보았다. "춤이 O.P.U.S와 관련이 있다고 생각한다는 거야? 그게 어떻게 가능하지?"

"기본적으로 일종의 유전자 코드가 수학적 시퀀스로 다시 쓰이는 것 같은데. 아마 아바의 DNA에 기초한 거겠지…." 나타샤는 고개를 젓다가 아바를 바라보았다. "그리고 네가 기억하는 건 아마도 발레 스튜디오가 아닐 거야. 기억 속에 다른 댄서들은 없었지? 무슨 실험실이었을지도 몰라."

"창고 연구실 바닥." 아바가 천천히 말했다. "우린 그냥 거기 있었어요. 내가 봤어요. 먼지 아래로 온통 빛이 바랜 무늬가 있었어요."

나타샤는 노트북을 가방에서 꺼내, 그들 앞 침대에서 열었다. "내 생각엔 네 엄마가 바닥에 어떤 숫자를 쓴 거 같아. 그러곤 네가 외울 수 있는 일련의 시퀀스를 고안해낸 것 같아. 맞아. 그 시퀀스는 O.P.U.S.를 터뜨리는 일종의 핵심 코드로도 작용할지도 몰라."

"그것을 차단하는 데 사용할 수 있다는 거야?" 알렉스가 물었다. "미쳤어."

"적어도 그것을 통제하려고 노력해볼 수는 있잖아." 나타샤가 말했다. 그녀는 가능한 한 빨리 키보드로 숫자를 입력했다.

"코드를 잊어버리고 싶지 않아서." 그녀는 아바에게 미소를 지었다. "네 엄마는 정말 기발하신 분이셨을 거야."

"아빠도 그랬어요." 아바가 천천히 말했다. "그도 소모도로프 밑에서 일했어요. 엄마가 그렇게 말했죠. 블루 모스크가 있는 도시에서."

"이스탄불이야." 나타샤가 말했다. "이반은 분명 다른 연구실을 가지고 있었을 거야." 그녀는 키보드에서 고개를 들었다. "그 말은…."

"저기 있다. 저게 답이야. 저기가 바로 이반이 멋진 복귀를 하려는 곳이야." 알렉스가 말했다.

"그가 오데사에 없다는 것을 알고 있다고 하면." 아바가 덧붙였다.

나타샤는 고개를 끄덕였다. "이 코드를 일종의 전달 장치로 프로그래밍할 수 있다면, O.P.U.S.의 회로를 중단시키기 위해 사용할 수 있는 것이라면…."

"어떻게 할 건데? 이게 꼭 쉴드 브레인 트러스트는 아니잖아." 알렉스가 말했다. 그는 그늘진 배경의 주위를 둘러보았다. "여기가 어딘지 잘 모르겠지만, 그게 아니라는 건 알겠어."

"쉴드는 필요 없을 거야. 우리가 이미 가진 것보다 쉴드가 더 많이 가지고 있지는 않을 테니까." 나타샤는 의자에서 검은 가죽 재킷을 끌어내려 주머니를 뒤적였다. 그녀는 작은 검은색 드라이브를 꺼냈다. "이걸로 해야 해. 콜슨이 준 작은 선물. 브레인 트러스트 자체에서 바로 나온 고성능 마이크로드라이브."

"저것을 사용해서 O.P.U.S.에 올로바 박사의 코드를 넣을 수 있다고 생각하는 거야?" 알렉스는 누이의 손에서 그 장치를 가져갔다.

"해볼 만하다고 생각해." 나타샤가 말했다. "아바의 엄마는 딸에게 그 메시지를 전달하려고 상당히 열심히 작업했어. 헛되게 하지 말자."

"엄마는 포기하지 않았죠. 엄마는 자신이 아는 유일한 방법인 백조의 호수로 나를 이반에게서 자유롭게 해주려고 노력한 거네요." 아바는 나타샤를 바라보며, 어찌할 바를 몰랐다. "난 절대 몰랐을 거예요."

나타샤는 어깨를 으쓱했다.

"고마워요, 세스트라." 아바는 갑자기 그녀를 향해 손을 뻗어, 처음엔 나타샤의 왼쪽 뺨에 다음엔 오른쪽 뺨에 키스했다. 러시아 스타일로. "황소처럼 강하고 면도날처럼 날카롭게, 엄마가 당신에 대해 말했던 거예요."

나타샤는 포옹에서 빠져나와 난처한 표정을 지었다.

"잘했어, 타쉬." 알렉스는 누이의 어깨를 손으로 두드렸다.

그 이름을 듣고 나타샤의 입이 일그러지더니 이내 미소로 변했다. "어쨌든, 네가 맞아. 그런데 넌 말을 할 수 있게 되자 날 타샤라고 불렀어. 아바랑 내가 연결될 때 생각났어."

"그랬어?" 알렉스는 놀란 표정이었다.

그녀는 고개를 끄덕였다. "브랫? 그 강아지는 내 것이었어. 내가 크라스나야 콤나타로 보내졌을 때, 나 대신 그에게 신경을 쓰라고 네게 말했었어. 그녀는 그를 뚫어지게 바라보았다. "도둑."

"잠깐. 정말?" 그는 그녀를 빤히 쳐다보았다. "당신이 그랬다고?"

그녀는 벽에 기대어 서 있었다. "넌 울고 있었어. 내가 군인들과 함께 떠나길 원하지 않았거든. 넌 우리 부모님께 일어난 일 때문에 군인을 싫어했어."

알렉스는 침대로 주저앉았다. "난 가끔 악몽을 꿨어. 폭탄이 터지고. 눈 속에서. 눈이 많이 왔어." 그는 나타샤를 힐끗 올려다보았다. "내가 파묻힐 정도로 너무 많이."

"우리는 겨울에 지하실에 숨었어. 우리 집이 폭격을 당해서 눈이 바로 놀이방으로 떨어졌거든. 우리가 살아남은 유일한 사람이었어."

"브랫도." 알렉스가 천천히 말했다.

"브랫. 내가 열두 살이 되어서 레드룸으로 보내지기 전까지 이름은 보리스였어."

"보리스?" 알렉스는 그녀를 쳐다보지 않았다. 그럴 수가 없었다.

나타샤는 벽에 머리를 기대고, 얼룩진 천장을 올려다보고 있었다. 자신을 진정시키면서. "군인들이 날 찾아온 날, 난 네게 그만 울라고, 아니면 보리스가 겁을 먹게 된다고 했어. 왜냐하면, 보리스는 이제 네 책임이고, 네 동생이었으니까. 내가 널 돌봐준 방식으로 네가 보리스를 돌봐야 하니까―."

"그리고 내가 당신을 사랑했던 대로 그를 사랑해야 했고." 알렉스가 부드럽게 말했다. 아바는 그의 손을 잡으려고 손을 뻗었다.

나타샤는 대답하지 않았다.

알렉스는 소매로 눈을 닦았다. "그래서 난 그를 브랫이라고 했어. 내 침대에서 자게 놔뒀지. 내 접시에 있던 내 감자를 먹였고." 그는 러시아어로 말했다. 아바는 절대 그의 손을 놓지 않았다. "그건 기억나. 시끄럽게 하지 않으려고 애썼어. 담요 아래에서 개와 함께 지내

381

며 울지 않으려고 노력했어."

나타샤는 지금 그를 돌아보았다. "몇 년 동안 개 얘기로 편지를 했어. 멈출 때까지."

"내가 왜 멈췄지?" 그는 생각하려고 애쓰며 얼굴을 찡그렸다.

"왜냐하면, 네가 열두 살이 되고 나서 군인들이 너를 데리러 왔으니까." 그녀는 조용히 말했다. "그리고 이반의 레드룸에는 한 마리의 개를 둘 공간도 없었지."

"기억이 안 나."

"난 기억해." 아바는 알렉스의 손을 꽉 쥐었다. "이반 소모도로프에게, 우리는 동물이었어."

그날 밤늦게, 아바와 알렉스는 침대에서 함께 몸을 웅크렸다.

아바는 나타샤가 밖에서 토니 스타크와 전화하는 것을 들을 수 있었다. 토니 스타크는 이반의 얽힘 테스트 명부에 기재된 모든 사람의 이름을 확인하고 또 확인했다.

아바 올로바와 알렉스 로마노프만 빼고.

적어도 나타샤는 그에게 말할 정도로 토니 스타크를 믿고 있었다. 그녀는 쉴드의 누구도 믿지 않았고, 그들이 양자 연결 위험을 감수하게 하고 싶지 않았다.

놓칠 수도 있는데 도박을 할 순 없다. 정말 가까이 있을 때가 아니라면.

아바는 대화에 집중했다. 나타샤는 이반의 명부에서 확인된 여든

일곱 명의 얽혀 있는 아이들을 어떻게 무력화할 것인지, 그리고 115개의 세계 정보망이 그들에 의해 잠재적 위험에 빠지게 되었는지 아닌지를 논쟁했다.

이반의 얽혀 있는 군대.

쉴드가 그것을 찾는다면, 그들이 우릴 찾아낼 거야.

알렉스와 나.

우리도 그 파일 안에 있으니까.

쉴드의 눈에는, 우리도 다른 이반의 좀비들처럼 위험하겠지?

만약 그들이 알게 된다면(만약 무슨 일이 일어난다면) 난 절대 7B를 벗어날 수 없어.

더 나쁜 건, 전극을 머리에 연결한 채 남은 인생을 살아야 할지도 모른단 거야.

아바는 그런 생각을 견딜 수 없었고, 나타샤도 같은 것을 걱정하고 있어서 그들과 함께 방에 있지 않고 복도 바깥에 있다고 생각했다.

우리에게 무슨 일이 일어날까?

아바는 잠자코 누워서 알렉스의 심장이 쿵쾅거리는 소리를 들었다. 알렉스가 위태로워질 것 같진 않았지만, 그 가능성을 배제할 수는 없었다. 그도 그녀처럼 조바심을 내고 있을 것이다.

"알렉스?" 아바는 어둠 속에서 그의 가슴에서 고개를 떼었다. "나타샤가 우리 엄마에 대해 한 말이 맞다고 생각해? 엄마가 날 구하려고 했다는 말?"

그는 그녀의 어깨에 팔을 둘렀다. "그래, 나도 그렇게 생각해."

아바는 그의 가슴에 다시 그녀의 볼을 대었다. "사실이었으면 좋겠어."

사실이 아닐까 봐 아직도 걱정돼.

우리가 이 곤경에서 벗어날 수 없다는 것, 나타샤 로마노프가 우리 편인데도 그럴 수 없다는 것.

우리가 어떤 상황에 부닥쳤는지 모른다는 것.

알렉스는 그녀를 안고 팔을 더욱 단단하게 끌어당겼다. "걱정하지 마. 타쉬는 어떻게든 이반의 세뇌기 전체를 차단하는 법을 알아낼 거야. 그러면 모든 것이 다시 정상으로 돌아갈 거야. 너도 알게 될 거야."

"모두?" 아바는 그의 뺨에 손을 대었다. "내가 모든 것이 정상으로 돌아가는 것을 원치 않는다면?" 그녀가 물었다. "지금과 같은 상황에서도 좋아하는 게 있다면?"

"어떤 거?" 그녀는 그의 목소리에 담긴 미소를 들을 수 있었다.

아바는 알렉스의 얼굴 옆에 자신의 얼굴을 끌어당겨 그의 턱선에 입을 맞추었다. "몇 가지 생각이 나서." 그는 팔로 그녀를 감싸고 바짝 당겨 뒹굴었다.

그 후로는, 정말 별생각이 없었다.

쉴드 열람 가능
허가 등급 X

순직 [LODD] 조사
참조: 쉴드 케이스 121A415
사령부 요원 [AIC]: 필립 콜슨
회신: 나타샤 로마노프 요원, 일명 블랙 위도우, 일명 나타샤 로마노바
기록: 국방성, LODD 조사 청문회

국방성: 당신 말은, 그 아이가 무기화 된 기억이 있었다는 건가요?
로마노프: 네. 특별한 하나의 기억이죠.

국방성: 그리고 생물학적 트리거가 발레의 형태로 아이의 정신 속에 숨겨져 있었
　　　　다는 거군요.
로마노프: 그렇게 생각합니다.

국방성: 냉정하게, 이것이 당신에게 아주 약간 그럴 듯하게 들리나요?
로마노프: 유니콘만큼 그럴 듯합니다.

국방성: 그리고 이것이 일종의 O.P.U.S.의 보안 코드라고 믿은 거죠?
로마노프: 올로바 박사가 프로그램을 설계할 정도로 똑똑하다면, 그것을 분해할 수
　　　　있을 만큼 똑똑하기도 할 거라고 생각했습니다. 그리고 자신의 딸을 그
　　　　렇게 할 수 있을 만큼 충분히 강하게 키웠다고 생각했습니다.

국방성: 그녀가 어렸을 때 죽은 엄마에 대한 발레리나 유령 이야기 때문에 당신은
　　　　레드룸 마녀사냥을 이스탄불에서 벌인 거군요.
로마노프: 아바와 나 사이의 QE 연결이 그렇게 강하다면, 다른 99명의 얽혀 있는
　　　　실험 대상이 무엇을 할 수 있을지 생각하고 싶지 않았으니까요.

흑해 상공 어딘가,
쉴드 제트기

비행은 멋졌다. 흑해 상공 남쪽으로 90분 지점이었다. 이스탄불이 수평선상에 있었고, 나타샤가 조종하고 있었다.

현 정치 풍토에서 오데사와 이스탄불을 연결하는 기차와 버스가 없었기 때문에 그들은 나타샤가 뽑은 쉴드 제트기에 의존해야 했다. 그녀는 오데사 동쪽 척박한 땅에 버려진 제철소의 빈 저장고에 착륙시켰다. 아득히 먼 곳을 가야 했기에 택시를 타기도 쉽지 않았다.

알렉스는 그들의 운전사가 비행기가 도로 거의 꼭대기에 있는 하늘을 거칠게 지나가고 있을 때 무슨 생각을 했을지 궁금할 따름이었다.

"이것은 정확히 내가 생각해둔 스텔스 접근법은 아니야." 나타샤가 말했다. "그래도 우리가 할 수 있는 최선이었어. 그녀를 도시 외곽

기지에 내려줄 거야. 잘될 거야." 나타샤는 얼굴을 찡그렸다. 그녀는 이제 작전 중이었다. 반자동 기계에 묶여 있을 때 불필요한 말은 하지 않았다.

"이 모든 것이 잘 돼야 하는데." 부조종사석에서 아바가 말했다. "플랜 B는 없으니까."

"사실, 있어." 나타샤가 말했다.

"뭐라고? 우리가 쉴드를 부르거나 하는 건 안 돼." 알렉스가 말했다.

"그리고 난 7B로 돌아가지 않을 거예요." 아바가 격렬하게 반복했다.

"아바, 아무도 널 돌려보내지 않을 거야. 그리고 나 역시도 쉴드를 대하는 감정이 너그럽기만 한 것은 아니고." 나타샤가 말했다. "누군가 내 뇌를 지운다는 생각을 꼭 좋아하진 않는 걸 보면."

"그래서 플랜 B는 뭐야?" 알렉스가 물었다.

"우리가 해야 할 일을 하는 거지." 나타샤가 레이더 스크린에 시선을 고정한 채 말했다.

그 말을 이해하는 데 잠시 시간이 걸렸다.

아바는 얼굴을 찡그렸다. "우리는 누구도 나 같은 여든일곱 명의 사람을 무력화시키도록 두지 않을 거예요. 알렉스뿐만 아니라 우리가 아는 모두를 위해. 이반이 그들에게 한 짓에 관련해서 어떤 선택권도 없었던 여든일곱 명의 사람을 위해."

"게다가, 넌 이반의 양자 실험에 모두가 연결되어 있다고 우리에게 말했어. 반격을 받지 않고, 백악관, 펜타곤, 크렘린 궁전, 의회, MI6, 베이징 그리고 아라비아반도 절반에 발포할 순 없어. 제3차 세계대전에 관해 이야기하는 거야." 알렉스는 고개를 저었다.

"그래서 그건 플랜A가 될 수 없어." 나타샤가 암울해져서 말했다. "그렇다고 우리도 가만히 앉아서 이반의 양자 실험 대상 중 하나가 핵 발사 코드를 부여하거나 JFK나 LAX로 향하는 비행기마다 레이더망을 없애게 둘 수는 없지."

"다른 방법이 있을 거예요." 아바가 말했다.

"토니가 NSA의 피드와 스타크 위성을 감시하고 있어. 우리가 어디서든 떠오르게 된다면, 이반의 군대가 배치하기 시작한 걸로 보일 거야. 글쎄, 그런 일이 일어나게 되면 우리가 처리할 수 있겠지." 나타샤는 그들만큼 그것에 대해 행복하게 이야기하지 않는 것처럼 들렸다. "그때까지 우리만의 놀이에 집중하자."

아바는 손바닥 안에 납작하게 놓여 있는 작은 검정 드라이브를 응시했다. 나타샤는 다차 오데사 호텔을 떠나기 전 몇 시간 동안 그것을 올로바 박사의 O.P.U.S. 시퀀스로 다시 프로그래밍했다. "우린 별로 알고 있는 게 없어요. 백조의 호수 코드와 이반의 다른 연구실이 이스탄불에 있다는 것뿐." 그녀는 손에 있는 드라이브를 뒤집었다. "그걸로 충분해요. 잘 되도록 해야죠."

"그렇게 될 거야." 알렉스가 그녀의 뒤에서 말했다.

나타샤는 제어판에 있는 스크린과 표면에 있는 지도와 도시의 위성사진을 터치했다. "사실 하나 더 찾았어." 펄싱 라이트가 빽빽한 도시 블록 격자처럼 보이는 중앙의 3인치 원을 비추었다. "이스탄불 중심부에 아주 작은 반경으로 거대한 열 신호를 포착했어. 거기."

"그게 연구실이야?" 알렉스는 그의 누이에게 물었다.

나타샤는 고개를 끄덕였다. "우리가 이반의 터키 작전 기지 수 킬로미터 이내에 있는 거 같아. 그리고 해당 방사능 수치로, 그의 다음 번 O.P.U.S. 전력 공급원을 발견한 것 같아. 우리가 말한 대로 그가 도시 전력망에서 전력을 빼 오는 거 같아."

"어디죠?" 아바가 물었다.

"이스탄불 바로 중심에 있는 옛 도시, 술탄아흐메트." 나타샤는 그녀를 바라보았다. "플레이를 다시 검토하고 싶니?"

아바가 드라이브를 잡았다. "장치도 찾았고, 포트 위치도 알아냈고, 드라이브를 연결하면, O.P.U.S. 네트워크의 연결을 끊을 수 있을 거예요."

"그리고?"

"전송은 10초밖에 걸리지 않아. 드라이버에 카운터가 있어. 내가 그걸 이반의 장치에 연결하는 순간부터 초읽기가 시작될 거야." 알렉스가 말했다.

"내가 그걸 연결해야 한다는 뜻이지." 아바가 말했다.

"아니." 알렉스가 말했다. "꼭 네가 해야 하는지는 모르잖아. 우리가 아는 건 그냥 네가 암호를 가지고 있다는 거야. 내게 드라이브를 줘도 돼. 내가 자원할게. 내가 하게 둬. 내가 O.P.U.S.를 무력화하고 나올게. 별일 아니잖아." 그는 드라이브를 향해 손을 뻗었다.

아바는 그것을 그에게서 멀리 떼어놓으며 코웃음을 쳤다. "전체 코드는 내 DNA를 바탕으로 한 거야, 기억하지?"

"아바, 너는 제대로 생각하지 않고 있어. 우리가 O.P.U.S.를 제거하면, 넌 너의 모든 얽힘 능력을 잃게 될 거야. 더 강한 로마노프 미니미 요원이 아니라는 거야. 글록이나 블로크, 그게 뭐든 어떻게 쏴야 할지 모를 수도 있다고."

나타샤는 그를 돌아보았다. "글록이야. 지금 같은 순간이 우리가 연결되어 있다고 믿을 수 없는 순간이야."

아바가 노려보았다. "맙소사. 자신감은 고마워. 하지만 난 할 수 있어. 걱정하지 마."

나타샤는 검은 장갑 낀 손을 들었다. "아바는 장치를 고장 내는 가능한 최선의 길이야. 그녀의 코드니까. 하지만 우리가 그것을 할 수 있도록 충분히 가까이 가서 엄호해야 해. 어떤 것도 쉽지 않을 거야. 가능하지 않을 수도 있고."

아바도 알렉스도 한마디도 하지 않았다.

나타샤는 제어판을 점검했다. "15분 아웃. 우리는 도시 바로 외곽에 있는 비행장에 허가를 받았어."

"그런데 허가 받았다는 건…?" 알렉스가 눈썹을 추켜세웠다.

"우리가 우리를 허가한 거야." 나타샤는 어깨를 으쓱했다. "비행장이라기보다는 들판일지도 모르지만."

알렉스는 손을 뻗어 아바의 손을 잡고, 그녀의 손가락에 자신의 손가락으로 깍지를 꼈다. 그리고 바로 그때, 그는 절대 그렇게 두지 않겠다고 결심했다.

쉴드 열람 가능
허가 등급 X

순직 [LODD] 조사
참조: 쉴드 케이스 121A415
사령부 요원 [AIC]: 필립 콜슨
회신: 나타샤 로마노프 요원, 일명 블랙 위도우, 일명 나타샤 로마노바
기록: 국방성, LODD 조사 청문회

국방성: 우리가 현장 임무를 수행할 권한이 없는 나라에서 명부에 없는 임무에 비밀 요원으로 한 명도 아닌 두 명의 아이들을 승인한 거군요?

로마노프: 그런 셈이죠.

국방성: 왜 이게 괜찮다고 생각한 거죠?

로마노프: 그게 제 일이니까요. 8년 전 이반 소모도로프를 맡은 건 저였으니까요. 그가 나와 아바의 엄마에게 했던 방식을 아바 올로바에게 하지 못하게 해야 했지만 실패했죠. 이반 소모도로프에 관한 한 누군가를 구하기 위해 내가 할 수 있는 일이 없었어요. 하지만 신은 내가 시도하게끔 도와주셨죠.

국방성: 요원, 당신은 그 일과 관련해서 다른 방법이 있다는 생각을 그만둔 건가요?

로마노프: 아니요.

국방성: 왜죠?

로마노프: 내가 로마노프니까요.

국방성: 그리고 그게 지금 당신을 살아가게 하는 거죠.

로마노프: 우리는 많은 것을 견디며 살아가야 하죠. 로마노프로 살아가는 것도 한 부분이고요.

CHAPTER 30
나타샤

터키, 이스탄불,
술탄아흐메트 거리

이반의 연구실을 찾는 것은 어렵지 않았다. 이스탄불 중심에 비행기를 숨긴, 사용되지 않는 농장에서 길을 찾는 게 더 오래 걸렸다. 나타샤는 러시아 무선 통신 덕에 그들이 먼지투성이 트럭에서 나온 후 20분 동안 이반의 위치를 추적했다. 메가폰 무선 통신 가입자 수는 6천 8백만일지 모르지만, 이반의 연구실이 위치한 이스탄불 구시가지에는 극소수만 있었다. 우크라이나와 러시아 지하 군인들의 무선 신호를 조합하면 실제 전자 신호로 '도착했다'는 의미였다.

이제 나타샤는 붐비는 시장으로 길을 안내했다.

"이반이 술탄아흐메트에서 일하고 있는 것 같아, 그렇지?" 알렉스가 말했다. 그는 거리 표지판을 가리켰다. "다 왔다."

"도시에서 관광객과 모스크, 사람이 가장 많은 이 지역은 터키어로 표시했나 봐." 아바는 군중을 훑어보았다.

"오래된 마을이야. 이반이 돌아와서 뻔히 보이는 곳에 숨은 거지." 나타샤가 말했다. "사실, 좀 기발하긴 해. 이곳은 가는 곳마다 신성해. 이반 소모도로프와 그의 군대가 내부에 숨어 있는데도, 세계의 어떤 정부도 여기 건물들에 접근할 수 없으니까. 국제적 혼란이 야기되지 않는 한." 그녀는 감명을 받았다.

"대단하다. 그러니까 그는 천재야. 이반의 사람들에게 50점 줘야겠군." 알렉스는 암울했다.

나타샤는 그를 잊으려고 애썼다. 어떤 일이 일어날지. 그녀가 어떤 일을 해야 할지.

막상 그렇게 되자, 그녀가 방아쇠를 당겨야 하는 유일한 사람이 될 거라는 것을 알고 있었다. 그녀는 항상 그랬다. 아닌가?

집중해, 로마노프. 모두 임무에 관련된 거야.

임무에 집중하자.

나타샤는 그들이 필요한 일을 하는 것이 얼마나 불가능할 것인지 말하지 않았었다. 그녀는 또 스타크가 말한 걸 고려했을 때, 상황이 얼마나 나쁜지도 언급하지 않았다. 얽힘은 랭글리는 말할 곳도 없고, 펜타곤 곳곳에 숨겨져 있었다. 뉴욕에서 그들은 인턴, 이웃, 강아지 산책시키는 사람들, 정원을 가꾸는 사람들, 그리고 UN에서 일하는 외교관의 아이들 사이에서 눈에 띄지 않았다. 북아메리카의 목표물이 제일 먼저 처리될 거다.

크렘린 궁전 원로들의 자녀들도 얽힘 대상이었다. 나타샤의 계산에 따르면 모스크바의 FSB에는 25만 명이 넘는 직원이 있다. 어느 누가 위태로운 가족과 함께 사는 요원의 불규칙한 행동을 알아차렸을까?

이슬라마바드 학생에게는 깃발이 걸려 있었다. 파키스탄의 ISI는 쉴드가 차이를 알아채기도 전에 몇 개월간 위태로워질 수 있다.

그들이 작전 중이라고 찾아낸 이름이 MI6 바로 밖에 있다면? 런던 중심가에 있다면? 결과는 참담할 수 있다.

아니면 인도의 연구분석동(RAW) 담당 차관 아들이라면? 그는 이반에게 전략적으로 유용할 혼란에 충분히 근접하다.

물론, 베를린에서 발견한 학생 분석가들. BND는 이반이 그대로 남겨둔 구소련 세계에 대해 너무 많이 알고 있었다. 쉴드는 그들의 사례를 구축하고자 초과근무 중이지만, 너무나 뒤처져 있었다.

나타샤는 고개를 저었다.

정말 피비린내 나는 엉망진창이 될 것 같았다. 그녀가 알고 있는 만큼. 이반이 그들 전부를 활성화하기 전에 O.P.U.S.에 갈 수 없다면, 나타샤나 토니 그리고 이 아이들이 감당할 수 없을 것이다.

쉴드는 누군가 그들을 막을 수 있기 전에 그들 모두를 제거할지도 모른다.

아바 올로바도 포함해서.

그리고 내 동생도 포함해서.

그러니까 집중하자.

그녀는 지금 둘을 바라보았다.

그냥 애들이다.

나타샤는 그들을 지나쳐 저 멀리 솟아올라 있는 첨탑을 보았다. 왼쪽에 있는 아야소피아는 노점상들이 그들의 담요에 물들인 장미 꽃잎 잼의 색깔이었다. 상자 모양, 날카로운 모양, 둥근 모양 등 갖가지 모양들이 복잡하게 모여 있었다. 오른쪽에 있는 블루 모스크는 크기나 중요성 면에서 햇빛 속에서 겨룰 만했다. 꼭대기 첨탑이 비틀거릴 때, 빛나는 금이 반사되었고, 군중들은 안뜰로 향하는 오솔길과 아치길로 서둘러 갔다.

"보이니? 저게 블루 모스크야. 술탄아흐메트에서 가장 거룩한 장소지." 나타샤는 고개를 끄덕였다.

아바는 낯익은 이름을 올려다보았다. "어디요? 안 보여요." 그녀는 얼굴을 찡그렸다. "새들이 있는 곳 옆이요?"

무슨 새?

나타샤는 한 번도 가리킨 적이 없었고, 그녀가 지금 어디를 보고 있는지를 기본적으로 설명했었다. 움직이는 것처럼 보이는 방향으로 가지 말라는 이반의 첫 번째 가르침은 그녀가 말한 것보다 어기기 힘들었다.

"그리고 건너편에는 아야소피아가 있는데, 바로 십자군 원정을 시작한 건물이지." 나타샤가 하늘을 쳐다보며 말했다.

그들은 저기에 있다.

새들.

그들 전체 그룹은 제비처럼 작지만, 그들 앞에 놓인 자갈길 위를 맴도는 회색 부스러기에 불과하며, 상점과 상점을 누비며 이어져 있다.

"그러니까 거의 헬레네 교회로군?" 알렉스는 관심을 가지고 고대건물을 바라보았다.

나타샤는 건물 위에 눈을 고정했다.

패턴이야. 반복되는 패턴.

새는 저렇게 날지 않아.

아바는 붐비는 길모퉁이를 눈여겨봤다. "우리가 십자군 원정에는 조금 늦은 것 같지만, 여기 있는 사람들이 모두 가는 곳과 여전히 두 블록 떨어진 것 같아. 저쪽으로 걸어갈까?"

저건 새가 아니야.

"걷지 마. 뛰어."

나타샤는 그들을 자기 앞으로 거칠게 밀어서 교차로를 통해 빠져나갔다.

저건 이반의 드론이야.

그들이 거리를 지나 피할 때, 나타샤는 고개를 숙인 채, 눈으로만 주변 거리를 샅샅이 살펴보았다. 아바와 알렉스가 따라왔다.

"이쪽이야."

그들은 모퉁이를 빙빙 돌아 군중을 흩어지게 했다. 옷깃부터 발끝까지 단추를 채우고 우비를 입은 한 무리의 여자들. 나타샤는 어깨너머로 바라보았다.

적어도 여섯 개의 작은 회색 물체가 여전히 따라다니고 있었다.

아마도 100피트 상공인 거 같았다. 주의 깊게 들으면, 여기에서도 희미한 모터의 윙윙 소리를 들을 수 있을 것이다. 심지어 그들의 쿵쿵거리는 걸음걸이에도 말이다.

그들은 대로를 떠나야 했다.

"여기에서." 나타샤가 쉿 소리를 냈다.

아바와 알렉스는 그녀를 따라 포장도로를 내려가면서, 상인들의 무리를 통과하고, 보도가 카페나 가게가 되어버린 흩어져 있는 장소들을 지나갔다. 길이 너무 막혀서, 벽이 없는 야외 쇼핑몰 같았다.

그들이 움직이자 먼지가 날렸다.

장사꾼들은 뛰면서까지 그들을 쫓아왔다.

"책 좋아해요? 어때요?"

"영국인? 독일인? 이탈리아인?"

"나 당신 기억해요."

나타샤는 방직물 한 칸 뒤로 뛰어들었고, 알록달록하게 수놓은 가방이 놓인 선반이 날아갔다.

알렉스는 엮은 슬리퍼와 스카프 더미를 뛰어넘었다. 아바는 호두 쟁반을 들고 있는 노인을 피해 알렉스 뒤에 그림자로 비틀거렸다.

그들은 나타샤가 재킷에서 작은 렌즈를 꺼내자 숨을 죽였다.

"그것들은 뭐야?" 알렉스가 물었다.

나타샤는 렌즈를 눈에 갖다 댔다. "드론. 지저분한 골칫거리들이지. 너무 심하게 찌르면, 널 무력화시킬 거야. 너무 많이 움직이지 않으면, 드론 아래쪽에 레이저가 켜지는 걸 볼 수 있을 거야."

맴돌던 기계들은 지금도 그들 위 하늘을 배회했다. 세 사람 모두 쳐다봤다.

"이반의 드론이에요?" 아바는 드론이 길을 가로질러 돌아가는 것을 지켜보았다.

"사실, 마이크로드론이지. 맞아." 나타샤가 말했다.

"그럼 저것들도 무기인 거야?" 알렉스가 빤히 쳐다보았다.

"카메라도. 우리를 저지하고 찾으려는 의도인 셈이지." 나타샤는 렌즈를 주머니에 넣었다. "이반의 연구실을 우리가 찾은 것 같아. 드론은 우리가 경계에 왔다는 뜻일 뿐이야."

"어떻게 해야 그들을 지나칠 수 있어요?" 아바는 그녀를 바라보았다.

좋은 질문이야.

그녀는 큰소리로 논리를 펴나갔다.

"우리가 달릴 때 드론이 우리를 따라왔지, 그 말은 곧 우리가 발견되었거나, 아니면 어떻게든 그들이 O.P.U.S.와 연결되어 있다거나 너희 둘 중 한 명이나 둘 다를 콴툼으로 꼼작 못하게 했다는 의미 중 하나일 거야."

"좋아." 알렉스가 말했다. "이제 어쩌지?"

나타샤는 그들 주변 길을 살폈다.

자갈길과 엘 토리토. 멀리는 천 년 된 건물과 맥도날드. 시대의 혼란 속에 그들은 고대 모스크와 스타벅스 사이에 끼어 있었다.

나 같아. 그녀는 생각했다. *이반과 남동생과 아바.*

우리는 여기서 뭐 하는 거지?

내가 이걸 선택한 건가? 더 기억이 안 나.

어떻게 시작됐는지. 내가 원했던 게 무엇인지. 내가 누구였는지.

이반 소모도로프와 그의 흉터가 있기 전에.

그녀는 반대쪽, 거리와 군중들은 많아지고 아름답고 오래된 넓은 도시 광장으로 변해버린 곳으로 시선을 돌렸다. 어디에나 나무와 벤치가 있었고, 겨울 태양 아래에서도 사람들이 나무 아래나 벤치에 앉아 널브러져 있었다.

임무에 집중해. 어떻게 경보음을 울리지 않고 이반의 드론 경계를 무너뜨리지?

사방으로 그들 없이도 밝은 날이 부산하게 지나갔다. 한 남자가 흰색 캔버스 좌판에서 자신의 터키어 소설을 팔려고 했다. 그의 옆에 이동식 현금 자동 인출기가 세워져 있다. 두 마리 고양이가 하얀 철책에서 지켜본다. 경찰차가 근처 거리로 들어왔다.

거기서 할 건 별로 없어.

한 노인이 호두를 절반쯤 팔고 거리를 배회했다.

그를 막 지나자, 일렬로 늘어선 좌판대의 남자들이 차가운 수박 덩어리, 탄 밤 그리고 막대기 옥수수를 팔았다.

그래서 어쩌지? 드론에 밤이라도 던질까?

줄 끝에 또 다른 남자가 파라핀 종이로 프레첼처럼 보이는 뭔가를 싸서, 그것을 주차된 오토바이 위 경찰에게 건네주었다.

경찰이 점심을 위해 전력을 다하는군.

그녀가 눈길을 돌리기 전에 해결책이 떠올랐다.

"유리하게 시작하게 3분만 줘. 그리고 이동하자." 나타샤는 고개를 숙이고, 노점 쪽 보도로 이동했다.

그녀는 뒤를 돌아보았다. 드론이 여전히 마지막 블록 위를 맴돌고 있었다.

저게 O.P.U.S.군.

저것들은 나를 쫓지도 않고 있어.

알렉스와 아바 때문에 거기 있었던 거야.

그녀는 첫 번째 노점에 다다르기 전부터 소매를 걷고, 위도우의 수갑을 윙윙거리게 했다.

"먹어봐요." 그 남자는 옥수수 한 봉을 들고 말했다. 그때, 수갑이 터졌고, 남자의 카트 전체가 불길에 휩싸였다.

나타샤는 군중을 밀치고 지나갔다.

경찰은 프레첼을 떨어뜨렸다. 밤 굽는 판도 그다음에 떨어졌다.

다음으로 프레첼 좌판. 그리고 책들.

군중이 달리기 시작했다. 하늘은 이제 소용돌이치는 검은 연기로 가득 찼고, 허공으로 사이렌이 울려 퍼졌다.

이제 드론을 보는 것은 불가능했고, 드론 눈에 띄는 것도 불가능해졌다.

8초 후, 알렉스와 아바가 나타샤의 옆으로 왔고, 그들은 한마디도 하지 않은 채, 혼돈의 길을 빠져나갔다.

***

그들이 몇 블록 뒤 번화가를 떠났을 때도 불타는 고무처럼 불타는 밤 냄새가 여전히 공중에 퍼져 있었다. 경찰 사이렌도 여전히 멀리서 메아리치고 있었다.

"바로 이거야." 그녀는 말하면서, 권총을 손바닥 안으로 미끄러뜨렸다.

"어떻게 알았어?" 알렉스는 그녀를 바라보았다.

"이것이 나의 처음이자 마지막 무대가 아니니까." 나타샤가 말했다. 그녀는 미소 짓지 않았다. 그러고 싶었지만, 그럴 수 없다는 것을 알았다.

그들 앞 경사로는 넓고 어두운 문간으로 이어진다.

나타샤는 머뭇거렸지만, 알렉스가 먼저 말을 꺼냈다.

"무슨 일이 생기면…."

"하지 마." 나타샤가 말했다. "절대 그러지 마."

"난 그저 당신이 알아주기를 바랐을 뿐이야. 만나서 기뻤어. 다시. 지금 말이야. 날 찾아줘서 기뻐, 타쉬."

"엄밀히 말하면," 나타샤가 투덜거리며 말했다. "네가 날 찾은 거야."

"엄밀히 말하면." 아바가 간단히 말했다. "내가 둘 다 찾은 거죠."

그들은 말이 없었다.

나타샤의 생각은 비틀거리고 있었지만, 그들을 끌어들일 것 같지가 않았다. 이제 시간이 되었지만, 그녀는 너무 지쳐서 어떤 말도 할 수 없었다. 자신에게 솔직해진다면, 그녀는 너무 무서웠다.

하지만 난 네가 알았으면 좋겠어. 그녀는 동생을 슬쩍 훔쳐보며 생각했다. 전부였어.

나타샤는 재빨리 여느 군사들 장화처럼 낡은, 자신의 검은 부츠를 내려다보았다.

그녀는 할 수 있다면, 그에게 무슨 말을 할지 생각하려고 했다. 만약 그녀가 그렇게 말할 수 있는 그런 사람이었다면.

네가 중요하다는 것.

넌 항상 중요했다는 것.

난 결코 널 떠나고 싶지 않았다는 것.

마치 내가 너인 듯, 네 모든 것이 자랑스럽다는 것.

내가 늘 널 걱정했다는 것. 심지어 너를 잃었을 때도.

내가 널 찾을 때까지 내 일부가 멈추지 않을 거라는 것.

그리고 네 일부가 기다리고 있었다는 것.

네 눈에 들어 있어. 그녀는 생각했다.

그게 다야.

우리 부모님과 우리 과거.

시작과 끝.

나타샤는 그들 앞에 있는 문을 올려다보며, 숨을 몰아쉬었다.

그녀는 페인트가 벗겨진 동그랗게 말린 부분, 쪼개진 나무틀에 집중했다.

나는 네가 이 소녀를 사랑하고, 이 아이가 너를 계속 행복하게 해주길 바라. 나는 당장 네가 날 보내주길 바라. 그리고 난 절대 그럴 일이 없다는 걸 네가 알았으면 좋겠어.

그녀는 동생의 얼굴을 올려다보고는 그의 눈이 밝고도 흐릿하다는 것을 알게 되었고, 그 순간 동생도 자신을 사랑한다는 것을 알았다.

그가 그녀를 사랑했다는 것.

"넌 로마노프의 눈을 가지고 있어." 그녀가 마침내 말했다. 그게 나타샤가 스스로 말할 수 있는 전부였다. 알렉스는 고개를 끄덕였다. 그는 그녀가 떠나려 할 때 누이에게 손을 뻗었다.

충분해.

우린 로마노프야.

칼라시니코프처럼, 더 강할 뿐이야.

그러나 알렉스는 그녀가 마지못해 마침내 그를 끌어안고 짧은 포옹을 할 때까지 그저 그 자리에 서서 그녀를 기다리고 있을 뿐이었다. 동생의 등을 가볍게 두 번 두드리는 시간보다도 길지 않았다.

"얄 유블류 티베야, 세스트렌카." 사랑해, 누나.

나타샤는 괴로운 표정을 지으며 고개를 끄덕였다. "우리가 이미 누군가를 쏠 준비가 됐다는 건가?"

세 사람은 다른 말 없이 안으로 들어갔다. 나타샤는 모퉁이를 돌면서, 동생과 아바가 서로 말없이 작별 키스를 하는 것을 힐끔 보았다.

쉴드 열람 가능
허가 등급 X

순직 [LODD] 조사

참조: 쉴드 케이스 121A415

사령부 요원 [AIC]: 필립 콜슨

회신: 나타샤 로마노프 요원, 일명 블랙 위도우, 일명 나타샤 로마노바

기록: 국방성, LODD 조사 청문회

국방성: 터키 정부가 우리를 그다지 좋아하지 않는다는 거 알고 있죠.

로마노프: 우리에겐 선택의 여지가 없었어요. 올로바 박사가 사라지면서, 이반 소모도로프는 또 다른 O.P.U.S.를 만들 수 있었죠. 이것이 우리가 치명타를 입힐 수 있는 가장 좋은 기회라는 것도 알았죠.

국방성: 양자 얽힘을 영원히 없애고 싶었나요? 당신은 QE 기술이 어떻게 발전할 수 있을지 궁금하지는 않았나요? 미국 땅에서 미국 정부의 안전한 감시의 눈 아래서 말이죠?

로마노프: 우리에게 그렇게나 훌륭한 추적 기록이 있으니까요? 진전은 전혀 없었어요. 진전은 그만큼 피해를 초래하기 마련이죠.

국방성: 당신의 이른바 유니콘이요? 아니면 비타선이나 감마선 같은?

로마노프: 바로 그거예요.

국방성: 로마노프 요원, 당신은 조금도 유혹 받지 않았나요?

로마노프: 당신이 내가 시간을 돌릴 수 있고, 오데사의 일은 결코 일어나지 않을 거라고 말한다면, 아마 유혹적일 겁니다.

국방성: 하지만 당신은 그럴 수 없었죠?

로마노프: 누구도 재설정을 하지 않았죠. 저도요.

이스탄불, 예레바탄,
사라이 지하저수조, 소모도로프 시설

굽이굽이 경사로는 세 사람을 지하로 데려갔다.

아바가 고개를 들었을 때, 그녀의 눈은 그곳의 어둠에 적응했다. 그리고 그들이 그랬던 것처럼, 그녀는 무엇이 등장할지 생각할 수 없었다. 이 특별한 순간, 그녀가 있는 곳은 전에 세상에서 본 그 어떤 것과도 닮지 않았다. 빛나는 기둥들은 구도시의 혼잡함 아래 숨겨진 광활함을 갖고 있었다. 어떤 것은 다른 것보다 두꺼웠고, 이상한 빨간 불빛으로 빛났다.

그들은 지하저수조에 있었다. 아무데서나 볼 수 있는 그런 흔한 저수조가 아니었다. 적어도 벽에 붙은 플래카드에 따르면, 터키어로 '지하 궁전'을 뜻하는 예레바탄 사라이였다. 새겨진 문구에서는 그것을 기념비라고 했다. 물로 둘러싸여 있지만, 콘스탄티노플의 유일한 담수의 근원은 리쿠스라고 불리는 작은 강이었다. 성장하는 도시의 수요를 충족시키기에는 부족했기 때문에 터키인들은 도시로 물을 끌어와 여러 실외 탱크로 흐르게 하는 수관을 건설했다. 이것이 수조였다.

벽에도 그렇게 쓰여 있었다.

그러나 그 말은 지금 아바 앞에 펼쳐진 광경과 딱 들어맞는다곤 할 수 없었다.

아바는 아주 희미한 빛만 비치는 축구장 크기 정도인 광활하고 그늘진 지하 동굴 입구에 서 있었다.

고용된 총기 소지자를 세기에는 충분한 빛이군. 그녀는 생각했다.

아바는 공간의 길이를 조사하면서 세어보았다. 중무장 상태였지만, 불가능하지는 않았다. 그들은 군사 기지가 아닌 역사적 건축물 같은 곳에나 있을 만한 사람들이었다.

더 있을 거야.

동굴은 바위 바닥을 가득 메운 저수지 위에 매달린, 공간을 가로지르는 일련의 나무 보행 다리에 의해 더 작은 지역으로 나뉘어 있었다. 소수의 관광객은 그 길을 따라 이동했다.

관광객들. 체크. 기억해야 할 것 같아.

다리 사이에 있는, 일련의 거대한 기둥이 일정한 간격을 두고 서 있었는데, 조각된 천장을 지탱하는 것처럼 보였다. 갱도와 기둥은 고르지 않아 보였고, 마치 더 영광스러운 이전 시대 건물인 것처럼 터

무늬없이 호화스러웠다.

지금은 그럴 때가 아니었다.

아바는 압도당했다.

아빠가 매일 여기에 일하러 오셨다고? 이런 곳에 정말 이반의 연구실이 있을 수 있을까? 이 아름답고 평화로운 어딘가에?

나타샤는 손목을 내밀었다. 손목 위에는 불빛이 번쩍이고 있었는데, 검은 가죽 소매를 아래로 잡아당겨 덮어버리고는 아바와 알렉스 쪽으로 몸을 기울였다.

나타샤는 낮은 목소리로 속삭였다. "그의 개인 시설 입구를 찾자."

"어떻게 연구실이 있을 수 있죠? 여기에?" 아바가 대답했다.

"저수조는 아마 눈에 띄지 않는 지하로 들어가는 길일 거야. 거대한 로비라고 생각해봐. 우리는 아마도 근처에 도착할 때까지 볼 수 없을지도 몰라. 하지만 여기 어딘가에 있을 거야. 잘 보이는 곳에 숨기기, 맞지? 그냥 문이나 찾자." 나타샤는 그림자 쪽으로 손짓했다.

"이반은?" 알렉스는 그의 누이를 바라보았다.

"그자는 내게 맡겨."

"맡기지 않는 게 뭔데?" 알렉스가 눈썹을 추켜세웠다.

"사기 진작? 그런 거 매우 싫어하거든." 나타샤 거의 미소를 지었다. "넌 나를 엄호하면 돼. 그래서 네가 무장을 하는 거야. 하지만 그게 유일한 이유야. 맥박이 뛰는 건, 내가 처리할 거야. 알았지?" 그녀는 아바의 팔을 잡았다. "아바?"

"이해했어요."

"아니잖아. 넌 내가 아니야. 그렇게 생각할지도 모르지만, 넌 내가 아니야. 그렇다고 생각한다 해도, 넌 그 안에서 무슨 일이 일어날지 몰라."

"내겐 당신의 기억이 있어요." 아바가 그녀에게 상기시켰다. "난 무슨 일이 일어날지 안다고요."

"하지만 뼛속까지 나와 같은 건 아니잖아. 이건 아니야." 나타샤가 말했다.

아바는 아무 말도 하지 않았다.

"정말이야." 나타샤는 그녀의 팔을 더욱 꽉 쥐었다.

아바가 잡아 뺐다. "알았어요."

"당신은 프로야, 타쉬." 알렉스가 말했다.

나타샤는 그의 눈과 마주쳤다. "맞아. 그러니까 영웅적인 행동은 안 돼. 누구라도 안 돼."

"나를 끼워줘요." 아바가 말했다. "내가 드라이브로 일을 처리하면, 우리는 여기서 빠져나가는 거예요." 그녀의 눈이 방 안을 흘깃 쳐다보았고, 또 다른 입구로 보이는 빛의 흔적을 찾았다. "우리가 할 수 있는 한 빨리. 이렇게 먼 지하에 있는 건 내게 무덤을 떠올리게 해요."

바보 같은 스위치를 돌리자. 그게 내가 여기 온 이유야.

그녀는 그 후에 무슨 일이 일어날지 생각하지 않으려고 애썼다. 만약 나타샤 말이 맞다면, 그것은 그녀의 몸에 타고난 모든 신경을 기본적으로 뒤죽박죽 만들 것이다. 운이 좋으면, 백 명의 다른 얽힘 자산도 그들이 세계 어디에 있든 뒤죽박죽으로 만들 것이다. 알렉스를 포함해서, 가능할 것이다. 그는 어떤 징후도 보이지 않았지만, 그게 그가 프로그램 일부가 아니라는 뜻은 아니었다.

아바는 주위의 대화에 다시 집중하려고 애썼다.

알렉스는 낮은 어조로 말했다. "우리가 방금 바로 뒷문, 그들이 일반 방문객을 위해 사용하는 문을 지나쳤을 거야. 아마도 그게 그들을 숨겨줬겠지. 어쩌면 우리는 거기서부터 거꾸로 작업하면 되지 않을까? 맨 끝에서 시작해서?"

"동의." 나타샤는 동굴 뒤쪽으로 머리를 흔들었다. "애들아, 내 뒤를 따라와." 그것으로 아바와 알렉스는 나타샤 로마노프를 따라 불빛을 피해 역사의 어둠으로 들어갔다.

이반 소모도로프의 역사.

아바는 고개를 저었다.

잘 골랐네, 이반. 마치 총격전을 위해 만들어진 장소 같아. 그리고 더 좋은 것은, 거대한 도시 인구의 대규모 도시 전력망을 갖춘 도시 밑에 숨겨져 있다는 거야. 당신이 여기에 캠프를 차린 건 당연한 거야.

나타샤와 얽혀 있는 뇌가 빠르게 활성화되면서 아바는 빠르게 자신이 처한 환경을 받아들였다. 저격수에게는 완벽하군. 숨겨진 구석이나 틈새 어디서든 쏠 수 있겠어. 숨기에도 좋지만, 침투도 쉽군. 하지만 저수조의 물. 얼마나 깊고 얼마나 넓은지 알 필요가 있겠어.

"아바." 나타샤가 쉿 소리를 냈다.

아바는 깜짝 놀라 고개를 들었다.

"다리." 나타샤가 손짓했다.

움직일 시간이었다.

그들은 가장 가까운 다리를 이용해, 그림자가 가장 짙어지는 곳으로 다가갔다. 차례로, 그들은 어둠 속을 쥐처럼 움직이며, 기둥과 기둥 사이를 빠르게 달리고, 나무 미로를 통과해서 요리조리 빠져나갔다.

다리 하나가 저수조의 조명이 비추고, 잔물결 치는 물 위 다른 다리와 연결되어 있었다. 표면에 반사된 빛은 아름답고 최면에 걸린 듯했으며 산란하게 했다. 그래서 아바는 그걸 피했다. 대신, 그녀는 멀리 있는 벽에 시선을 고정했다.

그의 개인 시설 입구를 찾아야 해.

저수조는 아마도 눈에 띄지 않게 지하로 가는 길일 거야.

그것을 거대한 로비라고 생각해야지.

그게 나타샤가 말한 것이었다.

이제 그녀는 이쪽 다리에서 저쪽 다리로 뛰다가, 대화가 깊어지는 가운데 한 무리의 경비병이 그들의 앞으로 향하자 기둥 뒤로 몸을 피했다.

알렉스는 아바에게 손짓을 했고 그녀는 그의 뒤에서 얼어붙었다.

데르모.

아바는 어깨너머로 확인했지만, 후방에는 두 사람이 있었다.

근무 교대를 하고 있군.

아바는 앞을 바라보았다. 그녀는 반사된 빛을 반짝이는 많은 총을 확인할 수 있었다.

다리는 교통 패턴에 관한 한 많은 선택지가 많지 않았다. 특히 교통이 자동 무기로 무장되어 있지 않을 때는. 그리고 펜싱복이 아닌 더 많은 케블라를 착용하고 있다면.

저 사람들은 경비원이 아니야.

그들은 군인이야.

이반의 러시아 용병이야.

나타샤는 손짓했다. 그리고 물방울 하나 튀기지 않고, 얼어붙을 듯 차고 어두운 물속으로 미끄러져 들어갔다. 알렉스가 그녀의 뒤를 따라 미끄러져 들어왔다. 그리고 아바도.

추위가 아바의 옷을 헤집고 지나갔다. 그녀는 다리 말뚝 뒤로 발장구를 하며, 수면 아래에서 다른 곳으로 밀었다. 그녀가 총의 사정 범위를 훨씬 벗어날 때까지.

천천히, 조용히, 그녀는 동굴 벽 옆에 있는 표면을 깼다. 그녀의 눈만 방향을 잡을 수 있을 만큼만 붉게 빛나는 물 위로 떠올랐다.

나타샤와 알렉스의 머리도 그녀 옆 물 위로 불쑥 나타났다.

이상 무.

아바가 알 수 있는 한, 그들은 은폐하기 위해 이곳 동굴에 부서지지 않는 어둠을 사용했을 수 있다.

그녀는 다리의 쪼개진 가장자리 위로 다른 사람들을 따라 올라갔다. 아바는 그들이 재잘재잘 떠들지 않게 이를 꽉 물었다. 눈이 따끔거렸다.

이제 그들은 입구에서 가장 먼, 동굴에서 가장 어두운 곳에 있었다. 아바는 지나온 거리를 계산하려고 했다. 저수조별로 열두 기둥에 스물여덟 줄이나 늘어서 있었다. 그녀는 이미 그중 스물두 개를 지나가고 있었다.

그녀는 전략적인 계산을 했다.

이반의 연구실이 대략 이 공간과 상관관계가 있다면, 입구는 지금쯤이면 가까워지겠지. 직원용 입구나 폐쇄된 보안 검색대. 특이한 것은 없지만, 접근하기는 어려워.

거기.

그곳은 20미터도 떨어지지 않은 곳에 있었다.

녹슨 철문 앞 나무다리가 매달린 구역에서 벗어난 곳에 미처 숨기지 못한 공업용 테이프가 있었다.

실험실로 가는 문. 저게 틀림없어.

아바는 문에 붙여진 간판이 '출입금지구역'이라고 생각했다.

그녀의 발아래 나무들이 진동하기 시작했다. 뒤쪽에서 군인들이 다가오고 있다는 것을 알기 위해 쳐다볼 필요도 없었다.

나타샤는 아바를 지나 문 쪽으로 미끄러져 갔다. 그녀는 이미 벨트에서 칼날을 꺼냈다.

그녀가 다시 생각해볼 시간을 갖기도 전에 그것은 낡은 자물쇠로 미끄러져 들어갔다. 네 번째 시도 만에 갑자기 열렸다.

너무 쉬운데.

이반은 그들을 위해 문을 거의 열어둔 채로 있었다.

여느 때처럼 그는 기다리고 있을 것이었다.

세 명의 러시아 출신들은 서로를 흘끗 쳐다보며, 마지막으로 무언의 소통을 했다. 아바는 그들이 모두 같은 것을 생각하고 있다는 것을 알고 있었다.

네 방식대로 해, 이반.

이렇게 하자.

나타샤가 강철 문을 밀어 열었을 때, 그녀는 오데사 이후 달라진 건 그뿐만이 아니라는 것을 알았다.

이반은 첨단 기술을 가지고 있었다. 이건 낡은 우크라이나 부두의 오래된 창고가 아니었다. 이곳은 비행기 격납고만 한, 정확히 딱 그렇게 생긴 거대한 첨단 과학 시설이었다. 오직 한 가지 목적을 위해 만들어진 지하 군사 연구 기지. 그 한 가지는 방 중앙 강철 플랫폼 위에 조심스럽게 세워져 있었다.

O.P.U.S. 자체.

높이가 불과 몇 미터이고, 각 방향으로 대략 10미터 정도 되는 플랫폼 기지를 에워싸고 있는 저격수.

용병들.

다시.

실제로 그들을 볼 수 있을 만큼 충분한 빛이 있었기 때문에, 그녀는 그들이 반소매 검정 폴로 셔츠와 검정 방탄조끼와 이스탄불 경찰의 검정 전투화에 끼워 넣은 검정 군용 바지를 입고 있다는 것을 알아차렸다.

413

그들의 얼굴은 검은 두건을 쓰고 있었다.

전투 경찰로 분장하고 있군.

더 큰 총과 호신 용구를 잘 설명해주는군.

나타샤는 세 사람이 몸을 기대고 있던 구부러진 바위 모서리 근처의 한 무더기 상자 뒤로 몸을 숨기면서 총기 소지자들의 수를 세었다.

그녀는 눈을 찌푸렸다.

이 시점에서 그들이 이반이 고용한 총기 소지자들이라는 것 이상을 알 수 있었다. 그녀는 모든 것을 볼 수 있었다. 그리고 특히 한 가지.

이반 소모도로프.

그녀는 그가 방 중앙 장치를 고정한 높이 솟은 발판 위 O.P.U.S. 뒤로 나오는 것을 지켜보았다.

그녀의 과거에 있던 유령은 더는 유령이 아니었다.

늙은 러시아인이 위에서 싱긋 웃었다. "나타쉬카? 거기 있는 거 알고 있어. 네가 올 거라고 말했었고, 넌 실망시키는 법이 없지. 넌 절대 안 그러지, 안 그래, 프테네?"

머리카락 없는 그의 머리는 동굴 천장에 매달린 형광등 아래에서 빛났다. 그것은 그의 헐렁한 검정 나일론 트랙 슈트로 가려지지 않는 유일한 부분이었다. 나타샤는 그의 얼굴에서 눈길을 돌렸지만, 그의 목을 이등분하고 있는 두꺼운 스크롤링에서는 눈을 뗄 수 없었다. 그게 무슨 뜻인지 알아내기 위해 패턴을 볼 필요는 없었다.

"사람이 없으면 문제도 없다."

그것은 스탈린이 자신의 정적을 사라지게 한 악명 높은 이유였다.

그리고 같은 목적으로, 이반의 이유도 그랬다.

그녀의 위장이 비틀어져서 근육과 담즙의 매끄러운 매듭이 되었다.

이반은 시계를 내려다보며, 고개를 저었다. "하지만 우리가 일을 더 빨리 진행해야 할 것 같아 걱정이야. 우린 일정이 빡빡하거든. 사실, 12분 남았어. 우리는 아이들을 기다릴 수 없어."

나타샤는 아무 말도 하지 않았다.

알렉스와 아바가 그녀를 바라보았다.

"이리 와서 너의 오래된 친구를 만나야지, 내 아기 새." 이반이 다시 소리쳤다. 외국인 악센트가 강하게 남은 그의 목소리가 그녀를 둘러싸고 방 안에서 메아리쳤다.

하지만 나타샤 로마노프는 이반 더 스트레인지와의 게임을 끝냈다.

그녀는 평생 그 게임을 해왔고 이제 끝내야 했다. 동생 등에 총알이 박히지 않은 채로. 그 게임은 그녀와 아바의 목숨을 걸 가치가 없었다.

나타샤는 만약 그렇게 결론 난다면, 그들을 위해 자신의 삶을 희생하게 될 거라는 것을 알고 있었다. 나타샤는 항상 알고 있었다. 그것은 전혀 문제가 되지 않았다.

유일하게 남은 문제는 왜 그랬냐는 것뿐이었을 것이다.

처음에는, 의무 때문이었다. 책임감이나 충성심. 그녀가 너무나 사랑했고, 너무나 잘했던 일의 본질. 공익을 위해, 대부분 사람을 위해.

그건 러시아어로 된 옛 교훈이었고, 그녀는 그것을 잘 배웠었다.

그러나 지금, 모든 것이 변해 있었다.

지금 나타샤는 다른 뭔가를 배우고 있었고, 그것은 그녀가 이제 막 이해하기 시작한 것이었다. 아주 오랫동안 그녀가 느꼈던 것들과는 다른 것.

사랑.

나타샤는 두렵지 않았다.

그녀는 결심을 굳혔다.

그녀는 이반에게 주의를 끌어서 아바가 그들이 여기 와서 할 일을 할 수 있는 충분한 시간을 벌어주어야 했다.

알렉스는 그녀를 바라보았다. "타쉬? 뭐 하는—?"

그녀는 한 걸음 앞으로 나아갔다.

아바가 그녀의 팔을 잡으려고 손을 뻗었다. "하지 마요."

그러나 나타샤는 그 두 사람 사이를 밀치고 방 한가운데, 자신이 있어야 할 곳에 있었다.

쉴드 열람 가능
허가 등급 X

순직 [LODD] 조사
참조: 쉴드 케이스 121A415
사령부 요원 [AIC]: 필립 콜슨
회신: 나타샤 로마노프 요원, 일명 블랙 위도우, 일명 나타샤 로마노바
기록: 국방성, LODD 조사 청문회

국방성: 이반 소모도로프, 그가 당신에게 정말 원한것은 뭐였습니까? 내 생각에는 고대 터키의 저수조로 그녀를 끌어들이는 것보다 목표물을 제거하기에 더 쉬운 방법이 있었을 거 같은데요.

로마노프: 수용소에서 하는 옛말이 있죠. 세 형제를 가진 사람을 처벌할 생각이라면, 셋째가 지켜보는 동안 첫째가 둘째를 죽이게 하라는.

국방성: 이게 당신이 그랬던 겁니까? 세 명의 수용소 형제?

로마노프: 그냥 옛말에 지나지 않습니다.

국방성: 나도 수용소에 관련해서 옛말을 들은 게 있어요.

로마노프: 그게 뭐죠?

국방성: 수용소에 가지 마라.

로마노프: 내겐 선택권이 없었어요. 우리 중 누구에게도요.

국방성: 난 당신이 틀렸다고 생각해요. 이게 당신이 원했던 거라고 생각합니다. 당신은 이반 소모도로프를 찾고 싶었고, 그를 쫓아갔죠, 당신 셋 모두. 당신은 오데사에서도 싸웠고, 이스탄불에서도 그랬죠.

로마노프: 그가 전에 미국에 그것을 가져온 것처럼. 그가 엄마로부터 아이를 훔친 것처럼.

국방성: 그래서 진짜 질문은, 그에게서 무엇을 원했던 겁니까?

로마노프: 제 생각에 그건 전혀 질문거리가 되지 않는 것 같군요

이스탄불, 예레바탄,
사라이 지하저수조, 소모도로프 시설

"이반." 나타샤는 낮은 경고의 목소리로 말했다. "누구도 연루시킬 필요 없어. 그냥 어린애들이야." 그녀는 이반의 머리에 총을 꽂을 때까지 천천히 자신의 손을 계속 움직였다. "이것은 우리 문제야."

두건을 쓴 병사들이 나타샤에게 총을 겨누었고, 그녀는 저격수들이 방 주변으로 움직이며 자리를 잡는 것을 느낄 수 있었다.

수적으로는 열세네. 적어도 십 대 일이야.

전에도 그랬지.

이반은 어깨를 으쓱했다. "망치지 마, 나타쉬카. 난 오랫동안 이날을 기다려왔어. 전 세계 내 어린 친구들." 그는 씩 웃었다. "지금은 모를지도 모르지만, 곧 그들도 알게 될 거야."

419

"당신의 미성년자 군대 말이야? 콴툼들?"

"기억하기 쉬운걸. 나도 그걸 써야겠어." 이반은 고개를 끄덕였다.

"그래, 그 양자 얽힘 같은 것 말이지? 그건 일어나지 않을 거야. 그걸 확실하게 해두지." 나타샤가 말했다. "우린 네가 뭘 하는지 알고 있어. 넌 그걸로 달아나지 못할 거야."

이반은 미소를 지었다.

"이해하지 못한 것 같네. 나는 이미 그렇게 했어. 주위를 봐. 우리 모두 여기 함께 있잖아. 지금도, 내 옆에서 싸우는 게 누구라고 생각하는 거야?"

그들이 왔다. 얽힌 실험 대상자. 두건을 쓴 병사들.

이반은 백 명이 넘게 거느리고 있다.

우리가 아는 것보다 더 많다.

그자가 고용한 총기 소지자들.

그의 군대.

그리고 그들은 내 동생보다 나이가 많지도 않다.

나타샤는 본인도 느낄 수 있을 만큼 그의 말이 역겨웠다. 역겹게 들렸다. "제정신이 아니군. 그들은 이제 겨우 싸울 나이가 되었어."

이반은 어깨를 으쓱했다. "나는 네가 그 나이에 글록을 다룰 줄 알았던 것으로 기억하는데." 그는 미소를 지었다. "나는 이 군대의 아버지다, 나타쉬카. 내가 너에게 그랬던 것처럼."

"넌 누구의 아버지도 아니었어, 이반."

"물론 그랬지. 그리고 나의 가장 성공적인 양자 얽힘의 쌍, 나의 소녀 둘 다. 오랫동안 잃어버린 프테네와 미래를 위한 열쇠. 그것이 세상을 바꿀 수 있는 오직 하나뿐인 우리의 작은 가족 상봉이라고 생각해봐."

"고맙지 않아." 아바가 말했다. "난 갈 거야."

불빛이 동굴 천장을 가로질러 깜박거렸다.

전력이 올라갔다.

이미 일어나고 있어. 나타샤는 생각했다.

"자, 시작." 이반은 고개를 들었다. "우리는 도시의 전력망 대부분을 장악해야 했어. 또 다른 체르노빌로 끝나지 않게 행운을 빌어줘. 나는 모스크바에서 당시엔 우리가 준비가 안 됐었다고 말했지. 또 네 도움이 없었으니까, 나의 데부시카."

"우리의 도움? 우리는 결코 너를 돕지 않을 거야. 절대." 아바가 말했다.

나타샤는 어깨너머로 아바와 그리고 알렉스를 바라보았다. "연습했던 것처럼 넌 왼쪽을 맡아. 넌 오른쪽을 맡고."

그리고 그녀는 이반을 돌아보았다. "미안. 우리는 지나가야 해."

"인생은 참담한 실망의 연속이군." 이반은 어깨를 으쓱하며 말했다.

나타샤는 어깨를 으쓱하고 나서 공격했다.

알렉스는 왼쪽을 부수고, 아바는 오른쪽을 부쉈다.

아바는 가장 가까운 병사에게로 돌진했다. 그는 여전히 총을 쏘고 있었고 길 밖으로 굴러 나갔다.

알렉스는 옆에 있던 병사에게 총을 빼앗아 그의 머리를 쳤고, 그는 바위처럼 쓰러졌다.

나타샤는 그녀와 O.P.U.S. 플랫폼 사이에 남아 있는 병사들을 향해 덤벼들었다. 그녀는 먼저 부츠로 쳤다. 병사 두 명 각각의 배를 한 발로. 각각 그녀의 머리를 지나 여러 발씩 발사하는 동안, 그녀는 플랫폼으로 올라가는 사다리 밑바닥에 있는 두 녀석의 무릎을 한 방 날리기 좋게 자신의 양다리로 걷어차고 넘어지지 않고 섰다.

내가 주의를 끌어야 해. 아바와 알렉스는 괜찮을 거야. 그들은 나를 이용해서 제거하고 숨겨질 거야. 그건 게임이야. 우리가 연습했던 것이지.

그녀는 최대한 많은 불을 일으키며, 플랫폼을 둘러싸고 있는 빛나는 강철 장치에 가까이 더 가까이 이동했다.

이제 그녀는 그것이 8년 전 창고에서 그랬던 것처럼, 거대한 파워코어 네트워크에 연결되어 있다는 것을 알 수 있었다. 그것은 여전히 모든 배를 촉수로 공격하는 거대 문어, 일종의 무시무시한 바다괴물의 막연한 모습을 하고 있었다.

오직 이 O.P.U.S. 장치만 오데사의 그 장치보다 열 배 더 컸다. 그리고 이번에는 열 배 더 큰 화력에 연결되어 있었다. 폭발 반경은 위에 있는 도시의 반을 날려버릴지도 몰랐다.

부담 갖지 마, 로마노프.

이제 그녀는 너무 가까워져서, 장치 표면에 있는 타이머를 볼 수 있었다. 그들에게 시간이 많지 않았다.

10분 안에 이 파티를 끝내야 해.

그러나 아바와 드라이브 없이 그것을 끝내기 위해 나타샤가 할 수 있는 것은 아무것도 없었다.

저격수의 사격 한 방이 주위의 공기를 갈랐고, 나타샤는 바닥에 웅크린 채 몸을 피했다.

그녀는 O.P.U.S. 강철 표면 위로 솟아올랐다.

이반 소모도로프는 그녀를 돌아보았다. 이제 두 사람뿐이었다. 처음에 그랬던 것처럼.

나타샤 로마노프와 이반 소모도로프.

그녀는 저격수들이 멈췄다는 것을 깨달았다.

그는 그들이 나를 목표물로 하는 것을 허락하지 않았어. 왜지?

그가 직접 그 영예를 차지하고 싶었던 걸까?

그녀는 어깨를 으쓱했다.

"이반, 당신을 죽이러 왔어. 때가 됐어."

"네가 그렇게 생각하는 거 알아." 그가 말했다. "그래서 난 기다렸지, 나의 나타쉬카."

"왜 이런 식으로 되어야 했는지 모르겠어." 나타샤가 말했다. "하지만 그렇게 되었어."

"그건 좀 철학적인데." 이반이 말했다. "하지만 이젠 중요하지 않아서 유감이군. 날 보러 여기에 와줘서 기뻐. 곧 많은 조각이 제자리에 떨어질 것이고, 하나의 움직임이 태어날 거야. 우리가 잃었던 모든 것의 위대한 부활을 가져올 거야. 레드룸이 이 모든 영광 속에 있어. 제국과 세상에서 가장 위대한 연방."

"그쯤 해둬, 이반. 네가 패배자처럼 들리기 시작하니까. 그냥 이 일을 끝내자."

그는 미소를 지었고, 그로 인해 그는 일종의 야생 동물처럼 보일 뿐이었다. "지금? 오늘 밤, 만두 달이 떴니?"

"볼 생각도 안 했어."

"물론, 그랬겠지. 넌 항상 그랬잖아. 그게 너의 가장 큰 약점이자 가장 끔찍한 비밀이야."

"닥쳐, 이반."

"네가 어째서 O.P.U.S.의 적합한 목표물이 된 줄 알아? 그 사랑스럽고 작은 연결고리들, 모든 사람에게 손을 뻗고, 어느 쪽이든 누군가와 연결되고 싶은 절박한 마음." 그는 껄껄 웃으며, 담배를 꺼냈다.

벨로모카날.

마지막이 될 거야. 그녀는 생각했다.

그는 불을 붙이고, 담배 한 모금을 빨았다. "넌 미국에서 아주 잘 적응해야 했어, 프테네."

"이 찐득찐득한 반죽덩어리?" 그녀가 말했다. "난 정말 잘 적응했어."

그녀는 무기를 들었다.

처리하자.

그녀는 문 앞에서 다음 부대 저격수들의 소리를 듣고는, 방 경계로 준비 위치로 이동했다.

이반의 백업 계획.

그녀는 발소리를 세어보았다.

거기엔 많은 사람이 있었다. 그녀가 좋아할 만한 것 이상으로.

그는 이 일을 준비해왔다. 우리를 위해.

그녀는 귀를 기울였다.

10시 방향. 3시 방향. 5시 방향.

볼 필요도 없었다. 그 수학은 통하지 않았다.

그렇다 해도, 그녀는 총을 내리려고 몸을 뺄 수 없었다.

이반은 손을 들었다.

"필요 없어." 그가 어깨너머로 소리쳤다. "그녀는 안 할 거야. 할 수 없어." 그는 나타샤를 돌아보았다. "그녀는 절대 그럴 수 없어."

"꽤 자신 있어 보이네요." 나타샤가 말했다. "내 십자가의 중앙에 앉아 있는 남자가."

"물론. 알아야지." 그는 나타샤의 왼쪽 팔을 가리키며, 삐뚤삐뚤한 이빨을 드러내며 미소를 띠었다. "난 네 날개를 갈기갈기 찢을 사람이거든."

그녀는 총을 정렬했다.

"나의 나타쉬카, 이건 우리 달이 아니야. 우리는 함께 이루어야 할 일이 아직 많아. 네가 내게 돌아올 줄 알았지. 너를 위해서가 아니라면 도대체 왜 내가 이런 짓을 했겠어?"

"당신은 냉담한 사이코패스니까, 전우?"

그는 더 가까이 다가왔다. "왜냐하면, 자네 임무니까, 프테네. 지금, 여기 있어. 넌 그냥 기억할 수 없는 거야. 넌 그냥 모르는 거야. 이 실험실은 마지막 남은 O.P.U.S. 프로토타입을 포함하지."

425

"아니 고장이 날 거야." 나타샤는 어깨를 으쓱했다. "감자, 쏘타흐토."

"넌 시키는 대로 정확히 해왔어. 너는 효과가 있을 수 있다는 것을 증명했지." 이반은 미소를 지었다. "율리아 올로바의 계획에 따라 모두. 그녀는 양자 얽힘의 수수께끼를 해결한 유일한 소련 과학자지." 그는 방 한가운데에 있는 장치에 손짓을 했다. "난 너에게 그녀의 팀 이름하여 O.P.U.S.를 주었지."

"자세히 말해봐." 나타샤가 말했지만, 이반은 당황했다.

이반은 강철 케이스 옆에 있는 완전한 글자를 한 번에 하나씩 가리켰다. 그의 손가락은 간신히 은빛 O에 닿았다. "보여? 올로바. 저 여자야. 내가 그녀를 인간보다 못한 무언가로 만들기 전."

이반은 손가락을 글자 P로 옮겼다. "물론, 이것은 율리아의 남편이고. 아나톨리 파블로프. 그는 최초로 뇌와 컴퓨터의 인터페이스를 생각해냈지. 내가 그를 죽였고."

아바의 아버지. 나타샤는 기억했다.

이반은 U를 가리켰다. "표트르 우소프. 그는 그저 레드룸 일원이었는데, 그가 다른 사람들이 폐쇄하기 전에 우리 연구실을 오래 열어놓았지. 그 역시 불행한 최후를 맞이할 때까지. 너무 많은 승진 요구로 물탑에 떠 있는 채 발견되었지."

이반은 어깨를 으쓱하더니, 마지막으로 손가락을 이동했다. "무엇이 우리를 데려왔지? 겸손하게, 진정한 너에게." 이반은 미소를 지었다. "이반 소모도로프. 늙은 군대의 개. 인민의 수호자. 레드룸의 애국자. 로마노프가의 오랜 친구. 살아 있으나 죽은 사람."

"모든 사람에게서 모든 것을 훔쳐 그것을 과학이라 부른 사람." 나타샤는 사무적으로 말했다.

"과학이 아니야. 진보지. 넌 새로운 날이 다가오는 걸 막을 수 없어. 이건 너와 나보다 더 큰 거야, 나타쉬카."

"올로바, 파블로프, 우소프, 소모도로프? 그게 뭐야, 시?" 그녀는 총구를 이반의 얼굴에 갖다 대며 손짓했다. "아바의 DNA 리듬에 따라 쓰인?"

"잘못된 양육의 순간으로 반항적 행동을 하는군." 이반은 한숨을 내쉬었다. "아무렴. 넌 네 일을 해냈어, 그리고 난 널 칭찬해. 너는 내게 돌아와 늙은이를 자랑스럽게 만들었구나."

"그럴 필요 없어." 그녀의 목소리는 퉁명스러웠다.

그는 한 걸음 내디뎌, 그녀의 총구에 손을 얹었다.

"나를 속이지 않는군. 넌 언제나 데부시카 이바나일 거야." 그는 총구를 살며시 밀어냈다. "오랜만이군. 넌 기다렸고, 난 감동했어."

"난 아직 끝나지 않았어." 나타샤가 말했다. "내가 해야 할 일이 한 가지 더 있거든. 나의 데부시카 이바나를 위해서도." 그는 한쪽 눈썹을 치켜 올렸다. 그녀는 그의 차가운 러시아 눈빛을 외면하지 않았다. "오랜만이라고 할 수도 있겠지, 이반의 모든 소녀들에게."

"Da?"

"Da."

그가 대답하기도 전에 그녀는 방아쇠를 당겼다.

유리처럼 부서졌다.

총알이 그렇게 많은 겨울밤 그녀를 사슬로 라디에이터에 묶은 손을 뚫고 날아갔다.

그것은 이반의 턱을 뚫고 뼈를 먼지처럼 곱게 부수었다.

그것은 그의 두개골의 밑부분을 관통했다.

그의 눈은 멍해졌다.

그는 다리가 아래쪽으로 처졌다.

그녀는 시체가 땅에 닿기 전에 시선을 돌렸다.

쉴드 열람 가능
허가 등급 X

순직 [LODD] 조사
참조: 쉴드 케이스 121A415
사령부 요원 [AIC]: 필립 콜슨
회신: 나타샤 로마노프 요원, 일명 블랙 위도우, 일명 나타샤 로마노바
기록: 국방성, LODD 조사 청문회

국방성: 그래서 당신은 목표물을 제거했죠. 이반 소모도로프. 당신의 버킷 리스트
중 하나. 기분이 좋았겠군요.
로마노프: (멈춤) 사람을 죽인 적이 있나요?

국방성: 아프가니스탄. 3만 5천 피트에서요.
로마노프: 악의는 없었습니다. 똑같지는 않지만. 결코, 기분이 좋지는 않았습니다.

국방성: 기분이 어땠나요, 요원?
로마노프: 총은 한 번에 양방향으로 쏠 수 있습니다. 십자선에 있는 사람을 제거하
고 싶다면 방아쇠를 당겨 그를 제거하는 게 상관없어야 하죠. 선택할 수
있는 것이 아닙니다.

국방성: 그 말을 많이 하는 것 같군요.
로마노프: 러시아인이니까요.

국방성: 그랬었죠.
로마노프: 그랬죠.

국방성: 어느 쪽이든. 당신은 이반 소모도로프를 제거했어요.
로마노프: 더 나은 버킷 리스트가 내게 필요한 것 같군요.

국방성: O.P.U.S.는 어때요?
로마노프: 목록에 다음 차례로 두죠.

CHAPTER 33
아바

이스탄불, 예레바탄,
사라이 지하저수조, 소모도로프 시설

　　　　　　뒤를 이은 저격수의 총탄소리에 실
험실 저편에서도 귀가 먹먹했다.

아바는 뒤집힌 테이블 뒤로 몸을 피했다. 알렉스는 두건을 쓴 병사
를 때려 그 뒤에 있는 보급창고에 넣고 그녀 옆으로 몸을 웅크렸다.

"나타샤." 알렉스는 숨을 죽이고 말했다. "그녀가 곤경에 빠진 거
같아."

아바는 O.P.U.S.가 있던 플랫폼을 돌아보았다. 그들과 그것 사이
에는 저격수들이 한 줄로 남아 있었다.

문젯거리가 될 것 없다.

"너무 오래 걸려." 아바가 말했다. "우린 거기서 일어날 방법을 꼭
찾아야 해."

그는 고개를 끄덕였다. "어떻게?"

O.P.U.S.를 폐쇄해야 해.

드라이브를 장비에 넣고 군대를 제거해야 해.

우리 엄마가 시작했어. 이제 그것을 끝내는 것은 나에게 달렸어.

아바는 아무 말도 하지 않았다.

그녀는 자신이 움직이기 시작하는 것을 느꼈다.

"기다려!" 알렉스가 소리쳤다. 그는 의식을 잃은 병사의 무기를 집어 들고, 그녀에게 건네주었다. 그녀는 처음으로 그도 이미 무기를 하나 소지하고 있다는 것을 알아차렸다.

"그들이 네게서 시선을 떼게 해줄게. 내가 하지 않으면, 넌 5피트도 못 가."

"안 돼. 너무 위험해. 여기 뒤에서 엄호해줘."

그는 무기를 들었다. "잠깐이면 돼. 계속 움직일게. 플랫폼에서 만나자."

실험실 반대편에서 총격전이 시작되었다.

아바는 몇 발인지 셀 수 없었다.

알렉스는 이미 움직이고 있었고, 그녀는 자신이 그를 막을 수 없다는 것을 알고 있었다. 그는 허리춤에서 다른 총을 꺼내 들고, 안전장치를 해제했다.

그녀는 그를 쳐다보았다. "너는 이런 훈련을 받지 않았잖아."

"난 괜찮을 거야. 난 로마노프야." 그는 손으로 그녀의 뺨을 만졌다. "그들이 날 쫓아올 때까지 기다렸다가 그러고 나서 움직여."

총성이 그를 스쳐 지나갔다. 그들이 나타났다.

"내려!" 아바는 비명을 지르고, 할 수 있는 한 힘껏 끌어내렸다.

"잠깐." 그가 소리쳤다. "날 엄호해줘."

그는 있는 힘을 다해 플랫폼에 몸을 던지며 머리부터 불줄기 속으로 뛰어들었다. 자신을 연기와 혼란속으로 던져버렸다.

잠시 후 그는 그녀에게 소리쳤다.

"지금!"

아바는 플랫폼을 향해 돌진했다.

그녀는 방 끝에서 나타샤를 알아볼 수 있었다. 그녀의 등이 솟아오른 강철 발판 저편으로 밀려 올라갔다. 그녀는 수적으로 열세였지만, 전에도 그것 때문에 멈춘 적이 없다는 것을 아바는 알고 있었다.

방 반쪽이 불타고 있었다.

몇 미터 떨어진 곳에서, 중앙 O.P.U.S.장치가 불꽃을 튀기고 있었다. 그 정도만 이 방에서 본 탄약 공세에도 살아남을 수 있었다.

그들은 서둘러야 할 것이다.

알렉스는 강철 선반 뒤로 피하면서 양쪽 무기를 발사했다. 그가 길을 만들면 아바가 뒤를 따랐다. 이제 그의 뒤를 밟는다. 그리고 나타샤 로마노프의 양자 얽힘의 모든 순간을.

몸을 낮추고, 재빨리 이동하고, 머리는 숙이고, 눈은 마주치지 말고.

스텔스는 속도와 움직임이다.

아바는 나타샤가 방 건너편에서 멈춰 있는 것을 보았다. 그녀는 러시아어 외침을 들었다.

"동생아, 여기서 나가!"

"해." 그가 숨을 죽이고 말했다. "지금 해, 아바."

그는 연달아 여러 발을 쐈다

아바는 말을 할 수가 없었다. 그녀는 앞쪽으로 비틀거리며 O.P.U.S. 앞에 무릎을 꿇었다. 그녀는 양손으로 측면 패널을 잡아당겨 총알이 그녀의 머리 위로 흩뿌려질 때, 포트를 찾았다.

"난 못 찾겠어… 찾을 수가 없어."

"계속 찾아봐." 알렉스가 소리쳤다.

그는 계속 총을 쏘았다.

아바는 불꽃 튀는 옆면 패널을 발견했고, 핵 장치 측면에서 제거하기 충분할 정도로 느슨한 발전기 셀을 찾을 때까지 그것을 앞뒤로 세게 더 세게 흔들었다.

그녀는 그것을 잡아 뺐다.

한 줄기 전기가 아바를 관통했고, 그녀는 그 뒤로 케이블이 느슨하게 빠지는 것을 보았다. 그녀는 그것을 땅에 떨어뜨렸고, 그것은 마치 불이 난 것처럼 타올랐다.

"너무 망가졌어. 드라이브를 어디에 두었는지조차 보이지 않아."

생각해.

넌 그냥 아바 올로바가 아니야.

넌 엄마의 코드와 나타샤의 기억이 있어.

알렉세이의 마음도.

433

그들은 너와 함께 너를 위해 싸우고 있어.

이 일을 해낼 방법을 찾아야 해.

그녀는 O.P.U.S. 장치 몸체에 있는 배선 덩어리를 응시했다.

회로야.

복잡하긴 하지만 본질적으로 회로는 CPU에 연결되어 있어.

해킹할 수 있어야 해.

나타샤는 그랬을 거야.

그녀는 그 덩어리에서 굵은 빨간 전선을 뽑았다. 그리고 푸른색도. 입으로 각 전선의 끝을 조금씩 떼어내서 양쪽 끝의 전선을 서로 꼬았다.

그리고 그녀는 기계의 중심 깊숙이 손을 뻗어 그것의 뇌를 빼냈다. 신발 상자만한 머더보드.

거기야.

한 섹션을 다시 연결할 수 있다면, 드라이브도 연결할 수 있어야 해.

그것은 아바의 손에서 발화했고, 푸른 전기 거미줄이 장치 전체에 걸쳐 퍼졌다. 그것을 떨어뜨리지 않는 것이 그녀가 할 수 있는 전부였다.

아바는 고개를 들었다.

"모든 게 살아 있어, 알렉스! 모든 곳을 금방이라도 날려버릴 거야!"

알렉스도 그걸 봤다.

"계속해야 해!" 그는 소리쳤다.

바로 그때, 총알이 알렉스를 스칠 때 그의 팔이 젖혀졌고, 그는 총을 떨어뜨렸다. 아바가 비명을 질렀다. 그녀는 또 다른 총소리를 들었고, 총을 집어 들고 총소리가 들려온 쪽으로 발사했다. 멀리 있는 저격수가 여전히 알렉스를 겨냥했다. 아바는 그의 가슴에서 붉은빛이 고정된 것을 볼 수 있었다.

"알렉세이!" 그녀가 소리쳤다. "알렉스, 안 돼—"

총성이 울렸고 목표물을 찾았지만, 그것은 알렉세이 로마노프의 가슴이 아니었다. 불꽃 튀는 파워 셀로, 그녀가 장치 자체 측면에서 제거한 것이었다. 그의 손은 검게 그을렸고, 손도 못 댈 정도로 화끈거렸지만 그게 그를 막지는 못했다.

"칼날이 필요한 사람?" 알렉스가 소리쳤다. "나를 원한다면, 나를 없애봐."

아바는 그가 무기를 휘둘러대는 모습에서 그가 무슨 말을 하고 있는지 알고 있었다. 거대한 곰이 게으른 벌을 공격하듯 목을 조르고 총알을 맞았다.

그가 그녀 옆에, 바로 옆에 쓰러질 때까지.

아바가 비명을 질렀다. "알렉스, 안 돼!"

알렉스는 등으로 구르며 눈을 떴다. 그는 그 말을 입 밖으로 냈다. "스드레티 에토—" 해.

총알이 아바 주위의 장치를 벌집으로 만들었고, 그녀는 바닥으로 몸을 피했다. 알렉스의 상처에서 그 밑에 있는 돌바닥으로 피가 새어 나오고 있었다.

나타샤가 그녀 옆에 나타났다.

435

그녀는 망설이지 않고, 알렉스의 손에서 불꽃 튀는 전지를 잡아챘다.

그녀는 아바를 바라보았다. "카불, 기억해?"

아바는 고개를 끄덕였다. 그것은 그저 아프가니스탄의 한 도시 이름만이 아니었다. 작전이었다. 악명 높은 작전.

그녀는 나타샤가 무슨 생각을 하고 있는지 정확히 알고 있었다. 그리고 그녀는 알렉스에서 O.P.U.S. 뒤로 눈을 돌렸다.

"서둘러."

나타샤는 연구실 문으로 질주하면서, 총알을 피해 그녀 뒤에 있던 생방송 케이블을 끌고 갔다.

솟아 있는 나무 산책로의 가장자리에 다다랐을 때, 그녀는 멈췄다. 그 광경은 암울했다. 이스탄불 경찰대로 분장한 수백 명의 이반 군대가 동굴을 지나 그녀 앞에 있는 산책로를 가로지르고 있었다.

완전 무장을 하고.

그녀는 치솟는 배선과 강철 덩어리를 머리 위로 높이 들어 올리고, 아래쪽 물에서 기어 올라오려고 하는 저격수를 발로 찼다.

나타샤는 고용된 남자의 머리 위에 있는 파워 셀을 깨트렸고, 그 남자는 다시 물속으로 가라앉았다. 하지만 그녀가 불타는 발전기 셀을 그의 뒤에 밀어 넣기 전에는 그렇지 않았다.

푸른색의 충격파가 저수조를 박살냈고, 마치 액체 그 자체가 불타는 것처럼 수면에서 뛰어오른다.

바로 그 냄새야.

불타고 있어.

저수조가 타오르고 있어.

물에도 불이 붙었다.

아직 물속에 갇힌 총잡이들의 비명은 걷잡을 수 없었다. 그들은 죽지는 않았지만, 의식이 있는 것도 아니었다.

나타샤 로마노프는 소모도로프 군대의 절반을 끝장냈다.

5초 안에.

그녀는 저수조의 더 큰 호수를 둘러싸고 있는 불타는 쓰나미로부터 물러났다. 그러고 나서 그녀의 목숨이 거기에 달린 듯 뛰기 시작했다.

그랬다.

쉴드 열람 가능
허가 등급 X

순직 [LODD] 조사
참조: 쉴드 케이스 121A415
사령부 요원 [AIC]: 필립 콜슨
회신: 나타샤 로마노프 요원, 일명 블랙 위도우, 일명 나타샤 로마노바
기록: 국방성, LODD 조사 청문회

국방성: 그러고 나서는?
로마노프: 테이프를 꺼요.

국방성: 테이프는 절대 끄지 않습니다.
로마노프: 제발.

국방성: 계속 말하세요.
로마노프: 이건 당신에 관한 것도 미국에 관한 것도 아니에요. 여기서 당신 부분은 끝났어요.

국방성: 이런 식으로는 안 돼요.
로마노프: 나머지는 개인적인 일입니다. 미국인의 생명을 구하거나 누군가의 생명을 구하는 이야기가 아니에요.

국방성: 현시점에서 당신의 삶이 개인적인 것이라 생각하나요, 로마노프 요원?
로마노프: 아니요. 이건 당신 이야기가 아니라, 내 이야기에요. 어떤 건 나만의 이야기가 되어야 하죠.

국방성: 누구?
로마노프: 이건 어벤져스 이니셔티브나 터키 대중의 안전, 세계 평화 유지 임무와 관련된 게 아니에요. 내 인생이죠.

국방성: 당신은 세계는 물론, 미국 시민의 마지막 방어선이에요. 그렇게 행동하세요.

이스탄불, 예레바탄, 사라이 지하저수조, 소모도로프 시설

아바는 알렉스의 손을 꼭 잡았다. 그의 피부는 창백하고 촉촉해졌다. 그녀는 손을 몇 번이고 쥐었다. "내 곁에 있어줘, 알렉스. 우리는 이제 가까워졌잖아."

그는 고개를 끄덕였지만, 눈을 뜨지는 않았다.

그녀는 눈앞의 장치로 시선을 돌렸다. O.P.U.S.는 사실상 빛을 발하고 있었다. 밝은 에너지 폭발은 거대한 배선 둥지 안에서 맥박이 뛰는 것 같았다. "움직이고 있어. 내가 다시 작동시킨 것 같아. 이제 내가 끝내야 해."

시간이 됐다.

아바는 주머니 속의 검은색 드라이브를 더듬어 찾았다.

그녀가 지금 필요로 하는 것은 그것뿐이었다. 이반의 악몽 같은 프로젝트를 무력화시키는 마지막 단계. 적어도 그렇게 하기로 되어 있었다. 나타샤가 썼던 코드가 작동하는 한.

아바는 알렉스를 바라보고는, 오른팔과 다리의 출혈을 막으려고 그를 한쪽으로 돌렸다. 그녀는 여전히 자신의 손으로 그의 왼쪽 팔을 누르고 있었다.

"시간 됐지?" 알렉스의 눈이 깜박거렸다.

그녀는 고개를 끄덕였다.

"잘될 거야." 그가 말했다.

"그렇지 않으면?"

"그럼 우린 다시 이걸 하면 되지." 그는 웃으려고 했지만, 대신 움찔했다. "계속해. 해봐."

"10초." 그녀가 말했다.

그녀가 머더보드를 살펴봤다. 그녀는 바로… 저기에 드라이브를 박을 수 있다.

"오."

"뭐야, 겁쟁이?" 그의 눈은 감겨 있었고, 목소리는 약하게 들렸다. 그녀는 그가 더 많은 피를 흘리기 전에 집에 가야 한다는 것을 알았다.

"적어도 난 버릇없는 애는 아니야." 그녀가 앞에 있는 기계를 응시하며 말했다.

3.

2.

1.

지금이다.

그녀는 느슨한 머더보드에 드라이브를 박고, 마지막으로 불꽃이 튀는 와이어를 연결하여 회로를 완성했다.

거기.

그녀는 눈을 감고 알렉스 옆으로 몸을 피했다. 그의 입술은 웃음을 띠고 있었다. 그것이 그녀가 자신의 뺨으로 느낄 수 있는 마지막이었다.

"몰로데츠." 잘했어, 꼬마.

그러자 그녀의 주위 세상이 폭발했다.

그들 주변.

그들 과거의 수백만의 파편 크기의 조각들로.

아바와 알렉스와 나타샤 로마노프의 것이었다.

율리아 올로바와 아나톨리 파블로프, 표트르 우소프, 그리고 특히 이반 소모도로프의 것이었다.

짙고 검은 연기구름이 그녀를 덮었고, 그녀와 모든 사람은 여전히 살아 있었다. 그것은 저수조 동굴을 질주해서 터널을 뚫고 모든 입구를 폭발해버렸다.

세례. 그녀는 생각했다.

오직 연기, 화재, 죽음과 파괴만이 있을 뿐이다.

교회도 없이.

큰 폭발 중 가장 큰 것.

우주의 끝에 있는 그런 종류의 것들만.

시작이 아니다.

아바는 자신이 의식을 잃고, 힘이 빠져나가는 것을 느낄 수 있었다.

그녀 너머로 나타샤 로마노프의 눈망울의 생생한 고스팅(기체 결함으로 TV나 컴퓨터 화면 등에 희미한 이중상이 나타나는 것)이 희미해져 가고 있었다.

효과가 있었다.

그녀는 잊고 있었다.

전부가 아니라 그녀의 것이 아니었던 부분.

그녀가 기억하는 다른 모든 것.

아마도 그것은 엄마가 준 마지막 선물이었을 것이다.

기억.

아바는 구부러지고 불에 탄 금속판을 밀어냈다. 패널 바닥이 완전히 녹아 있었다.

"끝났어." 아바는 흰색 먼지와 회색 잿가루 세상으로 몸을 일으키며 말했다. "정말 끝난 것 같아. 그것이 느껴져."

그녀는 알렉스의 따뜻한 뺨에 손을 얹었다. "자, 알렉스, 여기서 나가자. 우리가 바로 고쳐줄게."

"대장." 그가 중얼거렸다.

샤워.

그게 내가 원하는 거야.

깨끗한 종이들이 천 년 동안 우리 머리 위로 쌓여 있었다.

알렉세이 로마노프는 내 옆에 천 년 더 있을 거다.

그녀는 알렉스를 바라보았다. 얼굴은 창백했지만, 눈은 감은 눈꺼풀 뒤로 움직이고 있었다. "걸을 수 있겠어?"

그녀는 손을 뻗어 그의 손을 꼭 잡았다.

"너를 위해? 뭐든." 그는 입술은 겨우 움직여 그 말을 했다. "항상."

그의 마지막 말은 그가 그녀의 손을 천천히 다시 쥐며 속삭였다. 지친 듯이.

한 번, 그리고 두 번.

"잠깐만." 그녀가 말했다. "조금만 있어봐."

그는 피를 너무 많이 흘렸다.

그는 또한 그녀가 아직 살아 있는 이유였다. 그리고 그녀의 생각이 다시 그녀 자신의 생각이 될 수 있었던 이유였다.

그가 소모도로프의 저격수들 절반을 총으로 유인하지 않았더라면, 그녀가 O.P.U.S.를 폐쇄할 수 있었을까?

그리고 만약 그녀의 엄마가 럭스포트 일을 맡지 않았다면, 그녀가 그 프로젝트를 실행하지 않았다면, 그녀의 아빠가 이스탄불 연구실에서 일하지 않았다면, 이반이 그녀를 자기 실험 대상으로 데려갔을까?

하지만 만약 그가 그녀를 데려가지 않았다면, 그녀는 나타샤 로마노프를 만났을까?

그리고 나타샤 로마노프를 만나지 않았더라면, 그녀는 과연 알렉스에게로 가는 길을 찾을 수 있었을까?

아바는 그런 생각조차 하고 싶지 않았다.

그녀는 멀리서 나타샤가 자신을 부르는 소리를 듣고, 잔해를 헤치고 나아갔다. "여기서 나가야 해. 경찰, 진짜 경찰이 깔렸어."

"이쪽이에요." 아바가 소리쳤다.

그러나 연기가 걷히고 눈이 따끔거릴 때, 그녀는 아직 한 가지 놓친 게 있다는 것을 알았다.

아바에게 남겨진 유일한 한 가지.

그녀가 전에 한 번도 해본 적 없는 것.

그녀는 베이고 피가 흘렀지만, 옆으로 뒹굴었다. 그녀 밑의 잔해들은 깨진 유리와 돌멩이층처럼 거칠었다.

"네 이름이 무엇이든 사랑해. 알렉스 마노르든 알렉세이 로마노프든. 내 말 들려? 사랑해. 공원에서 너의 강아지와 함께 놀며 너의 멍청한 고양이를 만나고 싶어. 너랑 펜싱을 하고 춤추고 아이스크림 사러 가고 싶어."

그녀가 미소 지었다

"그리고 키스하고 싶어, 정말 키스하고 싶어. 네가 떠나는 곳과 내가 시작하는 곳을 찾을 수 없을 때까지." 그녀는 알렉세이 셔츠의 냄새에 코를 비볐다 "그거 어때?"

그녀는 나타샤가 고장이 난 실험대를 치울 때 긁는 소리를 들었다.

"알렉스?"

아바는 그에게 몸을 기대며 웅크렸고, 전날 밤 다차 오데사 호텔에서 그들이 잠들 때 그녀가 들었던 견고하고 금욕적인 그의 심장 박동 소리를 들었다.

그녀는 기다렸다.

그녀는 그것을 듣지 못했다.

그녀는 다시 귀를 기울였다.

"알렉세이?"

그녀는 얼굴을 찡그리고 그의 옆에서 몸을 일으켰다.

그녀는 그의 피 묻은 얼굴 옆면에 손을 댔다.

차가웠다.

그러자 그녀는 나타샤가 소리치는 것을 알았다. 하지만 뭔가 잘못됐다. 왜냐하면, 아바는 아무 소리도 들을 수 없었기 때문이다.

마치 피가 그의 것이 아닌 구멍 난 그녀 자신의 고막에서 흐르는 듯, 세상은 고요했다.

모든 것이 멈췄다. 아무것도 움직이지 않았다. 그녀는 물 위로 여전히 불이 타오르고 있는지, 공중에서 재가 떨어지고 있는지 알지 못했다.

중요하지 않다.

아무것도 중요하지 않았다.

아무것도.

그녀가 그를 옆으로 굴리면서

그의 자줏빛 푸른 입에 공기를 불어 넣었다.

그의 차가운 입술에 키스했다.

그의 소리 없는 얼굴을 어루만졌다.

멀리서 그의 누이가 그의 옆구리에 자신의 주먹을 밀어 넣었다.

위로 아래로.

안팎으로

제길 숨 쉬어.

숨 쉬라고.

그는 이제 대리석이야. 그녀는 생각했다.

이미

나의 부모님처럼

이반처럼

알렉세이 얼굴을 덮은 눈처럼

그의 악몽 속에서.

사람들은 대리석이 되어서는 안 돼.

사람들은 따뜻해야 해.

그리고 그들은 머물러야 해.

그리고 그들은 만져야 해.

그리고 그들은 속삭여야 해.

그리고 그들은 웃고 사랑해야 해.

그리고 울면서 기다린다.

그리고 기다린다.

잠깐

알렉세이 로마노프

너는 기다려야 해.

나를 기다려.

알렉세이

그러지 마.

쉴드 열람 가능
허가 등급 X

순직 [LODD] 조사
참조: 쉴드 케이스 121A415
사령부 요원 [AIC]: 필립 콜슨
회신: 나타샤 로마노프 요원, 일명 블랙 위도우, 일명 나타샤 로마노바
기록: 국방성, LODD 조사 청문회

증거 일지: 쉴드에서 받은 대로 터키국 이스탄불 지사 O.P.U.S. 기술은 재가되었고,
복구되어 보관됐다.

추가 연구 개발과 쉴드 홀딩 시설을 확보하기 위해 파견 예정.

참고: 장치에서 나온 모든 활성 입출력은 연결이 끊어졌다. 장치는 비활성 상태이
며 불활성 상태가 되었다.

O.P.U.S. 기술에 이전에 영향을 받은 실험 대상자들은 이전 정신 상태로 회복되었다.
기밀 정보는 '위험 상태가 아님'으로 결정되었다.

[로마노프_N]

나타샤

지중해 상공 어딘가, 쉴드 함선

"아니. 안 가!" 아바는 쉴드 비행기의 화물칸에서 비명을 지르고 있었다. 콜슨의 비행기. 나타샤는 비행은 물론, 생각도 할 수 없었다.

아바는 손이 보라색으로 변할 때까지 봉인된 금속 문을 두드렸다. "놔! 그를 여기에 두고 갈 수는 없어. 우리는 기다려야 해. 알렉스가 돌아올 거야."

아바가 말했을 때, 비행기 바닥이 가파르게 올라갔다. 그녀는 비틀거렸지만, 나타샤가 그녀를 버티게 해줬다.

좋든 싫든, 그들은 가고 있었다.

나타샤의 쉴드 브레인은 자동조종장치 모드였다. 차로 불가리아 국경까지는 2시간 40분이었다. 비행기로는 단지 몇 분 후면 터키 영

449

공에서 그들은 사라질 것이다.

그건 그들이 떠났다는 것을 의미했다.

그녀는 소녀의 떨리는 곱슬머리에 손을 두었다. "아바." 나타샤가 부드럽게 말했다. "알렉세이는 돌아오지 않을 거야. 그는 죽었어. 그의 모든 부분이 사라졌어. 우리 둘 다 그걸 알잖아."

아바는 화물칸 바닥에 주저앉았다.

나타샤는 슬며시 아바 옆으로 다가갔다.

아바는 떨고 있었다. 그녀는 말을 하려고 했지만, 입이 너무 심하게 떨려서 말을 하기 어려웠다. "하지만 그는 오늘 아침에 여기 있었어요. 우리 둘 다 여기 있었다고요. 호텔에."

불가능해 보였다.

그러면 안 되는 거였다.

나타샤는 이해했다.

"알아. 하지만 그는 가야만 했어." 그녀는 아바를 팔로 감쌌는데, 아바가 그녀에게 너무 꽉 달라붙어서 그녀의 총이 발사되는 건 아닌가 하는 생각이 들 정도였다.

아바는 여전히 울먹이며 몸서리를 쳤다. "왜요?"

나타샤는 시선을 창문에 집중하고, 초점이 흐릿해지지 않게 했다. "모르겠어."

"왜 다들 떠나는 거죠? 왜 항상 우리만 있는 거예요?" 그 말은 거의 알아들을 수 없었다.

나타샤는 자신이 아바를 볼 수 없다는 것을 알았다. 그녀는 멀리 벽을 제외하고는 어디도 볼 수 없었다. 만약 그녀의 시선을 내버려두면, 무슨 일이 일어날지 몰랐다. 그녀는 자신이 느끼는 모든 것을 벽의 단단한 공백에 밀어 넣으려 했다. "나도 그건 몰라."

"공정하지 않아요." 아바가 말했다. 그녀의 목소리는 쉬어 있었다.

나타샤는 심호흡했다. "그렇지 않아."

"놓지 마요." 아바가 조용히 말했다.

"난 안 그럴 거야." 나타샤가 말했다. 그녀는 지금 천장을 올려다보았다. 그녀는 강철 벽도 그녀가 느끼는 모든 것을 견딜 만큼 강하지 않은 것 같아 두려웠다.

그녀는 눈을 위로 돌렸을 때, 타는 듯한 무게가 그녀의 속눈썹을 따라 모이는 것을 느꼈다.

아니야.

아직은 아니야.

나에게는 아니야.

난 이제 울지 않아.

그러나 천장이 벽처럼 무거워져서 나타샤의 눈도 그 힘에 타오르기 시작하는 데는 몇 초밖에 걸리지 않았다.

그것은 누구나 어떤 것이든 감당하기 힘든 것이었다.

내 차례는 언제일까?

나는 언제 놓게 될까?

누가 나를 잡아줄까?

나타샤 로마노프는 포기했다.

그녀는 천장과 벽이 무너지도록 내버려두었다. 모든 것이 깨져서 그녀 주변에 천 조각으로 나누어졌다. 그녀는 세상이 끝나게 두었다.

동생이 죽었다.

내 동생, 내 마지막 가족.

그들은 이겼고, 나는 졌다.

동생과 나.

이제 다시는 돌아오지 않을 나의 한 부분.

그들이 몇 년 동안 내게서 그를 훔쳤는데, 이제 그는 정말 가버렸다.

나타샤는 눈을 감고 눈물을 흘렸다.

눈물이 그녀의 얼굴, 목, 머리카락을 따라 흘렀다.

눈물은 그녀의 품에 안겨 있는 아바의 머리 위로 뚝 떨어졌지만, 아바는 너무 심하게 흐느껴 울고 있어서 알아채지 못했다.

만약 알아챘다 해도, 신경 쓰지 않았을 거다.

쉴드 열람 가능
허가 등급 X

순직 [LODD] 조사

참조: 쉴드 케이스 121A415

사령부 요원 [AIC]: 필립 콜슨

회신: 나타샤 로마노프 요원, 일명 블랙 위도우, 일명 나타샤 로마노바

기록: 국방성, LODD 조사 청문회

사망 증명서: 십대 신원 미상, 사망한 미성년자

이름: xxxxxxxxxxxxxxxxxxxxxxxxxxxxxx

연령: xxx

성별: xxx

시민권: xxxxxxxxxxxxxxxxxxxxxxxx

출생지: xxxxxxxxxxxxxxxxxxxxxxxx

날짜: xxxxxxxxxxx

장소: xxxxxxxxxxxxxx

시간: xxxxxx

작전: xxxxxx

사망 원인: xxxxxxxxxxxxxxxx

[삭제]

뉴저지, 몽클레어 교외,
몽클레어 올 세인트 교회

몽클레어 고등학교 오케스트라는 장례식에서 차이콥스키를 연주했다.

백조의 호수.

알렉스 마노르의 엄마, 어쨌든 알렉스 마노르 엄마 역을 맡은 노련한 쉴드 현장 요원은 울음을 그치지 않았다.

그녀는 한 시간가량을 손수건에 얼굴을 파묻고 있었다. 그녀는 오늘 고양이 운동복을 입지 않았다. 그녀가 누구였든, 확실했다. 아바는 그녀에게 그것을 주어야만 했다. 작전 요원이라도 정이 들 수 있을 것이다. 그게 알렉스라면, 진짜 눈물을 흘렸을 수도 있다. 그는 사람들이 그를 좋아하게 만들었다. 그것이 그의 매력 중 하나였다.

그의 누이가 사람들을 밀어낼 줄 아는 것처럼.

아바는 울지 않으려고 신도석을 내려다보았다. 빌린 선글라스에 가려져도 여전히 울지 않으려 했다. 이 사람들 앞에서는 아니었다.

낯선 사람들.

교회는 아바가 꿈에서 웃는 모습을 본 바로 그 얼굴들, 고등학생들로 가득 찼다. 그들이 우는 것을 보니 이상했다. 그는 알렉스의 유일한 친구 그리고 가장 친한 친구 단테였다. 이상하게 그는 함께 있는 것 같았다.

그는 아바가 펜싱 대회에서만 본 적 있던 다섯 명의 이름과 얼굴을 모르는 사람과 함께 관 앞에 앉아 있었다.

그는 떨리는 여동생의 어깨 주위로 결코 자신의 팔을 움직이지 않았다.

소피야.

알렉스는 그녀의 이름이 소피라고 했어.

아바는 나타샤 옆 신도석 뒷자리에 앉았다. 나타샤는 부드러운 금발 가발에 큰 검은 안경으로 자신의 신분을 속이고 있었는데, 그 모습이 꼭 시차 적응을 못하는 파리 모델처럼 보이게 했다. 다른 쪽에는 콜슨이 있었는데, 그는 항상 콜슨처럼 보였다.

그는 달리 보일 수 없을 것 같았다.

토니 스타크는 마지못해 집에 머물렀다. 뉴저지주 교외에서 이루어진 십대 아이의 장례식에 토니의 존재를 설명할 방법이 없었다.

스티브 로저스는 나타샤에 대한 존경으로 미국 국기 모양의 꽃을 보냈다. 페퍼 포츠도 그랬다. 어벤져스 마지막 일원인 브루스 배너는 작고 하얀 봉투에 쪽지만 보냈다. 나타샤는 여전히 그것을 손에 움켜쥐었다.

아바는 손에 들고 있던 종이 프로그램을 물끄러미 바라보았다. 펜싱 재킷을 입고, 칼날을 들고 있는 알렉세이의 사진이 있었다. 그는 건방지고 재미있고 활력으로 충만한 알렉스 자체로 보였다.

그녀는 사진 속 흰색 줄을 건드렸다. 그의 칼날. 그의 오래된 펜싱 가방은 지금 나타샤의 아파트에 사용되지 않은 채 있었다. 나타샤는 그의 장비를 아바에게 주었다. 그녀조차도 내다 버릴 수 없었다. 아바 자신도 그녀가 어떻게, 언제 다시 가방을 열 수 있을지 알 수 없었다.

아마 절대 못할 거야.

숨이 목에 턱 걸렸다.

갑자기 그녀는 자신이 일어선 것을 알았다. 거기서 나가야 했다. 아바는 통로 쪽으로 빠져 나가더니 교회 주차장으로 사라졌다.

그녀가 대기 중인 영구차를 겁에 질려 바라보는 자신을 발견했던 곳.

알렉세이의 영구차.

그를 공동묘지, 그의 무덤으로 데려갈 차.

그의 진짜 무덤.

그가 머물 곳, 영원히.

아니.

그건 진짜가 아니야.

그건 진짜일 수 없어.

아바는 연석에 주저앉아 마침내 눈물을 흘리기 시작했다. 그녀는 선글라스를 벗고, 마침내 그녀의 눈이 빛에 적응하게 했다. 눈물 뒤

456

로, 이스탄불에서 이후로 그녀가 전에 그랬던 것처럼 지금 익숙하게 타오르는 감정을 느낄 수 있었다.

그녀는 자신이 어떻게 생겼는지 알고 있었다. 불가능하게 바뀐 것을 제외하면, 평범한 나이든 아바. 모든 것이 달랐고, 단지 그것은 그녀의 상처 받은 마음만은 아니었다. O.P.U.S.가 폭발한 이후로 그녀의 눈동자는 설명할 수 없는 파란빛으로 빛났다. 그리고 그것만이 유일한 변화는 아니었다….

넌 떠났어, 알렉세이.

넌 날 떠났고, 이젠 나 혼자야.

공평치 않아.

아바는 그것이 무엇을 의미하는지 알지 못했고, 그녀는 그것이 무엇이든, 그 없이 어떻게 마주할지 알지 못했다.

그녀는 오직 두 사람 모두를 위해 그녀가 노력해야 한다는 것을 알고 있었다.

"네가 실제로 아는 사람이 이 중 하나에 탈 거라고는 절대 생각하지 않았지, 그렇지?"

다정한 목소리였다.

낯선 사람.

아바는 깜짝 놀라 황급히 눈물을 닦았다.

그녀는 옆 자리에 앉아 있는 단테 크루즈를 보기 위해 고개를 들었다. 그는 와이셔츠는 소매를 걷어 올린 상태였다. 그의 재킷은 바닥에 떨어져 있었고, 눈은 빨개졌다. 그는 울고 있었다. 그가 그녀의 얼굴을 볼 때, 그는 그녀만큼 놀란 것처럼 보였다.

"너구나." 단테가 말했다. "여기서 뭐 하는 거야?"

"뭐?" 아바는 허둥거렸다.

그녀는 마음을 가라앉히려고 했지만, 가슴이 두근거렸다. 그녀는 알렉스의 친구들에게 할 말이 없었다. 특히 이 친구에게는 그랬다.

현실에서는 아니었다.

나는 그의 실제 삶에 있을 수 없어.

"나는 알렉스의 친구 단테, 단테 크루즈야. 네가 바로 필라델피아 출신 그 소녀구나. 알렉스가 이번 토너먼트에서 반한 아이." 단테가 말했다.

물론.

그가 알고 있는 것은 그것뿐이다.

그녀는 안심했다. 그녀는 슬픔으로 가슴이 미어졌다. "난 아바야. 아바 올로바. 네가 무슨 소리 하는지 모르겠는데."

"아니, 그러겠지. 난 널 알아보겠어. 너는 알렉스만 쳐다보고 있었잖아. 내가 나의 가장 친한 친구를 마지막으로 봤을 때."

아바는 무슨 말을 해야 할지 몰랐다. "안 그랬어."

"그가 사라졌을 때 경찰에 네 얘기를 했어. 나는 그들이 널 찾도록 도왔지. 난 심지어 네 얼굴을 관할 경찰서 몽타주 화가에게 설명했지. 아무도 단서를 찾아내지 못했어."

"그건 내가 아니야."

"그럼 왜 왔지?"

"알렉세이와 나는 친구였어. 나… 나도 그가 그리울 거야."

단테는 회의적인 표정이었다.

"알렉스. 그의 이름은 알렉스야. 적어도 그의 이름은 제대로 알 수 있어야지." 단테는 짜증이 나는 것 같았고, 그것이 아바를 방심시켰다.

그는 그녀를 쳐다보았다. 그럴 때면, 그는 경찰서장 아들의 면모가 있는 것 같았다. 그의 눈은 어두웠고, 그의 표정은 진실을 요구하는 것 같았다.

"좋아. 좋아." 아바는 몸을 떨었다. "내가 필라델피아 그곳에 있었는지도 몰라."

그러나 그는 이미 알고 있었고, 그녀가 그에게 말할 필요가 없었다. 이제 그는 그저 고개를 가로저을 뿐이었다. 아바는 몸을 떨었다. "그냥 한 가지만 말해봐, 아바. 토너먼트에서 그를 찾아오지 않았더라면, 만약 네가 그의 눈을 사로잡지 않았다면… 내 가장 친한 친구는 아직 살아 있었을까?"

아바는 그에게 대답하지 못했다. 말할 수 없었다. 그녀는 그대로 직면할 수 없었다.

단테 크루즈에게 그럴 수 없었다, 누구보다도.

그는 나타샤가 그랬던 것보다 더 알렉스의 가족이기도 했다. 눈물이 차올라 다시 그녀 눈앞으로 떨어졌다.

내 잘못인 거 알잖아.

물론 내 잘못이야.

나를 만나지 않았더라면, 그는 여전히 살아 있었을 거야.

내가 그를 꿈꾸지 않았더라면.

나타샤가 그를 스토킹하지 않았더라면.

내가 그녀의 머릿속에서 살지 않았더라면, 모든 과정에서.

일어난 모든 일이 우리 중 한 명 때문이야.

나타샤와 나.

누구보다 그를 사랑했던 두 사람.

"그렇게 생각했어." 단테가 씁쓸하게 말했다. 그는 일어나 자리를 떴고, 그녀를 연석에 혼자 두었다. "다시 들어가야 해. 가장 친한 친구의 관을 운반하고 그 애를 묻어줘야 하거든." 그의 눈빛이 어두웠다. 그는 재킷을 어깨에 걸쳤다.

"미안해." 아바가 비참하게 말했다. "그가 너무 보고 싶어." 단테가 그녀를 바라보았지만, 그녀는 이제 눈물을 멈출 수가 없었다.

그녀는 노력하지 않았다.

쉴드 열람 가능
허가 등급 X

순직 [LODD] 조사
참조: 쉴드 케이스 121A415
사령부 요원 [AIC]: 필립 콜슨
회신: 나타샤 로마노프 요원, 일명 블랙 위도우, 일명 나타샤 로마노바
기록: 국방성, LODD 조사 청문회

국방성: 내가 뭐라고 말하길 기대합니까?
로마노프: 제 기대는 끔찍할 정도로 낮습니다.

국방성: 나는 당신을 정직시켜야 할지 가둬야 할지 결정할 수 없네요.
로마노프: 내가 마땅히 받아야 하는 것과 어떤 일이 일어나야 하는지는 같은 질문
은 아닌 거 같네요.

국방성: 당신 때문에, 어린아이가 죽었소.
로마노프: 그건 내게 말할 필요 없어요.

국방성: 충분히 참고합니다. 하지만 요원, 당신만이 당신 행동에 책임이 있어요. 그
렇게 행동하세요.
로마노프: 난 항상 그랬어요.

국방성: 마지막으로 할 말은?
로마노프: 중요한 건 제가 할 말이 아니라 제가 할 행동이죠.

국방성: 어떤?
로마노프: 정중히 말해서, 지금 일어나는 일은 당신이 상관할 바가 아니에요.

국방성: 끝났나요?

로마노프: 아니요. 엿 먹어요. 이제 끝났네요.

국방성: 로마노프 요원, 세기의 절제된 표현이군요. 그것조차도 아마 절제된 표현
이겠죠, (바스락거리는) 요원? 어딜 갑니까? 연방정부에서 그냥 나갈 수는
없어요….

11개월 후

CHAPTER 37
나타샤

작전 행정 건물,
쉴드 아카데미

　　　　　나타샤 로마노프는 자신의 검은 가
죽 재킷에 쌓인 눈을 털며 아카데미 정문을 통해 성큼성큼 걸어갔다.

　나타샤는 몰락한 비밀 기관의 조각 기념비인 발로르 성벽 앞에 서
있는 자신을 발견했다.

　그녀는 그의 이름을 보고 숨을 죽였다. 자신의 묘비를 보는 것 같았다.

　알렉세이 로마노프.

　그녀는 검은 글러브를 낀 손가락으로 글자들을 더듬으며, 자신의
머리를 돌에 기댔다.

　벌써 1년이 다 됐나?

　넌 사라지지 않았어.

　넌 웃고 있어. 넌 자전거 타는 법을 배우고 있고. 얼어붙은 모스크

바 동물원에서 풍선을 쫓는 중이야. 네 머리 높이만큼 뛰어오르는 개와 함께.

그녀는 눈을 감았다.

그런 일이 있었나? 우리의 어린 시절? 레드룸 밖에서 어떤 것이 진짜일까? 내가 알 수 있을까?

그들이 내게 남긴 것은 무엇일까?

그중 어떤 것들이 아직도 내 마음 깊은 곳에 묻혀 있을까?

"놀랐나요?" 콜슨이 뒤에서 큰 소리로 말했다.

나타샤는 깜짝 놀라 눈을 떴다. 그녀는 벽에서 고개를 핵 돌렸다. "예상 못했어요. 그는 요원이 아니었으니까요. 아직은."

"훌륭한 요원이었을 겁니다. 확실히 보였어요. 그는 필요한 것을 가지고 있음을 확실히 보여주었죠. 이스탄불에서 그렇게 많은 생명을 구할 줄 누가 알았겠습니까."

나타샤는 고개를 끄덕이며 마침내 억지로 몸을 돌렸다.

"그런데 아바는?"

"자. 보여줄게요."

나타샤는 별 특징 없는 복도의 별 특징 없는 문의 창문으로 들여다보았다. "그녀가 그 얘기를 한 적이 있나요?"

"그녀가 그럴 필요가 없다면, 아니요."

"그게 그녀를 막고 있는 게 아닌가요?"

"오히려, 그녀를 앞으로 밀어내고 있어요. 그녀는 모든 과목 수업

465

에서 최고입니다, 로마노프 요원."

나타샤는 콜슨 요원을 바라보았다. "그런데 그녀의… 몸 상태는?" 아바는 이스탄불에서 O.P.U.S.가 폭발한 후 줄곧 아바 안에서 방사되는 불가사의한 푸른 전기를 또 뭐라고 불러야 할지 몰랐다. 그녀는 폭발 반경에 가장 가까이 있었기 때문에 최악의 일을 겪었다.

알렉스가 살아 있었더라면….

"아바의 불꽃은 사라지지 않았어요. 당신이 묻는 게 그거라면 말이죠." 콜슨은 고개를 끄덕였다. "우린 아직 많이 알지 못해요. 그래도 그녀를 실험실에 내버려두었죠. 그녀는 자신이 가지고 있던 오래된 펜싱 칼 두 자루를 사용해서 이제는 늘였다 줄였다 할 수 있게 되었죠. 칼이 힘을 다루는데 도움이 되는 거 같아요."

알렉세이의 칼날. 나타샤는 생각했다. 내가 그녀에게 준 것들이다. 나만 알렉세이를 놓아주지 못하는 것은 아니었다.

나타샤는 고개만 끄덕였다. "그런데?"

콜슨은 어깨를 으쓱했다. "그냥 말해두는 거지만, 난 그 공격 반대편에 있는 상대가 되고 싶진 않아요."

"그런데 그녀를 직접 감시하고 있단 말이에요?" 나타샤가 물었다.

"약속한 대로, 들락거리고 있어요. 당신도 알겠지만, 나만 그런 건아니에요. 여전히 택시 운전사의 딸과 얘기하고 있어요. 그 아이가아바의 고양이를 돌보는 것 같더군요."

"옥사나예요."

그는 고개를 끄덕였다. "그리고 아바는 토니 스타크로부터도 가끔

전화를 받아요. 보아하니 그는 그녀에게 농담하는 것을 즐기는 것 같더군요."

나타샤는 눈을 굴렸다. 도대체 왜 토니 스타크가 뭔가를 하는 거지?

"그 밖에 다른 것은요?" 그녀가 물었다.

"단테 크루즈라는 아이한테서 가끔 편지가 와요. 그는…."

"알아요. 내 동생 친구죠."

나타샤는 아바가 뒤로 말총머리를 달랑거리며 인공 등반벽 가파른 면을 올라가는 것을 지켜보았다. 그녀는 거의 무중력 상태로 보였다. 무한하다. 그녀를 떨어뜨리는 것은 아무것도 없다.

마치 그녀 앞에 있는 벽만이 유일한 중요한 것이며, 그녀가 생각해야만 하는 유일한 것인 것처럼.

그녀는 한 살 더 먹은 것 같지 않아. 오히려 한 살 더 어려진 것 같아.

"가죠." 콜슨이 말했다.

나타샤는 안으로 밀고 들어갔다.

십여 명의 아카데미 남학생과 여학생이 케이블에 매달려, 솟아 있는 체육관 천장에서 라펠을 타고 하강했다.

아바는 케이블을 빙빙 돌리면서 목표물의 크기를 조정했다. 그녀는 부츠를 걷어차고, 휴대 무기를 손가락 안으로 밀어 넣고, 눈 한번 깜박이지 않고 주위의 목표물들을 제거했다.

만점.

나타샤는 그제야 아바가 총을 한 번도 쏘지 않았다는 것을 깨달았다. 그녀가 들고 있던 글록은 여전히 탐지용 푸른빛을 내며 탁탁 소리를 내고 있었다. 겉으로 보기에, 아바가 손에 든 무기는 EMP 장치처럼 작동하며, 소녀 자신의 에너지를 발사하고 있었다. 그녀는 제우스였다고 하는 편이 나을 정도로 하늘에서 번개를 쏘았다.

나타샤는 눈썹을 추켜세웠다.

"내 말 알겠죠?" 콜슨은 미소를 지었다.

나타샤는 아바를 주시했다. "그녀가 반짝반짝 빛나네요."

경적 소리가 나더니, 나머지 케이블이 바닥으로 떨어졌고, 케이블과 함께 신입들도 바로 떨어졌다.

아바는 의기양양해서 고함을 지르며 주먹을 치켜들었다. "좋아!"

나타샤는 그녀를 빤히 올려다보았다. 계피색 말총머리를 한 소녀. 그녀가 같은 사람이라는 것이 믿기지 않았다. "아바는 준비가 된 건가요?"

"그녀는 대단해요. 고작 11개월밖에 안 되었지만, 내가 말한 대로 그녀의 반에서 최고예요."

"악몽은요?"

"조금 나아졌어요. 그래도 사라지지는 않았어요. 그녀에게는 가족이 필요해요, 로마노프 요원. 지원팀, 친구 이상의 무언가 말이죠. 당신이 도와줄 수 없나요?"

"난 가족이 없어요." 나타샤가 반사적으로 말했다.

아바는 나타샤가 거기 서 있는 것을 다른 학생들이 흥분해서 휘파람을 불기 전까지 알아채지 못했다. 나타샤 로마노프는 블랙 위도우였고, 쉴드 아카데미에 있었으며, 어벤져스는 유명인 이상이었다.

그들은 히어로였다.

아바는 주변을 살폈고, 무언가 그녀의 시선을 끌었다. 그녀의 입가에 미소가 스쳤다.

그녀는 필라델피아에서 떨어질 때처럼 케이블에서 떨어져서 발로 차고, 앞으로 휙 젖혀 360도 회전했다.

하지만 이번에는 알렉스가 없었다.

나타샤는 땅에서 지켜보았다. 그녀는 그 순간을 잊을 수 없었다. 메시지도 마찬가지였다.

나 여기 있어요. 내가 해냈어. 내가 뭘 하는지 나도 알아요.

난 더는 어린애가 아니에요. 그 소녀는 죽었어.

아바가 요원들 앞으로 착지하자, 규격에 맞지 않는 아카데미 재킷이 눈에 들어왔다. 흰색 케블라, 긴 소매, 높은 칼라 그리고 몸에 꼭 맞는 스타일이었다. 겉보기에는 장갑처럼 찢어져서 다시 꿰맨 낡은 펜싱 재킷 같았다.

아바가 물병을 가지러 돌아섰을 때 나타샤는 심장이 멎는 것을 느꼈다. 그녀가 입고 있는 것은 그냥 재킷이 아니었다. 그것은 알렉세이의 것이었다. 글자가 희미해지긴 했지만 아바의 등에는 마노르의 이름이 여전히 분명하게 쓰여 있었다.

소녀가 마루를 가로질러 그녀 쪽으로 올 때, 나타샤는 그녀의 가슴에 친숙하게 손바느질 되고 밝게 장식된 디자인을 보았다. 교차하는 두 개의 빨간 모래시계가 가운데에서 만나서, 네 개의 밝은 붉은색 삼각형을 이루었다.

469

나타샤는 빨간 심볼을 가리키며 웃었다.

"그래, 레드 위도우구나, 응? 이름은 어떻게 바느질할 거야?"

아바는 어깨를 으쓱했다. "언젠가요."

"그래? 시간이 얼마나 필요한데?" 나타샤가 열쇠 한 벌을 들고 있었다. "봐, 내게 비행기가 있고, 쉴드는 리오에 기지가 있어. 그리고 내 오래된 친구가 남아메리카에서 일어나고 있는 지저분한 상황에 연루되었지."

"그런데요?" 아바는 눈썹을 추켜세웠다.

"그리고 나는 그에게 빚이 있어. 물론, 나는 백업을 사용할 수 있어. 아니면 적어도 휴가라도."

콜슨은 놀란 표정이었다.

나타샤는 미소를 지었다. "어때? 내가 어린 레드, 레드 위도우를 선택하길 원하니?"

아바는 어깨를 으쓱했다. "당신이 원하면요." 그녀가 마침내 말했다. 장난치기는.

거울을 들여다보는 것 같아. 나타샤는 생각했다. 그녀는 내 그림자일지도 몰라. 그녀가 미소 지었다. "가서 짐 챙겨와. 밖에서 만나자."

아바는 기대에 차서 콜슨을 바라봤다.

그가 고개를 끄덕이자, 그녀는 그가 마음을 바꾸기 전에 문밖으로 사라졌다.

똑똑한 아가씨.

콜슨이 나타샤를 아카데미 현관까지 바래다줄 때, 그녀는 오래된 스파이 장비로 의심되는 것으로 가득한 반짝이는 빨강 할리와 더플백 옆으로 아바가 저녁 눈을 맞으며 밖에 서 있는 것을 볼 수 있었다.

떨림.

콜슨은 오토바이 쪽으로 고개를 끄덕였다. "새로운 할리?"

나타샤는 고개를 저었다. "내일이 아바의 생일이거든요. 그녀에게 주는 선물이에요."

"아." 콜슨은 미소를 지었다. "음, 이번에는 카드를 기억했으면 했는데."

나타샤는 주머니에서 카드를 꺼냈다.

그는 호주머니에서 펜을 찾았다. "내게 1956년 몽블랑 펜이 있네요—"

"이미 서명도 했고 다 되었어요." 나타샤는 어깨를 으쓱했다. "나는 샤피를 사용하거든요."

그는 웃었다. "심하게 하지 마요."

나타샤는 그를 바라보았다.

그는 한숨을 쉬었다. "좋아요. 열심히 해요."

그녀는 문을 향해 손을 뻗었다.

콜슨은 그녀의 팔을 잡았다. "로마노프 요원, 그녀가 당신 동생이 아닐지는 모르지만, 자매를 찾은 것만큼 여전히 가장 가까운 존재일 겁니다. 어쩌면 친구라도."

나타샤는 문을 당겨 열었다. 그녀의 입이 일그러지면서 미소 가까운 무언가를 지었다. "필, 당신도 알다시피, 감정적으로 복잡해요."

"그렇죠?" 그는 미소 지었다. "시작이라고 할 수 있겠군요, 나타샤."

"음, 끝은 아니죠." 그녀가 대답했다. 그렇게 말하고, 나타샤는 눈 오는 밤 밖으로 걸어 나갔다.

순직 [LODD] 조사

참조: 쉴드 케이스 121A415

사령부 요원 [AIC]: 필립 콜슨

회신: 나타샤 로마노프 요원, 일명 블랙 위도우, 일명 나타샤 로마노바

기록: 국방성, LODD 조사 청문회

파일 참조: 텍스트 로그-보안 텍스트

국장 참조: 다음은 케이스 121A415에 귀속된 첫 번째 기존 파일이다.

콜슨: 로마노프 요원, 임무 수행 가능한가요? 퓨리 국장이 당신이 이걸 혼자 가지고 날아오길 바라네요.

로마노프: 좀 바빠요. 새 강아지 때문에.

콜슨: 기다봐려요… 강아지가 있었어요?

로마노프: 어떻게 생각해요?

콜슨: 맞다. 12시간 안에 오데사에 와야겠어요. MI6이 우리가 추적하고 있던 오래된 SVR에 대한 새로운 정보를 갖고 있어요.

로마노프: 목표물은?

콜슨: 당신이 옛 친구와 다시 연결될 기회라고 생각해요. 이반 소모도로프

로마노프: 난 강아지만큼 친구가 많아요. 여섯 시간 안에 거기로 가죠.

콜슨: 친구를 사귀기에 결코 늦지 않았어요, 로마노프 요원.

로마노프: 정말 그래요.

콜슨: 나를 필이라고 불러도 좋아요.

로마노프: 로마노프, 이상.

개인 기록보관소: 블랭크 슬레이트
극비

발신: 나타샤 로마노프
수신: 나타샤 로마노프
증인: 필립 콜슨

나, 나타샤 로마노프, 이날 《확인 파일》을 필립 콜슨 쉴드 요원에게 내 대뇌피질에서 6단계 알파 삭제를 요청함을 맹세한다. 그리고 내 유일한 살아 있는 유전적 형제, 알렉세이 로마노프에 대해서도.

나, 나타샤 로마노프, 내 동생과 나 자신 둘 다 레드룸에서 유일하게 살아남은 가족임을 숨기고자 이 절차에 동의한다.

나, 나타샤 로마노프, 오늘 이 절차 이후로 알렉세이 로마노프에 대한 법적 보호자 권리를 쉴드 책임자 필립 콜슨에게 넘긴다. 로마노프가의 부동산을 통한 모든 재정적 거래는 페퍼 포츠가 관리하는 대로 처리될 것이다.

나, 나타샤 로마노프, 블랙 위도우 작전 때 레드룸에서 훈련하는 동안 습득한 연습을 통해 절차를 용이하게 만들 것임을 단언한다.

나, 나타샤 로마노프, 콜슨 책임자와 페퍼 포츠가 나 자신에게도 비밀 유지를 해줄 것임을 단언한다.

나, 나타샤 로마노프, 이것이 나의 의지며 선서임을 단언한다.

신이시여, 굽어 살피소서.

감사의 말

전에도 말했듯이 이 책을 써달라는 부탁을 받은 건 아마 내 인생에서 가장 큰 영광일 겁니다. 에이전트 세라 번스는 내 미래의 편집자 에밀리 미한으로부터 직접 전화를 받았는데, 나는 세라 번스에게 전화받은 순간을 절대 잊지 못합니다. 그때 나는 이탈리아에 있었는데, 발코니에서 맨발로 토마토를 든 채 서 있었습니다. 세라의 공로를 인정하면서도 "그들에게 무료로 그냥 하겠다고 말해요"라고 말한 것이 기억나긴 하지만 그녀는 그 말을 무시했었죠.

그 순간 훨씬 전에도, 그리고 이번에도, 정말 많은 사람이 나타샤 로마노프가 세상에 나오는 데 도움을 주었습니다. 1952년에 스탠 리가 돈 리코, 돈 헥과 함께 처음 블랙 위도우를 소개한 이후로 그녀는 많은 작가와 예술가들을 만나게 되었고, 이 모든 것들이 이번 프로젝트에 큰 영향을 주었습니다. 나는 엘리 파일이 편집한 작품들의 작가, 네이선 에드먼슨과 필 노토뿐만 아니라 마저리 류와 대니얼 아쿠냐의 열렬한 팬입니다. 케빈 파이기의 지휘 아래 마블 스튜디오의 나타샤 크리에이티브 팀원들은 놀라운 일을 해냈으며, 조스 휘던, 존 패브로, 앤서니 루소, 조 루소, 잭 펜, 크리스토퍼 마커스, 스티븐 맥필리, 에드 브루베이커 그리고 저스틴 서로 역시 블랙 위도우가 보다 폭넓은 청중들에게 강력한 스포트라이트를 받게 해주었습니다.

물론 이제 세상은 스칼릿 조핸슨을 나타샤 로마노프로 보고 있으며, 마땅히 그럴 만합니다. 나도 집필을 하게 되면서 그녀를 대면할 수밖에 없었습니다. 스칼릿이 연기한 나타샤는 어쨌든 흠이 있는 인간으로 남을 수도 있고, 무시할 수 없는 영향력을 가진 캐릭터로 남을 수도 있었습니다. 자신을 구하기보다 세상을 구하기가 좀 더 편하지만, 끊임없이 둘 중 하나를 하려는 사람. 그런 그녀를 과소평가하거나 얕보거나 정형화하는 실수를 범하게 된다면? 그녀는 자신이 원하는 것을 얻기 위해 당신의 그 실수를 이용할 것이고, 당신의 생각과 기대가 모두 벽에 부딪히게 할 겁니다. 네, 그래요. 그녀는 소녀입니다.

이상.

하지만 블랙 위도우 YA(Young Adult, 영어덜트 소설 시리즈) 모험의 첫 장은, 내게는 개인적으로 (슈퍼)히어로인, 특별히 창조적인 두 여성이 대부분을 이루고 있습니다. 엘리자베스 셰이퍼와 함께 이 책을 훌륭하게 편집해낸, 그날 이탈리아에서 운명적인 전화를 준 디즈니 편집국장 에밀리 미한에게 평생 감사드립니다. 그녀는 대단한 재능을 가진 진정한 친구입니다. 나는 또한 마블의 콘텐츠와 캐릭터 개발부 담당자인 특별한 공상가 사나 아마낫에게도 감사드리는데, 그녀는 마블 쪽에서 원고를 검토해주었으며 공개적으로 팬걸이 되어주었습니다. 사나와 에밀리는 둘다 희귀하게도 창의성과 챔피언을 결합해서 나타샤를 내게 만들어주었습니다. 그들이 없었다면 책의 앞부분은 근본적으로 달라졌을 것입니다(좋지 않은 방향으로 말이죠!). 그리고 레드 위도우 티저 만화도 그랬을 겁니다.

에밀리와 사나의 유쾌한 시너지뿐만 아니라, 블랙 위도우의 YA 데뷔를 위해 진정한 드림팀(어벤져스)을 꾸린 데 대해 디즈니 컨슈머 프로덕션의 앤드루 슈거맨, 디즈니 출판사의 진 모저와 리치 토머스에게 감사드립니다. 홍보 담당 실 밸린저와 홍보 매니저 메리 앤 지시모스가 없었다면 일상적으로 불가능했을 겁니다. 마케팅부의 팀 레츠래프, 엘케 빌라, 마리나 슐츠는 힘을 합쳐 최고의 팀워크를 만들었습니다. 아트 디렉터 타일러 네빈스는 우리의 믿을 수 없을 만큼 완벽한 《포에버 레드》의 표지를 만들었으며, 일러스트레이터 알레산드로 타이니와 타이틀 폰트 디자이너 러스 그레이는 나머지 디즈니 팀과 가족들이 그랬듯이 뛰어나게 일을 해냈습니다. 사나, 찰스, 아드리 그리고 주디부터 악셀 알론소에 이르기까지 마블 측에서 이루어진 모든 대화와 협업이 즐거웠습니다.

그리고 나의 팀인, 거너트 컴퍼니 소속의 불굴의 에이전트로서(로건 개리슨의 지원을 받는) 똑똑할 뿐만 아니라 믿음직한 친구인 세라 번스에게도 언제나처럼 감사의 마음을 전합니다. 블랙 위도우의 비평의 신이자 비밀이 아닌 무기가 되어준 멜리사 데 라 크루스, 마이클 플레처, 줄리 셰이나에게도 감사합니다. (그리고 마이크, 당신의 방아쉬는 항상 유리처럼 깨졌죠!) 인내심 많은 러시아어 번역가 애비 가드너, 케빈 플랫 박사 그리고 우크라이나어 전문가 마리아 그리첸코에게도 감사합니다. 내 소셜 미디어 담당자 토리 힐과 셰인 팽번, 그리고 멋진 작가 사진을 찍어준 조지프 모레티에게도 감사합니다. 마감 기간 함께 원고를 읽어준(아니 그런 척이라도 해준) 작가 친구들 마리 루, 캐시 클레어, 브렌던 샌더슨, 레인보우 로웰에게 감사합니다. 아주 오래전에 자신의 스파이더맨 만화를 함께 공유해준 데이먼 콘에게도 감사합니다. 세븐 스튜디오에게는, 내가 자주 떠올렸던 비현실적인 판타스틱 포 데이스(Fantastic Four Days)가 있게 해줘서 감사합니다. 내 개인 해결사이자 YA 범죄 분야에서 첫 번째 파트너가 되어준 캐미 가르시아에게 감사합니다. 내가 내 안의 나무들(너무나 많은 나무!)에 빠지지 않도록 해준 베로니카 로스에게도 감사합니다. 나의 이복동생 라피 사이먼(필립, 나탈리아, 인디아를 포함)과 나의 형제 데이브 스톨(애슐리, 사라, 제이크, 찰리를 포함)에게도 감사합니다. 감사보다 더 적절한 단어는 없을 것입니다. 내 가족 모두에게 크고 진심 어린 포옹을 보냅니다. 내가 누구인지 여러분은 알죠! 여러분 주변으로 단단히 방어태세를 갖추는 데 오랜 시간이 걸렸지만, 내 인생에 여러분이 있어서 기쁩니다.

스포트라이트를 받기도 하고 무대 뒤에 있기도 하면서 극과 극에서 달리는 마블의 여성들에게 감사합니다. 여러분들은 정말로 세상을 변화시키고 있습니다. 여러분과 함께해서 영광입니다. 마블의 여성 패널들의 나머지 절반은 군중 속에 있는 수백 명의 사람들입니다. 우리가 당신의 말을 듣지 않는다고 생각하지 마세요. 변화에 관해 이야기하세요! 이 책이 존재하는 이유입니다.

물론 가장 크고 끈적끈적한 감사는 나의 영웅이자 따분한 가족인 루이스, 엠마, 메이, 케이트 피터슨(그리고 키키와 지지)에게 돌립니다. 내가 아침에 일어나는 이유죠. 여러분이 있어서 나는 내가 얼마나 좋은지 잘 알고 있습니다. (나는 야옹 하는 새끼고양이는 아니에요!) 얼마나 행운인지, 얼마나 운 좋은 소녀인지.

M. 스톨
2015년 5월